NAGAO Seio

Le Prince des Ténèbres

Roman policier traduit du japonais
par Karine Chesneau

Éditions
Philippe Picquier

DU MÊME AUTEUR
AUX ÉDITIONS PHILIPPE PICQUIER

Meurtres à la cour du Prince Genji,
poche n° 61

Titre original : *Yomotsukuni no miko*

Mas de Vert
B.P. 150
13631 Arles cedex

En couverture : Peinture de Sumiyoshi Gukei (1631-1705), détail.
Illustration du chapitre X du *Gengi monogatari*.
Collection particulière © Photo M. Werly/ N. Delay

Conception graphique : Picquier & Protière

ISBN : 2-87730-577-5
ISSN : 1251-6007

INTRODUCTION

Mais qui est-il donc, ce Prince des Ténèbres démoniaque dont on sent la présence derrière les tragédies sanglantes de ce roman ? Serait-ce un Prince impérial, un Grand Ministre, le Chef des Affaires rituelles, un sorcier, ou tout autre personnage ?

Comme dans *Meurtres à la cour du Prince Genji,* l'auteur, Nagao Seio, relève les éléments obscurs de récits célèbres relatant l'histoire du Japon et l'origine toujours énigmatique du peuple nippon. Et il nous en donne une version personnelle sous forme de roman policier.

Cette fois-ci, Nagao Seio transporte le lecteur au VIIe siècle, époque dont subsistent des traces archéologiques telles que les grandes sépultures et le témoignage des trois plus anciens textes japonais connus, à savoir le *Manyôshû*, *Recueil des dix mille feuilles*, le *Kojiki*, *Notes sur des faits anciens*, tous deux rédigés en japonais, et enfin le *Nihonshoki*, *Chroniques du Japon*, écrit en chinois. Achevés au VIIIe siècle, ces textes furent rédigés sur ordre de l'empereur.

L'auteur met ici en scène les souverains et dignitaires cités dans ces ouvrages, et qui vivent une époque mouvementée dite Asuka, nom qui désignait également la capitale située dans une vallée dont l'exiguïté facilitait intrigues et complots. Elle se trouvait au sud de Nara, cité qui sera au VIIIe siècle la première capitale fixe du pays de Yamato (ancien nom du Japon). En effet, on considérait autrefois que la mort d'un monarque souillait l'endroit où il résidait, ce qui nécessitait de « déplacer » sa ville. Asuka fut une période clé dans l'histoire nippone, à partir de laquelle les Japonais et leur culture adopteront une nouvelle orientation.

C'est alors la Chine des Tang qui sert de modèle aux institutions et au mode de vie aristocratique d'Asuka. Modèle qui inspira Shôtoku Taishi, régent au début du VIIe siècle et personnage le plus illustre du Japon. Il fut à l'origine du développement du bouddhisme, introduit à peine quelques décennies plus tôt, et auteur d'une Constitution en dix-sept articles dont la première ligne du premier article déclare : *L'harmonie est le bien le plus précieux, éviter les discordes doit être le but de tout homme.*

Une phrase qui se trouva rapidement démentie. En effet, dans ce processus de transformation d'un pays archaïque en un Etat « moderne », les partisans du bouddhisme et les croyants shintoïstes allaient s'affronter pendant des décennies, et cette rivalité entraîner de violentes querelles de succession.

Car la lutte pour le pouvoir était âpre, la lignée impériale risquait de s'éteindre face à des chefs de clan avides et cruels. L'« empereur », qui avait un rôle religieux, régnait mais ne gouvernait pas. Il était toutefois le symbole de l'unité nationale. Et de façon à garder le pouvoir, certains notables parvenaient à mettre sur le trône, par le jeu des alliances matrimoniales, d'obscurs princes de sang dont ils tiraient ensuite puissance et faveurs, avant de les assassiner dès lors qu'ils ne servaient plus leurs ambitions.

Inspiré du chamanisme originaire de Mongolie et de Sibérie, le shintoïsme était la religion indigène, dans laquelle le souverain se présentait comme un dieu gouvernant le royaume terrestre. Ces pratiques religieuses étaient caractérisées par la croyance dans les esprits, et un monde divisé en trois parties, céleste, terrestre, et souterraine.

Instaurer une légitimité face aux rois de Corée et à la Chine des Tang, fournir des titres de noblesse et de gloire à la famille impériale, autant de raisons qui donnèrent naissance à toute une mythologie. Notamment en créant des contes basés sur de solides légendes populaires datant des IVe, Ve, VIe siècles, légendes totalement étrangères au bouddhisme, avec ses « bons » dieux et ses « mauvais » dieux. Le célèbre ethnologue japonais Yanagita Kunio a étudié ces contes et cite souvent cette « tribu d'affreux hommes chevelus des montagnes » que l'on retrouve dans le présent ouvrage. Les peurs que les phénomènes naturels engendraient auprès de la population furent à l'origine de nombreux interdits et pratiques magiques de sorcellerie, et constitueront la matière du *Kojiki* qui avait une finalité politique.

Il y est dit que le souverain descend en droite ligne d'Amaterasu, la déesse du Soleil, principale divinité des croyances shintô, et qu'il en est, le temps de son règne, l'authentique représentant sur terre.

Cette légende de l'empereur, Fils du Ciel, perdurera jusqu'au 15 août 1945, jour où l'empereur Hirohito, appelant à la reddition du Japon, s'adressera pour la première fois de toute l'histoire impériale directement à son peuple. Des millions de Japonais seront alors frappés de stupeur en entendant sur les ondes la voix de leur monarque qu'ils considéraient d'essence divine.

Au *Kojiki*, le livre saint du shintô, et au *Nihonshoki*, inspiré des Chroniques officielles chinoises, s'ajoute donc le *Manyôshû*. Composé de poèmes en pure langue japonaise, ce plus ancien ouvrage littéraire connu, source de la civilisation japonaise en sa totalité, fut rédigé pour transmettre l'histoire du Japon aux générations futures.

Mais la biographie de nombreux personnages y est souvent fort incertaine, et la chronologie pas toujours respectée.

L'un des personnages principaux de Nagao Seio n'est autre que la princesse-prêtresse-poétesse Nukata, celle dont la personnalité mystérieuse a le plus fasciné les lecteurs du *Manyôshû*, jusqu'au célèbre écrivain Inoue Yasushi qui en fit l'héroïne de l'un de ses romans historiques.

Dans ces pages, Nagao Seio nous fait ainsi pénétrer dans le VIIe siècle en mêlant histoires véridiques et légendes mythologiques selon l'esprit de l'époque. Tous ses personnages sont présents dans les ouvrages cités ci-dessus. Et si son héros, le Prince des Ténèbres (équivalent shintô du dieu des Enfers, Hadès, de la mythologie grecque), se fait si virulent, c'est sans doute qu'il craint de voir disparaître son pouvoir avec l'arrivée en force du bouddhisme.

Comme souvent dans le cinéma japonais, s'entrecroisent ici des scènes d'une grande douceur, celle des sentiments amoureux ou filiaux, et des scènes sanguinolentes ou d'une extrême cruauté. Et nous ne saurions trop recommander au lecteur, une fois ce livre refermé, de se purifier en lançant du sel devant sa maison selon la tradition japonaise…

KARINE CHESNEAU,
avec la collaboration de MICHIKO NAITO.

PRINCIPAUX PERSONNAGES

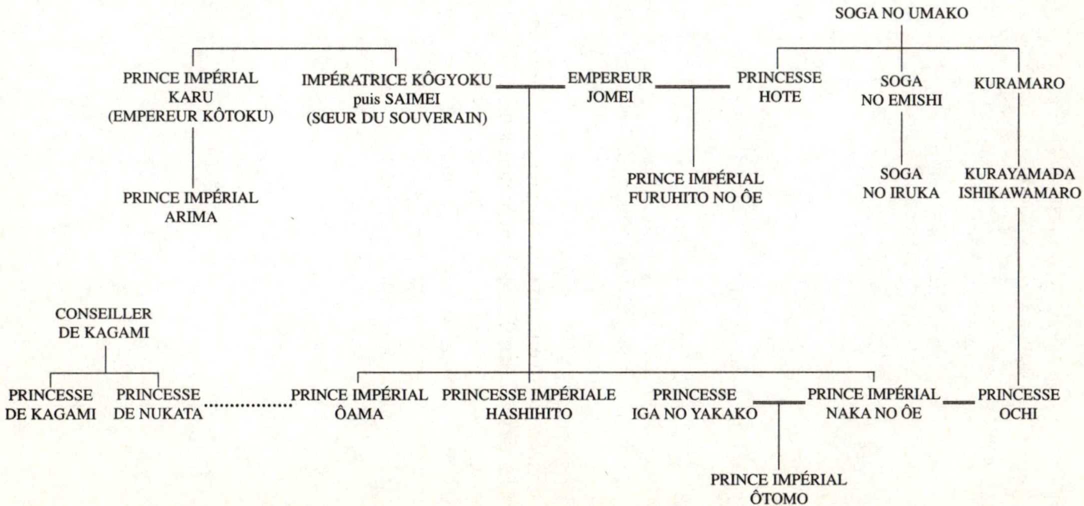

PROLOGUE

Dans la pénombre, se distinguaient de gros blocs de pierre empilés couverts de mousse. Il régnait là une puanteur suffocante, et des gémissements évoquant la danse des mauvais esprits montaient d'on ne sait où dans le noir. Il s'agissait d'une petite grotte creusée à flanc de montagne et consolidée par des murs de pierre. Des nappes de brume flottaient à l'intérieur et c'est à peine si l'on apercevait l'étroit passage qui s'enfonçait plus loin dans l'obscurité.

Soudain, les parois rocheuses furent éclairées par une lueur jaune et vacillante accompagnée de fumée. Ce devait être une torche. La lumière se rapprochait, dévoilant un peu plus les parois humides.

Quelqu'un était entré dans la grotte.

Peu après apparut un homme qui tenait un morceau de bois enflammé d'où se détachaient des flammèches. De petite taille, il avait les cheveux très longs et était enveloppé d'une pièce de tissu qui ressemblait à une natte de paille. Une masse de cheveux dégoulinants comme des algues dissimulait les traits de son visage. Il était pieds nus, mais semblait n'éprouver aucune difficulté à marcher à même le sol caillouteux.

L'homme avança vers le fond en s'éclairant avec sa torche. Les gémissements avaient cessé et l'endroit se trouvait maintenant plongé dans un silence profond. Il s'avança encore, et entendit alors le bruit désagréable d'un frémissement. Les roches autour de lui semblaient bouger comme si elles ondulaient imperceptiblement. Il approcha sa torche et constata qu'elles étaient recouvertes d'une sorte de couche formée de milliers d'insectes grouillants. Il y avait là des larves semblables à des vers de terre et d'autres insectes pareils à des mille-pattes.

L'homme sut qu'il était arrivé. Ces insectes venimeux, il les nourrissait pour empêcher tout étranger de pénétrer plus loin. Il fit reculer les bestioles qui rampaient sur le sol autour de lui en approchant sa flamme et posa prudemment un pied après l'autre pour ne pas risquer de les écraser.

A mesure qu'il progressait, l'odeur de putréfaction devenait de plus en plus violente. Soudain apparut devant lui un gros tas grouillant d'insectes. A la chaleur de la flamme, les affreuses bêtes s'écartèrent et il découvrit le cadavre du chien qu'il leur avait donné en pâture, réduit à l'état de charogne, les côtes et les entrailles mises à nu. Le fait qu'ils l'avaient dévoré avec appétit prouvait qu'il n'y avait pas eu d'intrus et que le fond de la grotte restait inviolé.

L'homme sentit son espoir augmenter. Le « Prince » tant attendu par leur clan était peut-être né. Et c'était pour le vérifier qu'il était venu jusque-là.

Une fois dépassé le cadavre du chien, le passage se terminait en cul-de-sac. Devant l'homme s'élevait une paroi formée de grosses pierres ajustées. Elles étaient couvertes de mousse où fourmillaient des myriades d'insectes venimeux, hormis celle du milieu qui était lisse et mouillée et dont la mousse s'était détachée, signe qu'on en avait plusieurs fois touché la surface. Cette roche était petite, de la taille d'un enfant.

L'homme éloigna les insectes et posa les deux mains sur la pierre. Poussée avec force, la pierre bougea légèrement sur le côté en crissant. Une fine ouverture se forma dans la paroi. Et là, en même temps qu'une forte odeur de pourriture, une sensation à vous glacer les sangs le saisit à la gorge.

L'homme comprit que c'était le Mal. Dans ce lieu reculé, en effet, étaient enfermées les pensées malfaisantes et les rancœurs de toutes sortes d'animaux. Il trembla à l'idée de ce qui pourrait lui arriver en entrant là, mais il n'avait plus le droit d'hésiter. Il devait absolument aller voir si le « Prince » était né.

Alors, il poussa doucement la pierre qui tomba en faisant un bruit sourd. Dans l'épaisseur des ténèbres, le Mal, accompagné d'une terrible odeur de pourriture, l'assaillit, mais l'homme rassembla son courage et pénétra à l'intérieur.

Il se trouvait maintenant dans une minuscule salle rocheuse. Du plafond bas pendaient quatre têtes décomposées de chiens, suspendues par une corde, d'où gouttait de la graisse épaisse et consistante comme de la boue. La peau était boursouflée et, dans ce qui restait des globes oculaires, des larves concrétisaient la haine accumulée au cours d'une mort atroce.

Des larves venimeuses et destructrices… cet endroit était voué aux pratiques maléfiques...

Ces chiens avaient été enterrés vivants à l'exception de la tête, puis on avait placé devant eux de la viande qu'ils ne pouvaient évidemment pas atteindre. Alors qu'ils hurlaient de faim devant cette viande inaccessible, on les avait décapités. Et dans leur cerveau s'était accumulée une hargne violente. C'était de leurs têtes suspendues au plafond que le Mal se répandait dans la pièce.

Le sol était jonché d'innombrables restes desséchés de serpents, lézards, crapauds et mille-pattes. Cela aussi faisait partie des pratiques magiques qui utilisaient des bêtes venimeuses. Lorsqu'on enferme dans un pot des dizaines d'insectes de la même espèce pour qu'ils s'entre-dévorent, leurs cadavres sont tous chargés d'une forte vitalité, d'agressivité et de haine.

L'homme sentit un léger fourmillement dans son cerveau. Les pensées maléfiques, les forces mystérieuses qui emplissaient la pièce étaient sur le point de lui faire perdre la raison. Mais il éclaira le sol en leur tenant tête. Après avoir enlevé les corps d'insectes, il aperçut des trous à peine plus gros qu'un poing. Il jeta un regard dans l'un de ces trous.

Couverte des humeurs putrides qui coulaient des têtes en décomposition, une petite boule de chair couleur terre était recroquevillée dans le fond. Approchant sa lumière, l'homme vit une petite tête, des jambes et des pieds : ceux du nouveau-né humain qu'il avait placé dans ce trou afin de l'imprégner de mauvaises pensées.

Il le toucha pour voir s'il était encore vivant, mais constata sa mort. De même pour celui du trou voisin. Puis de toutes les autres cavités. Privés de lumière et de nourriture, les nouveau-nés n'avaient apparemment pas survécu dans cette obscurité.

Alors que, déçu, l'homme s'apprêtait à repartir, il sentit quelque chose l'appeler dans son esprit. Il ne s'agissait pas d'une voix, mais d'une sorte de palpitation de la vie qu'il ressentit distinctement dans ces ténèbres de mort.

L'un d'eux est sûrement vivant ! se dit-il en se penchant brusquement pour regarder à nouveau dans chacun des trous. Imperceptiblement, le dos d'un nouveau-né avait bougé. Il respirait !

L'homme resta figé un court instant, incrédule. Puis il se reprit aussitôt et laissa éclater sa joie… L'un de ces êtres avait bel et bien survécu plusieurs jours, se nourrissant de la graisse des têtes décomposées, s'imprégnant du même coup de pensées malfaisantes et de haine.

Après avoir posé sa torche, l'homme sortit doucement le bébé du trou. Il était couvert d'un liquide pâteux et fétide, mais il était vivant. Il le sentait même débordant de vitalité.

Le nouveau-né entrouvrit les yeux. Rien d'enfantin ni d'innocent dans son regard, où se lisaient au contraire mauvaises pensées, méfiance, rancune et même intentions meurtrières.

— Prince… murmura l'homme fou de bonheur en serrant l'enfant dans ses bras avant de l'envelopper dans un vieux tissu avec des gestes affectueux. Puis il sortit de la salle comme s'il enfuyait.

Voilà ce qui se passait au Pays des Ténèbres, en l'an 19 de l'ère Suiko[1] (612), aussi nommé le Royaume des Morts, ou les Enfers.

1. Sous le règne de l'impératrice Suiko (593-628), le clan des Soga dont elle était issue jouissait d'un pouvoir illimité. Elle confia la régence à son neveu, Shôtoku Taishi, qui implanta le bouddhisme dans le Pays de Yamato, s'opposant par la force aux tenants des croyances traditionnelles du shintô, après avoir établi sa capitale à Asuka. Mais à la mort du régent en 622, les Soga se sentirent le champ libre.

I
LE GRAND CHANGEMENT

1

Le 11 juin de l'an 645.

Le vent avait cessé de souffler à la nuit tombée et un calme inhabituel enveloppait la terre d'Asuka. Pas un arbre, pas une plante ne frémissait ; les montagnes alentour restaient silencieuses comme si elles retenaient leur souffle.

Au sud d'Asuka se dressait la montagne de Takatori, et à mi-pente se trouvait une maison vétuste. Une parcelle de terrain cultivée et des bûches entassées sous l'auvent laissaient supposer que des gens habitaient là. Devant le jardin, il y avait un rocher surplombant la vallée, et à côté se tenait une jeune femme. Vêtue pauvrement d'une veste sans manches en chanvre, les cheveux retenus par un lien de paille, elle n'en arborait pas moins le regard limpide et la fraîcheur d'une jeune fille.

C'est la Princesse de Nukata qui vivait dans cette petite habitation. Depuis quelque temps, elle se sentait inquiète et comme saisie d'un mauvais pressentiment. Jamais auparavant il n'avait régné dans le monde un tel silence. Et ce soir, on n'entendait même pas les cris des oiseaux et des animaux. Comme on les disait capables de prévoir les malheurs, ce calme n'était-il pas le signe annonciateur d'un phénomène inhabituel ? Etait-ce le présage d'un tremblement de terre, d'un ouragan, d'un incendie de forêt ? La Princesse mit tous ses sens en éveil mais ne sentit venir aucun signe du ciel ou de la terre.

C'est alors qu'elle baissa les yeux vers Asuka. Au milieu du site entouré de trois belles montagnes, les monts Miwa, Kagu et Unebi, elle vit l'imposant Palais d'Itabuki, l'actuelle résidence de l'Impératrice Kôgyoku... Elle sentit alors une menace flotter au-dessus de ce lieu. Et si son pressentiment annonçait un renversement de pouvoir à la cour, plutôt qu'un cataclysme ?

La Princesse de Nukata était la fille cadette du conseiller de Kagami. Issu d'une famille vouée au culte du dieu shintô Iso-no-kami, Kagami avait servi dans la Maison impériale en qualité de maître artisan spécialisé dans la fabrication des miroirs divins pour les cérémonies religieuses. Le miroir, investi d'une fonction symbolique et rituelle, représentait un objet essentiel pour la famille régnante dont le rôle était exclusivement religieux. Il était donc tout naturel qu'elle traite avec respect l'artisan en charge des miroirs, lequel se voyait attribuer un rang élevé. Mais on disait qu'après la naissance de sa fille cadette, Kagami était tombé malade et, devenu impotent, ne sortait plus de sa maison dans la montagne de Takatori. On disait également que la mère de Nukata était morte jeune et que la fille aînée, la Princesse de Kagami, avait été affectée au service du Palais comme dame de cour. Nukata était restée confinée dans cette habitation rudimentaire pour soigner son père malade.

Il était d'usage qu'une enfant née dans la famille d'un conseiller de Kagami vive en pleine montagne pour acquérir les dons d'une prêtresse douée de pouvoirs médiumniques. La vie en pleine montagne facilitait l'acquisition de cette nature divine et l'acuité des cinq sens. Nukata n'était pas la seule de la famille à jouir de ces facultés, mais le mauvais pressentiment qu'elle avait depuis tout à l'heure venait sans conteste de ses dons surnaturels.

Un inquiétant silence de mort régnait sur le site d'Asuka. Soudain, elle entendit une voix dans son dos :

— Quoi qu'il arrive, ne regarde jamais en bas vers la Ville !

Nukata se retourna et vit le corps mince de sa sœur aînée. Malgré son apparence chétive et indolente qui lui donnait l'air d'être en convalescence, elle regardait Nukata avec une telle sévérité que celle-ci détourna les yeux, presque effrayée.

— Je ressens moi aussi cette atmosphère étrange. Il se passe sûrement quelque chose à la cour, mais même si tu y allais, tu ne pourrais rien faire.

Nukata ne dit mot. Sa sœur, qui la connaissait parfaitement, était capable de lire ses pensées les plus intimes. Il était donc inutile de contester.

— Je comprends que toutes tes pensées aillent vers *lui*. Mais, je te l'ai déjà dit tant de fois, la cour est un monde rongé par la politique : ce sont tous autant de démons. Quelqu'un comme toi, qui n'as aucune influence, deviendrait aussitôt une proie facile. A moins que ce ne soit ce que tu cherches.

Nukata se mordit les lèvres. Elle savait évidemment ce que voulait dire sa sœur. Et pourtant, elle ne pouvait s'empêcher de s'inquiéter pour *lui*.

— Je sais ce qui se passe là-bas en ce moment.

— Il s'agit de la rivalité entre la Famille impériale et le clan des Soga, n'est-ce pas ?

— Tout à fait. Depuis que le Grand Ministre Soga no Iruka a décidé de résider sur la colline d'Amakashi qui surplombe la vallée d'Asuka, ces deux familles sont engagées dans une lutte d'une rare violence. Si tu vas là-bas, tu seras entraînée dans ce tourbillon d'hostilité. Dans ce cas, toi aussi, comme moi…

La Princesse de Kagami avait servi à la cour chez le Prince Régent Shôtoku Taishi et le Prince Yamashiro no Ôe. Mais Soga no Iruka n'avait pas hésité à attaquer cette branche de la Famille impériale qui lui était hostile dans son Palais d'Ikaruga, pour faire du Prince Furuhito no Ôe, de la lignée des Soga, l'héritier du trône. La Princesse de Kagami avait été témoin du massacre. Après l'assaut, elle était revenue dans la maison de son père à Takatori, et par crainte du monde d'en bas, elle n'avait plus jamais remis les pieds dans la vallée.

Nukata n'ignorait rien de tout cela : sa sœur aînée avait raison. Il était certain que la situation était devenue explosive à la cour. Le sang allait couler en abondance, cela ne faisait aucun doute. Mais c'était justement à cause de ce danger imminent qu'elle ne pouvait pas l'abandonner, *lui*.

Lui, c'était le Prince Ôama, le fils cadet de l'Impératrice Kôgyoku. Le bruit courait qu'il était écrasé par la forte personnalité du fils aîné, le Prince Naka no Ôe, et nul ne parlait beaucoup de lui. Mais c'était un Prince chaleureux, un homme grand, énergique, plein de réflexion et de discernement. Nukata brûlait d'amour pour lui.

Nukata et le Prince Ôama… Sa sœur aînée était la seule à connaître leur amour qu'ils s'appliquaient à garder secret, mais plus Nukata essayait de le contenir, plus son amour ardent était près d'exploser.

Ils s'étaient rencontrés un an auparavant. Nukata était descendue dans la vallée pour cueillir des herbes médicinales destinées à soigner son père. Comme toujours, elle était enveloppée dans une pauvre veste de chanvre et sa tenue manquait tellement de raffinement que, de loin, on aurait dit un homme. Elle se trouvait alors dans un endroit surnommé la « Plaine Sacrée » parce que le Souverain et les hauts dignitaires venaient y chasser et s'adonner aux joutes littéraires, mais c'était tout à fait par hasard qu'elle était tombée sur le Prince Ôama et sa suite venus chasser les biches.

Elle se souvenait avec une telle précision de cette journée-là.

Le Prince était à cheval, accompagné de nombreux serviteurs. C'était la première fois que Nukata voyait un personnage de si haut rang. Assis bien droit sur sa monture, le Prince lui avait semblé majestueux et plein de vaillance. Devant tant de prestance, le rouge lui était monté aux joues et son cœur s'était mis à battre très fort.

De son côté, le Prince Ôama avait éprouvé de l'intérêt pour elle, car après avoir demandé à son escorte de s'éloigner, il avait mis pied à terre et s'était approché d'elle.

Le corps figé comme si elle avait pieds et mains liés, la jeune fille avait cru mourir de honte et de peur.

— Quelle fille intéressante ! avaient été les premières paroles du Prince dont le regard limpide brillait de curiosité. Je suis le fils cadet impérial, je m'appelle Ôama. Et toi, quel est ton nom ?

Nukata était restée sans voix. Le personnage qui se trouvait devant elle appartenait à la lignée d'Amaterasu, la déesse du Soleil, la Grande Divinité qui luit au Ciel. Et cet être de descendance céleste lui adressait la parole, à elle qui était de condition ô combien inférieure... Elle avait failli pleurer tant l'émotion était forte. Son esprit s'était vidé, ses cinq sens avaient été anéantis. Et c'est dans le monde céleste qu'elle avait cru vivre la suite.

Le Prince Ôama l'avait soulevée légèrement. Dans la lumière miséricordieuse qu'il versait à flots, elle s'était retrouvée nue comme au moment de sa naissance et s'était unie au Fils divin. Elle avait senti l'homme la pénétrer, mais n'avait pas souffert. Elle s'était plutôt laissée glisser dans une douce béatitude, le corps et l'esprit grisés par le plaisir de la chair qu'elle connaissait pour la première fois.

En principe, une fille née dans cette famille de Kagami chargée de la fabrication des précieux miroirs devait rester vierge pour conserver le caractère sacré d'une prêtresse. En s'unissant à Ôama, elle commettait une trahison envers les siens, chose dont elle était parfaitement consciente tandis qu'elle accomplissait son acte, sans toutefois éprouver de remords.

Leur union consommée, le Prince Ôama avait appris qui était Nukata. En entendant le nom de sa famille, il lui avait présenté de profondes excuses pour avoir souillé son corps de prêtresse. Nukata avait éclaté en sanglots mais, au milieu de ses pleurs, elle lui avait assuré que cela ne la préoccupait pas.

Leur sentiment réciproque d'avoir commis une faute les avait liés l'un à l'autre, et le Prince Ôama s'était mis à voir Nukata en cachette. Leur liaison était venue un jour à la connaissance de sa sœur aînée, mais celle-ci n'avait formulé aucune critique. Elle s'inquiétait seulement de voir sa sœur fréquenter un personnage de si haut rang et craignait qu'il ne l'abandonne après s'être diverti avec elle. Mais Nukata était certaine que le Prince Ôama ne se conduirait pas ainsi. Elle sentait intuitivement son amour pour elle et sa sincérité.

La Princesse de Kagami regarda Nukata d'un air sévère.

— Sais-tu qu'au milieu de la nuit, des individus, sûrement des espions, rôdent dans l'obscurité ? Le sang va probablement couler en abondance dans ce Palais d'Asuka qui est si proche de nous. Voilà pourquoi tu ne dois pas y aller. Mais j'imagine que tu l'as compris.

Nukata restait immobile sans répondre. Les conseils de sa sœur aînée étaient certainement fondés. Pourtant son amour pour le Prince Ôama, au moment où elle aurait dû le maîtriser, ne cessait au contraire de grandir.

— La nuit est déjà bien avancée. Il ne faut pas rester seule dans un endroit pareil, lui dit sa sœur aînée en l'incitant à rentrer dans la maison.

Mais Nukata ne se décidait pas à bouger. Sa sœur changea alors de physionomie, lui prit brusquement la main qu'elle porta à son cœur.

— Mets ta main là, ordonna-t-elle sans lui laisser le temps de réagir.

Les doigts de Nukata touchèrent une boule de chair aussi rugueuse qu'une pomme de pin. Saisie d'effroi, elle retira la main précipitamment.

— Tu as déjà vu cette blessure, n'est-ce pas ?

— Oui, mais…

— J'ai été blessée le jour où Soga no Iruka a attaqué la résidence du Prince Yamashiro no Ôe. Veux-tu que ton corps encore intact soit marqué d'une manière aussi terrible ?

Cette horrible cicatrice provenait d'un coup de sabre qui lui avait transpercé le côté gauche. Nukata avait déjà eu l'occasion de la voir, mais elle sentit ses cheveux se dresser sur sa tête en imaginant ce moment atroce.

— Quiconque se trouve acculé par l'ennemi devient un démon. Et c'est ce qui se passe là-bas à présent, tout le monde s'est métamorphosé en démon. Il ne faut pas y aller. Viens ! cria sa sœur aînée, rentre dans la maison !

Nukata ne pouvait pas résister à un ton aussi péremptoire : il ne lui restait plus qu'à la suivre à l'intérieur.

La maison était d'une grande simplicité, avec de simples nattes de paille étalées sur le sol de terre battue. Au fond de la pièce dormait leur père. Il avait les cheveux blancs et le visage émacié. Ses mains croisés et ses yeux clos lui donnaient l'aspect d'un mort. Quelques miroirs en cours de fabrication étaient posés autour de lui, mais tous recouverts d'une fine couche de poussière.

— Eh bien, essaie de dormir maintenant.

La sœur aînée se glissa sous la couverture de chanvre et Nukata s'allongea à ses côtés. Elle la vit qui plongeait aussitôt dans le sommeil, mais elle-même gardait l'esprit clair sans réussir à s'endormir. Comme tout à l'heure, elle avait un mauvais pressentiment. Etait-ce dû au calme environnant ? Quand elle fermait les yeux, elle avait l'impression de pouvoir saisir dans la main l'atmosphère du dehors.

Le vent semblait se lever, car elle entendit les arbres s'agiter, et puis…

— *Unabira unkensowaka... onmidare yasowaka…*

C'était une voix, elle en était certaine. Une voix récitant quelque chose dans un murmure. Elle tendit de nouveau l'oreille.

— *Magare, majikoru... abira unkensowaka...*

Elle en eut la chair de poule. C'étaient des paroles maléfiques. Mais qui les prononçait ? Et pourquoi ?

C'est alors que le vent se mit à souffler très fort. En même temps qu'un grondement dans la montagne, un vacarme assourdissant parcourut les arbres, éclatant de toutes parts. Puis, comme s'ils s'étaient donné le mot, les oiseaux et les animaux se mirent à crier tous ensemble. Etaient-ils effrayés par la voix qui récitait des incantations ? Pressentaient-ils quelque phénomène anormal ? Son funeste pressentiment s'amplifia. Elle se leva et sortit.

Le vent déchaîné mugissait. Des feuilles d'arbre tournoyaient en l'air, des nuages de poussière se soulevaient du sol et venaient la frapper violemment au visage. Le vent chargé d'humidité lui collait à la peau, elle entendait les cris des animaux pareils à des hurlements.

La forêt pleurait. Ou plutôt non, il lui semblait que toutes les montagnes qui encerclaient Asuka appelaient en pleurant. Cela ne faisait plus aucun doute : quelque chose de mauvais allait se produire.

Elle devait se rendre là où *il* était. Elle n'avait aucune influence, mais elle était douée de dons surnaturels qui lui permettaient de sentir le danger, et, en les utilisant, elle pourrait être utile au Prince Ôama. Un instant, le sort de son père l'inquiéta, mais elle savait que sa sœur en prendrait soin. Elle allait donc passer outre les conseils de son aînée... mais maintenant qu'elle était âgée de dix-sept ans, il était temps pour elle de décider de ses faits et gestes.

Bien sûr, il ne s'agissait pas seulement de retrouver Ôama. Elle se rebellait aussi contre la vie mélancolique qu'elle avait menée jusqu'à présent dans l'humble maison en pleine montagne. Au cours de ces années passées auprès de son père malade, elle avait eu de plus en plus envie de connaître le monde, avec le désir fou d'approcher la vie à la cour. Elle voulait rencontrer les magnifiques Princes impériaux, lire des classiques chinois, parler avec les commerçants et les artisans. La digue qui retenait ses émotions avait rompu à présent, elle ne supportait plus sa condition de recluse.

Une fois sa décision prise, Nukata retourna dans la maison. Elle ne pouvait pas se rendre à la cour dans une tenue aussi misérable. Dans le coffre chinois rectangulaire à six pieds réservé aux objets précieux tels que les livres de prière et les vêtements, il y avait le kimono à traîne de sa sœur, du temps où elle était dame de cour. Par chance, celle-ci dormait, ainsi que son père. Elle se glissa alors doucement entre leurs couches, souleva le couvercle du coffre pour prendre le kimono. Au contact de la soie, elle eut l'impression qu'elle était déjà en train de servir à la cour et son rêve secret la submergea. Son cœur se serra un instant à la vue de son père, mais elle repoussa ces tristes pensées.

A peine sortie de la maison, elle s'élança à perdre haleine vers Asuka en portant le précieux kimono.

Un instant plus tard, le conseiller de Kagami ouvrit les yeux.

— Elle est partie ?

— Oui, répondit sa fille aînée.

— Je vois…

Sa fille se leva pour aller jeter un œil au-dehors et constata que Nukata avait disparu. Les larmes perlèrent à ses yeux.

— On ne pouvait rien faire. Cela devait se passer ainsi… c'était prévu… c'est le destin, articula-t-elle comme pour s'en persuader, sans parvenir toutefois à empêcher ses larmes de couler. Et elle finit par pleurer à chaudes larmes, lesquelles se transformèrent rapidement en de véritables sanglots.

— Qu'ont donc représenté toutes ces années avec elle ?

— Oublie-les ! Notre rôle s'arrête là, répondit le conseiller de Kagami en refermant la porte en silence.

Mais les larmes de sa fille aînée redoublèrent.

2

Le vent ne faiblissait pas. Les arbres faisaient toujours autant de vacarme et les épis de riz ondulaient violemment dans les champs. Au centre de la ville d'Asuka où se dressait l'imposant Palais d'Itabuki, la résidence impériale fermée par un mur d'enceinte au toit en terre de près d'un *chô*[1] de côté, les pavillons qui devenaient tout noirs au milieu de la nuit s'élevaient dans le ciel comme s'ils étaient fiers de leur puissance. On remarquait la Salle du Principe suprême (le principal édifice où se déroulait la cérémonie d'investiture du Souverain), la Salle d'audience, le Pavillon Central réservé à la Famille impériale et les pavillons abritant les gens de la cour.

A l'heure de la Vache[2], alors que tout le monde semblait dormir profondément, un homme s'éclipsa discrètement du Palais par la Porte Arrière en tirant un cheval. De haute taille et ceint d'un sabre, il s'agissait probablement d'un personnage de haut rang, car les soldats de la garde impériale s'inclinèrent profondément sur son passage en signe de respect.

Après s'être assuré que personne ne le surveillait, l'homme monta avec agilité sur son cheval et le lança au

1. Un *chô* fait environ cent mètres.
2. D'une heure à trois heures du matin.

galop sur le chemin bordé de rizières. Il avait donné un coup de cravache d'une main vigoureuse et était parti comme une bourrasque dans l'obscurité. Ce cavalier, c'était le Prince Naka no Ôe en personne, le fils aîné de l'Impératrice Kôgyoku.

Le Prince se trouvait dans une rage indescriptible. Cela faisait longtemps qu'il bouillait d'anéantir ces tyranniques Soga. Et il avait enfin décidé d'agir... Demain aurait lieu la cérémonie du tribut en présence de l'ambassade du Royaume coréen de Silla : Soga no Iruka n'en sortirait pas vivant. Mais quand il avait parlé de son projet à son frère Ôama, ce dernier avait refusé catégoriquement d'y participer, en disant que c'était un acte irréfléchi qui ne ferait qu'attirer la haine.

Comment pouvait-il le critiquer en un moment pareil ? Naka no Ôe avait eu envie d'injurier son frère qui se contentait d'agiter des théories fumeuses en ignorant les réalités du monde. Ôama, qui avait grandi sans souci en restant dans l'ombre de son frère aîné, ne pouvait plus se défaire à présent de son côté nonchalant. Il n'avait pas les capacités nécessaires pour gouverner. Jamais Naka no Ôe n'en avait été aussi conscient que ce soir-là, et, tout à ses pensées, il gronda son cheval d'une voix remplie de colère. Là-bas, il y avait la colline d'Amakashi où se trouvait la résidence des Soga qui se dressait toute noire dans la nuit, et il fit avancer son cheval dans cette direction.

S'il avait quitté discrètement le Palais cette nuit, c'était pour rencontrer en secret le conseiller Nakatomi no Kamatari. Ce dernier était chargé des rituels shintô. Il l'avait connu un an auparavant, lors des jeux de batte qui avaient lieu dans le temple bouddhique d'Asuka. Au cours de ces jeux, il avait remarqué ses talents de tacticien et constaté qu'il cherchait à entrer en contact avec lui. Le clan des Nakatomi était hostile aux Soga et, dans l'école privée qu'il fréquentait, Kamatari surpassait en intelligence tous les autres. Naka no Ôe avait donc pensé qu'il pourrait l'utiliser comme stratège. D'ailleurs, ce Kamatari rejetait obstinément son rôle de Chef officiel des Affaires shintoïstes auprès du gouvernement, ce qui était la fonction religieuse d'un Nakatomi, et il avait offert sa fille à Naka no Ôe, la Princesse Hikami. C'était bien là la preuve qu'il était peu satisfait de sa fonction et nourrissait l'ambition de devenir un homme clé de la situation politique.

Et il n'avait pas tort... Naka no Ôe s'était arrangé pour le rencontrer sur le chemin de son école privée ; puis il avait eu avec lui plusieurs entretiens secrets, qui avaient renforcé sa conviction que personne ne l'égalait dans les domaines de la connaissance et de l'ingéniosité.

Mais c'était la première fois qu'il ourdissait un complot avec ce Kamatari, et ce n'était rien moins que l'assassinat d'Iruka prévu pour le lendemain... Bien que Katamari fût d'accord pour faire tomber Iruka, il s'était violemment opposé à l'idée d'utiliser la force armée. En revanche, il lui avait dit que s'il venait en *un lieu* qu'il lui désignerait la veille du jour dit, il lui indiquerait un plan bien plus efficace. Venant d'une homme aussi ingénieux, il ne faisait aucun doute que ce serait quelque idée brillante. Et c'était cette nuit que Kamatari allait enfin lui révéler de quoi il s'agissait...

Naka no Ôe s'éloigna de la rivière et se dirigea vers l'extrémité sud de la colline d'Amakashi. A ce moment-là, il aperçut des ombres avançant vers lui en file indienne, précédées de quelques guerriers à cheval. On entendait tinter les armures, les casques et le bruit des bottes. Ce groupe avait tout l'air d'être une troupe armée. Quand ils sentirent la présence d'un cavalier, les hommes s'arrêtèrent de marcher, comme surpris, et les guerriers à cheval sortirent d'un même geste leur épée du fourreau.

Naka no Ôe arrêta son cheval et mit pied à terre pour s'approcher du groupe d'hommes. Il n'avait pas l'intention d'échanger des coups d'épée avec eux, mais il lui fallait plutôt les remercier. Car si une troupe armée se dirigeait ainsi tard dans la nuit vers la Capitale, c'était que les hommes à cheval étaient sans aucun doute Haji no Umate, un garde au service de son fils le Prince Ôtomo, et son frère cadet Haji no Iwatoko. Naka no Ôe avait en effet chargé son fils, en prévision du soulèvement contre les Soga, d'aller demander leur aide aux familles et aux clans puissants qui lui étaient fidèles. Ôtomo revenait donc de sa mission.

— Vous ne me reconnaissiez pas, mon fils ! s'exclama-t-il. A ce que je vois, vous n'êtes pas encore à la hauteur.

— Père ! s'écria le Prince Ôtomo en baissant son épée d'un air soulagé, aussitôt imité par les gardes de son escorte. Mais où allez-vous à une heure aussi tardive ? demanda-t-il en s'avançant vers lui.

Il avait le buste serré dans une armure et portait un casque majestueux, ainsi qu'un arc et un carquois rempli de flèches dans le dos. Le jeune homme avait tout juste dix-sept ans. Il regardait son père avec un regard perçant, mais son visage couvert de boutons aussi gros que des grains de millet exprimait la fragilité et la nervosité.

— Je me promenais tout simplement. Mais dites-moi plutôt ce qui s'est passé. L'heure semble indiquer que les tractations n'ont pas marché aussi bien que vous le vouliez.

— Au contraire… Regardez ! Nous ramenons plus d'une centaine de soldats.

Le Prince Ôtomo avait parlé sur un ton ferme comme s'il voulait défier son père, mais il était clair que les négociations avaient pris du temps. Sinon, pourquoi serait-il rentré aussi tard ? Malgré son désappointement, Naka no Ôe considéra son fils avec indulgence.

Depuis sa naissance, et cela tenait sans doute à sa faible constitution, le jeune homme peinait à acquérir le comportement et les connaissances qui doivent être ceux d'un Prince impérial. Comme par ailleurs sa mère, la Princesse Iga no Yakako, était de condition inférieure, et qu'il avait des traits grossiers et une allure peu raffinée, les Princes et les courtisans faisaient peu cas de lui et le traitaient avec indifférence. Mais c'était justement ce mépris qui lui avait attiré l'affection de son père Naka no Ôe. Celui-ci lui accordait sa préférence, en lui confiant des charges importantes, et souhaitait ardemment l'éduquer pour qu'il acquière les capacités qui lui permettraient de devenir le Prince Héritier. Sa mission actuelle faisait partie de ce projet.

Naka no Ôe approcha son cheval du Prince Ôtomo.

— J'imagine que votre tâche a été difficile. Il vous reste maintenant à disposer les soldats de manière efficace afin d'assurer le succès de notre entreprise. Faites attention de ne pas commettre d'erreurs.

— Ce sera fait conformément à vos ordres, Père, je vous montrerai que nous accomplissons votre plan avec exactitude.

— Vous me réjouissez, mon fils. Vous êtes le seul en qui j'aie toute confiance.

Les yeux du Prince brillèrent de satisfaction, puis il se prépara à repartir. Quand il donna le signal du départ, la troupe s'ébranla en direction du Palais d'Itabuki. Ils allaient se déployer aux environs de la Capitale, comme le prévoyait le plan. Les soldats que commandait le Prince Ôtomo avoisinaient la centaine, et ceux disposés par Naka no Ôe étaient au nombre de soixante-dix. Tout Iruka qu'il fût, jamais leur ennemi ne pourrait ressortir vivant de la Capitale... Toute fuite lui était d'ores et déjà coupée. Tandis qu'il les regardait s'éloigner, Naka no Ôe était certain que son entreprise du lendemain serait une réussite. Il n'y avait là aucun doute possible.

Quand le groupe eut disparu dans l'obscurité, Naka no Ôe s'apprêta à se remettre en route, lui aussi, quand il vit soudain devant lui des feux de torches qui brûlaient sur la colline d'Amakashi. C'était là que se trouvaient les demeures de Soga no Emishi et de son fils, Soga no Iruka, qui projetaient d'étendre leur influence sur le Pays de Yamato en éclipsant la Maison impériale.

Sur cette colline, à proximité de l'ancien Palais de Toyura où avait été couronnée l'Impératrice Suiko, le Grand Ministre Supérieur Emishi avait fait construire sa demeure à l'est, tandis que celle du Grand Ministre Iruka occupait le côté ouest : les deux grands personnages dominaient ostensiblement la Capitale, tout en lorgnant avec convoitise vers le Palais d'Itabuki. Et pour imiter la Famille impériale, ils appelaient leur demeure « palais » et affublaient leurs enfants du nom de « Princes ».

Comment fallait-il qualifier ces initiatives, si ce n'est de provocations ? Si on laissait ces rapaces Soga poursuivre leurs menées sans réagir, il était clair qu'ils finiraient par usurper le pouvoir de la Famille impériale. Le seul et unique moyen de la protéger était donc d'assassiner Iruka. Plus résolu que jamais, Naka no Ôe poussa son cheval ventre à terre en affichant un air triomphal.

Le cheval s'enfonçait dans la forêt. Cette région avait beau être celle d'Asuka, à l'exception de la Capitale et du vaste périmètre de terres possédées et contrôlées par les grandes familles, elle était presque entièrement recouverte de forêts denses ou de zones marécageuses. On ne trouvait de rizières et de champs que dans les vallons ; partout s'étendaient des terres inexplorées où la Famille impériale n'exerçait pas sa domination.

A travers les arbres de l'épaisse futaie qui s'éclaircissait par endroits, Naka no Ôe reconnut la forme sombre du mont Katsuragi qui se dressait devant lui. Kamatari lui avait dit qu'en s'enfonçant dans cette forêt puis en se dirigeant vers le sommet, il parviendrait à un sanctuaire shintoïste abandonné.

Les gens avaient peur de cette montagne, car on disait qu'elle conduisait au Pays des Ténèbres, le lieu où dorment les Morts depuis des temps immémoriaux. On disait aussi que sur les versants et au pied de la montagne vivaient des créatures mystérieuses, des monstres, mais aussi des *araignées de terre*. Naka no Ôe lui-même avait déjà vu plusieurs fois des feux follets briller sur la crête : s'approcher du mont Katsuragi l'effrayait autant que s'il descendait aux Enfers.

A présent, la forêt s'épaississait de plus en plus à mesure qu'il avançait. C'était une succession d'arbres si grands et si vieux qu'ils n'avaient plus d'âge. Du lierre et des lianes pendaient des branches, obstruant le passage. Naka no Ôe progressait lentement, faiblement éclairé par la lune. Il n'y avait nulle part trace du passage d'un homme, seule flottait une odeur de mousse et de terre moisie.

Depuis combien de temps progressait-il ainsi ? Il n'en savait rien, mais il aperçut soudain devant lui une lueur jaune. En s'approchant, il vit deux rangées de lampes d'autel qui bordaient une allée pavée conduisant à un sanctuaire ; un plus loin se dressait le portique marquant l'entrée du lieu sacré.

Naka no Ôe descendit de cheval. Les flammes des lampes tremblaient. Le cri d'un animal déchira le calme de la nuit. Une brume blafarde s'étirait au-dessus de l'allée en pierre. Les feuilles des arbres tombaient en tourbillonnant. Il avait l'impression d'aborder un territoire ensorcelé.

Après avoir attaché son cheval, il se dirigea à pied vers le portique. Dix lampes d'autel en pierre étaient alignées de part et d'autre de l'allée, à intervalles réguliers. Elles contenaient de l'huile et étaient gravées de motifs qu'il n'avait encore jamais vus, semblables aux mailles serrées d'un filet. Au bout de la rangée de lampes, un escalier montait jusqu'à l'imposant portique. Mais ce n'était pas un portique traditionnel : deux piliers en pierre soutenaient une grande dalle plate à l'horizontale. L'enceinte du sanctuaire devait se trouver plus loin, mais dans l'obscurité, il ne distinguait qu'une lumière tremblotante.

Le corps et l'esprit tendus, il monta l'escalier, et, une fois arrivé en haut, il vit apparaître une ombre qui l'attendait, éclairée dans le dos par une torche. Comme il faisait sombre, il ne distinguait pas bien son visage, mais la tête était couverte d'un chapeau en bambou et la main droite tenait un bâton.

— Je vous attendais, Prince, dit une voix caverneuse qui retentit dans le noir.

— C'est vous, Kamatari ? demanda Naka no Ôe.

— C'est moi, Prince. Comme je ne vous voyais pas arriver, je craignais que vous n'ayez eu peur de venir à une heure aussi tardive.

— Ne racontez pas de sottises. Dites-moi plutôt ce que nous allons faire dans un endroit pareil.

— Il vous suffira d'entrer dans le lieu saint, et vous comprendrez. Mais tout d'abord, venez par là, dit Nakatomi no Katamari en lui indiquant un endroit sombre.

Vêtu d'une robe blanche salie de prêtre shintô, il portait un chapeau rituel en bambou. Sa main tenait un bâton de moine presque aussi haut que lui et surmonté d'une clochette, sur lequel étaient fixées des bandes de papier pliées en hommage aux divinités, et autour de ses doigts était entrelacé un chapelet. C'étaient le vêtement et les attributs d'un homme qui s'apprête à lancer une malédiction... On disait que depuis les temps anciens, son clan, traditionnellement dévolu aux affaires religieuses, comptait des membres versés dans la magie qui faisaient appel à la divination ou à la sorcellerie – et même qu'ils se chargeaient en secret de tuer des gens grâce aux incantations. Dans ce cas, cela signifiait-il qu'ils allaient détruire Iruka en lui jetant un mauvais sort ?

Kamatari se saisit de la torche, puis se dirigea vers le fond. L'enceinte fut alors vaguement éclairée. Mais il n'y avait pas de sanctuaire shintô derrière le portique. Tout juste une paroi abrupte, avec en son milieu une grotte sombre dotée d'une ouverture qui permettait le passage d'un homme. De chaque côté était planté un *sakaki*, cet arbre toujours vert censé être la demeure permanente ou temporaire des dieux, d'où pendaient les grosses cordes en paille de riz torsadée marquant un lieu sacré. Autrefois, les dieux avaient suspendu des bijoux et des miroirs aux branches d'un *sakaki* pour attirer Amaterasu, la déesse du Soleil, hors de la grotte où elle s'était réfugiée pour se soustraire à la violence de son frère le dieu Impétueux. Quand cette divinité féminine qui gouvernait les hautes plaines du Ciel s'était ainsi enfermée, le monde avait été privé de lumière. Pour l'en faire sortir, une divinité s'était mise à danser en se déshabillant devant la caverne et tous les dieux réunis avaient ri aux éclats. Piquée par la curiosité, Amaterasu avait écarté le rocher dont elle avait obstrué l'entrée, quand un dieu lui avait présenté un miroir dans lequel elle avait cru voir une autre déesse du Soleil. Le dieu de la Forte Poigne en avait profité pour la tirer à l'extérieur et la lumière était revenue éclairer le monde.

— Mais où sommes-nous donc ?

— Dans le sanctuaire de notre ancêtre le dieu fondateur. Maintenant, si vous voulez bien passer derrière moi, Prince, dit Kamatari en entrant dans la grotte.

Naka no Ôe le suivit. Un froid glacial régnait à l'intérieur, ainsi qu'une puanteur évoquant la chair putréfiée. Les parois et le plafond étaient parementés de gemmes incrustées recouvertes par la mousse. Le plafond suintait et le bruit des pas et de la respiration retentissait dans l'air humide et froid.

Après avoir marché quelques instants, les deux hommes tombèrent sur un cul-de-sac. Kamatari alluma des bougies aux quatre coins avec la flamme de sa torche, et l'endroit fut enfin éclairé.

Ils se trouvaient dans une petite salle exiguë de forme carrée. Les parois étaient décorées d'une multitude de motifs rouge vif en forme de spirale ; Naka no Ôe vit sur une sorte de table en pierre des morceaux de bois emboîtés les uns dans les autres : l'ensemble ressemblait à un autel. Sur deux planches placées à la verticale étaient suspendus de nombreux *gohei*, ces offrandes de papier plié en zigzag, symboles entre tous des rites shintô. Au milieu était posée une poupée en roseau, la tête à l'envers, et devant, un petit autel abritait les offrandes d'encens aux divinités.

— C'est ici que vous pratiquez la magie ?...

— C'est ici, en effet.

Katamari s'assit devant l'autel et prit dans la main un grand *gohei*.

— Si je vous ai prié de prendre la peine de venir jusqu'ici, c'était pour vous révéler la formule magique du *sortilège malfaisant*, qui permet de jeter un sort à une personne que vous avez prise en haine. Notre famille y est initiée depuis les temps anciens.

Naka no Ôe, abasourdi, ne put articuler un mot.

— Veuillez regarder, je vous prie. Sur cet autel se trouve l'Esprit, qui est un condensé des esprits de tous les êtres de l'univers. L'Esprit, c'est l'énergie toute-puissante qui meut chaque chose en ce monde. Si on enferme là vos mauvaises pensées, et qu'on les unisse à l'Esprit, elles deviendront une force magique très puissante et vous pourrez facilement maudire à mort celui que vous haïssez.

Tout en disant cela, il alluma les lampes devant l'autel et fixa sur Naka no Ôe un regard aigu. Il avait les joues creuses, un nez aquilin, et des yeux vifs et perçants comme ceux d'un oiseau de proie. Sous la lumière fantomatique des lampes, on aurait dit une apparition venue d'un autre monde.

— Quand on jette un sort à l'aide du *sortilège malfaisant*, on court un très grave danger. En effet, si quelqu'un a connaissance de ce sortilège et vous renvoie les mauvaises pensées que vous avez lancées, elles risquent de vous revenir avec une force d'autant plus maléfique. En un mot, je dois vous confier que cette opération se fait au péril de votre vie. Il était nécessaire de vous prévenir et de vous y préparer.

Kamatari dévisagea Naka no Ôe comme pour vérifier le degré de détermination du Prince. Or, malgré le ridicule de la situation, ce dernier était soudain piqué par la curiosité. Pouvait-on vraiment détruire Iruka par la sorcellerie ? Il avait en tout cas envie d'en savoir plus.

— Essayez de vous abandonner, dit Kamatari sans lui laisser le temps de répondre, avant de se tourner aussitôt vers l'autel et de lever haut le *gohei*.

— Regardez l'autel, Prince. La poupée suspendue à l'envers, c'est l'effigie d'Iruka. Si on enferme vos rancœurs dans cette poupée, vous pourrez attaquer la vie d'Iruka grâce à la force de la sorcellerie. Allez, c'est maintenant que vous devez évoquer en pensée vos rancœurs contre Iruka. *Abira unkensowaka, onmidare yasowaka…*

Kamatari s'était mis à proférer d'étranges incantations en agitant le *gohei*. Naka no Ôe l'observait d'un air dubitatif. Il savait que communiquer sa pensée était possible, mais comment pouvait-on tuer un homme à l'aide de la seule sorcellerie ? Plutôt que de venir ici, n'aurait-il pas mieux fait de s'occuper scrupuleusement du plan qu'il avait mis au point pour le lendemain ? Au fur et à mesure que montait la voix de Kamatari récitant les formules magiques, Naka no Ôe regrettait de plus en plus sa présence en ces lieux.

— *Go-zôroppu, organes internes, uchimidasu, détruire, kirimidasu, couper, onmidare yasowaka… Ten-dô, prédication, kekka-kuzushi, fleur de sang, chirimakusano, éparpiller, jeter, tai-shin-ge-dô, grand dieu hérétique, agis, okonaisu...*

Tout en continuant d'agiter le *gohei*, Kamatari psalmodiait ses incantations comme s'il était possédé du démon. Les bandes de papier plié sur son chapeau en bambou s'agitaient dans tous les sens en bruissant.

— *Ukken, naguken, Ki-ruken, couper, hit-te-nimusubite, attaché à la main, sei-ke-su-to-kiri-komu, couper jusqu'au sang frais, hak-ketsu-to-ki-rikomu, couper jusqu'au sang blanc, ao-ke-tsu-to-ki-rikomu, couper jusqu'au sang bleu, ichi-dô-kek-ka-kuzushino-hô-mochite, fleur de sang, abattre, ja-ma-suru- ge-hô, malédiction des démons, hô-shô, empêchement du dharma, manachi-tokirikomu, couper dedans...* continuait-il de réciter en mettant le feu à l'autel réservé aux offrandes d'encens.

Il y eut soudain un son ténu, et les flammes s'élevèrent en rampant comme s'il s'agissait d'êtres vivants. Un instant, Naka no Ôe crut que ses oreilles étaient bouchées. Il ne percevait plus qu'une sorte de bourdonnement. Tout bruit du monde extérieur avait disparu, il se sentait isolé du reste du monde. Seules retentissaient les formules magiques de Kamatari au fond de son cerveau engourdi.

— A présent, vous allez éveiller en vous votre haine contre les Soga.

Les paroles de Kamatari résonnèrent comme un grondement. Son champ de vision se rétrécit, il ne distingua plus que les flammes de l'autel, le *gohei* et le dos de Kamatari qui semblaient tournoyer autour de lui. Il se sentit comme dépossédé de sa perception habituelle des choses. La pensée lui vint que les formules de Kamatari l'avaient ensorcelé, mais il ne pouvait plus rien y faire...

— Pourquoi devez-vous détruire les Soga ? Allez, répondez à haute voix !

Naka no Ôe trouva déplaisante son attitude arrogante, mais il eut l'impression que sa réponse lui était soutirée contre sa volonté. Cependant, elle ne sortit pas de sa bouche, seuls les mots tourbillonnèrent au fond de son cerveau. « C'est évident, prononça-t-il dans son esprit, ils multiplient les abus de pouvoir, sans tenir compte des membres de la Maison impériale qui sont les maîtres légitimes du Pays de Yamato. »

— Les Soga ont à présent une influence égale à celle de la Maison impériale. Si les plus forts doivent régner sur cette terre, alors, la suprématie passera inévitablement dans les mains des Soga, intervint Kamatari.

« Ne dis pas d'absurdités, continua Naka no Ôe intérieurement. Qui sont les Soga ? Rien d'autre que des barbares... Par l'intrigue ou par la force, ils essaient de s'emparer du Pays de Yamato que notre famille a établi avec acharnement... Pourquoi devrions-nous céder à ces Soga ? »

— Vous avez raison. Détaillez-moi les nombreux actes maléfiques et barbares de ces tyrans.

En voulant dire « tu devrais le savoir », les pensées de Naka no Ôe furent interrompues par une force puissante. Puis les innombrables abus de pouvoir des Soga lui revinrent distinctement à l'esprit. Ils vivaient dans des palais fortifiés, rudoyaient les Princes, maltraitaient la noblesse...

« C'est vrai. Ils ne sont après tout que des étrangers. Iruka et Emishi ont fait construire une tombe ancestrale dans le Palais Haut à Katsuragi. Et sur l'épitaphe de la statue en pierre, il est écrit qu'à l'époque du Souverain Yûryaku, maître du Pays de Yamato il y a plus de deux cents ans, le frère cadet Konki du Roi Kôro, de la vingt et unième génération du Royaume coréen de Paekche, avait traversé la mer pour venir à Asuka en même temps que de nombreux artisans, et que ses descendants se sont vus donner par la suite la terre de Katsuragi. On les a alors nommés les Soga et ils sont devenus les plus puissants de cette lignée de clans d'immigrés coréens et aussi chinois, ce qui leur permet de contrôler une bonne partie des nouvelles techniques et des nouveaux savoirs venus de Corée... C'est ainsi qu'ils sont à l'origine de l'introduction du bouddhisme : les premiers monastères ont été édifiés sous leur responsabilité. Cependant, le pouvoir tyrannique qu'ils exercent à l'encontre de la Famille impériale, qui domine ce pays depuis la création du monde, est quelque chose d'inadmissible !

« Autrefois, on les a même vus arriver à leurs fins, puisqu'ils ont réussi à gouverner en se liant à la Famille impériale par le jeu d'alliances matrimoniales, c'était à l'époque de Soga no Iname, il n'y a pas si longtemps... Ils imposaient les souverains de leur choix, telle l'Impératrice Suiko, fille d'une Soga et nièce du chef de clan, réduisant le Souverain à un rôle de « Président » des cérémonies religieuses. Il est clair que leur intention cachée est d'usurper le pouvoir et de détruire la dynastie régnante.

« Actuellement, Iruka et Emishi ont donné ordre de construire des tombeaux d'ampleur impériale à Imaki. D'ailleurs, ne dit-on pas que le jour où la tombe ancestrale de Katsuragi a été achevée, on a dansé la *Danse de yatsura*, en principe réservée au Fils du Ciel en Chine ? N'est-ce pas le signe de la volonté des Soga de devenir les maîtres ? Emishi se pare du titre honorifique de Grand Ministre Supérieur. Et comme au-dessus du Grand Ministre, il n'y a en principe que le Souverain, le Grand Ministre Supérieur a donc un rang égal à celui de l'Empereur. En résumé, ils se désignent fièrement comme étant de même rang que la dynastie régnante. »

La colère montait en lui. Du fait que l'Impératrice Kôgyoku était une femme, les Soga dédaignaient la Famille impériale. C'était le comble de l'arrogance et de l'orgueil. Au souvenir du visage de ces deux hommes qui étaient l'incarnation même de la volonté de puissance, il fut assailli par une envie irrésistible de les torturer.

— Nous devons abattre ces Soga ! s'écria-t-il.

— *Mijinto-ya-bu-reya*, récita Kamatari, *déchirez en mille morceaux, môi-ke, brûlez, ta-eike, exterminez, ka-reike, souillez, iki-ryô, démons vivants, Inu-gami, dieu des chiens, hebi-gami, dieu des serpents, to-bi-hi, flammes volantes, hen-ka, flammes étranges, sonomyno-kubi, la tête de ton corps, shihô-san-za-ra, les quatre directions, mijinto-kiri-ya, coupez en milliers de morceaux, sobaka...*

Les incantations attisaient la colère de Naka no Ôe. Son champ visuel se ferma, tout bruit disparut, la rage flamba dans son esprit obscurci.

— *Chi-ohake, crache du sang, awa-ojake, crache de l'écume, magare, majikoru, abira unkensowaka, yomi-heotose, fais tomber dans le pays des morts, onmidare yasowaka...*

Les mouvements de Kamatari en transe agitant son *gohei* s'étaient encore accélérés, son corps désarticulé était secoué de tremblements effrayants, il éructait sans discontinuer des envoûtements tout en jetant des petits bouts de bois dans les offrandes d'encens. Le feu crépita, les flammes vinrent lécher l'autel qui finit par s'enflammer brusquement. Les *gohei* suspendus à l'envers se mirent à brûler...

C'est alors que la poupée en paille commença à bouger faiblement. Puis elle sembla se tordre dans la chaleur des flammes. Les yeux de Naka no Ôe s'ouvrirent soudain. Dans son esprit jaillit la certitude que c'était lui qui faisait bouger cette poupée. Sa pensée fut-elle communiquée à Katamari ? Les incantations macabres redoublèrent d'intensité et ses bras se mirent à faire dans tous les sens des moulinets avec le *gohei*. On aurait dit un dément.

— *Magare, majikoru, obachi, susuchi, majichi... magare, majikoru, obachi, susuchi, majichi...*

Les mouvements de la poupée en paille devinrent encore plus violents. Les *gohei* étaient enveloppés par les flammes, et au milieu la poupée tremblait. Les incantations de Katamari atteignirent leur point culminant. Il brandit dans un grand mouvement son *gohei*, puis il poussa un cri si violent que sa gorge sembla se déchirer. A cet instant-là, la tête de la poupée se brisa et tomba. Naka no Ôe eut l'impression d'entendre quelqu'un à l'agonie pousser son dernier cri. Il fut parcouru de frissons indescriptibles.

Le corps de la poupée sans tête flambait maintenant. Kamatari s'arrêta de réciter ses formules maléfiques et poussa un profond soupir.

La petite salle rocheuse fut alors plongée dans un tel silence que c'en était effrayant. La séance des incantations semblait terminée, car Kamatori regardait l'autel brûler sans mot dire. Naka no Ôe se détendit peu à peu ; l'odeur d'encens brûlé vint lui piquer le nez.

Kamatari ne disait toujours rien, mais une certitude naquit chez Naka no Ôe, celle qu'Iruka venait de mourir.

Quelques heures plus tard…

Kamatari était assis bien droit dans l'obscurité en retenant son souffle. Naka no Ôe avait déjà disparu. De la fumée noire s'élevait de l'autel en cendres et emplissait l'intérieur de la grotte. Katamari avait retrouvé ses esprits, et il sentait quelque chose. Les yeux grands ouverts, guettant un bruit, il essayait de deviner de quoi il s'agissait.

La fumée trembla légèrement. D'où venait ce courant d'air ? Tendant l'oreille, il perçut la respiration de quelqu'un au fond de la grotte.

— C'est toi, Zenki ? murmura-t-il.

Zenki était le disciple d'un sorcier ermite qui vivait sur le mont Katsuragi et croyait dans les esprits. On le disait pourvu d'étranges pouvoirs.

Kamatari entendit alors quelque chose qui ressemblait à un gémissement. Il devina que Zenki avait tout entendu.

— Tu as compris ce qui s'est passé jusqu'à maintenant.

A nouveau retentit la sinistre plainte.

— Alors tu sais ce qu'il faut faire. Il faut immédiatement mettre en œuvre un *artifice.* Pour faire comme si la malédiction avait été efficace.

Mais la voix ne répondit pas.

— A présent c'est notre vrai travail qui commence.

Kamatari sentit la présence disparaître, dans un bruit de reptation. Il ferma les yeux et, gardant son calme, resta immobile, absorbé dans ses pensées. De sa bouche, les phrases incantatoires de tout à l'heure commencèrent à s'écouler en un murmure.

3

Le lendemain, le 12 juin…

Ce jour-là, une pluie diluvienne s'abattit sur le monde terrestre comme si elle voulait le mettre sens dessus dessous. La région d'Asuka était noyée sous les trombes d'eau ; partout, routes et champs ressemblaient à des mares fangeuses. La rivière Asukagawa qui arrosait la plaine n'était plus qu'un torrent boueux et par endroits les voies de communication étaient coupées.

Sous cette pluie battante, se cachaient dans l'ombre des soldats placés en divers endroits autour du Palais d'Itabuki. Outre les soldats personnels de Naka no Ôe, il y avait ceux que le Prince Ôtomo avait levés la veille au soir auprès de plusieurs puissants nobles de province pour former une troupe armée. Naka no Ôe avait ainsi disposé près de deux cents hommes chargés de garder le Palais, de sorte qu'aucune échappée n'était possible.

Pour le moment, Naka no Ôe se trouvait dans sa demeure située à l'ouest du Palais impérial. Il portait un habit de cérémonie décoré de motifs ronds représentant des dragons et se tenait dans une galerie couverte, serrant dans la main une épée noire à double tranchant. Cette arme très peu ouvragée était pratique et discrète, et ne craignait guère d'être maculée de sang. Si donc, malgré ses précautions, Iruka parvenait à s'échapper des mailles du filet, il était résolu à lui donner le coup de grâce.

Depuis la veille au soir, aucune tragique nouvelle ne lui était parvenue du palais d'Iruka. Ce qui signifiait que les incantations de Kamatari étaient restées sans effet. Il avait cru entendre un cri d'agonisant, mais ce n'était sans doute rien d'autre qu'une hallucination. Peut-être s'était-il trouvé comme dominé par une puissance occulte à cause de l'atmosphère étrange et inquiétante qui régnait dans la grotte ? Après tout, Kamatari était le chef du clan des Nakatomi. Il devait avoir une foi aveugle dans ses pratiques magiques absurdes. Et lui-même, qui avait surestimé un individu pareil, pouvait être traité d'homme stupide.

Naka no Ôe pensa à la cérémonie du tribut prévue pour le jour même. Puis il réfléchit aux dispositions prises pour assassiner Iruka.

Les Royaumes coréens de Silla et de Paekche, qui subissaient l'oppression du grand Royaume de Kôkuryô, avaient pris la décision de lutter contre lui en se liant à la Chine des Tang. Mais Silla craignait que Paekche, dénonçant son alliance, ne l'envahisse avec l'aide de l'importante armée du Pays de Yamato ; aussi avait-il dépêché des envoyés chargés de payer tribut par mesure de conciliation. Une audience avec la Souveraine avait été acceptée et devait se dérouler dans la Salle du Principe suprême à l'heure du Cheval [1].

Un décret impérial émis par la Souveraine avait été communiqué à chaque Prince et Princesse, les enjoignant d'assister à la cérémonie, ainsi qu'à Iruka. Il était évident

1. De onze à treize heures.

qu'avec son envie de s'afficher en toute occasion, il ne laisserait pas échapper celle de montrer aux envoyés de Silla sa supériorité. En outre, devant le Souverain, il était convenu de se défaire de son épée. C'était donc l'occasion rêvée... Naka no Ôe allait assassiner son ennemi au moment où celui-ci, sans défense, ne serait pas non plus sur ses gardes.

Mais ce n'était pas lui qui mènerait l'assaut en réalité. Commettre un acte pareil en présence de la Souveraine n'était pas digne d'un homme de son rang. C'était là qu'entrait en scène Ishikawamaro, l'autre homme puissant du clan des Soga et le fils unique du frère cadet d'Emishi, de la branche Kurayamada. Pendant qu'Ishikawamaro lirait devant la Souveraine le message des envoyés de Silla, des hommes de main déguisés en gardes d'Iruka feraient mine de l'attaquer, lui, Naka no Ôe, le Prince Héritier : il tuerait Iruka en profitant de la confusion. Il s'agirait donc d'un cas de légitime défense face à un complot ourdi par les Soga, et ainsi ne pourrait-on rien lui reprocher. Quant à Ishikawamaro, qui avait accepté volontiers de collaborer, il voulait tellement rivaliser avec la branche centrale du clan des Soga que toute trahison de sa part était impossible. Et Amita et Katsumaro, ses hommes de main, s'étaient entraînés en répétant maintes et maintes fois les gestes qu'ils devraient faire le jour de l'assassinat.

Le plan était sans faille.

De la galerie où il se tenait, Naka no Ôe voyait le Palais d'Itabuki derrière le rideau de pluie. Les piliers de la Porte Principale laqués de rouge s'élançaient vers le ciel et le toit imposant couvert de bardeaux de cyprès semblait écraser le reste du monde. C'était le Palais sacré où résidait l'Impératrice Kôgyoku, le symbole de la puissance de la dynastie régnante.

Je dois protéger ce Palais, se dit le Prince, quitte à y perdre la vie. C'est mon devoir… Et après avoir glissé la petite épée dans sa manche, il sortit de sa demeure d'un pas sûr.

4

Dans la résidence des Soga, du haut de la colline d'Amakashi, Iruka regardait le Palais impérial situé à l'est. Il était âgé d'une cinquantaine d'années. C'était un homme de grande taille, barbu, aux joues peu soignées et grasses. Son nez ressemblait à une bosse, il avait les sourcils très relevés. Son visage aux traits fiers et arrogants abritait une personnalité cynique et profondément réfléchie. Soga no Iruka pensait à la cérémonie du tribut des envoyés de Silla.

Il y a quelques jours, l'Impératrice Kôgyoku lui avait dépêché un messager porteur d'une lettre lui demandant d'y participer. On le priait de bien vouloir assister à cette cérémonie en même temps que le Grand Ministre Supérieur. C'était un texte poli, écrit en termes très respectueux et adressé à la branche centrale des Soga, mais il avait bien réfléchi avant d'accepter. Car il savait que s'il assistait à la cérémonie, il serait obligé de se prosterner devant la Souveraine assise sur le trône, affichant ainsi l'infériorité du clan des Soga face aux envoyés de Silla.

En temps ordinaire, il aurait refusé sans hésiter, mais exceptionnellement, il avait donné son accord. Car sa présence pouvait aussi donner l'impression que les Soga régnaient sur le Pays de Yamato en leur qualité de Grands Ministres.

Mais il y avait une autre raison. Il était plus juste, en effet, de dire qu'il acceptait de subir la honte de participer à une cérémonie impériale parce qu'il avait *son plan.* Il savait qu'on n'autorisait pas le port de l'épée dans la Salle du Principe suprême. Toutes les personnes présentes seraient donc désarmées, dont les Princes impériaux Naka no Ôe et Ôama. Quelle meilleure occasion que celle-ci pour mettre son plan à exécution ? Un plan singulier qui les prendrait par surprise, et lui permettrait de renverser la Famille impériale sans encourir la critique.

Les yeux d'Iruka, braqués vers le Palais d'Itabuki en bas, brillaient avec insolence. Ils devaient tous être en train de se rassembler, ignorants du complot. Le sang allait couler en abondance devant la Souveraine, mais on n'y pouvait rien. De toute façon, c'était une femme facile à amadouer.

Il y avait eu une liaison entre Kôgyoku et Iruka. S'il s'était uni à cette femme qui avait dépassé la cinquantaine et perdu sa beauté, c'était par calcul, pour la manipuler à son gré. Iruka se rappelait distinctement l'ardeur ridicule de la Souveraine. Un sentiment de mépris lui vint pour la gent féminine qui se laissait dominer aussi facilement par ses émotions. Il n'avait pas seulement satisfait son désir physique, il avait également collaboré à la construction du temple de Kudara, édifié par des nobles coréens émigrés du Royaume de Paekche pour la Souveraine qui cherchait le salut auprès du bouddhisme. Jamais elle ne pourrait devenir son ennemie, il en était certain.

Un chant de victoire retentit en lui. Restait à empêcher son neveu, le Prince Furuhito no Ôe, de participer à la cérémonie du tribut...

Né de l'union entre le défunt Empereur Jomei [1] et la Princesse Hote, la fille de Soga no Umako, c'était le seul prétendant au trône du clan des Soga, et un atout qui permettait à Iruka d'exercer sa puissance en tant que membre par alliance de la Famille impériale. Voilà pourquoi il ne fallait pas que le Prince Furuhito no Ôe assiste

1. 593-641. Successeur de l'Impératrice Suiko, il avait pour Grande Epouse Kôgyoku, laquelle lui succéda à sa mort.

à une cérémonie où il serait exposé au danger et où le sang coulerait sûrement. Ce Prince demeurait au Palais d'En Bas. Il devait aller le prévenir.

Iruka secoua son corps lourd et se mit en marche. Il avait accès au Palais d'En Bas par les galeries couvertes. Quelques gardes du corps s'apprêtaient à le suivre, mais il les repoussa de la main. En entrant dans le Palais d'En Bas, il entendit des piaillements aigus de femmes. On sentait aussi l'odeur du saké. Il eut un mauvais pressentiment.

— Furuhito no Ôe... appela-t-il sans obtenir de réponse.

Iruka ouvrit la porte.

Furuhito no Ôe était en train de boire du saké, entouré de servantes. Il semblait déjà ivre, son visage était cramoisi. La pièce était remplie des effluves d'alcool et du maquillage étalé sur le visage des femmes. L'ambiance était lubrique. A la vue d'Iruka, les servantes gênées se firent toutes petites et se turent ; Furuhito no Ôe foudroya l'intrus du regard.

— Vous avez beau être mon oncle, il est impoli d'entrer sans prévenir.

— Mais qu'est-ce que vous faites... demanda Iruka incapable de poursuivre.

Chaque fois qu'il le voyait, il sentait monter en lui un sentiment d'impuissance indescriptible. Ce Prince se noyait dans le saké, il était débauché, arrogant. S'il n'avait pas été prétendant à la succession au trône, il l'aurait bien volontiers cloué sur place d'un coup de sabre. Et s'il était obligé de recourir à la violence pour détruire la dynastie régnante, en s'attaquant même aux Princes, les fils de l'Impératrice Kôgyoku, c'était en grande partie à cause de la lâcheté de ce Prince-là.

— Iruka en chair et en os ! S'agirait-il d'une affaire de première importance ?

Iruka laissa échapper un profond soupir.

— Vous n'êtes pas en état d'écouter quoi que ce soit. Je vous remplacerai à la cérémonie du tribut. Restez donc ici à vous amuser avec les femmes.

— Oh, fort bien, je vous en remercie ! Je me disais justement que c'était une folie de me rendre au Palais d'Itabuki par un temps pareil. Je vous sais gré d'une telle gentillesse, dit-il en finissant sa coupe avant de chercher le sein d'une servante.

La jeune femme se raidit et adressa un regard gêné à Iruka.

— Dites-moi, mon oncle, si vous restiez vous divertir ici au lieu de vous rendre à cette cérémonie horriblement ennuyeuse ? Comme vous le voyez, il ne manque pas de belles filles. Ce serait sûrement beaucoup plus amusant pour vous que de passer votre temps en complots et calculs en tous genres…

— Quelles sottises !

— Ah oui, et qui serait le plus sot ? L'Histoire nous montre que le pouvoir obtenu par des lâchetés ne dure pas longtemps.

— La seule chose que vous savez faire est de faire marcher votre bouche, comme d'habitude.

— C'est ma seule qualité, répliqua le Prince Furuhito no Ôe qui attira vers lui une servante et l'embrassa goulûment.

Iruka fit la grimace. Quel homme ! Il n'avait plus de mots. S'il restait ici, il avait l'impression que son corps serait souillé par cette atmosphère impure. Iruka lança un regard haineux et referma la porte avec colère.

5

Au même moment, Soga no Ishikawamaro revêtait en hâte sa tenue de cérémonie. Il n'avait pas fermé l'œil de la nuit tant il était nerveux, il avait bu beaucoup de saké et s'était levé trop tard.

Sa demeure se trouvait au nord d'Asuka, à Iware, à une lieue du Palais d'Itabuki. Il fallait plus d'une heure pour s'y rendre en palanquin. Et puis, il y avait cette pluie. La route était pleine de boue, il savait que le trajet serait difficile. Pour participer à la cérémonie du tribut qui devait débuter à l'heure du Cheval, il aurait dû partir avant la fin de l'heure du Dragon[1], mais celle du Serpent[2] était déjà bien avancée. Ishikawamaro était en pleine confusion.

Il s'était vu confier le rôle de lire le message, Naka no Ôe ayant invoqué la situation privilégiée de sa famille étroitement liée par des unions matrimoniales à la branche centrale des Soga. Il était en effet le cousin d'Iruka. Mais autant ce dernier était violent et tyrannique, autant Ishikawamaro était de nature douce et gentille ; il n'aimait pas recourir à la force et depuis qu'Iruka avait fait le projet d'usurper le pouvoir de la Famille impériale, la position qu'il avait adoptée était de regarder calmement l'évolution des événements en prenant ses distances avec la branche centrale.

Iruka avait interprété son comportement comme une preuve qu'il communiquait secrètement avec la Famille impériale ; depuis lors, il le considérait comme un ennemi. Et ne pas plaire à Iruka risquait de mettre la famille d'Ishikawamaro en mauvaise posture et de la vouer à la ruine... Mais comment lutter contre ce grand personnage qui était si fier de sa puissance ?

Ishikawamaro se trouvait dans cette situation embarrassante quant Naka no Ôe lui avait parlé d'un complot, lui expliquant qu'on projetait d'assassiner Iruka au cours de la cérémonie du tribut et qu'il souhaitait solliciter sa compréhension. Son rôle ne consisterait qu'à lire le message et à mettre bon ordre après les faits. Rien

1. De sept à neuf heures.

2. De neuf à onze heures.

n'arrangeait davantage Ishikawamaro, qui avait donc accordé sa participation avec l'idée qu'il montait sur la bonne embarcation.

Mais les choses semblaient s'effondrer dès le départ. S'il arrivait en retard à cette cérémonie essentielle, non seulement il perdrait la confiance qui lui était accordée, mais le plan du Prince Naka no Ôe ne pourrait être exécuté.

— Ce n'est pas possible, vous n'avez pas encore fini de m'habiller ? dit-il sur le ton de la réprimande à ses servantes pour les presser.

Les femmes le revêtirent précipitamment de tous les articles nécessaires à une tenue de cérémonie : il lui fallait porter une large ceinture de cuir décorée sur une longue robe couleur de feuilles mortes, par-dessus laquelle il passa un large pantalon fendu sur les côtés avec cinq plis sur le devant et un seul au dos, et, sur la tête, une coiffure en crins laqués de noir. Puis il prit la petite planchette en ivoire destinée aux hauts fonctionnaires de son rang et mit sur le côté une épée ornementée d'une boule de jade sur la poignée. Ainsi était-il prêt à participer dignement à cette impériale cérémonie.

Après avoir fini tant bien que mal de s'habiller, il courut presque le long des galeries et sortit par la Porte Sud.

Au-dehors, il pleuvait à verse. L'eau ruisselait en cascade, le jardin intérieur était transformé en une mer de boue. Le palanquin dans lequel il devait prendre place était complètement trempé, tout comme les soldats qui ressemblaient à un bataillon rescapé d'une défaite.

Ishikawamaro eut soudain un mouvement de recul, ses jambes lui parurent lourdes.

— Quel temps exécrable… murmura-t-il.

Il était assez corpulent, et au milieu de son visage couvert de gros boutons, deux petits yeux roulaient d'un air inquiet.

— Monseigneur, veuillez prendre place dans la voiture.

— Hein… répondit-il d'une voix évasive au chef des gardes du corps qui le pressait de monter. Quelle heure est-il ?

— Nous ne sommes pas loin de la fin de l'heure du Serpent…

— Oh, dans ce cas, nous devons nous dépêcher.

Le garde du corps tint ouvert un parapluie en soie pour le protéger de la pluie. Les soldats de sa suite soulevèrent l'écran en bambou du palanquin en attendant qu'il prît place.

Mais Ishikawamaro restait immobile, incapable de bouger. Un pressentiment l'oppressait. C'était peut-être la peur de ce qui allait se passer.

Les gardes du corps se regardèrent d'un air intrigué.

— Je vous en prie, Monseigneur, insista de nouveau le chef des gardes du corps.

Ishikawamaro ne bougeait toujours pas. Il y eut un silence gênant. Alors, un jeune garde s'avança vers lui.

— Monseigneur, vous avez aujourd'hui l'occasion de montrer la puissance de votre famille aux envoyés de Silla. Vous n'avez pas besoin d'être angoissé. Je vous en prie, prenez place.

— Voudriez-vous insinuer que j'ai peur ?

— Pas du tout, Monseigneur, je voulais juste vous rappeler que ce serait grave d'arriver en retard à la cérémonie du tribut.

— Inutile de le préciser, je le sais, répondit-il d'un ton brusque.

— Veuillez m'excuser, Monseigneur, dit l'autre en reculant, la tête baissée.

Ishikawamaro lui lança un regard sévère. L'homme était mince, il avait des traits fins et assez féminins. Il répondait au nom de Mushimaro et venait tout juste d'avoir vingt ans. Plus intelligent que les jeunes de son âge, il était perspicace et parvenait à lire les pensées des autres. Pour qui se prend donc ce jeune subalterne ? pensa Ishikawamaro en montant dans le palanquin de fort mauvaise humeur.

— Il faut absolument arriver à l'heure du Cheval. Allons, vite ! dit le chef des gardes du corps.

Les hommes levèrent précipitamment le palanquin, et leur mouvement brusque secoua violemment Ishikawamaro qui s'accrocha à un montant. Il ouvrait les rideaux pour leur demander de le transporter avec plus de ménagement quand il remarqua, au milieu du groupe de serviteurs, de servantes et de gardes qui le regardaient partir à la Porte Sud, sa fille, la Princesse Ochi ! Mais comment aurait-elle pu venir jusqu'ici pour regarder son père partir ? Il l'avait mariée à Naka no Ôe pour avoir des liens de parenté avec la Famille impériale et sa résidence se trouvait près du Palais d'Itabuki.

Ishikawamaro regarda à nouveau le groupe. Naturellement, la Princesse Ochi n'y était pas. Il s'était trompé visiblement... Sans doute les séquelles de sa soirée de la veille passée à boire de l'alcool... Ishikawamaro secoua la tête et ferma les rideaux.

Pourtant, le visage de sa fille qu'il avait cru voir à l'instant était étrange. Il affichait une expression d'une tristesse infinie, comme s'ils n'allaient plus se revoir vivants. Et si c'était vrai ?

C'est alors qu'Ishikawamaro comprit la véritable nature de son angoisse diffuse : cet Iruka n'était pas homme à se laisser prendre facilement au piège. Le complot de Naka no Ôe serait un échec… Il le sentait.

Il ne devait pas y aller, il ne devait pas aller au Palais d'Itabuki ! Il s'apprêtait à crier aux porteurs de s'arrêter quand il ne sut quelle raison invoquer, maintenant qu'ils étaient en route. Ishikawamaro, terrorisé par l'angoisse qui l'avait envahi, s'agrippa aux montants du palanquin, ballotté en tous sens.

Pendant ce temps-là, Nakatomi no Kamatari se trouvait dans la grotte de Katsuragi. Au milieu des ténèbres fantomatiques et secrètes qui enveloppaient les environs, il sentait la volonté du Prince Naka no Ôe et, malgré la distance qui les séparait, ses dons surnaturels de sorcier lui permettaient de capter son irrésistible désir meurtrier.

Le moment d'opérer le maléfice était venu... Le dispositif, l'*artifice* qui avait été préparé la veille, devait fonctionner sans problème. De nouveau sortirent de sa bouche les étranges incantations.

— *Onmidare yasowaka, abira unkensowaka*...

6

Le Palais d'Itabuki était clos par un mur d'enceinte au toit de terre. L'entrée principale, située à la Porte Sud, donnait sur une cour intérieure recouverte de graviers blancs devant laquelle se dressait la Salle du Principe suprême. Le Pavillon Central abritant les appartements de la Souveraine se trouvait derrière, et les pavillons destinés aux dames de cour et aux serviteurs étaient de part et d'autre, à l'est et à l'ouest. Tous ces bâtiments étaient reliés par des galeries.

Naka no Ôe traversa le Palais en s'assurant d'un regard circulaire que tout était prêt. Sous les galeries sur pilotis et dans les recoins à proximité de la Salle du Principe suprême, des soldats attendaient discrètement. Ils avaient reçu l'ordre, si Iruka tentait un mouvement suspect, mais seulement en cas de force majeure, de l'attaquer à l'épée.

Tout était fin prêt.

Il était sur le point de retourner vers la Salle du Principe suprême, quand il entendit quelqu'un approcher à pas pressés.

— Père ! entendit-il derrière lui.

En se retournant, il vit le Prince Ôtomo arriver en hâte, accompagné de ses gardes du corps Haji no Umate et Iwatoko. Il avait demandé à son fils de retenir la Souveraine dans ses appartements jusqu'au début de la cérémonie, afin de la laisser ignorante du complot qui se tramait pour assassiner Iruka.

— Comment est l'humeur de Mère, mon fils ?

— Sa Majesté se plaint de cette terrible pluie.

— Ah oui, et à propos de la cérémonie…

— Elle dit qu'elle viendra dès que tout sera prêt.

Naka no Ôe comprit que son fils lui disait d'une manière détournée que la Souveraine ne se doutait de rien.

— Je vous remercie de votre travail, mon fils. Prévenez Mère que cette pluie fournira une excellente récolte des cinq céréales, millet, panic, riz, blé et haricots, et qu'il ne faut pas se tourmenter.

— Bien, Père. Je vais lui parler du magnifique jaspe que lui ont apporté les envoyés de Silla.

— Oui, cela lui plaira. Je compte sur vous pendant encore un moment, mon fils.

— Père, je vous en prie, n'arrivez pas en retard à cette précieuse cérémonie.

— En effet, je comprends.

Tous les deux communiquaient à mots couverts par le regard, à l'insu des gardes du corps. Le jeune Prince se montrait à la hauteur de la situation et Naka no Ôe regarda avec réconfort son fils repartir en direction de la Salle du Principe suprême.

Il le suivit, et vit dans la cour intérieure, depuis la Porte Sud jusqu'à la Salle, les gardes impériaux figés impassibles sous la pluie diluvienne. Les Princes et la plupart des hauts dignitaires étaient déjà là, à l'exception de l'homme clé, Ishikawamaro, et d'Iruka. Il était normal que ce dernier ne fût pas encore arrivé, mais que faisait donc Ishikawamaro… ?

C'était un homme droit, honnête et chaleureux, mais il ne savait pas saisir les occasions. Comment pouvait-il arriver en retard à un moment pareil ! Il n'était pas question pour l'instant de critiquer ouvertement un membre du puissant clan des Soga, mais une fois qu'il se serait débarrassé d'Iruka, il faudrait réfléchir à ce qu'il convenait de faire de lui.

Tout à ses réflexions, Naka no Ôe vit alors la Porte Sud s'ouvrir, et Ishikawamaro apparut. Il était temps ! Les fonctionnaires qui attendaient l'arrivée de tous les hauts dignitaires le saluèrent avec respect. Mais quand Ishikawamaro croisa le regard de Naka no Ôe, il se fit tout petit malgré sa corpulence. Après avoir lui jeté un regard de reproche, Naka no Ôe entra dans la Salle du Principe suprême.

La vaste pièce était plongée dans la pénombre malgré la porte ouverte. Par un temps pluvieux comme aujourd'hui, un air froid pénétrait à l'intérieur. Au centre de la partie recouverte de parquet, se trouvait le trône dissimulé par des écrans en bambou, mais l'Impératrice Kôgyoku n'était pas encore là.

Devant le trône était déposée la liste des présents, ainsi qu'une boîte en bois recouverte d'un tissu brodé de fils d'or. Les envoyés de Silla se tenaient très droits, les mains dans les manches. Autour d'eux, il y avait les Princes Ootsu, Takechi et Osakabe, une dizaine de hauts dignitaires et gouverneurs de province, les ministres, les dames de cour au service de la Souveraine, les épouses, et, près du trône, on voyait également le Prince Ôama, frère cadet du Prince Héritier.

Le Prince Ôama était aussi grand que son frère aîné. Il avait un corps musclé et un visage viril et ferme. Son allure en imposait, mais à la différence de son frère, il n'affichait pas la force qu'il avait en lui et restait naturel. C'est pourquoi on ne sentait pas en lui ce caractère énergique qui caractérisait Naka no Ôe. Il dégageait plutôt un calme tranquille soutenu par son esprit de discernement.

En voyant Naka no Ôe, le Prince Ôama lui lança un regard fâché. Et au souvenir de leur dispute de la veille, Naka no Ôe éprouva une sensation désagréable, mais puisqu'ils étaient frères, il devait s'installer à côté de lui. Il s'approcha sans daigner le regarder et s'assit de fort mauvaise humeur.

— Frère aîné, dit Ôama comme s'il l'attendait.

— Quoi donc ?

— Si Iruka est en retard, c'est la preuve qu'il se méfie. Il s'est peut-être rendu compte de quelque chose.

— Quelle sottise ! Je n'en ai parlé qu'à des hommes de confiance. Qui donc nous dénoncerait ?

— Qui vous dit qu'un espion ne s'est pas infiltré parmi eux ?

— Quelle absurdité ! Ce n'est pas le moment propice pour me faire des remontrances.

— Si, si, je me permets d'insister. Le retard d'Iruka, cette pluie... les circonstances ne sont pas favorables. Si nous employons la force, nous courons à la catastrophe.

Naka no Ôe serra les poings

— Tout est en place. Vous débitez des balivernes, vous n'êtes qu'un lâche...

— Mais... ! s'exclama Ôama.

Les hauts dignitaires et les ministres leur jetèrent un regard intrigué.

— Idiot ! Vous oubliez où nous sommes, faites donc attention à ce que vous dites.

Ôama parut faire un effort pour se maîtriser. Quant à Naka no Ôe, il sentait monter en lui une colère indescriptible, aussi forte que la veille. Son frère avait critiqué son projet d'assassiner Iruka en déclarant que c'était un acte de violence. Il lui avait alors demandé ce qu'il fallait faire pour protéger la Maison impériale. Mais son frère lui avait répondu que c'était une utopie : au lieu de s'opposer aux Soga, il suffisait de les laisser s'occuper de politique tandis que la Famille impériale se réservait le rôle religieux ; ainsi les deux parties restaient unies. Pourtant, dans la querelle de succession au trône, depuis la mort de Yamashiro no Ôe, le fils aîné de Shôtoku Taishi évincé par l'Empereur Jomei soutenu par les Soga, Ôama devait savoir qu'Iruka ne se contenterait pas d'un demi-succès et qu'il souhaitait aller plus loin. S'il n'avait même pas compris cela, c'était un être immature.

— Frère aîné... murmura cette fois-ci Ôama. Quoi que vous fassiez, j'ai moi aussi mes convictions. Si je juge que le moment est mal venu, j'empêcherai Saeki no Komaro et les autres d'agir. Veuillez au moins vous rappeler cela.

— Vous...

— Et je suis prêt à recommencer si nécessaire. Les actes qui engendrent la haine ne mènent à rien, c'est le comble de l'ignorance de ne pas l'avoir compris. Je souhaite que vous en preniez conscience.

Naka no Ôe lui lança un regard meurtrier.

— Vous ferez ce que vous voudrez. Sachez néanmoins que dans ce cas je vous tuerai de ma propre main. Cela vous est donc égal !

— Cela me convient parfaitement, dit Ôama en lui rendant un regard dépourvu de crainte.

Naka no Ôe crispa les mâchoires. S'ils avaient été seuls tous les deux, il lui aurait passé sa lame à travers le corps. Mais il se retint de toutes ses forces en serrant les poings de fureur contenue.

A cet instant-là, Ishikawamaro entra dans la Salle du Principe suprême. Il était terriblement gêné d'être en retard. Tout en s'excusant auprès des hauts dignitaires qui attendaient dans une attitude très cérémonieuse, il prit place devant l'écritoire. Il s'excusa également auprès des envoyés de Silla qui se tenaient derrière lui, le dos droit et la tête inclinée en signe de profond respect. Il avait l'air tellement ridicule que c'en était stupéfiant.

C'est à ce moment-là que Naka no Ôe sentit une légère angoisse. Dans de telles conditions, l'assassinat d'Iruka allait-il réussir ? Ôama manifestait son opposition… il ne pouvait pas se fier à Ishikawamaro... Son plan ne lui semblait plus aussi sûr qu'auparavant.

Le Prince Ôtomo apparut, le visage tendu. Il s'assit derrière son père en le prévenant qu'Iruka venait d'arriver. Et en effet, Naka no Ôe aperçut deux superbes palanquins.

Les rideaux s'ouvrirent et ils virent Iruka descendre de la chaise à porteurs. Il arborait une coiffure et un costume somptueux. Les fonctionnaires s'inclinèrent très profondément, et la rangée de soldats se mit au garde-à-vous.

Iruka parcourut la Salle du Principe suprême d'un regard hautain. Le chef de la garde impériale, Saeki no Komaro, s'avança vers lui, suivi de soldats qui protégèrent de la pluie cet important personnage avec un parapluie en soie. Iruka dit un mot à l'adresse de l'autre palanquin et le Grand Ministre Supérieur, Soga no Emishi, apparut. Avec ses bajoues qui pendaient et son air de vieux rusé, c'était un homme d'une rare laideur.

Un murmure agita la Salle, car même s'il s'agissait de la cérémonie du tribut, rien n'obligeait les deux membres de la branche centrale des Soga à y participer. Naka no Ôe se demanda quelles étaient leurs intentions. Mais il eut envie de sourire soudain, car rien ne l'arrangeait davantage. La présence d'Emishi lui permettait de faire d'une pierre deux coups. C'était déjà un vieil homme : l'éliminer ne serait pas plus difficile que de tordre le cou à un nourrisson. Il ignorait pourquoi Emishi avait accepté de venir, mais c'était comme si celui-ci creusait sa propre tombe...

Iruka et Emishi traversèrent à pied la cour intérieure, précédés par le chef de la garde impériale. Les soldats du clan Azuma no Aya, une classe d'artisans descendant d'émigrés coréens, qui les avaient accompagnés, se tenaient au garde-à-vous à l'extérieur. Ils portaient un kimono en coton noir... le même exactement qu'arboraient ceux qui étaient chargés de tuer Iruka. Ainsi, quand ces derniers feraient irruption, tout le monde penserait qu'ils étaient des soldats du clan Azuma no Aya. Tout s'annonçait bien. Maintenant, il fallait qu'Iruka et Emishi quittent leur épée...

Iruka traversa la cour et s'arrêta devant l'escalier qui menait à la Salle du Principe suprême. Saeki no Komaro retira le parapluie en soie et les hauts dignitaires s'inclinèrent cérémonieusement, tout comme Naka no Ôe. Mais celui-ci, tout en gardant le corps incliné, fixait l'épée ornée d'incrustations de motifs de dragons fixée à la hanche d'Iruka. Quel que soit le rang d'un grand personnage, il n'était pas permis de garder son épée en présence du Souverain.

Iruka allait-il l'enlever ?

Le Grand Ministre et le Grand Ministre Supérieur ôtèrent leurs chaussures et montèrent les marches en gardant leur épée à la taille. Quand ils furent arrivés dans la galerie, deux bouffons de cour, au visage peint en rouge vermillon à l'image des singes, se précipitèrent vers eux. Leur intervention faisait partie du plan. Ils s'approchèrent des deux Soga en gesticulant et se penchèrent vers eux en faisant mine de détacher leur épée. Chanter et danser bouffonnement était leur métier, et voilà qu'ils faisaient mille singeries en réclamant les épées.

Qu'allait faire Iruka ?

Naka no Ôe l'observait en retenant son souffle. Les deux acteurs tournaient autour d'Iruka en répétant les mêmes gestes. Ce dernier laissa voir une expression de mépris, puis finit par leur donner son épée d'un air distant. Emishi l'imita. Les bouffons s'en saisirent avec force mimiques et s'éclipsèrent par la Porte Sud. Naka no Ôe sourit intérieurement de satisfaction. Iruka désarmé n'était plus un ennemi. Restait à trouver un motif légitime pour l'attaquer.

Soga no Iruka et Soga no Emishi entrèrent dans la Salle du Principe suprême. Les rangées de hauts dignitaires et de ministres se prosternèrent, leur front frôlant le sol. Les deux grands personnages passèrent les envoyés de Silla sans se départir de leur morgue, comme s'ils ne faisaient aucun cas de leur présence. Et après avoir jeté un coup d'œil à Naka no Ôe, ils s'assirent à côté du trône. Ce n'était pas la place qui leur était destinée. Ministres et hauts dignitaires devaient s'asseoir derrière les envoyés de Silla.

Ainsi les hommes de l'ambassade coréenne pouvaient-ils voir à droite du trône les Princes de la Famille impériale, et à gauche Iruka et Emishi. Plus richement parés encore que les Princes impériaux, ces derniers voulaient faire montre de leur puissance aux envoyés du Royaume coréen.

Iruka demanda à Naka no Ôe, sans cacher son mécontentement :

— L'heure prévue pour le début de la cérémonie est dépassée. Que fait donc Sa Majesté ?

Malgré son retard, il avait été obligé de s'asseoir avant la Souveraine, ce qui l'avait privé du plaisir d'afficher sa supériorité.

Naka no Ôe lui répondit froidement :

— Sa Majesté a dit que tant que les deux Seigneurs de la branche centrale des Soga n'étaient pas présents, il ne fallait pas commencer la cérémonie. C'est une décision qu'elle a prise dans l'unique respect de Votre Excellence. Veuillez avoir l'amabilité de comprendre cela.

— Vous me faites trop d'honneur. Dans ce cas, j'aurais dû arriver plus tôt.

— En effet. Ainsi, je ne vous aurais pas attendu avec impatience.

Iruka ricana avant de lancer :

— Vous me voyez fort ennuyé de vous avoir fait attendre. Il faut dire que nous avons eu quelque difficulté à descendre de la colline d'Amakashi sous cette pluie. Il y a tant de boue en bas, une véritable catastrophe. Il me semblait incroyable qu'on puisse vivre dans un endroit pareil.

Après cette pointe, son regard croisa celui d'Emishi qui lui adressa un sourire disgracieux laissant apparaître une bouche édentée.

Imbéciles ! jura intérieurement Naka no Ôe. Mais, dédaignant de répondre, il demanda au Prince Ôtomo placé derrière lui d'aller chercher Sa Majesté.

Le Prince disparut vers le Pavillon Réservé. A l'extérieur, le chef de la garde impériale ordonna alors que l'on ferme les douze portes de la Salle. Dans le même temps, cachés à proximité, Ama no Katsumaro et Katsuragi no Amita, déguisés en soldats du clan Azuma no Aya, dénouèrent les liens de leur épée. Ils livreraient l'assaut dès que Naka no Ôe adresserait un signe de tête discret à Saeki no Komaro. Celui-ci, qui se tenait à la Porte Sud, se mettrait à courir vers la Salle du Principe suprême – comme s'il sentait qu'il se passait quelque chose et courait prévenir Naka no Ôe.

Il tombait toujours une pluie battante.

Peu après, on entendit le plancher grincer. Sa Majesté, l'Impératrice Kôgyoku, s'apprêtait à faire son entrée.

Naka no Ôe sentit son corps se couvrir de sueur.

La Princesse de Nukata était perdue dans la forêt et ne savait plus quelle direction prendre. Tard dans la nuit, elle avait quitté brusquement sa maison dans la montagne de Takatori. Pour se rendre au Palais d'Itabuki, il suffisait de marcher tout droit vers le nord. Mais lorsqu'elle s'était enfoncée dans la forêt, elle n'avait trouvé ni chemin ni même traces de pas, et elle avait fini par se perdre.

La pluie ruisselait entre les branches. Elle s'était abritée sous un arbre ; pourtant elle était complètement trempée. Son corps était pris de tremblements comme si elle avait un accès de fièvre. Si elle restait là sans bouger, elle risquait de mourir rapidement de froid. Et puis, on disait que dans les bois habitaient des esprits et des créatures mystérieuses comme les monstres et les araignées de terre. Que lui arriverait-il si elle les rencontrait ? L'angoisse lui donnait envie de pleurer.

La pluie continuait à tomber, mais il lui fallait se remettre en route en s'aidant de son sixième sens. Soudain, elle entendit des paroles étranges. Ou plutôt non, elle ne les entendait pas, elles résonnaient dans sa tête. Ce n'étaient pas des bruits réels, elle devait percevoir ce qui se passait au loin grâce à ses dons surnaturels. Elle ferma les yeux et tendit l'oreille pour écouter.

— *Abira unkensowaka... onmidare yasowaka...*

Une haine farouche et une volonté meurtrière jaillissaient de cette voix... Une sonorité malfaisante et menaçante... C'étaient sans aucun doute possible des paroles de malédiction.

Qui pratiquait la magie, et pour quelle raison ? Saisie de frayeur, Nukata sentit ses cheveux se dresser sur sa tête.

7

— Sa Majesté Notre Dame Souveraine ! annonça une dame de cour.

Toutes les personnes réunies dans la Salle du Principe suprême s'inclinèrent profondément. On entendit un frôlement de traîne sur le plancher. Et l'Impératrice Kôgyoku entra dans la Salle suivie par quelques dames de cour. Tant que la Souveraine n'était pas dissimulée par les écrans placés autour du trône, la cour devait garder cette attitude prosternée. Dans un silence respectueux que ne brisait pas le moindre toussotement, seuls le grincement du plancher et le frottement de l'étoffe sur le sol étaient audibles. Quand le calme régna, l'assemblée releva lentement la tête.

L'écran en bambou trembla. Une dame de cour âgée l'ouvrit d'un geste solennel et la Souveraine apparut, la tête enserrée d'une coiffe ornée de pierres précieuses. Elle avait plus de cinquante ans. Ses joues étaient creuses et elle regardait l'assemblée avec mauvaise humeur. Le visage enduit d'une épaisse couche de poudre blanche, couverte d'or, d'argent et d'émeraudes de grande valeur, elle n'avait pourtant ni fière allure ni apparence divine. On avait l'impression, au contraire, qu'elle cachait sa faiblesse derrière tout cet apparat.

A ce moment-là, Naka no Ôe aperçut près du trône quelqu'un qu'il n'avait pas prévu d'y voir. La tradition voulait qu'après avoir admiré la Souveraine, on se prosternât de nouveau, mais sa surprise fut telle qu'il en oublia le protocole.

Il y avait trois personnes auprès de l'Impératrice. L'une était sa fille, la Princesse Hashihito, demi-sœur de Naka no Ôe. L'autre était le Prince Karu, le demi-frère de l'Impératrice puisqu'ils avaient la même mère ; et la troisième était le fils unique de Karu, le Prince Arima.

Il était naturel que le Prince Arima et le Prince Karu, qui jouaient le rôle de Secrétaires de l'Impératrice, fussent là, mais la présence de la Princesse Hashihito qui restait toujours enfermée dans le Pavillon Réservé et ne se montrait jamais en public était pour le moins inattendue. On devinait d'ailleurs son trouble de se trouver dans un endroit qui ne lui était pas familier.

Naka no Ôe trouva cela étrange et il s'approcha du trône en glissant sur les genoux.

— Mère, qu'est-ce que cela signifie ? demanda-t-il à voix basse.

La Souveraine garda une expression froide sans daigner le regarder.

— Mère, insista-t-il, pourquoi ma sœur est-elle là ?

La Souveraine ne répondait toujours pas. Après un bref regard, elle lui fit signe de reculer. Il ne put rien faire d'autre que de retourner à sa place en regardant avec reproche la Princesse Hashihito, qui détourna les yeux d'un air terrorisé.

Pourquoi sa mère avait-elle fait venir Hashihito aujourd'hui ? La Princesse était délicate et fragile, si timide qu'elle ne pouvait même pas parler avec les gens. Elle ne ressemblait pas à l'image qu'on se fait d'une Princesse impériale. Il ne supportait pas l'idée de lui infliger la tragédie sanglante qui allait se dérouler sous ses yeux. Il aurait voulu la faire sortir, mais quels moyens avait-il maintenant que le complot était en marche ? Aucun.

Si Naka no Ôe était troublé à ce point, c'était qu'il nourrissait à son égard un sentiment proche de l'amour. Or, même si l'union entre cousins était tolérée, le mariage ou l'amour entre frère et sœur étaient rigoureusement interdits. Naka no Ôe ne lui avait jamais déclaré ses sentiments. Mais mère et fille l'avaient senti grâce à leur intuition féminine, et elles éprouvaient de l'antipathie pour lui, comme s'il représentait quelque chose d'impur. Voilà pourquoi la Souveraine se montrait froide avec lui.

A ce moment-là, Naka no Ôe prit conscience qu'il n'avait que des ennemis autour de lui : Iruka et Emishi, bien sûr, mais aussi sa mère et sa sœur qui le rejetaient, et son frère cadet Ôama qui s'obstinait à le critiquer. Lui qui était prêt à risquer sa vie pour protéger la Famille impériale, pourquoi donc se retrouvait-il dans pareille situation ? Il se sentit soudain seul au monde ; l'envie l'effleura un instant de tout abandonner, par crainte des répercussions sur la si fragile Hashihito... Mais non, sa décision était prise : il devait réaliser son plan.

Lorsque la Souveraine vit Naka no Ôe se rasseoir, elle regarda l'assemblée du haut de son trône et fit sa déclaration d'un ton posé.

— Messieurs les hauts dignitaires, Princes et ministres ici rassemblés, nous vous remercions de bien vouloir nous honorer de votre présence. Nous ordonnons de commencer la cérémonie du tribut au nom des dieux célestes. A présent, lisez donc le message de ces Messieurs les envoyés de Silla.

Tous se prosternèrent de nouveau.

Naka no Ôe fit signe du regard à Ishikawamaro. Ce dernier s'avança, les lèvres serrées. Devant les envoyés de Silla se trouvait un pupitre sur lequel était posée l'enveloppe pliée contenant le texte. Ishikawamaro la prit et s'assit devant l'Impératrice. Il dénoua les cordons de l'enveloppe, l'ouvrit et saisit les feuilles de papier. Ses mains tremblaient légèrement.

— Nous nous adressons à Sa Majesté la Souveraine avec la plus grande humilité…

La cérémonie avait débuté. En entendant la voix d'Ishikawamaro, les deux soldats déguisés sortirent leur épée du fourreau.

— … et nous constatons avec plaisir que Sa Majesté jouit d'une bonne santé. Nous vous demandons l'autorisation de vous présenter les nombreuses offrandes du tribut adressé par le Roi de Silla en preuve d'amitié.

Et ainsi de suite… Ishikawamaro continuait à lire le message, en s'interrompant de temps à autre. Tous l'écoutaient en silence.

Naka no Ôe observait attentivement les mouvements d'Iruka et d'Emishi pour agir au bon moment. Tous deux écoutaient les yeux fermés, sans méfiance. Il restait encore un peu de temps avant la fin de la lecture. Mieux valait attendre encore afin qu'Iruka et son père ne soient plus du tout sur leurs gardes. Naka no Ôe suivait la lecture en contrôlant les battements de son cœur.

La Souveraine, le Prince Arima, la Princesse Hashihito et le Prince Karu regardaient Ishikawamaro sans bouger, assis bien droits. Les deux hommes de main restaient cachés en retenant leur souffle.

La pluie semblait redoubler de violence. On l'entendait s'abattre sur le toit en bois, son vacarme couvrait presque la voix d'Ishikawamaro.

Le temps continuait de s'écouler, lentement. Tandis que le tas des feuilles qu'il avait fini de lire s'épaississait, la tension d'Ishikawamaro augmentait. Le message allait prendre fin. Bientôt, Naka no Ôe lui ferait signe de s'exécuter. A cette idée, sa voix faiblit, sa main se mit à trembler.

Iruka ouvrit les yeux, l'air suspicieux, et lança d'une voix agressive :

— Pourquoi tremblez-vous autant ?

— Ce… cela me fait trop d'honneur d'être auprès de Sa Majesté… répondit Ishikamaro mal à l'aise, veu…veuillez m'excuser..

Les yeux d'Iruka brillaient de doute.

Naka no Ôe se sentit inondé d'une sueur froide. S'il attendait plus longtemps, Iruka finirait par comprendre ce qui se tramait. Pour empêcher cela, il fallait le tuer dans l'instant. Il fallait agir, maintenant !

Il tourna la tête pour faire un signe de tête à Saeki no Komaro. C'était le signal qu'il devait se précipiter vers la Salle du Principe suprême.

A cet instant-là, il vit une chose incroyable. Komaro était allongé par terre, sur le ventre. Il restait dans cette posture, sans bouger. Un garde sortit en traînant le corps à l'extérieur. Et la porte se referma comme si rien ne s'était passé.

Naka no Ôe retint son souffle. On avait sûrement tué Komaro. Et si les gardes l'avaient sorti sans autre forme de procès, il était fort possible que ce soient eux les responsables. Mais c'étaient tous des soldats recrutés par le Prince Ôtomo auprès des nobles de province qui lui étaient fidèles... Alors, que se passait-il ?

Il crut soudain sentir la foudre s'abattre sur lui : le complot de l'assassinat d'Iruka avait filtré. Les nobles de province avec qui le Prince Ôtomo avait négocié devaient être en contact avec Iruka. Il croyait avoir encerclé la Salle du Principe suprême pour le prendre au piège, mais c'était lui qui était assiégé par l'ennemi.

Naka no Ôe regarda Iruka d'un air stupéfait. Il ne pouvait plus cacher son trouble. L'autre lui rendit un regard indifférent, tandis que ses yeux laissaient filtrer un plaisir sournois. Mais il était prêt à mourir pour protéger la Famille impériale... Et il était sûr de dominer son ennemi, en force physique comme en ingéniosité. Quoi qu'il arrive, il devait au moins se débarrasser d'Iruka.

Il glissa la main dans ses larges manches, là où il avait caché sa petite épée. Il serra la garde de toutes ses forces et banda ses muscles, prêt à bondir. Ses yeux rencontrèrent ceux d'Iruka qui regardait avec suspicion sa main à l'intérieur de son vêtement.

C'était maintenant !

Naka no Ôe sortit l'épée et se leva en poussant un cri guerrier.

Alors, se produisit une chose imprévue.

— Laissez-moi faire, Père !

Un cri retentit dans la salle et le Prince Ôtomo bondit, une épée courte dans la main droite. Il avait deviné le noir dessein d'Iruka et venait vaillamment au secours de son père.

Naka no Ôe cria quelque chose, mais ses mots étaient incompréhensibles. Le Prince Ôama et l'Impératrice Kôgyoku se levèrent.

Le Prince Ôtomo attaqua en poussant lui aussi un cri de guerre. Iruka resta assis à le regarder fixement sans émotion. Il ne montrait aucun trouble et cela surprit Ôtomo, qui eut un mouvement d'hésitation. Naka no Ôe sentit le danger, mais il était trop tard. Iruka s'était légèrement déplacé sur le côté et, sortant une épée courte de sa manche, il fit une longue entaille dans le dos du Prince Ôtomo qui tomba en avant dans son élan. En même temps qu'un cri aigu, le sang jaillit. A terre, Ôtomo se tordait de douleur.

L'assemblée horrifiée se leva. Hashihito poussa un cri et s'évanouit. Ishikawamaro s'enfuyait en rampant.

Iruka s'accrocha au trône en roulant presque.

— Votre Majesté… Vous avez vu toute cette violence ! C'est lui qui m'a attaqué, je n'y suis pour rien, je n'ai fait que me défendre. Vous avez bien vu ?

Il parlait fort comme pour se faire entendre de tous. La Souveraine restait figée, les mâchoires serrées.

Emishi insista :

— Nous avons toujours vénéré Notre Dame Souveraine, Auguste Fille du Ciel. Alors, pourquoi agissent-ils ainsi à notre égard ? Je prie Votre Majesté de bien vouloir exiler ces individus immédiatement.

Sur ce, il foudroya du regard Naka no Ôe en le désignant du doigt. Celui-ci comprit tout. C'était cela, le but d'Iruka. Il lui avait laissé les mains libres pour mieux proclamer sa légitime défense. Les hauts dignitaires et les ministres ne pourraient qu'approuver Iruka après ce qu'ils avaient vu. Quelle stratégie, quelle ruse !

Naka no Ôe sentit monter en lui une colère brûlante. Le sang refluait dans son corps, la rage tournoyait comme une flamme. Laissant son désir meurtrier le submerger, il s'attaqua violemment à Iruka.

A ce moment-là… des hurlements parvinrent de la cour intérieure. Il se retourna et vit des gardes arriver vers eux en brandissant leur épée. Une vingtaine d'hommes montaient quatre à quatre l'escalier et pénétraient en trombe dans la Salle du Principe suprême.

Leurs cris ne lui étaient pas familiers : ils devaient venir du clan Azuma no Aya, qui vivait dans la partie orientale de l'île.

La Souveraine poussa un cri strident.

— Qu'est-ce que c'est ? Que se passe-t-il ?

— Vous n'avez pas encore compris. Soga no Iruka veut exterminer notre famille ! cria Naka no Ôe en se défendant contre les coups d'épée qu'on lui portait.

Les cris et les hurlements tourbillonnaient. L'assemblée s'enfuyait dans le désordre, mais les soldats ennemis attaquaient les fuyards. Naka no Ôe se battait avec un air terrible.

Les lames qui s'entrechoquaient lançaient des étincelles. Quelques soldats ennemis choisirent comme cible la Souveraine. Les femmes s'échappèrent en poussant des cris.

— Protégeons Sa Majesté ! cria Naka no Ôe, occupé à se défendre.

L'Impératrice guettait une occasion pour s'enfuir. A ce moment-là, les soldats ennemis l'attaquèrent.

— Mère… ! cria-t-il à tue-tête.

Il crut au pire mais les soldats ennemis tombaient les uns après les autres. C'était Ôama qui s'était lancé dans la bataille. L'Impératrice, protégée par les hauts dignitaires et les dames de cour, se réfugia dans le Pavillon Réservé. Le Prince Karu les suivit en portant dans ses bras Hashihito évanouie.

Ôama se battait avec acharnement contre les soldats ennemis. Mais ses mouvements étaient lents, peut-être par manque d'habitude. Naka no Ôe ne pouvait le laisser continuer seul.

— Je reste ici assurer la défence. Emmenez mon fils dans le Pavillon Réservé.

Ôama acquiesça et courut vers le Prince Ôtomo qui gisait à terre. Il se hâta vers le Pavillon en traînant le corps pesant du Prince.

Il n'y avait qu'une galerie reliant la Salle du Principe suprême au Pavillon Réservé : si Naka no Ôe parvenait à la contrôler, leur protection serait assurée. Il était prêt à aller jusqu'au bout. A affronter les soldats ennemis qui se précipitaient en rangs serrés, dans un tumulte d'injures et de cris de colère… Il repoussait l'une après l'autre les épées qui s'abattaient sur lui. Le bruit incessant des lames… Dans un bruit sec d'acier qui se brise, l'épée d'un ennemi vola. Un autre laissa tomber son arme. Une fraction de seconde, les soldats restèrent hébétés. Naka no Ôe profita de cet instant et poussa un cri de fureur. Un soldat se précipita vers lui en hurlant, mais il le fendit en deux d'un coup terrible et les autres reculèrent, impressionnés. C'est ce coup qui décida du vainqueur et des vaincus.

Naka no Ôe retourna vers la Salle du Principe suprême. Un ennemi pointa sur lui son arme.

— Qu'attendez-vous ? Tuez-le, tuez-le donc ! cria Iruka. Il a porté l'épée contre les Soga ! On ne peut pas le laisser vivant. Tuez-le, allez !

Mais les soldats ne bougeaient pas. Naka no Ôe les transperçait du regard.

— Vous osez vous rebeller contre la Famille impériale ! C'est un sacrilège qui vous attirera la punition des dieux célestes, des pays voisins et des huit millions de divinités !

Les ennemis tressaillirent. Toute envie de se battre les avait quitté. Ils restaient face à lui, tenant la poignée de leur épée dont l'extrémité tremblait.

A ce moment-là, Naka no Ôe aperçut, derrière les soldats ennemis, Iruka et Emishi faisant volte-face. Voyant que la chance avait tourné, ils essayaient de s'enfuir. Les lâches ! Iruka descendait les escaliers en courant. Mais, entravé par l'âge, Emishi progressait plus lentement et trébuchait derrière son fils. Sa fuite était si grotesque qu'une violente envie de tuer s'empara de

Naka no Ôe.

Je ne les laisserai pas partir vivants d'ici, se jura-t-il. Vous allez voir un spectacle inoubliable. Et il brandit son épée dans un geste large. Meurs ! cria-t-il en lançant son arme de toutes ses forces. L'épée siffla et vint se planter dans la nuque d'Emishi.

Il poussa le cri d'un crapaud qu'on écrase. Le blanc des yeux révulsé, il resta figé un bref instant, avant de perdre l'équilibre et de s'effondrer dans l'escalier, la lame fichée dans le cou.

Et il ne bougea plus. Du sang jaillissait de sa nuque, qui teignait en rouge vif les graviers blancs.

— Père… articula avec peine Iruka.

La pluie violente frappait impitoyablement le corps d'Emishi. Personne ne bougeait. Un silence terrifiant régnait dans ce lieu marqué par la tragédie.

Iruka restait hébété comme s'il ne comprenait pas ce qui venait de se produire, mais il reprit brusquement ses esprits et foudroya Naka no Ôe du regard.

— Je me vengerai ! laissa-t-il échapper avant de prendre la fuite par la Porte Sud. Les hommes d'Azuma qui avaient échappé au massacre le suivirent. Mais Naka no Ôe descendit en courant l'escalier.

— Ne laissez pas cet individu s'enfuir. Tuez-le ! cria-t-il aux soldats qui se tenaient à l'extérieur. Et, attrapant l'épée courte d'Emishi, il s'élança derrière lui, l'air féroce.

8

Iruka était parvenu à sortir du Palais d'Itabuki et se précipitait à toute allure vers la colline d'Amakashi. La seule chose qu'il lui restait à faire, pour l'instant, c'était de se retirer et de reprendre des forces ; mais cela ne signifiait absolument pas qu'il admettait sa défaite. Il avait encore suffisamment d'atouts pour gagner. Dans sa demeure l'attendaient quelques centaines de soldats. S'il leur donnait l'ordre d'attaquer le Palais, il pouvait facilement renverser la Maison impériale. D'ailleurs, c'était le Prince Ôtomo qui avait tout déclenché : la famille régnante était donc dans son tort. Personne ne s'opposerait à lui s'il profitait de cette occasion pour l'exterminer. Le combat ne fait que commencer, se dit-il dans sa fuite, en esquissant même un sourire.

La plaine de Makami qui s'étendait à l'ouest du Palais d'Itabuki n'était plus qu'une grande mare d'eau boueuse. Iruka et les quelques dizaines de soldats rescapés s'enfuyaient par là.

— C'est lui, Soga no Iruka ! entendaient-ils crier derrière eux.

— Ne le laissez pas s'enfuir !

— Tuez-le !

Des hurlements retentissaient sans cesse. Et des soldats cachés dans les rizières boueuses et les buissons attaquaient les hommes en fuite.

Mais Iruka les tuait l'un après l'autre et continuait sa course. Il passa le temple d'Asuka et prit par la route du milieu en se dirigeant vers le nord.

La colline d'Amakashi se rapprochait. Il voyait son palais entouré du mur d'enceinte. Sur la rivière Asukagawa, devant lui, un pont en bois rudimentaire était suspendu. Il le traversa puis ordonna aux soldats qui le suivaient de le faire tomber. Il l'avait fait construire de telle sorte qu'on puisse enlever les piliers de soutien en cas de nécessité. Lorsque le pont en bois disparut dans le torrent boueux, Iruka monta en courant le chemin qui menait au sommet de la colline.

Les soldats énervés s'étaient rassemblés précipitamment à la tour de garde. Leur groupe dépassait la centaine et, lorsque Iruka leur raconta ce qui s'était passé, ils se pressèrent vers la salle d'armes dans l'intention d'organiser une riposte. Les soldats de l'autre camp étaient épuisés, disaient-ils, les robustes recrues du clan Azuma no Aya pourraient les repousser facilement.

Mais il était impossible de faire des prévisions. La guerre était déclarée. Et si une grande armée se formait autour de la Famille impériale, il leur serait difficile de se défendre. Il fallait élaborer une statégie.

Iruka entra en hâte dans l'enceinte et se rendit tout droit à sa résidence. En voyant leur maître arriver, des soldats à moitié nus vinrent à sa rencontre. C'étaient des hommes d'Azuma, frustes et barbares, mais pleins de loyauté. Iruka fit sauter les serrures des portes de défense, prit avec lui quelques-uns de ces hommes et entra dans son palais.

Il fallait avant tout pousser Furuhito no Ôe à fuir, car il était le seul Prince impérial du clan des Soga susceptible de devenir un jour le Prince Héritier. Par chance, la colline d'Amakashi avait une configuration complexe et se prêtait à un départ secret. Il lui suffirait ensuite de rester caché dans quelque lieu jusqu'à ce que vainqueurs et vaincus soient désignés une fois pour toutes...

Après avoir ordonné aux hommes d'Azuma d'aider le Prince Furuhito no Ôe à fuir, Iruka se rendit dans le Pavillon des Trésors au fond de sa propriété. Là étaient conservés discrètement les Trois Trésors sacrés : le sceau, le miroir et l'épée qui donnaient accès aux régions célestes et que les membres de la branche centrale du clan des Soga se transmettaient depuis des générations. Une fois qu'il aurait renversé la Famille impériale, ils lui seraient nécessaires pour prouver qu'il était digne de gouverner le Pays de Yamato. Il fallait donc les conserver en lieu sûr.

Le Pavillon des Trésors se trouvait à l'abri dans un bois touffu, protégé par un mur d'enceinte sévèrement gardé aux quatre coins par des soldats loyaux. C'était un bâtiment de style *azekura-zukuri*, érigé sur des pilotis courts. Les murs étaient constitués d'un empilement de poutres de section triangulaire, ajustées angle sur angle. Le plancher faisait deux *tsubo*[1] de superficie. Il n'y avait pas de fenêtres et la porte à deux battants, solidement verrouillée, ne pouvait s'ouvrir qu'avec une clé-barre qu'Iruka était seul à détenir.

Iruka prit cette clé dans le cabinet à prières de ses appartements et se dirigea vers le Pavillon des Trésors. A l'intérieur de l'enceinte, le calme régnait comme si le tumulte du monde extérieur ne parvenait pas jusque-là. Iruka monta l'escalier du pavillon et s'arrêta devant la porte.

A ce moment-là, il eut l'impression d'entendre murmurer des formules magiques. Il regarda autour de lui, mais ne vit personne. Croyant à une hallucination, il introduisit la clé dans la serrure.

— *Abira unkensowaka, onmidare yasowaka...*

Il avait bien entendu des formules magiques, venues d'on ne sait où. C'étaient des paroles mystérieuses qui lui étaient inconnues. Personne ne pouvait se trouver dans le Pavillon des Trésors. Qui donc prononçait des incantations ?

Mais ce n'était pas le moment d'attacher de l'importance à ces choses-là. Il tourna la clé sur la droite et le cadenas s'ouvrit dans un bruit sec. Iruka entrebâilla la porte. La pièce était plongée dans la pénombre. Les Trois Trésors sacrés reposaient dans le coffre chinois au fond.

— *Abira unkensowaka, onmidare yasowaka...*

Les paroles retentissaient tout près de ses oreilles. Y avait-il quelqu'un à l'intérieur ? Il jeta un œil, mais n'aperçut que quelques coffres chinois. Il n'y avait personne. Il fit un pas à l'intérieur...

A ce moment-là, quelque chose s'approcha de lui très

1. Un peu plus de dix mètres carrés.

rapidement. Il entendit un sifflement, puis aussitôt après reçut un choc au niveau du cou, accompagné d'une sensation de chaleur, et une douleur atroce l'envahit. Tout se mit à tourbillonner autour de lui. Il eut le sentiment d'être projeté en l'air et vit le mur s'approcher brusquement de lui.

A peine eut-il le temps de se demander ce qui lui arrivait, que sa conscience s'était déjà éteinte.

Nukata avait la chair de poule. Le bruit de la pluie s'estompait et ses oreilles se mirent à bourdonner. Elle entendit au loin de vagues gémissements. C'était une voix pleine de haine et de colère en même temps. Elle frissonna et sentit son dos se glacer d'effroi.

Quelqu'un avait été tué. Elle en était sûre. Le mauvais pressentiment qui ne la quittait pas depuis la veille se révélait exact. Il se passait quelque chose à Asuka.

L'angoisse jaillit en elle. Elle ne pouvait plus rester sans rien faire. Rassemblant son courage, elle reprit sa marche dans la forêt épaisse.

9

En arrivant devant le pont, l'armée de Naka no Ôe avait constaté qu'il s'était effondré dans la rivière boueuse, et elle avait dû passer par le temple de Kawahara pour attaquer la colline d'Amakashi deux *chô* plus au sud. Naka no Ôe avait mis beaucoup de temps à mobiliser une force armée ; puis, en de nombreux endroits, ils avaient été ralentis par les mares d'eau qui recouvraient la route. Ils avaient mis deux heures pour arriver, mais la pluie qui tombait si violemment s'était arrêtée brusquement sans prévenir.

Naka no Ôe fit attendre ses hommes en bas de la colline, et il observa ce qui se passait dans la résidence. Théoriquement, les soldats du clan Azuma no Aya, prévenus par Iruka, auraient dû livrer assaut, mais il n'en était rien. Trouvant ce silence suspect, il commença à monter la côte, entouré de ses soldats. Malgré la boue qui entravait leur marche, ils atteignirent rapidement le sommet.

Devant le fort il n'y avait aucun soldat ennemi, et la porte était ouverte. Naka no Ôe s'engagea prudemment et aperçut quelques soldats de garde, l'air hagard.

— Où est Soga no Iruka ? demanda-t-il à l'un deux, qui, revêtu d'une armure, semblait être le chef.

En le reconnaissant, l'homme lui lança un regard hostile, aussitôt remplacé par une expression de résignation, et il expliqua en montrant le palais du doigt :

— Notre Seigneur est mort dans le Pavillon des Trésors. C'est vous qui avez gagné, fit-il en laissant retomber sa tête sans force.

— Iruka est mort… !

C'était si inattendu. Que s'était-il passé ? Naka no Ôe se précipita vers la résidence. Il savait que le Pavillon des Trésors se trouvait au fond. Laissant derrière lui les dames de compagnie et les fonctionnaires en larmes, il traversa la propriété.

La porte du mur d'enceinte était ouverte. Il put entrer sans difficultés. Et celle du Pavillon des Trésors était ouverte également. Il monta les escaliers et regarda à l'intérieur.

Un spectable incroyable l'attendait. Un cadavre sans tête gisait devant lui. Aux vêtements ornés de motifs de dragons, il reconnut Iruka. Il était tombé sur le dos, le haut du buste devant l'entrée, et exhibait une plaie atroce qui découvrait la chair et les os. La mort devait être récente, car le sang coulait encore. A première vue, il avait été décapité d'un coup net par une lame longue et pointue, mais il ne trouva rien qui ressemblât à une arme.

Il pénétra à l'intérieur en enjambant le corps. La tête d'Iruka reposait au fond. Ses yeux écarquillés fixaient le vide comme s'ils ne pouvaient croire ce qui était arrivé. Le sang avait giclé sur le mur d'en face, et il semblait que la tête l'avait heurté violemment avant de retomber sur le plancher.

Mais comment avait-on pu décapiter Iruka ? Le mur d'enceinte était gardé. Le Pavillon des Trésors n'offrait aucun accès : il était inimaginable que quelqu'un y ait pénétré pour se poster à l'intérieur.

Qui donc l'avait tué, et par quel moyen ?

Le sortilège de la veille lui revint à l'esprit. Kamatari avait coupé sur l'autel la tête d'une effigie en paille d'Iruka et il avait dit que les pensées haineuses se transformaient en énergie et tuaient la personne qu'on haïssait. Ces pratiques de sorcier auraient-elles été efficaces ?

Il avait dû mal à y croire, mais comment trouver une autre explication ? Une sueur froide lui poissa soudain le dos.

10

La suite fut rapidement expédiée. On s'empressa de mettre le feu à la colline et de brûler les palais d'Iruka et d'Emishi. Tous les soldats du clan Azuma no Aya se rendirent.

Ainsi la colline d'Amakashi était-elle tombée. Mais une riposte des Soga restait à craindre. Aussi Naka no Ôe donna-t-il l'ordre à Abe no Kurahashimaro et Ôtomo no Umakai de lever une armée de plus de mille hommes et de les rassembler au temple d'Asuka. Ce temple avait été construit par Soga no Umako selon le modèle d'un temple coréen et abritait une statue en bronze de Bouddha. En contrôlant le lieu sacré de leur ancêtre, Naka no Ôe espérait dissuader le clan des Soga de se rebeller.

A la nuit tombée, la situation était très tendue dans le

temple d'Asuka. On avait monté de petites buttes en terre pour faire face à une attaque surprise. Les soldats aux aguets surveillaient les mouvements suspects à la lumière des feux de camp. Mais, sans doute effrayés par cette puissante force armée, les Soga ne semblaient pas vouloir se manifester.

Naka no Ôe avait émis un décret impérial ordonnant au fidèle conseiller des Soga, le chef du clan Azuma no Aya, et à sa suite de se rendre. L'effet avait été immédiat ; tous les autres alliés des Soga avaient communiqué leur intention de se soumettre à la Famille impériale. Il semblait donc que nul ne voulait prendre la responsabilité de rassembler une force adverse.

La nuit s'écoulait dans le silence.

Lorsque l'heure de la Vache fut passée, Mushimaro, ce jeune garde du corps au service d'Ishikawamaro, vint voir Naka no Ôe, porteur d'un message. Kamatari lui demandait de le retrouver à l'endroit habituel. Après lui avoir donné une réponse positive, Naka no Ôe sortit discrètement du temple d'Asuka.

C'était la deuxième fois qu'il se rendait au sanctuaire de Katsuragi et il trouva facilement son chemin. Comme l'autre fois, les lanternes en pierre étaient allumées et Kamatari l'attendait en haut des marches. Derrière lui brûlait le feu d'une torche et sa silhouette se détachait dans la pénombre. Hormis le chapeau en bambou, il avait revêtu sa tenue de sorcier comme la veille. A la vue de Naka no Ôe, il s'avança vers lui.

— Vous avez bien vu le cadavre d'Iruka, n'est-ce pas ? s'assura-t-il avec une grimace.

— Je l'ai vu en effet. Est-ce votre malédiction qui a causé sa mort ?

— C'est évident. Mais ce qui s'est transformé en force meurtrière n'est pas dû à mon art, mais à votre haine. Cette haine illimitée vous confère tous les pouvoirs.

Kamatari sentait que ses paroles avaient à présent du

poids.

— Et que voulez-vous que je fasse ?

— Je vous demande, Prince, d'émettre encore une fois de la haine.

— Vous allez recommencer vos pratiques magiques ?

— Oui... Mais tout d'abord, veuillez passer derrière moi…

Kamatari fit demi-tour et entra dans la grotte. Naka no Ôe le suivit. Il vit que l'autel de la veille n'était plus là. A la place, il y avait une boîte en bois de trois *shaku* [1] de côté devant laquelle étaient posés deux coussins ronds. Les deux hommes s'assirent l'un en face de l'autre.

— Que comptez-vous faire maintenant, Prince ?

— Qu'entendez-vous par là ?

— Comment allez-vous *conclure* cette affaire ?

— Comme je vous l'ai dit. Avec la disparition des Soga, nous allons faire savoir à toute la population que les membres de la Maison impériale sont les maîtres légitimes de ce pays.

— Vous voyez tout favorablement, dit Kamatari, la mort d'Iruka vous transporte, et vous oubliez l'essentiel.

— L'essentiel ?

— Je veux parler du Prince Furuhito no Ôe. Il est le seul des Soga à avoir du sang impérial. Il est le fils aîné du précédent Empereur Jomei, et puisqu'il est plus âgé que vous, il peut un jour monter sur le trône. Peut-on laisser faire un être pareil…

Naka no Ôe resta sans voix. Il n'avait pas pensé au Prince Furuhito no Ôe ! Tout simplement parce qu'il était vulgaire et paresseux. Le protégé d'Iruka se noyait dans l'alcool et les femmes. Il était inimaginable qu'un être pareil devînt un jour le Souverain.

— Tout le monde sait qu'il n'a pas l'étoffe d'un futur

1. Un mètre environ.

Souverain.

— On ne sait jamais, il faut envisager le pire. Que se passerait-il si la famille Soga essayait d'attenter à vos jours ? Il y a bien le Prince Karu, le frère cadet de la Souveraine, mais si on respecte le principe de la descendance en ligne directe, c'est le Prince Furuhito no Ôe qui montera sur le trône. Ainsi, les Soga redeviendront puissants, et tous vos efforts auront été vains. De toute façon, il serait plus adroit d'éliminer tout élément risquant de devenir une source de problèmes.

— Vous voulez dire qu'il faut également se débarrasser du Prince Furuhito no Ôe ?

— Je vois que vous avez compris.

Naka no Ôe avait l'impression que Kamatari le dominait insensiblement.

— Mais le Prince Furuhito no Ôe s'est enfui, apparemment, on ne sait même pas où il est.

— Rien de plus simple. La magie de notre famille peut frapper n'importe où. Nous n'avons qu'à nous en servir.

— Et cette fois-ci, qu'allez-vous faire ?

— Je vais employer la magie des insectes de Tokoyo, du monde de l'Immortalité.

Les yeux de Kamatari brillèrent d'un éclat lugubre.

— Ces insectes verts de la taille d'un pouce sont extrêmement venimeux. Ils recherchent celui que vous haïssez, pénètrent dans son corps en lui dévorant les entrailles et lui injectent un poison violent. Naturellement la mort s'ensuit après d'atroces souffrances. C'est le meilleur maléfice pour tuer Furuhito no Ôe là où il se cache.

Naka no Ôe retint son souffle. Il avait vu de ses propres yeux la tête décapitée d'Iruka : force lui était donc de croire que Kamatari disait vrai. Raison de plus pour que les paroles de Kamatari lui glacent le sang...

— Là encore, je ne peux pas agir seul. Pour commander aux insectes de Tokoyo de chercher le Prince Furuhito no Ôe, j'ai besoin de la force de votre haine. Alors, les insectes agiront conformément à votre volonté et vous pouvez être sûr qu'ils attaqueront le Prince.

Sur ces paroles, Kamatari approcha de son visiteur la boîte en bois faisant office d'autel. C'était apparemment une très vieille boîte, car elle était vermoulue par endroits. Elle avait un couvercle comme celui des coffres chinois, qui était scellé. Kamatari enleva le sceau en papier et dit :

— Depuis la nuit des temps, ces insectes ont sauvé la Famille impériale des dangers. Ils sont en ce moment plongés dans un sommeil profond, mais, grâce à mes incantations et à la force de votre esprit, ils vont revenir à la vie, expliqua-t-il, puis il souleva le couvercle.

L'intérieur était sombre, on ne distinguait pas grand-chose. Kamatari y plongea la main et, après avoir tâtonné, en sortit une boule blanche comparable à de la glaise. Elle était parcourue d'imperceptibles frémissements : ce n'était pas de la terre, c'était une boule de larves...

— Imaginez le Prince Furuhito no Ôe. Dans votre esprit, torturez-le, harcelez-le, découpez-le en morceaux jusqu'à ce qu'il ne reste plus un seul lambeau de sa chair. Vous devez éprouver une jouissance indescriptible en le voyant se tordre de douleur, tout couvert de sang. Votre cruauté donnera des forces à ces insectes. Allez, vite, éveillez le mal en vous.

Sans répondre, Naka no Ôe évoqua l'image du Prince Furuhito no Ôe. Il était ivre et se laissait aller. Le mépris monta en lui et il se dit que cet être ne valait pas la peine d'être sauvé.

— Cette pensée, je vous la prends, intervint Kamatari en commençant à réciter ses étranges formules magiques. *Kiriyaku, kiriyaku, tadanousasan...*

Il approcha les larves tout près de ses lèvres et leur souffla à plusieurs reprises ses incantations comme s'il les suppliait.

Soudain, il se produisit une chose étrange. Sous les yeux de Naka no Ôe, des ailes commencèrent à pousser aux larves. Leur dos se déchirait, des ailes luisantes encore repliées apparurent. Des poils se mirent à pousser et une taille fine se dessina. Sur la tête des larves qui gigotaient, la peau forma des yeux et des antennes. De leur ventre surgirent des pattes humides. Leur corps devint dur tout à coup, et leurs ailes se tendirent. Les larves avaient déjà l'apparence d'insectes en pleine maturité et, chose étrange, sans avoir connu la phase de chrysalide. Elles ressemblaient maintenant à des papillons de nuit, mais les motifs sur leurs ailes étaient mystérieux.

Les insectes muèrent les uns après les autres et, déployant leurs ailes, prirent leur envol. Après avoir dansé autour de Kamatari, ils partirent vers une destination inconnue.

Les deux hommes restèrent seuls. Ils n'avaient pas vu la bougie s'éteindre et l'obscurité qui les enveloppait maintenant était pesante. La voix de Kamatari retentit dans le noir.

— Ces insectes vont sûrement trouver Furuhito no Ôe, l'étoufferont et le tueront. Mais ce n'est pas grâce à moi, mais à la puissance de vos pensées. Ne l'oubliez jamais !

11

Depuis tout à l'heure, le ciel de la nuit s'était illuminé de rouge au nord. Nukata distinguait nettement cette couleur vive, même de l'endroit où elle se trouvait en pleine forêt. C'était un incendie. D'une ampleur considérable. Une heure au moins avait passé depuis que le feu avait commencé. Etait-ce un incendie de montagne ? Ou bien…

Tout en essayant de réprimer l'angoisse qui la submergeait, la jeune fille se mit à courir à travers les arbres. Ils se faisaient de plus en plus rares et peu après elle parvint à la lisière de la forêt. Devant elle, s'élevaient de hautes flammes. Le sommet de la petite colline qu'elle voyait au nord était en flammes. C'était celle d'Amakashi, le fief des Soga. Son pressentiment se révélait exact, un terrible événement s'était produit... Nukata pressa le pas, anxieuse de savoir ce qui s'était réellement passé.

Mais à peine avait-elle avancé d'un *chô* qu'elle entendit pleurer derrière elle. En se retournant, elle vit des lueurs dans le feuillage. Elle ne put s'empêcher de trembler. Etaient-ce les monstres, ou les araignées de terre ?

Mais c'étaient des pleurs humains, non pas ceux de créatures surnaturelles. Malgré son angoisse, elle s'approcha. Elle aperçut des hommes à moitié nus munis de longues lances qui gémissaient en regardant le feu sur la colline d'Amakashi. Ils étaient une dizaine. Ils avaient des corps robustes, et leurs paroles entrecoupées de sanglots appartenaient à un dialecte qui ne lui était pas familier. Elle pensa qu'il s'agissait de soldats des Soga. Ils étaient assis autour d'un feu de camp et, un peu à l'écart, elle distingua un homme en tenue de voyage qui buvait seul du saké.

— Vraiment, qu'est-ce qu'ils sont bruyants, ceux-là ! J'en ai assez. Cela ne sert à rien de se lamenter !

Derrière ses moqueries, l'homme ne pouvait cacher son amertume. On aurait dit qu'il cherchait l'oubli dans le saké. Ils s'étaient sans doute enfuis de la colline en flammes. Elle ne savait pas qui était ce personnage, mais le nombre de soldats qui l'escortaient indiquait un noble d'un rang assez élevé.

Nukata recula sans se faire remarquer. Pour sa sécurité, mieux valait pour elle ne pas se mêler de ce qui ne la regardait pas. Elle s'apprêtait à retourner à la lisière de la forêt, quand elle entendit soudain des cris affolés.

— Seigneur Furuhito no Ôe !

— Que vous arrive-t-il ?

Le langage de Yamato se mêlait à tous ces cris. Furuhito no Ôe était le fils aîné du Souverain Jomei. C'était l'homme qui buvait du saké. Que lui était-il arrivé ? Nukata s'approcha de nouveau et regarda en retenant son souffle.

— De l'eau... de l'eau... réclamait convulsivement Furuhito no Ôe en appuyant sur son ventre avec sa main.

Puis il sembla assailli par une douleur fulgurante et s'effondra en se débattant. Les soldats bouleversés l'observaient, impuissants. Furuhito no Ôe était défiguré par la douleur. Il se roulait par terre, le corps secoué de tremblements violents. Saisi d'un spasme épouvantable, il se mit à quatre pattes et essaya de cracher quelque chose de toutes ses forces. Il enfonça un doigt dans sa gorge en poussant des gémissements de bête. Du sang clair gicla de sa bouche.

— Monseigneur ! s'écrièrent les soldats en se précipitant vers lui pour essuyer le sang.

Soudain, l'un d'eux recula, horrifié. Il regardait la flaque de sang. Les autres suivirent son regard, et firent un bond en arrière comme s'ils venaient de recevoir un coup brutal.

Furuhito no Ôe fixait le crachat, hébété, puis son visage prit une expression tragique qui semblait refléter la terreur et un violent refus de la mort. Mais sa nausée ne se calmait toujours pas, et, se tortillant comme une anguille, il cracha de nouveaux caillots de sang. Les soldats le regardaient de loin comme s'ils avaient vu quelque chose de terrible. Tout en poussant des cris entrecoupés de gémissements, le Prince ramassa son propre crachat de ses mains tremblantes. Une boule blanche baignait dans le sang. A cette vue, son visage se crispa de désespoir. Avait-il compris qu'il allait mourir ?

D'un air plein de tristesse, après avoir émis une faible plainte, il tomba à plat-ventre. Son corps eut un dernier sursaut, puis il ne bougea plus.

Les soldats restaient prostrés, incrédules, puis l'un d'eux se mit à courir en hurlant et les autres s'enfuirent à sa suite.

Près du feu, il ne restait plus que le cadavre de Furuhito no Ôe. Tout était calme à présent, comme si la tragédie n'avait jamais eu lieu.

Nukata sortit de sa cachette derrière un arbre et s'approcha craintivement. Malgré sa frayeur, elle voulait absolument savoir ce qui s'était passé. Elle s'approcha avec précaution et se pencha pour regarder Furuhito gisant au milieu d'une mare de sang. Son visage exprimait une profonde souffrance et il avait les yeux écarquillés. Sa figure et ses cheveux étaient souillés, des larves gigotaient dans la flaque de sang.

Etait-il possible que le Prince Furuhito no Ôe fût mort en crachant des larves ! Nukata se pencha en avant en serrant les dents.

A cet instant-là, quelque chose lui saisit la cheville. Elle vit le Prince qu'elle croyait mort la regarder avec un air halluciné. Ses yeux étaient révulsés et sa bouche laissait échapper des saletés visqueuses.

Nukata repoussa violemment la main et partit en courant sans se retourner.

12

Le lendemain, au lever du jour, un épais brouillard s'élevait de la terre détrempée. La cour intérieure de la Salle du Principe suprême baignait dans le sang. Les corps des soldats tués au cours de la bataille de la veille jonchaient le sol. Il n'y avait aucun survivant et la nappe de brouillard rampait lentement entre les cadavres hideux.

Le corps d'Emishi traînait au bas de l'escalier. Ses yeux étaient ouverts et il gardait un bras tendu comme s'il essayait d'attraper quelque chose.

— Quelle horreur ! murmura l'homme en pressant les paupières de la main, mais les yeux d'Emishi, remplis de haine, refusaient de se fermer.

C'était Ôama. Il voulait qu'Emishi soit au moins enterré dignement, mais comme cela semblait impossible, il le recouvrit d'une natte de paille.

— Pourquoi n'ai-je pas réussi à empêcher mon frère d'agir ? poursuivit-il d'un air mélancolique. Si la Famille impériale devient puissante, le nombre de ses ennemis augmentera. Et cette tragédie sanglante se répétera, peut-être. C'est absurde… absurde ! répéta-t-il à voix basse, comme s'il voulait se convaincre lui-même.

Derrière lui se tenait un jeune homme vêtu d'une longue robe à larges manches fendue sur le côté. Il s'appelait Fumi no Nemaro et c'était le garde du corps en qui Ôama avait le plus confiance. Il était grand, avec des traits assez grossiers mais un air bonhomme.

— Fumi no Nemaro !

— Oui, Monseigneur.

— Rassemble immédiatement tous les gardes. Enterrez le cadavre du Grand Ministre Supérieur sur la colline d'Amakashi. S'il peut voir de là-haut le Palais d'Itabuki après sa mort, cela le consolera peut-être de ce malheur.

— Mais il faut obtenir l'autorisation du Prince Héritier…

— Maintenant que les Soga sont renversés, mon frère leur accordera bien cette faveur.

— J'espère, Monseigneur.

— Mon frère aîné n'est ni aussi cruel ni aussi barbare que tu sembles le croire. Cela, je le sais.

— Monseigneur est trop bon…

— Tu penses que je me trompe ?

— Ce n'est pas ce que j'ai voulu dire, mais êtes-vous certain que cela ne posera pas de problème ?

— J'en parlerai moi-même à mon frère. Ce n'est pas à toi de t'en inquiéter.

— Bien, Monseigneur, je vais transmettre votre volonté.

— Je compte sur toi.

— Tout sera fait selon vos ordres, Monseigneur.

Fumi no Nemaro s'apprêtait à tourner les talons quand Ôama le rappela. Il hésita un peu, avant de confier brutalement :

— Tu dois avoir compris, à présent. Je savais que c'était le moyen le plus simple. C'est pour cela que je n'ai pas vraiment empêché mon frère d'agir. Rusé… voilà ce que je suis en réalité.

— Monseigneur…

Fumi no Nemaro le regardait avec un air de reproche.

— Ne dis rien. Va immédiatement au temple d'Asuka.

L'homme se tut et partit. Il disparut aussitôt dans le brouillard.

Ôama poussa un profond soupir et se leva. Le Palais d'Itabuki était plongé dans le silence. Dans le Pavillon Réservé, il devait y avoir la Souveraine ainsi que le Prince Karu, la Princesse Hashihito et le Prince Arima, mais on ne sentait même pas leur présence. On ne voyait pas les dames de cour ni les gardes du Palais impérial. Emishi et Iruka avaient été renversés, la Famille impériale avait gagné, mais dans le Palais d'Itabuki régnait une impression de vide indescriptible.

A ce moment-là, il entendit des pas s'approcher.

Il se retourna et aperçut une silhouette à travers le brouillard. C'était une jeune fille enveloppée dans un kimono vert tirant sur le jaune ; ses vêtements trempés lui donnaient l'air d'avoir pleuré, et elle restait figée sur place.

Ôama la regarda, incrédule. C'était la Princesse de Nukata !

Ces temps-ci, il ne lui avait pas rendu visite à Takatori, l'instabilité politique l'en avait empêché. Pourquoi était-elle venue ?

— Nukata !

En entendant sa voix, elle le regarda avec surprise. Ils se dévisagèrent sans y croire, mais quand Nukata comprit qu'il s'agissait bien d'Ôama, son visage se déforma.

— Mon Prince… dit-elle en courant se jeter dans ses bras.

Son corps était glacé et tremblant. Ôama la serra contre lui.

— Que se passe-t-il, pourquoi viens-tu ici ?

Mais elle ne répondit pas. Elle se réchauffait contre le corps chaleureux du seul homme capable de la consoler et pleurait à chaudes larmes, agrippée à lui.

13

Le Prince Naka no Ôe leva la garde au temple d'Asuka. Les plus puissants des Soga étaient anéantis, il n'y aurait plus de batailles... Il avait entendu dire par un garde d'Iruka venu s'égarer au temple d'Asuka que le Prince Furuhito no Ôe était mort d'une manière atroce. Après avoir perdu conscience, avait-il raconté, il avait succombé en crachant du sang et des larves. Le sortilège des insectes de Tokoyo avait donc été efficace... Naka no Ôe ressentait une admiration mêlée de respect pour Kamatari, en même temps qu'il croyait maintenant au pouvoir de ses pratiques magiques. N'ayant plus rien à redouter, il regagna le Palais en amenant avec lui une nombreuse armée, comme si lui-même était le Souverain du Pays de Yamato.

Dans la cour, les gardes d'Ôama était en train de laver le sang. Les corps d'Emishi et des soldats avaient disparu, tout était plongé dans le silence comme si les événements de la veille n'avaient jamais existé.

Naka no Ôe descendit de cheval à la Porte Sud et se rendit tout droit au Pavillon Réservé, inquiet du sort de son fils blessé, de sa sœur Hashihito évanouie et de sa mère l'Impératrice Kôgyoku. Il monta les escaliers et entra d'abord dans Salle du Principe suprême. A la vue de Naka no Ôe, les dames de cour se figèrent d'un air terrifié, et il trouva leur réaction surprenante.

Il passa par la salle à manger et vit apparaître le Prince Ôtomo en tenue de jour. Son fils s'approcha en se cramponnant à la rampe d'une démarche peu assurée. Sa blessure dans le dos devait le faire souffrir, mais il était sain et sauf, se dit-il avec soulagement. Cependant le Prince Ôtomo lui lança un regard de reproche.

— Père, n'allez pas voir Sa Majesté, dit-il comme dans une plainte.

— Mère serait-elle malade ?

— Non, ce n'est pas cela…

— Alors, que se passe-t-il ?

— Il serait préférable de la laisser seule.

— Que se passe-t-il ? Expliquez-vous.

— Sa Majesté est désespérée.

— Désespérée… Mais pourquoi ?

— Je l'ignore. Elle ne cesse de pleurer depuis hier.

Il ne comprenait pas. Maintenant que les Soga étaient écrasés, elle aurait dû se réjouir au lieu de pleurer.

— Serait-ce Hashihito qui ne va pas bien ?

— Non, elle a repris conscience hier soir. Et ce matin, elle a pu avaler de la bouillie de riz.

Alors, pourquoi ? Une pensée lui traversa l'esprit. Autrefois, il avait entendu courir un bruit détestable à propos de sa mère. Peut-être était-ce vrai...

Quittant le Prince, il se rendit jusqu'aux appartements de la Souveraine. A son arrivée, les dames de cour lui demandèrent de ne pas entrer, mais, forçant la porte, il aperçut derrière les treillis l'Impératrice qui lui tournait le dos. Elle était en tenue de nuit, le lit était défait, et elle paraissait s'être levée en hâte. Lorsqu'il la salua respectueusement, un cri de colère retentit.

— Sortez !... Nous sommes tout de même une femme. Nous ne voulons pas parler à un être aussi grossier qui entre sans prévenir dans la chambre à coucher d'une femme, dit-elle d'un ton haineux.

— Mère…

— Nous vous disons que nous ne voulons même pas vous parler. Inutile de discuter. Allez, sortez !

— Je ne sortirai pas, répliqua-t-il avec fermeté.

Il lui sembla que le dos de l'Impératrice s'était raidi.

— Vous avez certainement entendu dire, Mère, qu'hier nous avons non seulement mis Emishi hors d'état de nuire, mais également le Grand Ministre Iruka.

Il n'obtint pas de réponse.

— Il n'y a plus personne pour se rebeller contre nous, tout le Pays de Yamato appartient désormais à la Famille impériale. Cependant, on me dit que vous passez votre temps à verser des larmes depuis hier soir. Qu'est-ce que cela signifie ? Je ne comprends absolument pas.

L'Impératrice resta silencieuse pendant un moment, puis elle finit par dire :

— Nous avons horreur de notre place sur ce trône. Cette place pleine de sang... Ceux qui sont morts atrocement hier se sont tous sacrifiés pour elle. Ces soldats, et les ministres Soga… Alors, comment pourrions-nous avoir le cœur en paix ?

Elle ment, comprit-il immédiatement. Il ne pouvait croire que sa mère éprouvât du regret pour les morts. Jadis, elle avait été la première à se réjouir de la mort du

Prince Yamashiro no Ôe. Car avec la disparition de ce Prince, son mari défunt, le Prince Tamura, avait été intronisé Empereur sous le nom de Jomei. Elle avait acquis un pouvoir sans pareil en même temps que la fortune. Cette mère ne pensait qu'à elle et non pas à l'avenir politique du pays. Si elle pleurait depuis la veille, c'était sans doute parce qu'elle avait été l'amante d'Iruka comme le disait la rumeur. Elle pleurait la mort d'un homme aimé. Et sa colère se dirigeait contre lui, Naka no Ôe, le responsable de sa mort.

Il éprouva du mépris plutôt que de la colère. Si Iruka s'était prêté à ce rôle, c'était par calcul. Quelle stupidité de sa part de s'être laissée emporter par son désir, sans même l'avoir compris ! Il la regarda et ricana :

— Très bien, Mère, je comprends la raison de vos pleurs. Ce n'est pas votre position qui vous afflige, c'est la perte d'Iruka.

— Qu'osez-vous dire !

Sa voix tremblait.

— Je vous demande de renoncer à ce sentiment vain. Si vous n'en êtes pas capable, je ne vous permets pas de vous asseoir sur le trône.

Le visage de la Souveraine se déforma.

— Vous êtes… Peut-on parler ainsi à sa mère ? Quelle insolence !... Sortez, sortez tout de suite ! Votre visage, votre voix, votre aspect… Ah, je ne veux plus vous voir. Sortez ! Sortez immédiatement !

Elle lui lança à la figure une assiette en terre qui se trouvait à portée de main. Elle avait l'air hideuse et stupide. Naka no Ôe lui jeta un regard froid et referma brutalement la porte. L'Impératrice n'était plus sa mère. En sortant du Pavillon Réservé, il entendit ses pleurs, mais dans son cœur il les repoussa froidement.

Naka no Ôe s'était moqué de la Souveraine. Mais le lendemain, le résultat de leur échange tumultueux fut inattendu : l'Impératrice présenta soudain son intention d'abdiquer. Et elle souhaitait le faire en faveur de son frère cadet, le Prince Karu qui était né de la même mère. Hauts dignitaires et ministres furent évidemment surpris. On la supplia de rester au pouvoir, mais la Souveraine était déterminée. On fit de nombreuses suppositions sur le changement qui s'était produit en elle, mais personne ne connaissait la vérité.

Ainsi, onze jours après la tragédie de la Salle du Principe suprême, surnommée le jour du Grand Changement, le couronnement du Prince Karu fut célébré en hâte, le 23 juin de l'an 645 ; il devint l'Empereur Kôtoku [1] et l'ancienne Impératrice prit le titre de Sœur du Souverain.

Naka no Ôe regardait tout cela avec détachement. Mais quand il vit l'Empereur Kôtoku prendre au sérieux son rôle et régner réellement, son indifférence disparut. Il était torturé par un sentiment d'agacement mêlé d'impatience et, à cette occasion, il prit conscience de son ambition restée jusque-là profondément enfouie dans son cœur : il rêvait de monter sur le trône.

Il avait renversé les Soga sous prétexte de protéger la Famille impériale, mais en réalité, il voulait montrer sa force et succéder à l'Impératrice sur le trône. En n'atteignant pas son but, tout le mal qu'il s'était donné était peine perdue.

Paisible en apparence, Naka no Ôe mit en route le train des réformes voulues par le Grand Changement. Cependant il nourrissait secrètement une hostilité irréversible à l'égard de sa mère et de l'Empereur, contre lequel il devrait se dresser un jour...

---

1. 597-654.

II
LE SEIGNEUR ISHIKAWAMARO

1

Le 28 juin de l'an 645, cinq jours après la cérémonie d'intronisation de l'Empereur Kôtoku, ce dernier appela à la cour tous les ministres et les hauts dignitaires, qu'il réunit autour du grand arbre Zelkova, et il promit aux divinités une « Voie impériale unique », proclamant ainsi la doctrine de la monarchie absolue. Dans le même temps, on nomma cette période l'ère Taika, dite du Grand Changement, la première ère impériale du pays, à l'instar du système chinois. Ceux qui avaient participé au renversement de la branche centrale des Soga furent récompensés par des promotions. Le Prince Naka no Ôe devint Prince Régent ; Ishikawamaro fut nommé Ministre de Droite selon la nouvelle appellation, en remplacement de la charge et du titre de Grand Ministre auparavant portés par le chef du clan des Soga ; et celui qui avait le plus contribué en secret au complot contre les Soga, Nakatomi no Kamatari, fut nommé Ministre du Dedans. Sa fonction était d'assister le Prince Régent et le Prince Héritier, signe qu'il détenait le pouvoir réel. On lui octroya la coiffe mauve.

Après la formation de ce nouveau gouvernement, on réfléchit à de nouvelles lois administratives ayant pour modèles celles de la dynastie des Tang, qui développeraient la Constitution en dix-sept articles de Shôtoku Taishi, un ensemble de principes moraux et politiques établi au siècle précédent. Un étudiant laïc, Takamuko no Kuromaro, et un prêtre bouddhiste, le moine Min, furent au centre des consultations. Ils étaient venus de Chine lors d'une visite officielle qui avait amené étudiants, moines, professeurs, juristes, artistes et artisans – tous hommes devant fournir aux réformateurs les connaissances nécessaires. Restés sur l'Archipel japonais, ils avaient reçu le titre de lettrés nationaux, ce qui montrait l'importance qu'on accordait à leurs services. Ils proposèrent certaines mesures pratiques telles que l'enregistrement des familles, le recensement des terres arables et leur entrée dans le domaine public, la mise sous surveillance des moines et des nonnes, la réforme du système d'intronisation et la création de nouveaux rangs de cour, etc.

Mais Kamatari et Ishikawamaro ne participaient pas à ces concertations. Ishikawamaro restait cloîtré dans sa demeure d'Iware pour tenter de se remettre du choc de la tragédie sanglante. Quand à Kamatari, après le sortilège des insectes de Tokoyo, il avait disparu de chez lui. Leur absence ne troublait personne. On connaissait la faiblesse de caractère d'Ishikawamaro, et il était fréquent que Kamatari se réfugie dans la montagne en invoquant la nécessité de pratiquer la méditation.

Ces consultations ne se poursuivaient pas sans heurts, car les ministres et les nobles de province, qui avaient des intérêts opposés, ne parvenaient pas à un accord. En réalité, c'était au Souverain de montrer son autorité, mais l'Empereur Kôtoku n'en avait pas les capacités.

Le fait est que la Famille impériale n'avait pas encore en main les provinces du Kinai autour de la Capitale. Elle s'appuyait uniquement sur la puissance des grandes familles dont étaient issus ministres et hauts dignitaires, mais si cette opposition s'aggravait, le pouvoir de la cour risquait de s'affaiblir. L'écrasement de la branche centrale des Soga, qui avait de l'autorité sur ces nobles de province, se retournait paradoxalement contre elle. Naka no Ôe se trouvait une fois de plus dans une position difficile...

Pendant ce temps-là, la Princesse de Nukata habitait la demeure d'Ôama, qui avait décidé de la garder auprès de lui dans la Capitale. Mais l'arrivée d'une nouvelle jeune femme risquait de provoquer des frictions parmi les nombreuses dames de cour ; c'est pourquoi il lui faudrait bientôt quitter cette résidence pour entrer au service d'un autre Prince.

La vie à la Capitale lui convenait parfaitement. L'immense Palais impérial la fascinait, bien sûr, mais tout lui était nouveau et prétexte à s'étonner : les demeures et les marchés qui s'étendaient aux alentours, la population qui vivait là, les grandes avenues bordées de part et d'autre de nombreuses échoppes où l'on vendait de tout, du sel, des poissons séchés, du *miso*, ce condiment à base de haricots de soja introduit de Chine. C'était un va-et-vient incessant de paysans, d'artisans et de commerçants. Cette animation l'enchantait, elle avait eu raison de descendre à Asuka...

Pourtant elle n'avait rien oublié des événements. La scène horrible de la mort du Prince Furuhito no Ôe dans le bois et les nombreux cadavres qui jonchaient la cour intérieure et la Salle du Principe suprême étaient restés gravés dans sa mémoire.

Que s'était-il réellement passé dans la Capitale ? L'affaire lui paraissait confuse et elle essayait d'en savoir plus en écoutant ce qui se disait autour d'elle. Au sujet de la mort atroce du Prince Furuhito no Ôe, du corps décapité d'Iruka dans le Pavillon des Trésors et du coup d'Etat préparé en secret, le bruit courait qu'ils résultaient de sorts jetés par le Prince Naka no Ôe... On disait aussi qu'Iruka avait été prévenu par un espion... Mais Nukata n'était pas convaincue.

Tout d'abord, lancer un mauvais sort n'était d'aucune efficacité. Nukata le savait bien, elle qui jouissait de dons surnaturels. Il était impensable que les pensées malfaisantes d'un homme puissent se transformer en force capable de tuer. Si les morts d'Iruka et de Furuhito avaient un lien avec la magie, c'est qu'on avait sûrement utilisé quelque subterfuge.

Puis d'autres questions se posèrent à elle. Pourquoi Naka no Ôe avait-il besoin de faire appel à une mise en scène aussi compliquée ? S'il voulait tuer Iruka et Furuhito no Ôe, il lui suffisait d'envoyer des homme de main. Par conséquent, elle supposait que la tragédie du coup d'Etat n'était pas l'œuvre du seul Naka no Ôe : une autre personne devait se cacher derrière cet horrible événement.

Et Naka no Ôe avait dû prendre le maximum de précautions. Même si un espion d'Iruka avait réussi à s'infiltrer dans son entourage, jamais il n'aurait pu extorquer le contenu de ses entretiens secrets. Il était bien plus naturel de penser qu'un proche de Naka no Ôe entretenait des relations cachées avec Iruka. Elle n'allait pas jusqu'à supposer que celui qui avait mis en scène la mort d'Iruka et celui qui était secrètement en contact avec ce dernier ne formaient qu'une et même personne... mais pour que cette sinistre et bizarre tragédie ait pu voir le jour, il fallait en arrière-plan l'entente de plusieurs individus aux motivations diverses.

Leurs attentes avaient-elles été satisfaites avec l'anéantissement d'Iruka ? Rien n'était moins sûr. Et dans ce cas, d'autres drames pouvaient survenir. Un jour viendrait peut-être où ce serait au tour du Prince Ôama d'être visé...

Nukata se sentit investie d'une mission, celle de découvrir la vérité afin de protéger le Prince. Et elle décida d'épier les mouvements de tous les personnages importants à la cour pour découvrir qui complotait, et pour quelle raison.

2

Naka no Ôe suspendit le Conseil des ministres et des nobles chargés de préparer les lois administratives du nouveau gouvernement, et partit voir Kamatari dans la grotte de Katsuragi. Il souhaitait le consulter sur les mesures à prendre pour obtenir l'accord des nobles de province.

Sur le chemin qui menait au sanctuaire, il vit des empreintes de sabots. En les suivant, il arriva ainsi à destination. Les deux rangées de lanternes en pierre étaient toujours là, mais il ne les reconnut pas. Sous la lumière du soleil, elles apparaissaient rongées par l'érosion. L'allée et le jardin qui menaient au sanctuaire étaient couverts d'herbes folles, dégageant une impression d'abandon. Il ne régnait pas ici l'atmosphère étrange de la nuit.

Il entra dans la grotte et se rendit dans la petite salle du fond, mais Kamatari n'y était pas. Seuls traînaient les accessoires nécessaires aux opérations de magie, qui semblaient inutilisés. Kamatari était supposé rester ici afin d'accumuler de l'énergie pour pratiquer son art. Il trouva cette absence suspecte, et s'apprêtait à repartir quand une voix retentit.

— Prince…

— C'est vous, Kamatari ? demanda-t-il, intrigué, en fouillant les alentours du regard.

— C'est moi en effet, répondit une voix lugubre dans la grotte.

— Où êtes-vous ?

— Je ne suis nulle part. Mais même si mon corps n'est pas là, je peux vous parler grâce au pouvoir de la concentration.

Naka no Ôe jeta un coup d'œil circulaire et ne vit que la roche. Il n'y avait aucun endroit permettant à Kamatari de se cacher.

— Ayez confiance dans les puissances occultes, Prince. Je peux tout faire avec la force de mon esprit, de la même manière que j'ai décapité Iruka et tué le Prince Furuhito no Ôe. Et vous êtes capable de comprendre cela… *Abira unkensowaka, onmidare yasowaka…*

Il entendit psalmodier les mêmes incantations. Ses oreilles se mirent à bourdonner et les motifs de spirales sur la roche commencèrent à tourner lentement. Il se dit qu'il était ensorcelé par la voix de Kamatari, mais très vite il lui fut impossible de résister. Et il finit par croire qu'on pouvait communiquer sa volonté par la pensée – comme si c'était devenu une évidence pour lui.

— La raison de votre visite est claire : vous vous demandez ce qu'il faut faire pour avoir en main les nobles de province, dit l'autre d'un ton ferme à voix basse.

— Comment le savez-vous ?

— Comme je viens de vous le dire, Prince, je sais tout : ce qui se passe dans le Palais d'Itabuki, ce que vous pensez et ce que vous devez faire maintenant. C'est pour vous en parler que je vous attendais.

Comment avait-il deviné qu'il viendrait ici ? Le moine Min surnommait Kamatari « Connaissance divine ». Et en effet, il paraissait doué des dons surnaturels d'une divinité.

— Alors, dites-moi comment agir.

— C'est simple. Vous n'avez qu'à vous débarrasser de celui qui vous désobéit. Ainsi, les autres vous craindront et vous montreront respect et obéissance.

— Celui qui me désobéit ?

— Tout à fait.

— Maintenant que j'ai renversé Iruka, il n'y a plus personne…

— Vous n'avez pas encore compris, Prince. Si le complot a été découvert, c'est qu'il y avait un traître. Ce traître doit nourrir contre vous des sentiments rebelles et chercher à vous faire disparaître. Si vous le laissez faire, les nobles de province risquent de se rassembler autour de lui après avoir abandonné l'Empereur Kôtoku, lequel deviendrait bientôt un deuxième Iruka. Il faut s'en occuper au plus vite.

Naka no Ôe restait perplexe. Il n'avait parlé du complot qu'à très peu de personnes. Son frère Ôama, son fils Ôtomo, Soga no Ishikawamaro, le chef de la garde impériale Saeki no Komaro, Ama no Katsumaro et Katsuragi no Amita, cela faisait six personnes. L'un d'eux avait-il été en intelligence avec Iruka ? S'il devait douter de quelqu'un, c'était des trois derniers, mais comme ils étaient morts dans la bataille, il était peu probable que l'un d'eux ait été l'espion. D'autre part, il était clair qu'Ishikawamaro était hostile à la branche centrale des Soga, il ne pouvait donc pas douter de lui non plus. Quant aux Princes Ôama et Ôtomo, ils étaient évidemment hors de cause.

— Vous n'avez pas l'air de comprendre, Prince.

— Non, en effet, qui est-ce ?

— Vous voulez vraiment le savoir ?

— Evidemment.

— Alors, à une condition...

— Laquelle ?

— Que vous éliminiez cette personne. Pouvez-vous m'en faire la promesse ?

— Vous voulez que je jette encore un mauvais sort ?

— Exactement.

Naka no Ôe éprouva une sensation désagréable. Les pratiques magiques avaient peut-être du pouvoir, mais il lui en restait ensuite un sentiment de dégoût indescriptible. Etait-ce pour avoir employé des méthodes lâches, ou bien par crainte de la punition des dieux pour avoir usé de pouvoirs transgressant le savoir humain ? Mais s'il y avait un traître dans leur groupe, il ne pouvait pas le laisser faire... Comme disait Kamatari, il fallait l'éliminer.

— D'accord, je vous le promets. Qui est-il ?

Après avoir retenu un sourire, Kamatari donna le nom de *la personne*. C'était un proche, susceptible en effet de connaître le complot.

Kamatari lui expliqua ensuite quelles étaient les raisons de sa trahison, et ses arguments furent tout à fait convaincants. Dans la situation où se trouvait ce personnage, c'était en effet beaucoup plus sage de se mettre du côté d'Iruka.

— Alors, comment puis-je me débarrasser de lui ?

— Je ne peux pas vous le dire immédiatement. Car vous montrez encore une certaine réticence à employer la magie. Pour devenir vraiment le Souverain, vous devez être prêt à assumer tous vos actes. Quand vous en serez capable, je vous enseignerai un maléfice pour le tuer. J'attends avec impatience le jour où vous reviendrez ici.

A cet instant-là, Naka no Ôe ne sentit plus la présence de Kamatari. Il l'appela, mais n'obtint aucune réponse. La grotte était maintenant plongée dans un silence absolu. Il avait l'impression que leur dialogue n'avait été qu'une hallucination, mais ce que lui avait dit Iruka restait gravé dans son esprit.

Cet être l'avait trahi… Et quelles que fussent ses raisons, il fallait l'éliminer. Naka no Ôe comprit que, de nouveau, le moment était venu de prendre une décision.

3

Quelques jours plus tard…

Un garde du corps galopait à cheval en direction du Palais d'Itabuki. Son vêtement vert clair se découpait dans la teinte mauve du crépuscule. L'homme menait habilement sa monture, et il était d'une telle beauté qu'il semblait tout droit sorti d'un dessin de paravent.

C'était l'ingénieux Mushimaro qui se rendait au

Palais pour remettre un message de son maître, Soga no Ishikawamaro. Ce dernier se disait en mauvaise condition physique et souhaitait s'abstenir encore de participer au Conseil. Les gens de sa maison le croyaient réellement atteint d'une maladie soudaine, mais pas Mushimaro. Comme Ishikawamaro était nerveux et faible, il supposait que la sanglante tragédie lui avait causé un choc violent. Son statut de garde du corps ne lui permettait pas de poser de questions, mais il n'en pensait pas moins, tout en se contentant d'accomplir les tâches qu'on lui attribuait.

Mushimaro avançait à vive allure sur la grand-route. Il passa devant le temple d'Asuka et il arrivait au Palais quand il vit sortir quelqu'un par la Porte Nord, monté sur un cheval blanc. L'homme portait des vêtements de soie et un large pantalon, signes qu'il s'agissait d'un personnage important. En regardant mieux, il reconnut le Prince Naka no Ôe. Celui-ci jeta autour de lui un regard méfiant, avant de lancer sa bête au galop. Voilà qui n'était pas naturel... ce départ sans aucune escorte... ce regard suspicieux...

Mushimaro arrêta son cheval pour le regarder partir à vive allure sur la lande de Makami en direction de l'est. Plus loin, s'étendait une épaisse forêt. Qu'allait-il faire dans un endroit pareil ?

Il se passait trop de choses suspectes autour du Prince Naka no Ôe. Le bruit courait que les morts atroces d'Iruka et de Furuhito no Ôe étaient dues aux mauvais sorts qu'il avait lancés. Nombreux étaient les soldats de Soga qui avaient entendu réciter d'étranges formules magiques ce soir-là. S'agissait-il vraiment de lui ?

Mushimaro pensa à son village natal de Narasaka. Là-bas vivaient de cruels sorciers qui acceptaient clandestinement de tuer en jetant des maléfices, en échange d'argent ou de présents, risquant ainsi d'encourir la colère des esprits. Mais c'était leur seul moyen de survie et sans cette occupation, ils seraient morts de faim. C'était un métier florissant car ils étaient constamment sollicités, aussi bien par les nobles que le petit peuple. Si on portait la main directement sur la personne qu'on détestait, il fallait craindre la rancune et la vengeance du mort, mais en cas de magie noire, on ne se salissait pas les mains.

Le père de Mushimaro était un de ceux-là. L'enfant avait grandi en voyant opérer devant lui d'étranges pratiques, telles que le « sortilège malfaisant », les « vers venimeux », l'« autel des offrandes aux divinités ». Il en éprouvait toujours une vive sensation de dégoût. S'il avait abandonné la maison natale pour se mettre au service d'Ishikawamaro, c'était parce qu'il avait fini par détester cette magie noire et qu'il avait eu envie de réussir par des moyens honnêtes.

Mushimaro trouvait le comportement de Naka no Ôe suspect. S'il avait jeté un mauvais sort, un sorcier de magie noire devait sûrement se trouver derrière lui. Sa sortie discrète de ce soir ne signifiait-elle pas qu'il allait le voir ?

Il fut soudain piqué par la curiosité. Le message d'Ishikawamaro pouvait bien attendre. Le comportement de Naka no Ôe l'intriguait davantage. Si ce dernier se rendait chez un maître sorcier, c'est qu'il était probablement en train de fomenter une nouvelle noirceur. Et si lui-même découvrait ce que c'était et prévenait son maître, celui-ci le traiterait mieux et lui accorderait plus d'importance.

Mushimaro tourna les rênes de son cheval et partit à la suite de Naka no Ôe.

Au même moment…

La Sœur du Souverain (l'ancienne Impératrice Kôgyoku) regardait avec nervosité la Princesse Hashihito qui dormait sur une literie en tissu blanc. Faiblement éclairée par la flamme d'une bougie recouverte de papier, la Princesse gémissait dans son sommeil, comme si elle faisait des cauchemars, et son front était en sueur. Le médecin et l'Empereur se tenaient à son chevet et les dames de cour attendaient de l'autre côté de l'écran ; personne ne parvenait à cacher son anxiété. Dans un silence lourd d'angoisse, seuls retentissaient les gémissements de plus en plus faibles de la Princesse. Elle était alitée depuis le jour du Grand Changement. De constitution fragile et délicate, elle n'avait pas supporté le choc de cette horrible scène.

En son for intérieur, la Sœur du Souverain ruminait. Car elle avait décidé d'amener ce jour-là sa fille pour l'habituer à assister à des cérémonies officielles, avec l'espoir qu'elle monterait sur le trône, mais cela s'était retourné contre elles deux.

Pourtant, ce n'était pas sa faute, c'était celle du Prince Naka no Ôe qui avait projeté cette tuerie dans la Salle du Principe suprême, un lieu sacré entre tous. Il avait tué Iruka, rendu la Princesse malade, et lui-même régnait maintenant sur la Capitale avec un crédit égal à celui du Souverain. Si elle le laissait faire, il risquait d'usurper le pouvoir. Il était clair qu'il visait le trône. Honni soit ce Prince !

Maintenant que les Soga étaient renversés, le rôle de ce Prince était terminé. Il fallait endiguer ses actions pour l'empêcher de provoquer des troubles inutiles. Il s'agissait de venger la Princesse en même temps que de protéger la Famille impériale.

La Princesse semblait souffrir terriblement. En la voyant gémir ainsi, la haine de la Sœur du Souverain ne pouvait que grandir.

4

Dans la nuit retentissaient au loin des prières bouddhiques. La lumière de la lune pénétrait par les volets en treillis entrouverts et venait éclairer faiblement le livre de prières qu'Ishikawamaro venait de copier. Sur son écritoire étaient posés trois tomes. Il aurait bientôt fini le quatrième. Pendant tout ce mois, il s'était consacré à copier des prières dans l'intention de purifier son corps et son esprit, enfermé dans une pièce de son palais. Sa maladie n'était évidemment qu'un prétexte. En réalité, il était torturé par le remords.

Certes, Iruka et Emishi représentaient pour lui des obstacles majeurs. Mais après coup, il avait souffert d'avoir participé au renversement de la branche centrale des Soga. Pendant un temps, il ne s'était plus alimenté et n'avait cessé jour après jour de copier des prières ; puis son tourment s'était peu à peu adouci. A présent, il était convaincu que, pour protéger sa famille de la tyrannie des Soga, il n'avait pas d'autre solution que d'obéir au Prince Naka no Ôe. D'ailleurs, le fait que le Prince lui était redevable n'était pas négligeable. Quand il serait un jour sur le trône, sa famille connaîtrait une prospérité sans précédent. Son entourage en était bien conscient, puisqu'il ne formulait aucune critique. Il avait adopté le bon comportement, finalement. Le poids qui pesait sur ses épaules se fit plus léger. Sa main qui tenait le pinceau resta en l'air et il fut envahi par une douce satisfaction.

Il faisait nuit noire maintenant. Pour ce soir, il en avait fini avec les prières, il était temps d'aller se coucher. Il s'apprêtait à poser son pinceau quand il sentit une présence dans le couloir. Quelqu'un se tenait derrière la porte.

— Veuillez m'excuser de me présenter si tard, dit une voix.

C'était celle de Mushimaro.

— Que se passe-t-il ?

— Je dois vous parler d'une chose importante, Monseigneur.

— A cette heure-ci ?

— Oui ! Il s'agit d'une affaire urgente.

Mushimaro était réputé pour sa clairvoyance. Et il aspirait à s'élever socialement en restant toujours fidèle et loyal envers son maître. Ce Mushimaro ne pouvait que dire la vérité. Il lui commanda donc d'entrer. La porte s'ouvrit et Mushimaro obtempéra.

Après s'être incliné très respectueusement, il dit :

— Veuillez croire que je suis infiniment désolé de vous déranger dans votre travail à une heure aussi tardive, Monseigneur...

Avec sa robe vert clair, il était d'une beauté éblouissante. Un court instant, Ishikawamaro envia sa prestance, mais il se força à répondre posément :

— De quoi veux-tu me parler ?

Mushimaro releva la tête.

— Il y va de votre vie, Monseigneur.

— Quoi ?

— Moi, Mushimaro, j'ai surveillé discrètement les mouvements du Prince et j'ai fini par savoir ce qu'il complotait. Je voulais vous prévenir immédiatement afin que vous preniez les précautions qui s'imposent, Monseigneur.

— Tu veux dire que Naka no Ôe en veut à ma vie ?

— Tout à fait.

— Si tu mens, je ne te le pardonnerai pas.

— Croyez-vous vraiment que je puisse mentir ?

Il en était incapable, en effet.

— C'est bon. Raconte-moi en détail.

Mushimaro lui exposa les événements de la soirée. Au moment où il se rendait au Palais, il avait vu le Prince Naka no Ôe se diriger vers Katsuragi, seul. Trouvant cela étrange, il l'avait suivi. Et il avait vu Naka no

Ôe rencontrer Kamatari dans un sanctuaire en pleine forêt, où ils avaient eu un entretien secret au fond d'une grotte.

— J'ai trouvé ce comportement suspect. J'ai donc posé des questions aux gardes impériaux et j'ai appris que le Prince était sorti discrètement du Palais à plusieurs reprises, avant et après l'assassinat d'Iruka, pour se rendre ils ne savaient où. Aux mêmes moments, Kamatari était aussi absent de chez lui. Il semble clair qu'il intriguait dans cette grotte avec Kamatari.

— N'étaient-ils pas en train de préparer le complot ? Tout le monde sait que Kamatari et le Prince avaient projeté les réformes du Grand Changement. S'il a fait Kamatari Ministre du Dedans, c'est sûrement pour le récompenser de ses services.

— Ne devinez-vous pas, Monseigneur ? Vous devriez comprendre ce que fait Kamatari en cachette.

Ishikawamaro ne voyait pas.

— Vous savez bien quel est le nom de la famille de Kamatari ?

— La famille Nakatomi ?

— Exactement. Nakatomi, c'est-à-dire « Intermédiaire » entre les dieux et les hommes. Sa famille a prospéré grâce à ses facultés de divination, qui sont devenues une fonction officielle. En un mot, grâce à la magie.

Ishikawamaro était tout de même surpris.

— Tu veux dire qu'Iruka et le Prince Furuhito no Ôe ont été tués par des sortilèges opérés par Kamatari et Naka no Ôe ?

— C'est déjà le bruit qui court parmi la population. Leurs morts atroces sont explicables si l'on considère qu'elles sont dues à des mauvais sorts lancés contre eux.

Mushimaro poursuivit. Il lui raconta une chose étrange. Il inspectait les alentours quand il avait vu Naka no Ôe sortir et repartir vers la Capitale. Il avait attendu mais n'avait pas vu apparaître Kamatari. Alors, pris de soupçons, il était entré dans la grotte. Il n'avait pas aperçu Kamatari. Mais dans la petite salle du fond était dressé un autel, pareil à ceux où l'on pose des offrandes d'encens pour les divinités, et tout autour étaient éparpillés des *gohei*.

A ce stade du récit de son garde du corps, Ishikawamaro fut bien obligé de le croire.

— Depuis les temps anciens, la famille des Nakatomi est au service de la Maison impériale avec ses devins. J'ai entendu dire par hasard que jusqu'à ce que la Famille impériale ait la suprématie, les Nakatomi avaient manœuvré dans l'ombre. Kamatari a dû agir en secret pour satisfaire la demande du Prince Naka no Ôe.

— Dans ce cas, pourquoi m'a-t-il donné pour mission de lire le message ? S'ils avaient l'intention de tuer Iruka par la magie, ces manœuvres étaient inutiles.

— C'est là le point essentiel. La magie étant une pratique profondément lâche, il était clair qu'on les en blâmerait. C'est pourquoi ils l'ont noyée dans un tourbillon de stratagèmes afin de ne pas être suspectés.

— Mais pourquoi en faire autant ? Le complot de Naka no Ôe suffisait à renverser Iruka.

— Il aura voulu prendre toutes les précautions. Quant à Kamatari, il aura souhaité montrer la puissance de la famille Nakatomi pour détenir le pouvoir après la disparition des Soga.

Ishikawamaro émit une plainte. C'était tout à fait possible...

— Qu'en pensez-vous, Monseigneur ?

— Tu as peut-être raison.

— Et maintenant, que vont-ils faire, d'après vous ?

Ishikawamaro était bien incapable de répondre.

— S'ils continuent leurs entretiens secrets après s'être débarrassés du Grand Ministre Iruka, on peut imaginer qu'ils complotent à nouveau. Et leur intention est probablement de vous faire disparaître, Monseigneur.

— Quoi !? laissa-t-il échapper malgré lui.

— Votre famille a beau être éloignée de la branche centrale des Soga, elle n'en est pas moins l'une des grandes puissances. Un mot de vous, et je suis sûr que de nombreux nobles de province seraient prêts à vous obéir. L'autorité du nouveau Souverain n'est pas encore suffisamment établie : malgré de multiples Conseils, il n'a pas encore réussi à obtenir un accord sur les réformes avec les nobles de province. Monseigneur est donc la seule et unique menace qui pèse sur la Maison impériale. Il est impensable que Naka no Ôe accepte cette situation.

Ses paroles étaient si terrifiantes qu'il ne trouva rien à dire. Mushimaro avait raison sur tout. A quoi donc avait servi sa coopération avec la Famille impériale ?

— Que… que dois-je faire ? demanda-t-il, effrayé par tant d'injustice.

— Il nous faut à tout prix agir les premiers.

— Agir les premiers ?

— Nous allons révéler au grand jour la conspiration qu'ils préparent.

— Mais comment ?

A l'instant où Mushimaro allait donner son idée, il y eut soudain du bruit au-dehors. On entendait des cris de moines et des bruits de pas affolés.

— Que se passe-t-il ?

— C'est du côté du temple de Yamada.

Ishikawamaro se leva, l'air angoissé. Le bruit s'amplifiait. Des hurlements de colère parvenaient jusqu'à eux.

— Allons-y ! lança Mushimaro.

Les deux hommes sortirent de la pièce et gagnèrent le jardin en passant par la galerie. Le temple de Yamada, qu'Ishikawamaro avait fait construire près du palais, se détachait dans le noir à la lumière des torches. Dans la salle principale où se trouvait l'image de la Divinité, ils découvrirent un groupe de moines dans un état d'agitation extrême.

— Mais que se passe-t-il donc ? demanda Ishikawamaro.

Un moine montra alors du doigt un pilier avec hésitation.

— Regardez ce qui est arrivé !

L'homme éclaira avec une bougie, et les yeux d'Ishikawamaro s'écarquillèrent d'horreur. Une boule de chair de la taille d'un poing était fixée au pilier par un gros clou. Cela ressemblait à un organe interne recouvert d'un filet veineux, d'où le sang coulait abondamment le long du pilier jusque sur le plancher. Les replis de la chair brillaient étrangement et le sang paraissait si frais que l'organe venait sûrement d'être tranché.

Un frisson glacial courut le long du dos d'Ishikawamaro.

— Qu'est-ce que…

— On dirait le cœur d'un chien ou d'un singe, dit Mushimaro, le visage blême.

— Qu'est-ce que cela signifie ?

— C'est une pratique de sorcier. Ils clouent un cœur sur la maison de la personne maudite pour la prévenir qu'elle sera bientôt tuée par maléfice.

Ishikawamaro sentit son sang se figer. Les déductions de Mushimaro se révélaient exactes, il était la prochaine cible.

Un jeune moine s'avança.

— Ce n'est qu'une simple menace, dit-il en décrochant le cœur avant de le jeter avec colère. La boule de chair s'écrasa par terre en heurtant les pavés de l'allée.

— Je ne sais pas qui a commis un acte pareil, mais il cherche surtout à perturber votre esprit, Monseigneur. Il est inutile de vous inquiéter, annonça-t-il bravement.

Ses paroles rendirent leur courage aux autres moines.

— C'est vrai, ce n'est que de la sorcellerie, après tout...

— Vous allez voir, nous allons chasser le mal grâce à nos prières.

A cette idée, les moines furent tout revigorés. Mais ils ne parvinrent pas à transmettre leur énergie à Ishikawamaro. Naka no Ôe cherchait à le tuer en lui jetant un mauvais sort. Il sentit son corps et son esprit se contracter de terreur.

5

La grotte se prolongeait loin, très loin. On n'en voyait pas le bout. Là-bas, l'obscurité était si terrible qu'elle faisait frémir les âmes de terreur. Il régnait une odeur nauséabonde et l'endroit fourmillait d'insectes étranges. C'était là que son âme était née. Cet endroit le remplissait de nostalgie, mais en même temps il lui était interdit d'évoquer ne fût-ce que son souvenir. Pourtant il devait se rendre dans ces ténèbres. Il devait chercher sa vérité qui était cachée là. Il avançait prudemment tout en tremblant, assailli de pensées terrifiantes. Alors qu'il progressait vers le fond, il sentit l'obscurité l'envelopper si étroitement qu'il ne pouvait plus respirer. Il fut saisi par la terreur de perdre la vie. Il se sentait ligoté par les ténèbres de la mort. La mort s'approchait de lui.

— A l'aide ! cria le Prince Naka no Ôe. Il se réveilla et vit qu'il était dans la chambre de son palais. Son cœur battait la chamade, il était en nage. Il venait de faire un cauchemar. La grotte sombre, le fourmillement des insectes, une sensation bizarre où se mêlaient frissons de terreur et nostalgie…

C'était un cauchemar qui revenait souvent. Mais celui de cette nuit lui avait semblé plus réel que d'habitude. Etait-ce parce qu'il était allé voir Kamatari dans la grotte de Katsuragi quelques jours auparavant ? Ou bien parce qu'il avait appris que le Prince Furuhito no Ôe était mort en crachant des insectes ? Ce n'était pas très clair, mais il en gardait en tout cas une désagréable impression de nausée.

Naka no Ôe se leva en poussant un soupir et sortit d'un pas pesant. Prendre l'air lui ferait du bien. L'obscurité était profonde, il n'y avait personne dans la galerie. Il s'adossa à un pilier et respira profondément en cherchant à se fondre dans le silence de la nuit. La lune de la seizième nuit brillait dans le ciel et éclairait les pavillons du Palais d'Itabuki devant lui.

Il pensa soudain à Hashihito dans le Pavillon Réservé. On disait qu'elle ne quittait plus son lit depuis le fameux jour. La voir l'aurait réconforté... Mais il n'osait pas aller à son chevet au souvenir du violent refus de sa mère, si violent que c'en était même anormal. De toute façon, jamais cette femme qui le détestait tant ne lui accorderait une entrevue.

Naka no Ôe fut envahi par une sensation de froid glacial. L'enthousiasme qu'il avait ressenti au moment où il avait renversé les Soga avait disparu : plus il détenait de pouvoir, plus il se sentait mis à l'écart. Dans ces moments-là, il ne trouvait rien de mieux à faire que de partir galoper à cheval. Il retourna dans ses appartements, revêtit son costume de chasse avec un col rond et des manches longues aux poignets serrés par des cordons, et se rendit à l'écurie.

Les résidences des Princes et des hauts dignitaires s'alignaient des deux côtés de la grand-rue. Naka no Ôe passa la Porte et avança lentement à cheval. L'air revigorant et le silence de la nuit l'apaisèrent un peu. Il continuait à avancer doucement quand il entendit soudain une femme gémir. C'étaient des gémissements de plaisir. Ils montaient de la demeure du Prince Ôama. Il s'approcha, curieux de savoir avec qui était son frère. Il lui avait donné sa fille, la Princesse Ota, mais elle n'avait pas encore l'âge d'apprécier les plaisirs de la chair. Soudain attiré par l'ardeur de cette femme, il descendit de cheval pour essayer d'en savoir plus.

6

Le corps nu de la Princesse de Nukata, recouvert de sa longue chevelure dénouée, se cambrait sous les mouvements accélérés d'Ôama. Elle poussa un long gémissement de plaisir. Ses seins lourds roulaient, sa peau soyeuse perlait de sueur. Tout son corps exprimait une douce béatitude.

Ôama qui avait gardé toute sa lucidité la regardait dans cet état d'abandon. Jusque-là, le corps de la jeune femme ne faisait que l'accueillir, mais ce soir son trouble était si grand qu'elle s'était abandonnée. Il y vit le signe de sa détermination désespérée. Depuis qu'il lui avait pris sa virginité, Nukata avait perdu ses pouvoirs divins de médium. Elle ne pouvait plus remplir sa charge et comme elle avait quitté sa maison natale, elle n'avait plus que lui vers qui se tourner. Sur le visage en extase de Nukata, on devinait cependant sa tristesse de se trouver dans une impasse.

Leur acte consommé, Nukata resta allongée, à demiconsciente. Quand Ôama lui caressa les cheveux tendrement, elle plongea son visage dans la poitrine de son amant. Pendant un temps, ils restèrent sans parler, puis elle ouvrit la bouche et murmura par bribes :

— Je peux lire dans votre cœur, mon Prince… Il est aussi grand que la mer et rempli de compassion…

— Je ne suis pas ce que tu dis. Tu ne sais plus lire dans les cœurs.

— Vous vous trompez, je sens les choses. C'est pour cette raison que je suis venue jusqu'ici, pour vous protéger.

— Tu dis que tu n'as pas perdu tes dons surnaturels, alors que tu es avec moi dans ce lit.

— Mes dons, je les ai gardés précieusement pour vous. Ils ne peuvent pas disparaître aussi facilement.

— Tu te berces de rêves.

— Non, mon Prince, si je suis avec vous, je garde mes pouvoirs.

— Et pourquoi donc ?

— Parce que vous avez le cœur pur, comme le ciel, la terre et la nature.

Le Prince Ôama fut saisi d'un mouvement de tendresse. Il voulut la serrer dans ses bras, mais elle l'en empêcha. Elle avait le visage sombre soudain.

— Qu'est-ce que tu as ?

— Je vois quelque chose de terrible. Du sang va rougir de nouveau ce Palais d'Itabuki… J'en suis sûre, le sang va de nouveau couler en abondance dans la Capitale.

— Qu'est-ce que tu racontes ? Maintenant que les Soga sont impuissants, que peut-il se passer ?

— Le Prince Naka no Ôe va sûrement chercher le traître pour l'éliminer.

— Un traître…

— Celui qui était en contact avec Soga no Iruka au moment du Grand Changement. Si Iruka était au courant du complot, il faut croire que quelqu'un communiquait secrètement avec lui.

Nukata avait appris dans le détail ce qui s'était passé ce jour-là, ce qui l'avait sans doute conduite à faire des suppositions. Mais il était étonné de la voir s'intéresser à ces choses-là.

— Tu compliques trop les choses. Un espion d'Iruka s'est tout simplement infiltré…

— Mais très peu de personnes connaissaient le secret. Il me semble plus naturel de penser que quelqu'un dans la Capitale renseignait en cachette Iruka. Ce n'est pas votre avis ?

C'était cohérent, en effet... Mais tous ceux qui partageaient ce secret étaient des intimes, il était difficile d'imaginer que l'un d'eux ait trahi. Il s'agissait sans doute d'une simple idée qui venait de traverser l'esprit de la jeune fille... Mais il vit soudain son visage se figer. Elle regardait un point comme si elle avait peur de quelque chose.

— Qu'est-ce que tu as ?

— Il y a quelqu'un derrière la porte.

— Quoi !

— Je sens la présence de quelqu'un, j'en suis sûre.

Instinctivement, Ôama porta la main à son épée. Celui qui écoutait en pleine nuit ne pouvait être un simple passant. Un espion des Soga peut-être, ou bien…

Comme Ôama sortait son épée du fourreau, la porte en bois s'ouvrit. Nukata poussa un cri et se cacha sous la couette. Une ombre se dressait devant eux. Ôama était prêt à bondir.

— Soyez sans crainte, dit une voix familière.

C'était celle du Prince Naka no Ôe.

— Frère aîné…

Ôama se détendit. L'intrus restait adossé à la porte et il fixait avec insistance Nukata, les cheveux défaits. Un spectacle généralement réservé aux époux ou aux amants. Ôama rangea son épée tout en regardant son frère d'un air méfiant. Pourquoi était-il là ? Avait-il surpris leurs ébats ? Cette idée le remplit de dégoût.

— Qui est cette femme ?

— Cela ne vous regarde pas.

— Aucune importance, répondit froidement Naka no Ôe. Vous pouvez prendre dans vos bras qui vous voulez, vous êtes parfaitement libre.

— Et vous, Frère, que faisiez-vous par là ?

— Je ne faisais rien. J'ai simplement été attiré par les cris de plaisir de cette femme.

Ôama le regarda d'un air de blâme.

— Vous oseriez me le reprocher ? Mais on entendait vos voix jusque dans la grand-rue. Il était impossible de ne pas vous entendre.

— Mais pourquoi êtes-vous entré chez moi ?

— J'avais envie de parler avec vous dans l'intimité, entre frères.

— J'imagine que vous plaisantez !

— Si c'est ce que vous pensez, je n'y peux rien, mais apparemment, je vous ai dérangés, fit Naka no Ôe prêt à partir.

Mais Ôama ne voulait pas le laisser repartir sans lui avoir posé une question à brûle-pourpoint.

— Frère, avez-vous entendu ce qu'a dit cette femme tout à l'heure ?

— Oui, c'est une femme intéressante.

— J'espère que vous n'avez pas l'intention de faire ce qu'elle a dit ? Si vous provoquez de nouvelles tragédies, vous attirerez la colère de la population.

Naka no Ôe répondit, toujours souriant :

— Je ne peux me prononcer.

— Comment cela ?

— En fait, elle doit avoir raison.

Ôama en eut le souffle coupé.

— Selon vous, quelqu'un communiquait en secret avec Iruka ?

— Evidemment. Sinon, comment notre projet aurait-il filtré ?

— Mais qui est-ce ?

— Cela ne vous regarde pas, répondit Naka no Ôe, qui déclara sur un ton péremptoire : J'ai déjà pris des dispositions pour me débarrasser de lui, voyez-vous. Continuez donc de vous amuser avec cette femme comme vous le faisiez si bien jusqu'ici.

Et sans lui laisser le temps de répondre, il sortit, un sourire froid aux lèvres.

— J'ai peur… murmura Nukata tout tremblante en se réfugiant dans les bras d'Ôama.

7

Le visage tourmenté d'Ishikawamaro était faiblement éclairé par la lueur des lampes à huile de poisson. Ses joues amincies étaient couvertes de boutons, il avait les traits tirés et ses yeux à demi fermés lançaient des regards apeurés. Il laissait échapper de temps à autre des soupirs d'épuisement et semblait à bout de forces. Devant lui étaient assis ses frères de sang, Soga no Akae et Soga no Himuka, qui l'écoutaient raconter son histoire. Après avoir entendu parler de l'affreuse boule de chair accrochée au pilier du temple de Yamada, ils s'étaient précipités chez lui. Ils affichaient un air viril et courageux, mais au fur et à mesure de son récit, leur mine s'assombrissait et ils ne parvenaient plus à dissimuler leur trouble. Quand il en eut terminé, il regarda ses frères et leur dit d'un ton suppliant :

— Vous voyez bien, Naka no Ôe essaie d'exterminer tous les Soga, et pas seulement la branche centrale. La prochaine fois, ce sera mon tour, et le vôtre viendra tôt ou tard. N'y a-t-il pas un moyen d'empêcher cela ? Auriez-vous une idée, dites-la-moi, je vous en prie.

Tous deux gardèrent un instant le silence, puis Akae intervint :

— C'est un geste lâche, bien digne de Naka no Ôe. Tous ceux qui ont vu le cœur plein de sang ont deviné que c'était lui le coupable. C'est évident. Si nous l'accusons publiquement, il ne pourra rien faire.

— C'est impossible, répliqua Ishikawamaro.

— Et pourquoi donc ?

— Rien ne prouve que c'est lui qui a cloué ce cœur. S'il fait l'ignorant, l'affaire s'arrêtera là. Et si nous décidons de porter plainte contre lui, cela lui donnera un prétexte pour déclarer que nous avons offensé un Prince impérial et nous chasser. Nous devons à tout prix éviter cela.

Himuka prit la parole :

— Alors, si vous quittiez Asuka ? Votre départ annulerait l'effet de ce maléfice.

Ishikawamaro secoua la tête.

— On dit que le lieu n'a aucune importance. Le mauvais sort de Naka no Ôe me poursuivra toujours, où que je me cache.

— Alors, si nous essayions d'amadouer Kamatari... Si c'est lui qui donne les directives, la meilleure stratégie pour nous est de l'amadouer.

— Comment cela ?

— En lui offrant de l'argent, des cadeaux, de vastes terrains et des soldats des Soga…

— Impossible. Le but de Kamatari est de mettre Naka no Ôe sur le trône et de devenir le maître du Pays de Yamato en dirigeant dans l'ombre. Face à une telle ambition, la puissance des Soga ne peut être d'aucune utilité.

— Alors, il y aussi un autre moyen, celui de nous entendre directement avec le Prince Naka no Ôe.

— Pas question ! s'écria Ishikawamaro en se levant. Ecoutez ! Ce qu'il veut, c'est exterminer les Soga. Si nous faisons des concessions, les terres des Soga, les champs, les rizières, les soldats, les greniers, il nous confisquera tout. Cela reviendrait à nous anéantir. Comment nous justifier face à nos ancêtres qui ont rendu les Soga si puissants ?

Akae ne trouva rien à répondre.

— J'ai moi aussi beaucoup réfléchi. Mais je n'ai pas trouvé une seule mesure convenable. Qu'est-ce que je dois faire dans ces conditions ? Je vous le demande.

Ses frères restaient silencieux. Il était clair qu'Ishikawamaro penchait pour une solution définitive. Mais cette décision était trop grave, il ne pouvait pas la proposer lui-même. Au milieu de ce silence gêné, on n'entendait que le grésillement de la lampe à huile. Akae leva soudain la tête.

— Alors… il ne reste qu'un seul moyen.

Ishikawamoro le regarda comme s'il l'appelait à l'aide.

— Dis-le vite !

— Il est hors de question de rester assis sans rien faire en attendant la mort. Si Naka no Ôe cherche vraiment à se débarrasser de vous, ou plutôt de nous tous, nous n'avons pas d'autre solution que de l'abattre les premiers.

Ishikawamaro fut comme tétanisé.

8

Deux mois s'étaient écoulés depuis l'arrivée de Nukata à Asuka.

Elle avait quitté le palais d'Ôama qui lui avait trouvé une place auprès du Prince Arima, le fils aîné de l'Empereur Kôtoku. Sa fonction de dame de cour consistait à s'occuper du quotidien du Prince, et on lui avait attribué une chambre.

Le Prince Arima était un garçon à peine âgé de quinze ans qui en imposait par son sérieux. Il préférait les textes classiques chinois et la poésie au maniement des armes. Studieux et aimable, il avait la réputation d'être le plus savant et le plus brillant des Princes impériaux. Et en effet, elle constata qu'il passait ses journées à lire et à composer des poèmes. Sa chambre qui avait tout l'air d'une bibliothèque était envahie par une montagne de livres sur la Chine et de textes classiques.

En dehors d'Ôama, Nukata n'avait personne à qui se confier. Finalement, la vie dans cette Capitale qui ne lui était pas familière n'était pas aussi facile qu'elle le pensait. Cela lui était donc d'une grande consolation d'échanger ne fût-ce que quelques mots avec le Prince Arima. Parce qu'ils étaient presque du même âge, mais surtout à cause de son admiration pour les connaissances du Prince.

Un jour, en lui apportant le plat du déjeuner, elle le vit penché sur son écritoire. Elle lui adressa la parole, mais il était tellement absorbé qu'il n'avait pas remarqué son arrivée. Il était sans doute en train de composer un poème chinois, ou un *waka* de trente et une syllabes en langue de Yamato. Prise de curiosité, elle s'approcha et découvrit un rouleau couvert de caractères chinois.

— Qu'écrivez-vous ? lui demanda-t-elle à voix basse.

Le Prince se retourna, l'air surpris.

— Oh, c'est vous ! s'exclama-t-il avec un sourire.

— Veuillez m'excuser si je vous ai surpris. Vous étiez en train de composer un poème ?

— Non, répondit le Prince comme gêné. Je me contentais tout simplement de noter ce qui s'était passé.

— Que voulez-vous dire ?

— Je raconte ce qui s'est passé le jour du Grand Changement, quand les Soga ont été renversés. C'est un événement important pour la Maison impériale. J'aimerais laisser des notes pour les générations futures.

— Si cela ne vous dérange pas, je pourrais les lire ? demanda Nukata intéressée.

— Vous savez lire ?

— Oui, mon père m'a appris quand j'étais jeune.

Il la regarda, apparemment impressionné.

— Mais c'est sans intérêt, je me borne à transcrire ce que tout le monde sait.

— Croyez-vous ? Cette affaire mérite qu'on y réfléchisse encore une fois. Je suis sûre que les notes que vous prenez seront utiles.

Arima cessa de tracer des idéogrammes avec son pinceau. Il avait pris un air sérieux.

— Pourquoi dites-vous cela ?

— Il y a des points obscurs dans cette affaire.

— Comment ! A quel sujet ?

— Le bruit court que le Prince Naka no Ôe a jeté des

mauvais sorts, par exemple.

— Et alors ?

Arima lui lança un regard soupçonneux. Nukata comprit qu'elle devait lui exprimer ses idées pour l'apaiser. Après avoir précisé qu'il ne s'agissait là que d'une hypothèse, elle répéta ce qu'elle avait dit à Ôama, à savoir que quelqu'un avait peut-être prévenu Iruka de ce qui se tramait et que les maléfices n'étaient sans doute que des subterfuges.

Le jeune Prince l'avait écoutée calmement, mais plus elle lui dévoilait sa pensée, plus il la regardait avec méfiance.

— Vous êtes vraiment différente des autres. Une dame de cour telle que vous devrait chercher à avoir un enfant de moi pour apporter la prospérité à sa famille, plutôt que de s'intéresser à la politique.

Nukata ne dit rien. Il lui était impossible de lui avouer qu'elle voulait protéger le Prince Ôama.

— Je n'ai pas de famille à défendre. Mais vous, Prince, qu'en pensez-vous ?

Arima poussa un soupir avant de répondre :

— Je ne peux pas m'avancer pour le moment. Mais je vous comprends, vous savez. Cependant, vous devriez rester prudente. Faites attention à ne pas prononcer de paroles maladroites. Car il y a beaucoup de personnes dans la Capitale qui dissimulent des intentions de toutes sortes.

— Alors, je ne me trompe pas complètement.

— Ce n'est pas ce que j'ai voulu dire, mais on risquerait de vous soupçonner. On pourrait penser que ces idées vous ont été soufflées… Ne croyez pas que c'est mon opinion. J'admets parfaitement que vous ayez des doutes, sans aucune arrière-pensée. Mais il serait plus sage de faire attention aux paroles que vous prononcez et qui ne conviennent pas à une femme de votre rang. Vous me comprenez ?

Nukata se mordit les lèvres.

— La Capitale n'est pas un lieu aussi calme que vous l'imaginiez sans doute. Il vaut mieux ne pas vous mêler de ce genre de choses. Mais, bon, arrêtons de parler de cela. Posez le plateau ici. Je mangerai plus tard.

Sur ce, le Prince Arima recommença à faire courir son pinceau sur le rouleau. Il ne la regardait même plus et son doux visage s'était fermé comme s'il refusait de continuer la discussion.

Il ne lui restait plus qu'à retourner aux cuisines. Là-bas elle réfléchit de nouveau aux paroles du Prince. S'il l'avait mise en garde en lui demandant de ne pas confier ses déductions, n'était-ce pas justement parce qu'elle voyait juste ? Lui-même devait se poser des questions sur cette affaire du Grand Changement. Et c'était sûrement pour tenter d'élucider le mystère qu'il prenait des notes.

Nukata essaya de mettre ses pensées en ordre.

Pour commencer, hier soir, le Prince Naka no Ôe avait laissé supposer qu'il y avait eu trahison du côté de la Famille impériale. Selon Ôama, huit personnes seulement étaient au courant du complot : outre lui-même et le Prince Héritier, il y avait le Prince Ôtomo, Kamatari, Ishikawamaro et les trois gardes impériaux qui étaient morts. Mais aucun d'entre eux ne paraissait susceptible d'entrer en contact avec Iruka pour le prévenir.

Et si maintenant, elle modifiait sa façon de voir et supposait que quelqu'un avait laissé échapper le secret du complot, non pas auprès d'Iruka, mais auprès de l'un des membres de la Maison impériale : ils étaient nombreux à éprouver de l'hostilité envers Naka no Ôe. On pouvait imaginer que cette personne avait passé secrètement l'information à Iruka pour se débarrasser du Prince Héritier.

La plus suspecte était l'ancienne Impératrice Kôgyoku. Bien qu'elle fût la mère de Naka no Ôe, on disait qu'elle s'était toujours montrée froide avec lui. Nukata en ignorait la raison, mais si la mère détestait à ce point son fils, il n'y avait rien d'étrange à ce qu'elle ait conspiré contre lui.

L'Empereur Kôtoku pouvait également être suspecté. Il avait hérité du trône grâce à une proclamation de l'Impératrice. Sans cette abdication en sa faveur, Naka no Ôe qui portait le titre de Prince Héritier aurait peut-être été couronné. Qui sait s'il n'avait pas voulu empêcher cette éventualité ?

Le Prince Arima lui-même devenait suspect, s'il s'agissait d'une rivalité pour monter sur le trône. Naka no Ôe était le fils aîné de l'Impératrice Kôgyôku, le Prince Arima celui de l'Empereur Kôtoku. Tous deux se trouvaient donc à égalité pour la succession. Ce Prince perspicace avait peut-être prévu tout cela...

Mais ce n'étaient que des suppositions. Pour le moment, elle ne savait pratiquement rien, ni même si un membre de la Maison impériale était vraiment impliqué dans cette affaire.

Nukata décida donc d'observer encore un peu les mouvements dans la Capitale.

9

Le dernier jour du mois de juillet, à la nuit tombée…

Des hommes vêtus comme des paysans se présentèrent au palais d'Ishikawamaro en tirant des charrettes. Ils étaient une centaine, munis de bêches et de pioches, mais les véhicules étaient recouverts de nattes de paille destinées à dissimuler leur chargement. Les hommes avait le visage tendu et n'avaient pas l'air de simples paysans.

Une fois que toutes les charrettes furent entrées, le garde ferma la porte principale tout en surveillant les alentours. Dans la cour intérieure, le groupe ôta les nattes de paille, laissant apparaître du matériel de guerre, armures et épées. Puis ils transportèrent l'ensemble dans un grenier et disparurent dans la demeure.

Il s'agissait des soldats privés de Soga no Himuka et Soga no Hakae, les frères d'Ishikawamaro qui avaient discrètement rassemblé plus d'une centaine d'hommes pour mener à bien leur projet de tuer le Prince Naka no Ôe. Après avoir discuté en secret des détails de leur complot au cours d'une réunion, ils avaient pris les décisions suivantes :

Tout d'abord, poster aux alentours du Palais d'Itabuki des hommes dotés d'une excellente vue leur permettant de voir dans l'obscurité, afin de surveiller les entrées et les sorties. Naka no Ôe se rendait de temps à autre dans la forêt de Katsuragi pour rencontrer Kamatari. Ils profiteraient de l'une de ces sorties pour envoyer leur armée et les tuer tous les deux. En les assassinant de la manière la plus atroce possible, au lieu de se contenter de les poignarder, ils feraient croire que c'était l'œuvre des démons et des araignées de terre qui vivaient dans la forêt. Ainsi, Ishikawamaro ne serait jamais soupçonné.

Ensuite, résister contre le mauvais sort jeté par Naka no Ôe en invitant des devins versés dans l'art du yin et du yang, originaires de la Chine des Tang. Ces devins prédisaient les bons ou mauvais augures en observant le mouvement des étoiles et de la lune ; mais certains d'entre eux acceptaient de pratiquer la magie contre de l'argent ou des cadeaux. Ils se cachaient près du temple de Yamada et Ishikawamaro les avait priés de les aider.

Les devins disposèrent autour d'eux plusieurs jarres dans lesquelles ils enfermèrent des poupées en papier portant le nom d'Ishikawamaro et son âge, avant de les clore hermétiquement avec du papier huilé. Ils expliquèrent qu'on enfermait là les rancœurs et les mauvaises pensées. On n'était pas certain que cette méthode serait efficace, mais les devins étaient prêts à riposter dès que le maléfice de Naka no Ôe commencerait à agir.

Ensuite, appeler la fille d'Ishikawamaro, la Princesse Ochi, et ses deux petites-filles. Elle était l'épouse de Naka no Ôe et ses enfants portaient son sang. Si elles se trouvaient à proximité quand celui-ci prononcerait ses incantations, leur présence adoucirait sûrement ses pensées malfaisantes.

La résidence de la Princesse Ochi était proche du Palais d'Itabuki. Un messager était venu la prévenir que son père désirait la voir. Elle était arrivée très vite avec ses deux enfants. Bien qu'aucun détail ne lui ait été donné, elle était suffisamment fine pour deviner qu'il se préparait quelque chose chez son père en découvrant l'atmosphère pesante qui régnait dans sa demeure. Mais elle faisait semblant de rien et s'efforçait de jouer avec ses deux filles dans le jardin, offrant ainsi une scène innocente et naturelle qui dissimulait la tension ambiante.

Tout était prêt. Il ne restait plus qu'à attendre que Naka no Ôe se mît à bouger. Pour supporter l'angoisse qui l'étreignait, Ishikawamaro restait enfermé à lire des prières dans le temple de Yamada.

10

Nukata s'était finalement habituée à la vie de la Capitale. Elle n'avait plus reparlé de l'affaire du Grand Changement avec le Prince Arima, mais sans doute avait-elle piqué sa curiosité, car il lui adressait désormais la parole à la moindre occasion. Nukata lui posait beaucoup de questions auxquelles le Prince répondait avec sérieux. Parler des classiques chinois et des livres sur la Chine satisfaisait pleinement sa soif d'apprendre et la comblait de joie, au point qu'elle en oubliait de boire et de manger.

Quant au Prince, il appréciait cette dame de cour qui n'agissait pas par intérêt personnel. Les autres femmes calculaient leurs moindres gestes dans l'espoir de s'attirer ses faveurs. Car si l'une d'elles portait un enfant de lui, elle pourrait étendre son pouvoir en sa qualité de parente de la Famille impériale. Mais le Prince était indifférent aux plaisirs de la chair et au pouvoir politique ; quant aux flatteries et aux coquetteries de ces dames, elles l'ennuyaient. Malgré ces nombreuses présences féminines autour de lui, il se sentait isolé. Et la compagnie désintéressée de Nukata, avec qui il partageait des goûts communs, lui était donc précieuse.

Naturellement, le Prince Arima n'était pas le seul à traiter Nukata avec affection. Ôama lui rendait souvent visite, lui manifestant un amour profond. Cette nouvelle vie ponctuée de journées bien remplies grisait par moments la jeune fille qui en frissonnait d'émotion. Mais elle ne parvenait pas à dissiper complètement son angoisse. Quelques jours plus tôt, Naka no Ôe avait prévenu qu'il voulait se débarrasser d'un traître. Elle ne savait pas de qui il s'agissait, mais à l'idée que le sang allait de nouveau couler, il lui était impossible de rester indifférente.

Par une chaude journée du mois d'août, Nukata pria le Prince Arima de lui accorder un congé et elle se rendit sur la colline d'Amakashi. Puisqu'elle ne pouvait pas dissuader le Prince Naka no Ôe, il valait mieux élucider cette affaire du Grand Changement en menant son enquête sur les points obscurs. Et naturellement, elle se rendait là-bas pour tenter de découvrir quelle était l'astuce qui avait permis de faire voler la tête d'Iruka.

La colline se trouvait à deux *ri* [1] de la demeure du Prince Arima. Elle partit en fin de journée, à l'heure où le soleil se fait moins fort, et grimpa la pente raide de la colline. Le Pavillon des Trésors était toujours debout au fond de la propriété qui avait entièrement brûlé. Sa situation écartée et la protection du mur d'enceinte lui avaient permis d'échapper aux flammes.

Elle entra dans l'enceinte, accueillie par le vacarme strident des cigales qui sembla éclater à son arrivée. D'une superficie de deux *tsubo* environ, c'était un grenier de type *azekura-zukuri*, sans fenêtres et aux murs constitués de poutres. La porte à deux battants était restée ouverte. Le jour de la tragédie, ce bâtiment était hermétiquement fermé. Nukata se demanda comment Iruka avait pu être décapité aussi brutalement à l'intérieur.

Elle jeta un regard circulaire mais sans rien découvrir sur les murs, les piliers ou le plancher. La porte d'entrée ne portait pas non plus trace d'un mécanisme suspect. Le corps ayant été enlevé, elle entra dans la pièce sans hésiter. L'intérieur était plongé dans la pénombre et sentait la moisissure et l'humidité. Mais il était vide. Le sang avait giclé au plafond et sur le mur du fond, preuve que la tête avait volé avant de heurter violemment la paroi.

Si Iruka avait été décapité par quelque outil tranchant, il fallait bien qu'il y ait un interstice dans les murs permettant l'introduction d'une lame... mais les poutres étaient ajustées hermétiquement les unes aux autres sans laisser le moindre espace vide. Et, de toute évidence, la pièce n'offrait aucune possibilité de cachette. Quel expédient était donc à l'origine de cette mort atroce ?

Nukata resta longtemps sur place à réfléchir, mais aucune idée ne lui vint à l'esprit. Au-dehors, le chant des cigales était assourdissant. Et la chaleur humide la faisait transpirer à grosses gouttes.

Elle allait repartir, quand elle sentit soudain une présence derrière elle. Elle sursauta et se retourna. Une sil-

---

1. Un peu plus d'un kilomètre.

houette noire se profilait dans l'encadrement de la porte. Une haute stature, un costume de chasse, une épée… c'était le Prince Naka no Ôe ! Elle eut un mouvement de recul. Pourquoi était-il là ? Qu'allait-il faire ?

Le Prince entra et referma la porte derrière lui.

— Que fais-tu donc ici ? lui demanda-t-il.

— Moi, rien… fut-elle tout juste capable de répondre.

Il s'approcha lentement d'elle et la vit trembler.

— Qu'est-ce que tu as ? De quoi as-tu peur ?

Nukata se recroquevilla en faisant un pas en arrière, mais son dos cogna le mur du fond. Naka no Ôe eut un sourire froid. Terrorisée par cet homme qui la dominait de sa haute taille et la regardait avec un air bizarre, elle essaya de s'enfuir, mais il lui saisit le bras.

— Que voulez-vous, Prince ?

— Faire ce que vous faisiez avec mon frère Ôama, répondit-il. Et sans lui laisser le temps de réagir, il la renversa à terre.

Le crâne de la jeune femme se trouva plaqué contre le mur souillé du sang d'Iruka. Naka no Ôe lui mit une main sur la bouche, et de l'autre il lui arracha sa ceinture. Elle essaya de résister, mais que pouvait-elle faire avec ses faibles forces ? Sa longue robe s'entrouvrit, lui découvrant les seins. Arrêtez ! voulait-elle crier, mais aucun mot ne sortit de sa bouche.

Naka no Ôe chercha frénétiquement son corps dans les replis du tissu. Elle se raidit de terreur et de honte. Elle sentit qu'on écartait ses cuisses, et Naka no Ôe entra si brutalement en elle qu'il déchira sa fente secrète. Il respirait bruyamment comme une bête. Le rythme violent des mouvements de son bassin… Nukata serra les poings très fort. Sa douleur augmentait au fur et à mesure que les mouvements s'accéléraient. Mais cela ne dura qu'un court instant et, après avoir conclu précipitamment, le Prince retomba sur le côté, anéanti par la brusquerie de son geste. Quelque chose de chaud était resté dans le corps de Nukata, qui entendait Naka no Ôe haleter à côté d'elle.

Elle resta silencieuse, l'air absent. Elle essayait d'oublier ce qui venait de lui arriver. Mais sa douleur était là pour lui rappeler la réalité. Elle sentait son corps souillé comme si on l'avait couvert de boue. Elle, dont le rôle était de par sa naissance de devenir une prêtresse, avait eu des relations non seulement avec Ôama, mais aussi avec un autre hommes. Le cœur déchiré, elle sentit les larmes ruisseler sur son visage, puis de gros sanglots la secouèrent.

Oubliant la présence de Naka no Ôe, elle pleurait maintenant toutes les larmes de son cœur, comme si la digue contenant ses émotions s'était rompue. Au souvenir de sa trahison envers Ôama et de son corps souillé, sa souffrance fut telle qu'elle fut sur le point de s'évanouir.

C'est alors que des doigts caressèrent doucement ses joues trempées ; le contact de cette main chaleureuse la sauva de justesse du désespoir où elle était en train de sombrer. Interloquée, Nukata contempla le visage viril de Naka no Ôe qui essuyait ses larmes. Ce n'était plus l'homme violent de tout à l'heure, il avait à présent un comportement proche de la tendresse.

Que signifiait ce changement soudain ? Se jouait-il des sentiments de Nukata en pleurs ? Mais non, ce n'était pas cela. Elle sentait que le geste de Naka no Ôe était chargé de sentiments charitables. Et comme pour confirmer son impression, la main calma peu à peu sa douleur, ses sanglots s'espacèrent.

Nukata reçut un choc en pleine poitrine. Et si Naka no Ôe n'était pas ce Prince cruel et barbare que tous décrivaient ?

— Pourquoi, avec une femme comme moi… parvint-elle à articuler en se couvrant les seins.

— Parce que tu me plais, c'est tout, lui répondit-il gravement. Et toi, tu n'aimes pas ?

Elle ne sut que répondre. Naka no Ôe lui faisait peur, mais un sentiment nouveau était en train de naître en elle.

— J'ai eu des relations avec votre frère Ôama, cela ne vous dérange pas ?

— C'est sans importance ! Je te désire, rien d'autre ne compte.

— Mais... commença Nukata sans pouvoir trouver ses mots.

— Tu n'as pas besoin de parler. Mais sache que je t'attendrai. Rappelle-toi seulement cela.

Sur ces paroles, Naka no Ôe se leva. Il remit en ordre son costume de chasse. Un instant, toute tension disparut de la pièce. Mais Nukata se reprit très vite, au souvenir d'une chose importante. Elle n'aurait peut-être plus jamais l'occasion de parler avec le Prince Naka no Ôe. Il fallait absolument qu'elle lui pose une question.

— Vous avez dit hier soir que vous saviez qui avait trahi. De qui s'agit-il ?

— Mais pourquoi une dame de cour me demande-t-elle cela ?

— Je ne veux plus que vous commettiez des atrocités.

— Des atrocités !

— Ces guerres où on lave le sang avec du sang.

— C'est ridicule. Quand il y a un traître, il faut s'en débarrasser. C'est le meilleur moyen d'éviter ce que tu appelles des atrocités.

— Alors, qui est-ce ?

— Soga no Ishikawamaro.

Nukata sentit son sang refluer.

— Pourquoi... Vous avez une preuve ?

— Non, il n'y en a pas. Mais si ce n'est pas lui, c'est de toute façon un survivant du clan des Soga. Sa puissance représente une menace : tôt ou tard, il risque de s'opposer à la Famille impériale. Par conséquent, il serait plus sage d'étouffer la rébellion dans l'œuf aussi vite que possible.

Nukata voulut parler, mais le Prince poursuivit :

— Pour diriger le Pays de Yamato, il faut faire preuve d'une forte détermination. C'est ainsi que la Famille impériale a bâti ce pays depuis l'Antiquité. Mais une dame de cour telle que toi n'a pas à intervenir dans ce genre d'affaire.

— J'en ai assez de ces guerres maudites. Elles me répugnent.

— Quelle bêtise ! On voit bien que tu es une femme ! s'exclama-t-il en lui jetant un regard féroce. Je tiens à te prévenir d'une chose : ce qui vient de se passer entre nous n'est connu que de toi et moi. Si tu parles, un terrible malheur s'abattra sur toi. Ne l'oublie pas !

Naka no Ôe dégageait à nouveau une force brutale. Figée de stupeur, Nukata ne pouvait plus bouger ; elle laissa partir le Prince sans un mot.

Elle entendit le bruit des sabots s'éloigner. Mais elle resta assise, l'esprit ailleurs. Le Prince cherchait à assassiner le Ministre de Droite… Il avait ricané quand elle lui avait donné son avis, mais il avait tort. S'il tuait Ishikawamaro, le dessein qu'il poursuivait – l'extermination du clan des Soga – apparaîtrait au grand jour. Les nobles de province ne resteraient pas sans réagir. Sa cruauté lui attirerait la haine, et il serait contraint de commettre des atrocités pour l'étouffer.

La terre d'Asuka deviendrait une mer de sang… Il fallait à tout prix empêcher cela. Naka no Ôe lui avait demandé le silence, mais à l'idée qu'une nouvelle tragédie pouvait se produire, Nukata ne voulait pas lui obéir.

Elle sortit précipitamment du Pavillon des Trésors et descendit en courant la colline pour aller prévenir Ôama.

Naka no Ôe galopait en direction du Palais d'Itabuki en se remémorant ce qui s'était passé avec Nukata. Il se rappelait comme elle avait résisté de toutes ses forces. Ce corps si jeune et ferme, et en même temps si généreux… C'était nouveau pour lui et une relation avec une femme comme elle le satisferait pleinement.

Naka no Ôe avait évidemment de nombreuses femmes à sa disposition. Mais elles contentaient seulement son désir physique, par des moyens divers, et l'intérêt les guidait. Son cœur n'était jamais comblé. Nukata était différente. Elle se laissait aller sans cacher ses émotions.

Au contact de ce cœur pur et sincère, il se sentit guéri du sentiment de solitude qui le tourmentait jusqu'à maintenant, et il comprit qu'elle lui était désormais nécessaire. Ôama qui aimait Nukata lui en voudrait, certainement. Mais il n'en éprouvait aucun remords. Car il l'avait suffisamment protégé en se salissant les mains. Il pouvait bien lui prendre une femme : son frère n'avait aucune raison de lui en faire reproche. Vous serez à moi, Princesse de Nukata ! se promit Naka no Ôe en lançant triomphalement son cheval au galop. La passion qui sommeillait en lui s'éveilla, il sentait comme un regain d'énergie nouvelle.

Son cheval galopait doucement à travers les rizières. Mais en débouchant sur la plaine de Makami, il fut surpris par une rafale. Les arbustes ondulèrent puis, sous la force de la bourrasque, les branches plièrent. C'était un vent chaud et humide. Il arrêta son cheval et leva la tête. Le sommet du mont Katsuragi était couvert de nuages lourds et noirs qui s'étendaient de plus en plus, en se contractant et se dilatant alternativement avec rapidité.

Un orage allait-il éclater ? Soudain, il pensa aux paroles de Kamatari lors de sa dernière visite dans la grotte. Kamatari l'avait initié aux secrets de la magie qui tuerait Ishikawamaro. Selon lui, un orage éclaterait bientôt ; à ce moment-là, il lui faudrait s'enfermer dans la salle rocheuse, faire brûler des offrandes d'encens aux divinités et déverser sa haine. Ses mauvaises pensées seraient amplifiées par l'orage et deviendraient une force meurtrière. Si ces nuages annonçaient un orage, cela signifiait que le moment était venu de tuer Ishikawamaro...

A cette idée, Naka no Ôe éprouva une sensation désagréable qui le fit frissonner. Il venait à peine de se libérer du souvenir de ce jour terrible... et de nouveau il lui fallait pratiquer la magie. Mais, malgré ses réticences, il n'avait pas d'autre solution que d'obéir à Kamatari, il le savait. S'il voulait éliminer les Soga, il ne pouvait pas laisser Ishikawamaro en vie.

Naka no Ôe partit en direction de la forêt de Katsuragi.

11

Nukata ne savait plus que faire, elle ne trouvait pas Ôama. Elle était arrivée en courant au Palais d'Itabuki. Il n'y était pas. Elle s'était rendue chez lui. On lui avait dit qu'il était sorti. Et où donc, dans un moment de cette importance ? Elle décida de retourner dans les appartements du Prince Arima.

Le ciel était couvert de nuages noirs et bas. Un vent chaud soufflait en rafales. Le chant des cigales s'était arrêté et le feuillage secoué bruissait. L'air humide lui collait à la peau, elle se sentait mal à l'aise. Ce temps ressemblait à un présage. Pleine d'angoisse, elle se hâtait vers la résidence.

Elle entendit tout à coup un bruit de sabots derrière elle. En se retournant, elle vit des cavaliers approcher. Ils avaient un air imposant, mais leurs visages lui étaient familiers. C'étaient des guerriers du Prince Arima. Et le Prince se trouvait au milieu du groupe. Il revenait sans doute d'une excursion hors de la Capitale, car il portait une veste simple comme celle des costumes de chasse. En l'apercevant, Arima arrêta son cheval.

— Que faites-vous ici ?

— Rien… je…

Nukata détourna légèrement les yeux, embarrassée. Le moment était mal choisi pour parler de l'affaire Ishikawamaro. Mais il eût été inconvenant de ne pas lui répondre. Et tandis qu'elle hésitait, elle remarqua son large pantalon sali par la boue.

— Que vous est-il arrivé, Prince ? Seriez-vous allé sur des pentes abruptes ?

Le Prince Arima sourit.

— Je reconnais bien là votre intuition. En effet, je suis allé chercher des herbes pour les offrir à la Princesse Hashihito. Regardez !

Il lui montra le sac en lin suspendu à la selle de son cheval. Par l'ouverture, elle aperçut des herbes qui lui étaient inconnues. Depuis la tragédie, la Princesse Hashihito était alitée. Il avait dû les cueillir dans l'intention de trouver un remède capable de la soulager. Si le Prince Arima était allé aussi loin, peut-être avait-il croisé Ôama.

— Je cherche le Prince Ôama, dit-elle en élevant la voix malgré elle, savez-vous où je peux le trouver ?

Arima eut l'air un peu étonné, mais il prit la peine de réfléchir.

— Le frère du Prince Héritier ? Je l'ai vu sortir tout à l'heure à cheval.

— Où allait-il, selon vous ?

— Vers Katsuragi. Car il est passé au sud de la colline d'Amakashi en prenant la direction ouest.

Katsuragi ! Il y avait là-bas une immense forêt très touffue. On disait que jadis le clan des Katsuragi possédait et dominait cette vaste région, mais depuis qu'ils avaient été exterminés, il y a déjà longtemps, par la Famille impériale, personne n'y habitait plus. On disait aussi que c'était un repaire de monstres et d'araignées de terre. Qu'avait-il besoin d'aller dans un endroit pareil ?

— Vous connaissez le Prince, il a sans doute voulu faire une promenade à cheval pour se distraire. Ne vous inquiétez pas, il ne tardera pas à rentrer... Mais que vous arrive-t-il ? Je lis une telle angoisse sur votre visage...

— Non, non, ce n'est rien. Je vais retourner chez le Prince Ôama, dit-elle en s'apprêtant à faire demi-tour.

Mais il l'arrêta.

— Quand vous aurez fini ce que vous aviez à faire, venez donc me voir dans ma chambre. Nous parlerons à nouveau du pays des Tang.

Le Prince Arima s'était adressé à elle avec un sourire. Sa gentillesse la touchait et elle le remercia poliment en lui rendant son sourire. Puis le Prince leva la main pour la saluer et fit repartir son cheval en maniant habilement les rênes. Il s'éloigna, accompagné de ses solides guerriers.

Nukata le regarda avec surprise. Elle ignorait qu'il savait si bien monter à cheval. Et ce n'était pas un être aussi fragile qu'on pouvait le croire, puisqu'il n'avait pas hésité à s'enfoncer dans la montagne pour cueillir des herbes médicinales. Elle découvrait le Prince sous un autre aspect, et en même temps que de l'étonnement elle éprouva un certain réconfort. Après l'avoir regardé s'éloigner, elle retourna en courant vers la demeure d'Ôama.

Le ciel était couvert de nuages sombres et menaçants à la merci du vent qui se déchaînait.

Nukata entra dans le palais en courant, mais Ôama n'était pas encore rentré. Elle restait là sans savoir que faire, quand un garde du nom de Fumi no Nemaro vint vers elle. A l'époque où elle habitait chez Ôama et n'était pas encore habituée aux lieux, il s'était occupé d'elle. Il avait des traits grossiers et des manières frustes, mais elle appréciait sa gentillesse et sa sincérité.

Lorsqu'elle lui annonça qu'elle devait à tout prix voir Ôama pour une affaire urgente, Fumi no Nemaro accepta volontiers de la conduire auprès de lui.

— Quand une jeune femme me demande un service, je ne peux pas refuser, répondit-il en la menant à l'écurie.

Nukata n'était jamais montée à cheval, elle avait peur dès qu'elle en approchait un. Mais Fumi no Nemaro la prit dans ses bras et l'aida à s'installer sur la selle commodément. Puis il monta devant elle et ils sortirent du palais.

— Vous êtes sûre que Monseigneur est allé vers Katsuragi ?

— J'en suis certaine.

— C'est loin, vous savez.

— Peu importe, je dois absolument voir le Prince.

— Alors, cramponnez-vous bien, annonça-t-il, et à peine eut-il prononcé ces mots qu'il fit partir le cheval en l'exhortant de la voix.

Nukata s'agrippa à lui en poussant un cri.

Le cheval se mit à galoper sur le chemin au milieu des rizières. Il filait comme le vent et Nukata était tellement secouée qu'elle gardait les yeux fermés de frayeur. Ils traversèrent la lande de Makami en passant au sud de la colline d'Amakashi et prirent la direction ouest. Quelque temps après, elle sentit le cheval ralentir. Elle ouvrit les yeux et vit la forêt de Katsuragi qui s'étendait devant elle.

Sous un ciel d'encre, les arbres immenses rugissaient dans le vent. C'était une forêt dense et sombre dont la seule vue glaçait le sang.

— Regardez !

Fumi no Nemaro désignait la terre à ses pieds : elle vit des traces fraîches de sabots sur le chemin.

— Ce doit être Monseigneur.

Ils avancèrent en suivant les traces. Le chemin s'arrêtait à la lisière de la forêt, mais les empreintes continuaient. Et il n'y en avait pas dans l'autre sens : Ôama était encore dans la forêt.

— Que faisons-nous ?

— Nous entrons dans la forêt, naturellement.

— On dit que c'est un endroit maudit.

— Je m'en moque.

— Quelle femme de caractère ! s'exclama Fumi no Nemaro, avant de pénétrer sous les arbres.

Les traces de sabots continuaient toujours. Fumi no Nemaro conduisait son cheval avec prudence. L'humidité lui collait à la peau, l'odeur des branches pourries lui piquait le nez. La cime des arbres s'entrechoquait dans des grincements sinistres. Le vent faisait tourbillonner les feuilles. Plus ils s'enfonçaient dans la forêt, plus les alentours s'assombrissaient comme s'il faisait nuit.

Combien de temps s'était écoulé depuis qu'ils étaient entrés dans la forêt ? Elle avait l'impression qu'elle ne pourrait pas en supporter davantage, quand ils débouchèrent dans une petite clairière. De curieuses lanternes en pierre bordaient les deux côtés d'une allée au bout de laquelle se dressait un portique en grosses pierres empilées. L'endroit ressemblait à un vieux temple shintô, mais personne ne devait venir là, car le sol était envahi d'herbes folles ; on croyait sentir la présence de ces lutins démoniaques qui se jouent des humains en prenant toutes sortes d'apparences.

Fumi no Nemaro stoppa son cheval et gémit :

— C'est le sanctuaire où on abandonne les enfants !

— Que veux-tu dire ?

— Il paraît qu'il y a un endroit où sont abandonnés les enfants difformes ou non désirés. C'est peut-être ici.

Un endroit où l'on abandonnait les enfants ! Un frisson glacial courut le long de son dos. Soudain elle vit quelque chose bouger sous le portique en pierre. Un cheval était attaché à un pilier.

— On dirait le cheval de Monseigneur, dit Fumi no Nemaro en mettant pied à terre et en aidant Nukata à descendre.

Ils montèrent l'escalier et passèrent sous le portique pour entrer dans l'enceinte. Mais Ôama n'était pas là. Aucun bâtiment n'était visible. On distinguait seulement l'ouverture d'une grotte où étaient suspendues des cordes sacrées en paille de riz. Ôama était-il à l'intérieur ? Mais où donc étaient-ils arrivés ? Nukata regarda Fumi no Nemaro avec frayeur.

— Nous essayons d'entrer ?

Nukata retint son souffle, puis elle finit par acquiescer.

— Alors, suivez-moi.

Il entra prudemment et Nukata le suivit avec crainte. L'endroit était exposé au vent et les roches polies étaient couvertes de mousse ; c'était une grotte artificielle faite de pierres empilées et ajustées. Un souffle d'air parvenait du fond en véhiculant des effluves de pourriture. Malgré leur angoisse de l'inconnu, ils continuèrent à avancer.

Les ténèbres se faisaient de plus en plus denses, ils ne distinguaient plus leurs mains ni leurs pieds. Seul retentissait dans le noir le bruit de leur respiration et de leurs pas. Alors qu'elle avançait en s'agrippant au dos de son compagnon, Nukata aperçut une lueur jaune devant eux ; elle discerna vaguement l'intérieur de la grotte. La lumière tremblait, quelque chose devait être en train de brûler. Il y avait quelqu'un !

— C'est vous, Monseigneur ? appela Fumi no Nemaro.

La flamme bougea comme si elle répondait à son appel.

— Venez par ici ! entendirent-ils.

C'était la voix du Prince Ôama.

— Mon Prince ! s'écria Nukata en courant vers lui sans réfléchir.

12

Dans la pénombre, se découpaient seulement les parties éclairées par la flamme de la bougie d'Ôama. C'était une petite salle qui faisait environ deux *jô* [1] de côté. Ils discernaient des débris de bois calcinés, des offrandes en papier plié et des bougies éparpillées. Des motifs rouges de spirales étaient dessinés sur les parois rocheuses et à leurs pieds se trouvaient deux coussins. En dehors de ces objets, il y avait deux coffres chinois sans couvercle et un bâton de moine.

— Où sommes-nous, Monseigneur ?

— Probablement dans un lieu où on s'adonne à la magie.

Au mot de magie, Nukata frissonna.

— J'ai vu mon frère aîné galoper vers Katsuragi. Je l'ai suivi jusqu'à ce sanctuaire. Mais au moment où je montais vers l'enceinte, je l'ai perdu de vue. Il a dû remarquer ma présence et se sera caché quelque part.

— Vous pensez que le Prince Héritier est venu ici pratiquer la magie ?

— C'est la seule chose qu'on puisse imaginer.

Nukata resta sans voix. Elle était complètement perdue. Les morts étranges du Prince Furuhito no Ôe et d'Iruka étaient donc bien l'effet de maléfices, comme le disait la rumeur ! Mais non, ce n'était pas possible, on ne pouvait pas tuer par la seule force de la pensée. Pourtant, le spectacle qu'elle avait sous les yeux lui montrait clai-

1. Un peu plus de six mètres.

rement des traces de magie. Qu'est-ce que cela voulait dire ?

— Le Prince des Ténèbres, murmura Ôama. *Quand un descendant sur terre des divinités, l'un des empereurs successifs du Pays de Yamato, connaîtra des difficultés, un être du Pays des Ténèbres, qui ne sera pas un humain, viendra sauver le descendant céleste grâce à son pouvoir magique. La population le craindra et l'appellera le Prince des Ténèbres...*

— Qu'est-ce que c'est ? demanda Nukata.

— C'est un passage secret des récits des *kataribe*, la corporation des conteurs chargés de réciter les textes sacrés lors des cérémonies à la cour. Depuis l'Antiquité, la Famille impériale a régné sur le pays en faisant respecter les rites. C'est pourquoi il arrive qu'elle voie naître en son sein des êtres qui excellent dans la divination ou la magie.

Le Prince des Ténèbres ! On disait qu'il ne fallait même pas prononcer son nom.

— Il y a une suite : *Mais si on se soumet au pouvoir du Prince des Ténèbres, on peut se laisser ensorceler par ses pratiques, et cela causera de nouveaux dangers... Et si son pouvoir devient trop fort, le Prince lui-même risque de se laisser envoûter et, tôt ou tard, cela provoquera des catastrophes imprévisibles.*

Nukata l'écoutait bouche bée. Elle en avait la gorge sèche.

— Vous voulez dire que le Prince Naka no Ôe est le Prince des Ténèbres !

— Au vu de tout ce qu'il y a dans cette salle, on ne peut pas penser autrement. En outre, la légende nous met en garde. Si mon frère aîné s'adonne encore à la magie après avoir renversé les Soga, c'est qu'il doit être envoûté, comme le dit ce passage.

Nukata prit soudain conscience du rôle important qu'elle avait à remplir. Si la légende disait vrai, pour éviter les *catastrophes imprévisibles*, il fallait interrompre le maléfice lancé contre Ishikawamaro.

— Prince, j'ai une chose importante à vous dire, commença Nukata.

Elle raconta alors qu'elle avait rencontré le Prince Naka no Ôe sur la colline d'Amakashi et qu'il avait désigné Ishikawamaro. Naturellement, elle ne dit mot de ses rapports avec lui.

La perplexité se lisait sur le visage d'Ôama tandis qu'il l'écoutait.

— Mon frère doit chercher à anéantir les Soga. Mais Ishikawamaro ne peut pas être un traître. C'est la preuve que mon frère est ensorcelé.

— Monseigneur, il faut immédiatement prévenir le Seigneur Ishikawamaro ! s'écria Fumi no Nemaro.

— Surtout pas ! Si vous faisiez une chose pareille, la Famille impériale perdrait son prestige et son autorité. Il faut plutôt arrêter le maléfice.

— Mais maintenant que le Prince a disparu, nous n'avons aucun moyen de le trouver.

— Ce n'est pas nécessaire, il suffirait de fermer cette grotte. Ainsi, le Prince ne pourrait pas pratiquer sa magie.

— Nukata a sûrement raison, mais comment faire ?

Ôama réfléchit un moment, puis il dit :

— Attendez, je crois que cela peut s'arranger. Suivez-moi.

Ils les emmena à l'extérieur de la grotte. Le vent soufflait dans l'enceinte. Ôama détacha les rênes de son cheval ; il en noua un bout à l'un des piliers du portique, et l'autre à la selle.

— Qu'allez-vous faire ?

— Nous allons boucher l'entrée avec ce rocher.

Il désignait la grosse dalle transversale en haut du portique. Nukata comprit son intention. La hauteur du pilier et la distance qui le séparait de la grotte étaient à peu près égales. En le renversant, Ôama ferait tomber la grosse dalle qui irait obstruer l'entrée de la grotte.

— Vous allez voir !

Ôama tira son cheval, et le pilier commença à pencher. La pierre tremblait. Il tirait de plus en plus fort quand un bruit assourdissant retentit à l'oreille de Nukata. On aurait dit le bruit d'une explosion. Ôama s'arrêta net et scruta les alentours avec méfiance.

— Monseigneur, regardez !

Fumi no Nemaro pointait le doigt vers le haut. Des nuages d'un noir d'encre s'étageaient dans le ciel où clignotaient des lumières vert pâle, et de temps à autre des éclairs vifs étincelaient.

Le cœur de Nukata palpita. Elle ressentit une angoisse indicible. Son corps frissonna et se couvrit de chair de poule comme si tous les pores de sa peau se dilataient. Elle devinait un mauvais présage, c'était la même sensation, le même pressentiment que lors du Grand Changement.

Mais le phénomène anormal ne s'arrêta pas là. Quand le ciel fut recouvert de nuages noirs et devint aussi sombre qu'en pleine nuit, un tourbillon se leva qui les renversa à terre. Les arbres se plièrent à se casser, les feuilles voltigeaient en tous sens. Une terrible calamité se préparait.

— Attention ! cria Nukata. Je sens que les mauvais esprits couvrent le ciel. Je ne sais pas où se trouve le Prince Naka no Ôe, mais il a sûrement commencé ses maléfices.

Ôama attacha son regard sur elle.

— En es-tu certaine ?

— Oui, acquiesça Nukata avec assurance. Il faut immédiatement porter secours au Ministre de Droite !

— Je sais, répondit-il d'un ton âpre, avant de la hisser sur son cheval en la soulevant dans ses bras.

— Que comptez-vous faire ?

— Me rendre au temple de Yamada. Fumi no

Nemaro, suis-moi, ordonna Ôama qui partit au galop dans le vent en furie.

A ce moment-là, au Palais d'Itabuki, la Princesse Hashishito éclata en sanglots. On appela le médecin, on lui donna à boire une décoction d'herbes médicinales pour tenter de la calmer, mais rien n'y fit. Elle ne cessait de répéter en tremblant « j'ai peur, j'ai peur ». La Sœur du Souverain et l'Empereur Kôtoku, qui s'étaient précipités à son chevet en apprenant son état, trouvèrent étrange ce changement subit.

— Qu'est-ce que tu as, de quoi as-tu peur ? lui demanda son impériale mère en lui serrant la main. La Princesse avait l'air si terrorisée qu'elle semblait sur le point de perdre la raison. Cependant, l'arrivée de sa mère l'avait sans doute quelque peu rassurée, car elle lui dit en s'agrippant à elle :

— Il veut me tuer en me jetant un mauvais sort.

— Mais qui donc te voudrait du mal ?

— Mon frère aîné, le Prince Naka no Ôe.

— Comment ! La Sœur du Souverain écarquilla les yeux. C'est impossible ! Tu te fais des idées, c'est absurde !

— Si, si, je vois... son obstination effrayante le pousse à tuer tous ceux qui ne lui obéissent pas... Je déteste mon frère, c'est pour se venger qu'il cherche à me tuer. Ah, je ne peux rien faire ! Je... j'attends... je ne fais qu'attendre ici la mort !

La Princesse se mit à pleurer comme si elle ne pouvait plus s'arrêter. La Sœur du Souverain la prit dans ses bras.

— Calme-toi, je t'assure, tu ne risques rien. Tant que je serai là, il ne pourra pas te toucher avec sa magie. Je... je te protégerai, sois-en certaine ! dit-elle en criant presque.

Mais elle ne parvint pas à calmer la Princesse qui continuait de sangloter dans ses bras.

13

Quand le ciel tourna brusquement à l'orage, le tumulte remplit la demeure d'Ishikawamaro. Les nuages noirs fermèrent complètement le ciel juste au-dessus d'eux, le tonnerre leur déchira les oreilles, un tourbillon de vent humide vint frapper le faîte des bâtiments et les murs, soufflant dans toutes les directions, arrachant tout sur son passage et provoquant un tapage inimaginable. Les bardeaux des toitures volaient, les volets en treillis claquaient violemment.

Les gens au service d'Ishikawamaro se demandaient avec terreur si ce vacarme n'était pas dû au maléfice de Naka no Ôe, et quand les devins commencèrent à réciter des formules d'exorcisme, ils comprirent que leur appréhension se confirmait. Les dames de cour et les servantes s'égaillaient en désordre en poussant des cris de frayeur, les gardes ne cessaient de traverser comme des flèches la cour intérieure en abandonnant leurs armes. Les moines rassemblés dans le temple de Yamada avaient commencé à prier dès qu'ils avaient senti l'approche d'un phénomène anormal ; mais la confusion au sein de la propriété ne s'était pas calmée pour autant...

Ishikawamaro se tenait debout dans une galerie à regarder le ciel obscurci en frissonnant. Curieusement, il n'avait pas peur. Il sentait plutôt une folle colère l'envahir contre le traitement injuste et absurde que lui réservait le Prince Naka no Ôe. Son comportement abominable qui le poussait à tuer par simple intérêt personnel, au mépris de tous les services rendus par quelqu'un comme lui, Ishikawamaro – ce comportement était vraiment celui d'un barbare et d'un lâche. Pouvait-on accepter un pareil crime ?

Ishikawamaro eut envie de demander la sanction des dieux célestes et terrestres. Mais alors qu'un coup de tonnerre faisait trembler le palais, une pluie violente s'abattit sur lui. Un éclair fendit le ciel, la foudre faillit le toucher.

A ce moment-là, des hommes déguisés en paysans entrèrent dans la demeure, couverts de boue. C'était le groupe qu'il avait envoyé surveiller les agissements du Prince. Devant la violence des éléments, ils étaient revenus en hâte. Parmi eux, se trouvait le fidèle Mushimaro. Quand il aperçut son maître, il courut vers lui, soulagé.

— Monseigneur, vous êtes sain et sauf !

— Alors, avez-vous trouvé Naka no Ôe ?

— Il était parti en direction de la forêt de Katsuragi, mais il a dû faire demi-tour en route, car il se trouve actuellement chez lui.

— Ce qui signifie ?

— Qu'il ne se livre sans doute pas à la magie, puisqu'il ne semble pas être ressorti.

— Quoi ! Et ces nuages noirs, qu'en fais-tu ?

— Je ne comprends pas. S'il avait pratiqué ses sortilèges, on aurait entendu sa voix. Or, le palais de Naka no Ôe était plongé dans le silence, je m'en suis assuré.

— Tu dis des absurdités ! Crois-tu que nous ayons affaire à une simple manifestation de la nature ? Tu prétends que Naka no Ôe n'a rien à voir avec ces nuages maléfiques ? cria-t-il en désignant le ciel menaçant.

— Veuillez m'en excuser, Monseigneur, mais pour le moment, je ne sais rien.

De rage, Ishikawamaro ferma les poings et serra les dents.

Un éclair d'une violente intensité illumina le ciel et la terre autour d'eux, et une explosion inouïe fit vibrer le palais comme si la terre tremblait, projetant Ishikawamaro au sol. Le tonnerre avait éclaté juste au-dessus d'eux.

— Monseigneur, Monseigneur !

Ishikamaro se releva tant bien que mal. Des femmes

affolées hurlaient à l'intérieur. Il descendit dans la cour d'un pas mal assuré, en se cramponnant à la balustrade, et regarda le toit que la foudre avait dû frapper. L'ornement en forme de monstre marin, placé à la saillie de la toiture pour protéger l'édifice contre le feu et les mauvais esprits, s'était envolé et à la place il y avait un grand trou. Des petites flammes vacillantes s'élevaient des poutres de la charpente mise à nu.

Comme une pluie torrentielle s'abattait maintenant sur eux, il pensa que ces quelques flammes s'éteindraient aussitôt. Mais il n'en fut rien. Elles se mirent au contraire à grandir à vive allure.

— Oooh… gémit-il comme s'il avait peine à respirer.

Il semblait que le feu était doué d'une volonté maléfique et voulait lécher la résidence tout entière. Chaque flamme se divisait en plusieurs flammes qui longeaient le faîte, suivaient les pentes des toits, descendaient les piliers. En très peu de temps elles se propagèrent dans tout l'édifice.

Poursuivant leur chemin, elles s'introduisirent à l'intérieur des pièces, passant d'une poutre à l'autre. Quand les servantes et les gardes comprirent que les écrans en bambou et les paravents allaient prendre feu, ils s'enfuirent à l'extérieur en poussant des cris d'effroi.

Ishikawamaro regardait d'un air désemparé cet horrible spectacle. Il avait l'air d'avoir perdu la raison. Ces flammes étaient chargées d'une haine aussi violente que les rancœurs et la hargne contre le clan des Soga, il en était sûr. Sinon, comment pouvaient-elles s'étendre aussi rapidement sous une pluie battante ?

C'était le Prince Naka no Ôe, c'était à cause de sa magie ! Cette idée lui remua l'âme et il sentit son corps se glacer d'effroi.

Son palais était enveloppé de flammes puissantes. Tout le monde regardait, le regard fou.

Soudain, une servante au bord des larmes arriva en courant.

— Monseigneur ! Notre Princesse Ochi est restée à l'intérieur !

— Com…

Sous le choc, Ishikawamaro fut incapable de prononcer un mot ; il restait pétrifié, l'esprit engourdi. Mais il essayait désespérément de réfléchir, avec le peu de lucidité qui lui restait. Si sa fille ne sortait pas, c'est qu'elle avait perdu conscience à cause de la fumée. A la vitesse où allait l'incendie, elle allait périr dans les flammes en très peu de temps. Il fallait l'arracher au danger le plus vite possible.

Ishikawamaro regarda autour de lui. Les servantes et les gardes du corps étaient rassemblés dans la cour intérieure, mais ils venaient d'échapper au feu et ils étaient trop bouleversés pour réagir. Les moines et les soldats de la garde ne s'étaient pas encore regroupés. Le seul capable d'intervenir en un pareil moment était… Ses yeux se tournèrent naturellement vers Mushimaro debout devant lui.

Naka no Ôe était assis dans la pénombre. Au-dehors tourbillonnaient le vent et la pluie. Il entendait les cris de la population qui fuyait en désordre. L'orage semblait donc arrivé. Kamatari lui avait dit que s'il officiait en plein orage, il serait facile d'abattre Ishikawamaro. C'est ce qu'il avait fait. Restait à savoir si la magie avait opéré. Il guetta ce qui se passait à l'extérieur en mettant tous ses sens en éveil.

Mushimaro était au comble de l'embarras. Son maître le regardait droit dans les yeux avec insistance. Il lui ordonnait certainement de porter secours à la Princesse Ochi. Mais le bâtiment était dévoré par les flammes, ce serait pure folie que de se précipiter dans cette fournaise, il y laisserait la vie...

Cependant… songea-t-il soudain, il était devenu garde du corps par dégoût de sa vie de sorcier. C'était l'occasion ou jamais de réaliser ses ambitions. Si la Princesse périssait dans les flammes, Ishikawamaro risquait d'en mourir de chagrin. Et s'il perdait son maître, tous les efforts qu'il avait fournis jusqu'à ce jour seraient perdus...

Mushimaro regarda fixement le palais en flammes. Par chance, le feu n'avait pas encore atteint les cuisines. Les appartements de la fille de son maître se trouvaient à proximité. S'il entrait par là, peut-être réussirait-il à la sauver. Sa décision était prise.

— J'y vais ! dit-il, et il se jeta dans le brasier.

14

Quand Ôama et Nukata arrivèrent chez Ishikawamaro, la demeure était déjà la proie de flammes rouges et rugissantes. Les bardeaux des toitures étaient projetés en l'air, on entendait par intermittence poutres et plafonds s'effondrer à l'intérieur. Chaque fois qu'un volet en treillis ou une porte en bois tombait, une gerbe d'étincelles fusait, et le feu redoublait d'activité comme s'il s'alimentait de sa propre fureur.

Ôama descendit de cheval et chercha Ishikawamaro en l'appelant sous la pluie. Les gardes, les moines et les servantes qui avaient pu se réfugier dans la cour intérieure pleuraient et criaient. L'endroit était plongé dans un chaos indescriptible. Ishikawamaro se trouvait parmi eux.

Il regardait sa demeure brûler en versant d'abondantes larmes, mais à la vue d'Ôama, il s'agrippa à lui en expliquant que sa fille était restée à l'intérieur.

— Ma fille est une Princesse liée à la Famille impériale, gémit-il. Si vous la laissez mourir, vous serez accusé de cette faute, on vous la reprochera jusqu'à la fin de vos jours et cette condamnation rejaillira sur vos descendants. Je vous en supplie à genoux, faites… faites quelque chose, essayez de sauver ma fille !

Mais les flammes étaient terribles. Il était impensable que la Princesse fût encore vivante.

En le voyant hésiter, Ishikawamaro ne put cacher sa colère et se mit à l'injurier copieusement.

— Etes-vous bien un Prince impérial ? Espèce de lâche ! lui lança-t-il sans ménagement. Si vous êtes aussi lâche, vous ne serez jamais capable de gouverner le Pays de Yamato.

Tandis qu'Ôama restait pétrifié, ne sachant que faire, Fumi no Nemaro s'avança vers eux comme s'il ne supportait plus ce spectacle.

— Je vais à son secours. Ainsi, vous ne pourrez plus rien dire.

— Oh, je suis si content ! Ishikawamaro le remercia avec des débordements d'effusion.

Mais Ôama s'exclama :

— Qu'est-ce que tu dis ? Dans ce brasier, c'est impossible !

— Ne vous inquiétez pas, Monseigneur, vous voyez bien que je suis complètement trempé. Je ne prendrai pas feu facilement. Et puis… (il baissa la voix)… si les Soga nous sont redevables, ils seront plus faciles à contrôler. Il ne faut pas laisser échapper une occasion pareille.

— Mais que vas-tu devenir ?

— Bah, grâce à votre protection divine, Monseigneur, je serai en sécurité. J'y vais !

Avant qu'Ôama ait eu le temps de l'en empêcher, il avait déjà disparu dans le palais en flammes.

Ishikawamaro regardait cette scène en retenant son souffle.

La violence de l'incendie ne semblait pas vouloir se calmer. Comme un dragon rouge et brûlant, le feu ardent crachait de la chaleur et de la fumée, enflammant tout sur son passage. Sous la poussée du brasier intérieur, les volets en treillis volaient en éclats, les portes en bois s'embrasaient. Les piliers vacillaient les uns après les autres, dans des grincements sinistres pareils à des plaintes.

Bientôt, tout l'édifice commença à tomber. Les piliers s'effondrèrent, le toit pencha soudain, les derniers bardeaux encore intacts glissèrent et l'ensemble s'affaissa comme un château de sable, dans un jaillissement de milliers de flammèches qui teintèrent la nuit obscure comme autant de lueurs phosphorescentes.

Des cris de désespoir s'élevèrent dans la cour. Il était impossible que la Princesse en ait réchappé. Et les deux gardes partis l'arracher aux flammes avaient sûrement péri dans le brasier.

Mais soudain la foule vit apparaître deux silhouettes derrière l'écran de fumée noire. C'étaient bien Fumi no Nemaro et Mushimaro. Et le premier portait une femme sur son dos !

Il y eut une immense clameur, ils avaient réussi, ils avaient sauvé la Princesse Ochi !

Mais sans doute étaient-ils arrivés au bout de leur résistance, car à peine descendus de ce qui restait de l'escalier, ils s'écroulèrent. Leurs vêtements étaient mangés de brûlures. Ôama et les moines se précipitèrent pour s'occuper d'eux.

Ishikawamaro resta un moment frappé de stupeur, mais quand il réalisa que sa fille était vivante, la joie jaillit en lui.

— Ma Princesse… ma Princesse.

Il courut vers elle comme un possédé. Il voulait lui apporter des paroles de réconfort le plus vite possible, lui dire combien il était heureux qu'elle fût saine et sauve. Mais il se heurta au mur de gardes et de moines qui entourait la Princesse.

Il essaya de forcer le passage, et à ce moment-là…

— N'y allez pas ! cria Ôama en le retenant.

Ishikawamaro en demanda la raison.

— Il ne faut pas que vous la voyiez ! répondit Ôama, le visage défait.

Ishikawamaro devina qu'il s'était passé quelque chose, mais il repoussa les hommes et pénétra dans le cercle. Des moines étaient en train de s'occuper des deux gardes. Près d'eux, gisait une masse informe de chair noire calcinée. Des lambeaux y étaient encore accrochés et elle dégageait une odeur pestilentielle qui donnait la nausée.

Les yeux d'Ishikawamaro s'écarquillèrent d'horreur. Il comprit sur-le-champ : c'était le corps de sa précieuse fille. Il eut un regard fou et tomba sur les genoux en poussant des cris de bête blessée.

Mais quand il retrouva un peu ses esprits et prit réellement conscience de la disparition de sa fille, il fut assailli par un sentiment si violent qu'il se sentit transpercé par un poignard. Il se mit à hurler de douleur.

15

Naka no Ôe était resté assis sans dormir à regarder discrètement ce qui se passait au-dehors.

L'agitation de tout à l'heure, quand l'incendie s'était déclaré chez Ishikawamaro, que la population et les chevaux affolés par les éclairs et assourdis par le tonnerre couraient confusément sous la pluie diluvienne en criant de frayeur et de colère, cette agitation avait disparu. L'ouragan était passé. Tout était si calme à présent qu'il semblait ne s'être rien passé.

Les événements s'étaient déroulés comme l'avait prévu Kamatari. En récitant des formules maléfiques lors d'un orage, il avait attiré la foudre sur la demeure d'Ishikawamaro. Elles semblaient avoir été efficaces, même s'il n'avait pas opéré dans la grotte de Katsuragi. Mais qu'était-il advenu d'Ishikawamaro ? La foudre avait bien provoqué l'incendie, mais il n'avait pas appris la nouvelle de sa mort. Etait-il sauf ? Ou bien…

Tandis que Naka no Ôe s'inquiétait du résultat de son maléfice, il sentit une présence dans le couloir et perçut le souffle d'une respiration.

— Vous avez réussi, Prince, le palais d'Ishikawamaro s'est bel et bien effondré dans les flammes.

— C'est toi, Kamatari ?

— Oui, c'est moi.

Il se leva pour ouvrir la porte mais ne vit personne. Il n'y avait que les ténèbres de la nuit. Est-ce qu'il lui parlait d'esprit à esprit, comme la dernière fois ?

— Que me veux-tu à un moment pareil ?

— Je suis venu vous enseigner la fin du sortilège, dit la voix qui résonna sinistrement.

— Que veux-tu dire ? Ishikawamaro n'est pas mort ?

— Non, il est toujours en vie.

— Quoi ! s'exclama-t-il, un instant saisi de stupeur. Alors, les incantations ont été un échec ?

— Bien sûr que non ! Tout cela n'était qu'une ruse prévue depuis le début. Si vous l'aviez anéanti en lui lançant un mauvais sort, on vous aurait suspecté. C'est pourquoi nous avons en fait opéré une diversion. Grâce à la foudre que vous avez appelée avec vos formules maléfiques, Ishikawamaro a vu son palais brûler : il doit être au comble de la rage. Il va certainement réagir. Vous ne laisserez pas échapper cette occasion et il vous suffira de le punir de mort pour crime de rébellion.

Naka no Ôe resta silencieux.

— Pour vous qui êtes un Prince impérial, Ishikawamaro est un adversaire facile, aussi facile que si vous deviez tordre le cou d'un nouveau-né. Toutes les précautions ont été prises : la chance sera de votre côté. J'attends avec impatience de bonnes nouvelles.

Puis la présence disparut. Naka no Ôe eut beau appeler, il n'obtint pas de réponse. Mais il était envahi par le doute. Kamatari avait parlé d'une ruse pour pousser son adversaire à la rébellion, mais en vérité n'était-ce pas plutôt le maléfice qui n'avait pas fonctionné ? Et le conseil de tuer Ishikawamaro n'était-il pas un prétexte pour dissimuler son échec ?

Alors que les pensées tourbillonnaient dans sa tête, Naka no Ôe, qui s'était rassis, sentit de nouveau une présence dans le couloir. Elle avançait discrètement, mais d'un pas régulier et sûr, avec une détermination hostile. C'était donc ce qu'avait prédit Kamatari ?... Naka no Ôe dégaina son épée. La présence s'arrêta devant la porte.

— C'est vous, Ishikawamaro ?

— C'est moi !

La porte en bois s'ouvrit brusquement. Ishikawamaro était debout devant lui, son épée à la main. Avec ses cheveux en désordre, sa robe bleu pâle trempée et couverte de boue, ses sourcils hérissés, ses mâchoires crispées, il semblait cracher des flammes de colère et avait tout d'un démon infernal. Ishikawamaro lui lança un regard chargé de haine.

— Que venez-vous faire à une heure si tardive ?

— Tais-toi ! Moi, je n'ai plus rien à perdre. La mort m'est indifférente. Mais toi, monstre cruel et barbare, je ne te laisserai pas en vie. Je vais me venger au nom de tous les Soga disparus !

Il leva soudain son épée. Naka no Ôe se mit sur la défensive.

— De quoi voulez-vous parler ? Je ne suis pas sorti d'ici. Qu'aurais-je pu faire ?

Le visage d'Ishikawamaro se déforma de rage.

— Tu oses faire l'ignorant ! cria-t-il en se jetant violemment sur Naka no Ôe.

Celui-ci évita prestement la lame qui s'abattait sur lui et demanda à Ishikawamaro de la ranger dans son fourreau. Mais l'autre, fou de haine et de rage, ne l'écoutait pas et il se jeta à plusieurs reprises sur le Prince, qui tentait de se défendre contre ses assauts répétés. La lanterne tomba, l'écran en bambou se déchira. Quand Naka no Ôe se retrouva acculé dans un coin, son adversaire eut un sourire triomphant.

— C'est la fin de la Famille impériale ! hurla-t-il en se ruant sur lui de toutes ses forces.

Naka no Ôe tendit instinctivement le bras. Et avant que la lame d'Ishikawamaro ne l'atteigne, la sienne s'enfonça dans la poitrine de son adversaire, du côté gauche. Il y eut un petit cri étranglé et un jet de sang rouge vif lui éclaboussa le visage. Il sentit le liquide gluant coller à sa peau et à ses cheveux. Il grimaça de dégoût.

— Naka no Ôe ! articula Ishikawamaro, le regard haineux. Tu souf…friras toute ta vie… de remords pour les crimes que tu as commis… Si tu sa… savais, c'est ton épouse la Princesse Ochi que tu as tuée avec tes incantations, lui confia-t-il en esquissant un sourire terrible.

Naka no Ôe fut frappé par la foudre. Ochi était morte ! C'était une épouse intelligente et vertueuse. C'était cette Princesse, parmi toutes ses femmes, dont il voulait faire la Grande Epouse quand il serait sur le trône. Et elle avait péri dans les flammes…

Tout à son désespoir, il relâcha un instant son attention. Ishikawamaro en profita pour le faucher avec son épée, qu'il laissa échapper dans son élan. Naka no Ôe avait évité le coup, mais il sentit une douleur vive sur son visage ; du sang chaud coulait sur sa joue. Cette sensation grava en lui une profonde répugnance pour la magie.

L'épée fichée dans la poitrine, Ishikawamaro cherchait encore à s'attaquer à Naka no Ôe qui, malgré ses réticences, ne pouvait que répliquer pour se défendre. Il serra la poignée de son arme et repoussa son adversaire de toutes ses forces contre le mur. La lame s'enfonça profondément. Ishikawamaro fut pris de violents spasmes et cracha des caillots de sang.

Mais il n'était pas encore mort. Il prit la lame des deux mains et essaya de la retirer en gémissant. La paume de ses mains se fendit, le sang gicla. La virulence de sa haine était palpable.

— Seigneur Ishikawamaro, préparez-vous ! fit Naka no Ôe avec une grimace, avant de retirer brusquement l'épée qu'il lui planta d'un coup sec dans le cou.

La lame lui trancha la gorge. Le corps d'Ishikawamaro se tendit comme un arc en même temps que s'échappait de lui le cri d'un crapaud qu'on écrase. Ses yeux grands ouverts lui lancèrent un regard chargé d'une haine terrible, et il rendit son dernier soupir.

Naka no Ôe retira l'épée et le corps ensanglanté s'affaissa. Le plancher, le mur, les vêtements étaient écarlates comme si on les avait éclaboussés à grands seaux. Les deux yeux injectés réclamaient vengeance et le sang giclait à flots de la gorge et de la poitrine.

C'était un spectacle terrifiant. Naka no Ôe fut pris de haut-le-cœur et vomit des immondices qui jaillissaient de sa gorge.

Le lendemain, à la nouvelle de la mort du Ministre de Droite, le Palais d'Itabuki se retrouva dans un état d'agitation extrême.

Pour la Sœur du Souverain, furieuse contre cette succession de tragédies, c'était l'occasion ou jamais d'exclure le Prince Héritier de la cour impériale. Elle demanda à ses favoris de faire une enquête. Mais quand on découvrit qu'Ishikawamaro avait rassemblé une armée dans son palais et appelé en cachette des devins chez lui, il devint clair qu'il se préparait à la rébellion.

On ne pouvait pas non plus reprocher son acte à Naka no Ôe, puisque Ishikawamaro avait fait irruption chez lui en pleine nuit. Cette mort ne fut donc pas considérée comme un crime, mais comme un cas de légitime défense.

On rejeta aussi l'hypothèse de la magie, pour le motif qu'il semblait impensable que Naka no Ôe ait pris pour cible le père de son épouse. Quelques personnes rappelèrent l'histoire du cœur cloué sur un pilier du temple de Yamada ou soulignèrent que le palais avait brûlé à une vitesse exceptionnelle, mais on ne chercha pas plus loin. Car il y eut une sorte d'accord tacite entre les parties pour convenir qu'il était plus sage de rejeter la responsabilité de la faute sur les Soga.

Une fois innocenté et lavé des soupçons, Naka no Ôe consulta en secret Kamatari et infligea un traitement sévère à la famille d'Ishikawamaro pour crime de rébellion. Les vingt-trois membres de sa famille furent poignardés, ses deux frères de sang et quinze personnes de leur entourage furent exilés dans des îles lointaines, on ordonna aux épouses et aux femmes de se suicider au sabre. Ainsi, avec l'anéantissement des derniers Soga encore puissants dans le gouvernement, le clan fut-il éliminé jusqu'à la dernière racine.

III
LE PRINCE ARIMA

1

Une fois réglée l'affaire Ishikawamaro, les Conseils du nouveau gouvernement reprirent et, pour remplacer le défunt, on désigna comme Ministre de Droite le chef du clan Ôtomo, le Seigneur Nagatoko. Les décisions se prirent rapidement les unes après les autres, notamment la réforme du système des fonctionnaires et des rangs. Etait-ce par crainte de représailles sévères du Prince Naka no Ôe ? Toujours est-il que les nobles de province montraient allégeance à la famille régnante. Un régime solide avec un gouvernement central était en train de naître.

Il va sans dire que la mort d'Ishikawamaro avait gravement perturbé la cour. La Sœur du Souverain et l'Empereur Kôtoku redoublaient d'hostilité envers Naka no Ôe, et Hashihito terrorisée ne sortait plus de ses appartements. Ôama s'était disputé à plusieurs reprises avec son frère aîné sur le sujet du châtiment infligé à la famille d'Ishikawamaro, mais comme celui-ci n'avait pas daigné prêter l'oreille, il refusait désormais toute mission politique en signe de protestation.

Un mois plus tard, le gouverneur de la province d'Anato[1] nommé par le gouvernement impérial offrit au Souverain un faisan blanc. Le lettré national, le moine

1. Actuelle Yamaguchi.

Min, expliqua qu'un faisan de cette couleur était très rare et que c'était un oiseau de bon augure qui apparaissait quand un Fils du Ciel de haute vertu arrivait sur le trône.

L'Empereur se félicita de cette bonne nouvelle et décida de célébrer en grande pompe l'arrivée de ce cadeau en présence des Cent fonctionnaires.

Pour cette cérémonie exceptionnelle, on adopta un protocole d'exception. Les Ministres de Gauche et de Droite ainsi que les Cent fonctionnaires attendirent le palanquin renfermant le faisan blanc devant la Porte Principale. Dès que le véhicule eut pénétré dans le Palais, les deux Ministres le portèrent cérémonieusement vers Sa Majesté, avant de le déposer devant le trône. Ensuite, le Ministre de Droite prononça un éloge du règne pacifique du Souverain, et Sa Majesté déclara qu'elle acceptait avec joie la loyauté et la fidélité des ministres et du peuple.

En s'arrangeant pour que les autres ministres restent à l'extérieur de la Porte et que les deux ministres les plus importants prononcent des paroles élogieuses, Sa Majesté affichait devant tous son autorité de Souverain. Ce n'était pas seulement une démonstration de son pouvoir, c'était également un message destiné au Prince Naka no Ôe qui détenait la suprématie à la cour.

L'année suivante, on changea le nom de l'ère qui devint l'ère Hakuhô, dite du Faisan Blanc. L'Empereur émit un édit qui ordonnait le déplacement de la Capitale à Naniwa[1].

Derrière cet édit se cachait une raison bien précise. Les Soga avaient été exterminés et un gouvernement central ayant à sa tête la Famille impériale avait été mis en place. Le Souverain pensait donc qu'il fallait construire une nouvelle Capitale et développer ensuite les échanges avec la Chine des Tang et les Royaumes de Corée. Pour

---

1. Actuelle Ôsaka.

cela, il valait mieux s'installer dans un site proche d'un port maritime.

L'étonnement fut grand, aussi bien à la cour que dans la population. Le système politique institué après le Grand Changement n'était pas encore bien établi et se lancer dans une entreprise aussi importante que le déménagement de la Capitale allait provoquer une confusion dont on ne pouvait mesurer l'ampleur. L'ensemble des ministres et des Princes, à commencer par Naka no Ôe, y étaient opposés, mais l'Empereur refusa de les écouter.

Son idée était claire. Tant qu'il resterait dans le Kinai, qui regroupait les provinces autour d'Asuka, il ne pourrait rivaliser avec l'influent Naka no Ôe qui contrôlait les nobles de ces provinces. Il voulait donc s'installer dans un nouveau site afin d'affermir son autorité de Souverain.

Mais l'Empereur Kôtoku, qui n'avait pas les capacités d'un monarque, n'avait pu prendre seul une décision de cette importance. Derrière lui se cachait la volonté de sa sœur. C'est pourquoi, après avoir pris peu à peu conscience de la réalité, hauts dignitaires, ministres et nobles de province commencèrent à se rallier à ce projet de transfert de la Capitale. Car, dans le fond, chacun d'eux éprouvait de la répugnance pour le despotisme de Naka no Ôe et portait secrètement ses espoirs sur la Sœur du Souverain, la seule capable de lui tenir tête.

Naka no Ôe fut de nouveau saisi par l'irritation. Si la Capitale était déplacée à Naniwa, toute l'influence qu'il avait acquise grâce à ses manigances disparaîtrait. Mais à présent que l'édit impérial était prononcé, il ne pouvait plus s'y opposer. Il avait lui-même inspiré les réformes qui augmentaient les pouvoirs du Souverain, et voilà que cela se retournait contre lui.

Quand arriva le mois d'octobre, on commença dans la précipitation les travaux de construction du nouveau Palais. L'emplacement choisi était Uemachidai qui donnait sur la baie de Naniwa. Pour accroître la grandeur du Souverain, on mit l'accent sur la décoration et le faste du Palais ; plusieurs dizaines de milliers d'ouvriers poursuivaient les travaux nuit et jour.

Le dernier jour de l'année, on célébra l'achèvement des fondations par une fête grandiose. L'Empereur Kôtoku, qui croyait profondément dans le bouddhisme, fit rassembler plus de deux mille moines dans le sanctuaire avoisinant le nouveau Palais et, la nuit tombée, allumer plus de deux mille sept cents lampes dans le jardin ; puis il demanda aux moines de lire des prières. Les prières qui s'élevaient dans la nuit obscure et le spectacle des moines éclairés par les petites lampes eurent un effet considérable sur la population qui vivait à Naniwa, qui se mit à vénérer un Souverain résidant dans un Palais d'une telle splendeur.

Trois mois plus tard, la cour dut se déplacer dans le nouveau Palais. Les Princes impériaux, les ministres, les nobles, les dames de cour et tous leurs gens partirent pour Naniwa en gardant pour eux leurs sentiments respectifs.

Le Palais de Naniwa, que l'on appela le Palais du Promontoire Magnifique, fut achevé en septembre de l'année suivante, mais les aménagements se poursuivirent. Les pavillons qui s'alignaient sur la colline d'Uemachidai étaient tellement hauts qu'ils semblaient vouloir rivaliser avec le Ciel. A tous les endroits stratégiques, on trouvait de grandes places pavées avec de belles balustrades.

Cette magnificence était bien digne de la demeure d'un dieu céleste descendu sur terre, et elle grava profondément dans l'esprit de chacun que le Souverain était de nature divine.

Quand le bruit des marteaux cessa dans le nouveau Palais, on entreprit l'édification de la nouvelle ville. On construisit les résidences des hauts fonctionnaires de telle sorte qu'elles entourent le Palais ; de là, on apercevait les bateaux étrangers dans le port en bas de la colline. Des baraques de pêcheurs, de paysans et d'artisans apparurent dans le voisinage : en six mois, le site fut digne de porter le nom de Capitale.

Comme on pouvait s'y attendre, la Famille impériale et la cour jouissaient d'un prestige inégalé. L'Empereur Kôtoku régnait sur la population qui le prenait vraiment pour un descendant des dieux.

Au mois de septembre, le Souverain avait pris pour Grande Epouse sa nièce, la Princesse Hashihito. Malgré le nombre important des candidates, il avait opté pour un mariage consanguin afin que la Grande Epouse lui succédât sur le trône et non pas le Prince Naka no Ôe. Son choix avait naturellement été dicté par son impériale sœur qui critiquait le Prince Héritier, mais profitait finalement de ses actions en faveur de la Maison impériale. Son intention était d'exercer le pouvoir à sa guise en manipulant tout le monde.

Dans ces conditions, Naka no Ôe devenait un personnage fantoche. Ce choix le mit dans une colère rare, et l'esprit de rébellion qui couvait en lui depuis des années commença à prendre forme.

2

La Capitale de Naniwa prospérait. Mais l'Empereur Kôtoku ne se contenta pas d'aménager la Capitale : il décida d'envoyer de nombreuses ambassades à la cour des Tang. Chaque mission serait accompagnée de religieux et d'étudiants et compterait plus de deux cent personnes. Il voulait s'imprégner de la civilisation de la grande dynastie des Tang et renforcer leurs relations diplomatiques : l'objectif était d'améliorer la qualité du nouveau système politique en étudiant et en assimilant celui des Tang.

La première ambassade partit au mois de mars de l'année suivante. Mais l'un des deux bateaux fit naufrage au large de la péninsule de Satsuma, située sur l'île la plus méridionale de l'Archipel, et tous les passagers périrent en mer. La nouvelle de la catastrophe provoqua un choc terrible à la cour. Et quand le Souverain voulut envoyer une nouvelle ambassade, le gouvernement se scinda en deux clans, les pour et les contre.

Les premiers disaient que les pertes en argent et en hommes de talent avaient été considérables dans ce naufrage et qu'il était impossible de renouveler l'expérience. Les seconds se montraient de fervents défenseurs de ces missions en leur objectant qu'il était absolument nécessaire, dans ce processus de réforme du système politique, de savoir comment cela se passait exactement dans les Royaumes coréens et à la cour des Tang.

L'Empereur Kôtoku était dans l'embarras. Le Palais du Promontoire Magnifique venait tout juste d'être achevé : si déjà le gouvernement impérial se divisait en factions, il craignait de rencontrer de sérieuses difficultés pour en assurer la direction par la suite. L'Empereur aurait dû imposer sa volonté en prenant des mesures autoritaires, mais il n'en avait pas les ressources. Il se laissait gagner par l'angoisse et la nervosité et se contentait d'observer les événements sans rien faire.

Et le gouvernement restait divisé…

Ce fut Naka no Ôe qui déclara connaître la solution. Le Souverain trouva étrange que le Prince Héritier se propose de l'aider alors qu'il gardait un silence glacial depuis le transfert de la Capitale à Naniwa. Cependant il prit la décision de l'écouter.

Une rencontre en tête à tête fut fixée au Hakkakudôin, le Pavillon Octogonal. Craignant quelque manigance du Prince, la Sœur du Souverain demanda à assister à l'entretien, mais il lui opposa son refus. Maintenant qu'il était devenu le Souverain du Yamato, il voulait prendre lui-même les mesures adaptées à la situation.

A la nuit tombée, le Prince Naka no Ôe entra dans la salle, en grande tenue violette, et vint s'incliner solennellement devant le Souverain. Puis il fit assaut de courtoisie en déclarant :

— Veuillez recevoir mon admiration et mon respect les plus sincères, Votre Majesté, pour votre rayonnement. Vous avez acquis une grande autorité en tant que Souverain.

— Ne faites donc pas tant de cérémonies ! Dites-nous plutôt quelle est votre solution pour mettre d'accord les membres du gouvernement. Et répondez-nous de manière concise.

Naka no Ôe releva la tête.

— Maintenant que le gouvernement est divisé en deux, il est facile de deviner les tourments de Votre Majesté. Pour surmonter cette situation difficile, il ne reste qu'une solution.

— Laquelle ?

— Déménager la Capitale à Asuka.

— Quoi, que dites-vous ? Vous voudriez que nous abandonnions le Palais du Promontoire Magnifique à Naniwa ?

— Tout à fait.

— Quelle folie ! Ce Palais a été construit au prix de beaucoup d'efforts. Pourquoi devrions-nous retourner à Asuka ? Cette décision, loin d'unir le gouvernement, provoquerait ressentiment et mécontentement contre la Maison impériale.

— Compte tenu des circonstances, on peut dire au contraire que le déménagement de la Capitale à Naniwa est à l'origine de tous ces maux. Les ministres étaient certainement réticents au moment de quitter Asuka. Et leur opposition actuelle doit être pour eux une manière de manifester leur contrariété. Par conséquent, il nous faut retourner à Asuka et tout reprendre au point de départ.

Le Souverain se plongea dans une profonde réflexion. Il voyait bien, au visage sérieux de Naka no Ôe, que ce dernier n'avait pas envie de plaisanter : sans doute souhaitait-il vraiment le retour de la Capitale à Asuka. Mais pourquoi proposait-il une solution aussi insensée ?

La réponse était simple : au Palais de Naniwa, il n'avait plus aucun pouvoir. C'est pourquoi il voulait le retrouver, avec sa domination sur les nobles qui lui étaient fidèles et qui possédaient autour d'Asuka de vastes terres. L'Empereur sourit en son for intérieur. Il était impossible de déménager la Capitale ! Si Naka no Ôe ne l'avait pas compris, c'est qu'il ne voyait peut-être pas plus loin que son intérêt personnel.

— Mais réfléchissez donc, Prince Naka no Ôe ! Le Palais du Promontoire Magnifique vient tout juste d'être achevé. La moitié des bureaux du gouvernement ne sont même pas terminés, tout comme pour les demeures des hauts dignitaires et des Cent fonctionnaires. Les temples et les grandes avenues sont encore en construction. Déplacer la Capitale à un moment pareil perturberait les esprits et retarderait considérablement les réformes en cours. Sans oublier le gaspillage de tout cet argent investi dans les travaux... Imaginez un peu le tourbillon de récriminations qui s'élèverait dans la population ! Vous oseriez dire que cela vous est égal ?

— Cela ne me dérange pas, en effet. Quels que soient les obstacles, le Souverain doit se trouver en terre d'Asuka. Cette ville de Naniwa n'est rien. Elle est remplie de mensonges.

— Vous dites que ce n'est pas une vraie Capitale ?

— Tout à fait, la population est éblouie par l'apparence trompeuse. S'ils vous voyaient tel que vous êtes vraiment, leur enthousiasme retomberait.

— Tel que nous sommes !

— Votre dignité impériale ne sert qu'à masquer votre faiblesse de caractère.

— Quoi ! Savez-vous ce que vous êtes en train de dire ?

— Bien sûr, Votre Majesté. Si vous aviez vraiment du pouvoir, le gouvernement ne serait pas divisé ainsi sur la question des ambassades. Cela prouve qu'au fond, vous n'avez pas l'envergure d'un Souverain capable de diriger un gouvernement.

Le Souverain serra les poings tant sa colère était vive.

— Très bien, nous vous avons parfaitement compris. Dans ce cas, nous allons demander leur avis aux hauts dignitaires lors d'une réunion. Vous verrez combien votre proposition est insensée.

— C'est une excellente idée. Je prends acte. Vous allez organiser un Conseil sur le transfert de la Capitale ! dit Naka no Ôe en esquissant un sourire moqueur.

L'Empereur eut soudain l'impression que, de tous les points de son corps, le sang refluait vers son cœur. Et s'il s'était laissé piéger par le Prince ? C'était en tout cas ce qu'il ne pouvait s'empêcher de penser.

— J'ai fini de vous dire ce que je pensais de cette affaire. Maintenant, j'attends avec impatience le déménagement de la Capitale.

Sur ces paroles, Naka no Ôe se prosterna respectueusement et sortit.

Le Souverain resta seul. Il éprouvait un sentiment d'angoisse mêlé d'irritation. Naka no Ôe ne pouvait pas faire ce genre de prévision sans être sûr de l'emporter. Avait-il gagné en secret la confiance des ministres pour les inciter à déménager la Capitale à Asuka ? Ou bien cherchait-il à semer le trouble au sein du gouvernement ? Il lui semblait que Naka no Ôe savait parfaitement ce qu'il faisait en lui proposant sa solution.

Le Souverain sortit du Pavillon Octogonal et se précipita dans une salle à l'écart du Pavillon Central afin d'étudier avec sa sœur les moyens de faire face aux manœuvres du Prince Héritier.

3

En sortant du Palais, Naka no Ôe rendit visite à Kamatari. Les demeures des Princes impériaux et des ministres étaient construites côte à côte, à intervalles réguliers, formant un cercle parfait autour du Pavillon Central. Elles étaient entourées d'un mur d'enceinte et les espaces libres entre chaque résidence étaient recouverts de dalles bien ordonnées.

Celle de Kamatari, le Ministre du Dedans, était la plus splendide. Elle avait un toit en tuiles et trois pavillons annexes pour loger sa cour. A la vue de Naka no Ôe, les soldats de garde ouvrirent cérémonieusement les portes et, en entendant le nom du visiteur, le chef du protocole vint au-devant de lui pour le conduire dans les appartements.

Tandis qu'ils traversaient le jardin éclairé par des torches, Naka no Ôe demanda :

— Comment va votre maître ?

— Monseigneur semble aller un peu mieux ce soir.

— Il sera en mesure de parler ?

— Mais certainement, Monseigneur vous attend depuis tout à l'heure.

Naka no Ôe soupira discrètement. Depuis que Kamatari était à Naniwa, il lui arrivait souvent d'être alité. On ignorait le nom de sa maladie, mais il avait toujours un peu de fièvre et les jambes faibles. Quand il se levait, il sentait ses genoux se dérober sous lui. On avait demandé aux médecins de lui faire prendre des bains aux plantes médicinales, mais cela restait sans effet et il ne venait pratiquement jamais au Palais impérial. Préoccupé par sa santé, Naka no Ôe lui conseillait d'aller se reposer dans une ville d'eaux, mais Kamatari restait cloîtré pour se soigner dans sa demeure, en prétendant qu'il ne voulait pas s'éloigner de lui.

A la vue du Prince qui entrait dans sa chambre, Kamatari se leva de sa couche et arrangea sa tenue. Le sol était recouvert de nattes de paille et des écrans en bambou entouraient le lit. Kamatari tourna vers lui un visage blême et émacié. Son état semblait avoir empiré depuis la dernière fois qu'il l'avait vu. Et aujourd'hui, flottait autour de lui une vague odeur de pourriture. Naka no Ôe prit place à ses côtés en se demandant avec inquiétude si une partie de son corps n'était pas atteinte par la gangrène.

— Comment vous sentez-vous ? s'enquit-il avec sollicitude.

— Oh, je suis juste un peu fatigué à cause de ce déménagement de la Capitale. Mais dites-moi plutôt comment s'est passé votre entretien avec Sa Majesté et ce qu'elle a pensé de votre proposition.

— Comme c'était prévisible, elle a dit que personne n'accepterait de déménager la Capitale dans un moment pareil !

— Je vois… fit Kamatari qui avait retrouvé son habituel regard froid et cynique.

— Alors, que me conseillez-vous de faire maintenant ?

— Eh bien, puisque le Souverain n'est pas d'accord, il faut attendre encore un peu.

— Quoi ! Mais vous-même avez insisté sur l'urgence de cette mesure !

— Bien sûr, il est évident que la Maison impériale doit retourner à Asuka. Mais si Sa Majesté montre autant d'hésitation, c'est que le moment n'est pas encore venu.

Kamatari avait parlé sur un ton posé et détaché. Il n'avait pas du tout l'air préoccupé par le rejet impérial de sa proposition. Naka no Ôe le regarda avec colère. A quoi donc pensait ce Kamatari ? Il se rappelait ses mots : « Maintenant que le gouvernement est divisé en deux sur la question des ambassades, il faut pousser l'Empereur Kôtoku à déménager la Capitale pour le conduire à démissionner par la suite à Asuka. » C'était bien lui qui avait avancé cette idée ! Qu'y avait-il de plus absurde s'il n'y tenait pas lui-même ? Il eut l'impression que Kamatari s'était moqué de lui.

— Ne soyez pas aussi nerveux, Prince. Car à présent Sa Majesté doit comprendre combien cette Capitale est fragile. Et rien que pour cela, votre entretien a été utile.

— Vous m'avez demandé de venir simplement pour me dire cela ?

— Bien sûr que non.

— Alors, de quoi s'agit-il ? demanda-t-il avec colère.

Kamatari eut un léger soupir avant de continuer :

— Il faut que je vous le dise, après tout... Je savais bien que le déménagement de la Capitale était une folie, mais je vous avais demandé de faire cette proposition à Sa Majesté pour voir si vous aviez vraiment les capacités d'un Prince impérial.

— Les capacités ?

— Parfaitement. Je voulais vérifier si vous étiez capable de commander sujets et vassaux. Un Souverain ne peut pas rester seul, il a besoin de la collaboration et de la déférence des nobles, des hauts dignitaires. Si Sa Majesté se trouve en difficulté, c'est qu'on ne la respecte pas suffisamment. Mais qu'en est-il de vous ? Etes-vous vraiment en mesure de faire accepter un nouveau gouvernement et de soumettre la population ? C'est ce que je voudrais savoir.

Naka no Ôe ne répondit pas.

— Réfléchissez bien. Le gouvernement est divisé : vous n'aurez plus d'autre occasion de vous débarrasser de l'Empereur. S'il parvient à régler cette affaire des ambassades et continue de régner à Naniwa, ce n'est pas vous qui lui succéderez sur le trône, ce sera la Grande Epouse Hashihito ou le Prince Arima. Si vous voulez empêcher cela, c'est le moment ou jamais.

Kamatari avait raison. Malgré tout, il n'était pas convaincu par cette histoire de transfert à Asuka.

— Ce n'est pas tout. Si vous commencez à bouger, votre *ennemi* ne restera pas tranquille lui non plus. Plutôt que de rester assis à attendre qu'il vous décapite pendant votre sommeil, ne serait-il pas plus sage de l'attaquer le premier ?

— Mon ennemi !

— Vous avez déjà oublié ? Celui qui a divulgué le complot auprès d'Iruka. Et qui cherche en cachette à attenter à vos jours.

— Je croyais que c'était Ishikawamaro !

— Mais non, Prince, vous qui êtes intelligent, vous devriez comprendre pourquoi je vous ai dit de renverser Ishikawamaro.

Il le savait en effet. Il avait jugé dangereux de laisser des survivants parmi les puissants Soga, qu'il y ait eu trahison ou non.

— Vous dites que le traître serait toujours en vie ?

— Tout à fait. Il y a sûrement quelqu'un qui intrigue en ce moment dans notre dos, tout en observant nos mouvements.

— Mais je vous ai déjà répété que le secret du complot n'était connu que de très peu de gens.

— Et si c'était un membre de la Maison impériale qui avait laissé échapper l'information auprès d'Iruka, après avoir deviné ce qui se préparait ?

Il n'y avait même pas pensé. Dans ce cas, ce pouvait être l'Empereur Kôtoku ou sa sœur.

— Maintenant que la Capitale est à Naniwa et que l'Empereur règne, l'ennemi se cache. Mais que se passerait-il si vous commenciez à bouger et à briguer le pouvoir ?

Il essaierait certainement de vous en empêcher. Raison de plus pour déplacer la Capitale à Asuka. Ainsi, cela vous permettrait non seulement d'acquérir plus de pouvoir, mais aussi de faire sortir l'ennemi de l'ombre.

Naka no Ôe réfléchit en silence aux paroles de Kamatari. Il voyait sans doute juste, pourtant il ne parvenait pas à se débarrasser de l'impression qu'il le manipulait. Et le fait qu'il n'avait pas réussi à tuer Ishikawamaro avec ses pratiques magiques lui inspirait du doute. Oui, il en était convaincu, il avait une idée derrière la tête.

— Kamatari, quel est ton véritable but ? lui demanda-t-il en le regardant droit dans les yeux.

Il vit passer sur le visage de Kamatari une expression inattendue de découragement et de déception ; mais ce dernier se reprit aussitôt et retrouva son air calme.

— Je vous l'ai déjà dit, déclara-t-il avec des yeux pleins d'affection, je ne veux que votre réussite. Il n'y a rien d'autre.

— Je n'arrive pas à le croire. Je ne peux pas imaginer que vous me juriez fidélité au mépris de vos intérêts personnels. N'avez-vous pas plutôt l'intention de faire de moi votre obligé dans le but d'obtenir le pouvoir lorsque je serai monté sur le trône ?

— Pas du tout ! Je n'y pense absolument pas.

— Alors, de quoi s'agit-il ?

Kamatari hésita un instant.

— C'est votre père qui m'en avait fait la demande avec insistance.

— Mon père !

C'était inattendu. L'Empereur Jomei et Kamatari avaient-ils été en contact ?

— Si je ne parviens pas à ôter le doute de votre esprit, il faut bien que je vous dise la vérité.

Kamatari éteignit la lampe à huile. Il retint sa respiration dans l'obscurité pendant un moment et, après s'être assuré qu'il n'y avait personne aux alentours, commença à parler.

— Il est inutile de répéter à d'autres ce que je vais vous confier à présent. Je vous demande de respecter à tout prix ce silence.

Naka no Ôe entendait cette voix lugubre qui montait dans l'obscurité. Il se crut soudain dans la salle rocheuse où flottait une odeur de pourriture.

— C'était à l'époque où votre père l'Empereur Jomei, le successeur de l'Impératrice Suiko, avait entrepris la construction de son Palais de Kudara sur les conseils de nobles coréens émigrés du Royaume de Paekche. Il avait pour épouses votre mère Kôgyoku et la Princesse Hote. La Princesse était la fille de Soga no Umako et elle lui avait donné un fils, le Prince impérial Furuhito no Ôe. Craignant que la lignée impériale ne se déplace vers les Soga, le Souverain m'avait demandé de l'aider, car j'étais de la famille des Nakatomi.

La suite du récit de Kamatari contenait des révélations surprenantes.

— Notre famille sert dans l'ombre la Maison impériale depuis la nuit des temps par l'intermédiaire de ses médiums et de ses devins. J'ai donc pratiqué la magie pour qu'aucun autre Prince que Furuhito no Ôe ne puisse naître de l'union du Souverain et de la Princesse Hôtei afin d'empêcher l'extension de la puissance du clan Soga. Mes pratiques se sont révélées efficaces, puisqu'il n'est pas venu au monde de deuxième fils chez les Soga. Et chacun sait qu'ils ont été contraints de soutenir comme prétendant au trône le trop honnête Prince Furuhito no Ôe. Mais une chose ne marchait pas comme on le voulait. La Grande Epouse Kôgyoku ne tombait toujours pas enceinte, alors que c'était là le point capital. Nous avons fait réciter des formules magiques, mais elles sont restées sans effet. Alors, nous avons pris une mesure exceptionnelle. Nous avons discrètement poussé le Souverain à avoir des rapports avec une autre femme, afin que celle-ci mette au monde un Prince impérial et que l'enfant né de leur union soit élevé comme un Prince Héritier.

Naka no Ôe ne put prononcer un mot. Kamatari poursuivit :

— Mais il y avait une condition indispensable. Il fallait que la mère de cet enfant soit de haute naissance, issue d'une famille aristocratique d'un lignage équivalent à celui la Famille impériale. Après avoir longtemps réfléchi, nous avons décidé de choisir cette femme, votre mère, parmi les descendants du clan des Katsuragi.

— Les Katsuragi !

— Tout à fait. Ce clan qui avait la domination sur une vaste région au pied du mont Katsuragi était prospère autrefois en raison de ses alliances matrimoniales avec la Famille impériale du côté maternel.

Effectivement, il en avait entendu parler par les conteurs de la cour. Le Souverain Yûryaku[1] s'était un jour rendu dans la montagne de Katsuragi où il avait rencontré un personnage qui lui ressemblait, accompagné du même nombre de guerriers que lui. Après s'être présentés l'un à l'autre, ils avaient chassé ensemble. Cette légende signifiait que le clan des Katsuragi avait jadis une puissance égale à celle de la Famille impériale.

— Vous affirmez que ma mère, dont j'ignore le nom, est une survivante du clan des Katsuragi ?

— Tout à fait. Vous et votre frère, le Prince Ôama, êtes nés de la même mère.

— Et ma sœur Hashihito ?

— Elle est la seule vraie fille de l'ancienne Impératrice Kôgyoku.

Naka no Ôe resta sans voix. Il n'avait jamais pensé que Kôgyoku pût ne pas être sa vraie mère, mais cette

1. 418-479.

nouvelle rendait maintenant compréhensible son comportement. Si elle se montrait froide avec lui, c'est parce qu'il n'était pas son fils. S'il éprouvait un sentiment amoureux pour Hashihito, c'est parce qu'il sentait inconsciemment qu'ils n'étaient pas unis par des liens de sang très puissants. Si sa mère s'était plongée dans les plaisirs de la chair avec Iruka, comme on le disait, peut-être était-ce à cause de sa souffrance de ne pas avoir mis au monde de Prince impérial... Elle devait se sentir coupable et triste de ne pas avoir donné de fils à son époux l'Empereur Jomei, et ces tourments n'avaient trouvé d'apaisement que dans des relations charnelles ardentes où elle rassurait sa féminité.

Ce n'était pas tout. Cela expliquait aussi pourquoi on l'avait surnommé le « Prince de Katsuragi » dans son enfance. En effet, on donnait souvent aux jeunes Princes impériaux le nom de l'endroit où ils étaient élevés. Ce qui signifiait sans doute qu'il avait grandi auprès de sa mère dans la montagne de Katsuragi jusqu'à l'âge de raison.

— Vous comprenez à présent pourquoi la Sœur du Souverain ne veut pas vous céder le trône ? Et pourquoi l'Empereur Kôtoku a pris pour Grande Epouse sa nièce Hashihito, la fille de sa sœur ? Elle se sentait une femme inférieure car elle n'avait pas eu de fils. En manœuvrant pour qu'un enfant né de son sang soit le mieux placé dans la succession au trône, elle veut vous éliminer de la Maison impériale, vous et votre frère. A présent, vous devez discerner quelles sont mes intentions. Je cherche à ruiner les projets de la Sœur du Souverain en la poussant à abandonner Naniwa.

Toute cette histoire était cohérente. Et même trop cohérente...

— Je sais que je vous ai imposé de dures épreuves jusqu'à ce jour, s'excusa Kamatari en le regardant avec sollicitude. Mais c'était pour mettre en pièces les rêves ambitieux de la Sœur du Souverain et faire sortir l'ennemi qui se cache dans la Capitale. Ainsi, vous deviendrez le prochain Souverain. J'espère que vous avez bien compris tout ce que je vous viens de vous dire.

Kamatari s'inclina respectueusement. Mais Naka no Ôe ne sut que lui répondre.

4

Un homme qui avait le visage enveloppé dans un tissu blanc était assis devant un baquet rempli d'eau et se penchait en avant comme pour voir son reflet. Une lampe en papier était posée à côté de lui ; sa flamme tremblotante éclairait la surface de l'eau. Le tissu blanc était souillé de pus. La peau brûlée autour des yeux et de la bouche, les seules parties visibles, était boursouflée. La lueur de la flamme vacillante qui se reflétait sur le visage faisait d'étranges ombres. L'homme toucha ces parties de peau apparentes. Elles étaient sèches. Après s'en être assuré, il mit sa main sur le tissu blanc et commença à l'enlever lentement. Il le soulevait comme s'il enlevait une écorce de pus coagulé. Au fur et à mesure que les bandes d'étoffe souillées s'entassaient sur le plancher, son visage apparaissait progressivement. Ce fut d'abord le front. Il n'y avait plus de peau. Le crâne était à nu et sur le dessus, on voyait des bouts de chair qui ressemblaient à des furoncles.

La main de l'homme s'arrêta. Il regarda fixement l'image atroce qui se reflétait dans l'eau. Sa respiration s'affola, la main qui tenait le tissu blanc trembla. Il resta immobile un moment, puis soudain il arracha le tissu comme s'il avait pris sa décision. Son visage apparut dans son intégralité.

Un monstre immonde se reflétait dans l'eau... L'homme poussa alors un cri déchirant.

Ce cri lugubre retentit dans toute la demeure. Puis les cris devinrent très vite des pleurs qui troublèrent le silence de la nuit, si pathétiques qu'ils fendaient le cœur de ceux qui l'entendaient.

Naka no Ôe prêtait l'oreille aux pleurs de Mushimaro en gardant les yeux fermés. Ses pensées douloureuses lui était transmises comme si elles pénétraient en lui, ces pensées qui déchiraient les entrailles de Mushimaro. Les horribles cicatrices sur son visage ne disparaîtraient jamais… Cet homme maudissait le destin injuste qui lui était imposé. Mais plus que de la pitié, Naka no Ôe ressentait de la sympathie pour le garde du corps. Car lui-même se sentait rejeté par son entourage à cause des moyens qu'il employait pour protéger la Maison impériale. Sa situation et le visage de Mushimaro lui semblaient se rejoindre dans leur atrocité.

Cependant, Naka no Ôe n'était aux yeux du garde qu'un ennemi qui avait tué son maître. Et même s'il l'avait recruté pour sa loyauté, l'homme continuait à lui être hostile et restait enfermé dans sa chambre, sans chercher à en sortir ni toucher, ou presque, aux repas qu'on lui apportait.

Naka no Ôe comprenait bien ce que ressentait Mushimaro, mais maintenant que celui-ci avait les traits d'un monstre, il n'avait pas d'autre solution que de travailler à son service pour survivre. Il avait prévu que si le garde voyait son image, il finirait par changer d'attitude. Ce soir, il lui avait fait savoir qu'il avait une mission importante à lui confier. S'il répondait à son appel, il avait l'intention de l'utiliser comme fidèle agent. Mais s'il ne venait pas, il avait pris la décision de l'abandonner. Comment allait-il réagir ? Le Prince attendait en retenant sa respiration.

Les sanglots de Mushimaro avaient enfin cessé. Un silence absolu régnait maintenant dans la demeure et aux alentours. Combien de temps s'était-il écoulé ? Il n'aurait su le dire, mais il perçut soudain des bruits de pas dans la galerie. Celui qui marchait d'un pas léger sur les planches paraissait ne pas vouloir se faire remarquer. C'était sûrement Mushimaro. Il avait sans doute décidé de se soumettre à Naka no Ôe.

Les pas s'arrêtèrent devant la porte. Il entendit une voix étouffée.

— Je suis le domestique Mushimaro.

Naka no Ôe lui dit d'entrer. La porte s'ouvrit et le garde du corps apparut, le visage dissimulé par un capuchon noir semblable à ceux des moines de haute vertu. A peine entrevoyait-on la peau boursouflée autour de ses yeux. Il referma la porte et s'inclina lentement.

— Comment vont tes blessures ? demanda Naka no Ôe.

Il n'obtint pas de réponse.

— Elles te font encore mal ?

— Non, grâce au Ciel, répondit Mushimaro en secouant la tête, il n'y a plus de pus et les croûtes sont tombées.

— Ah, voilà qui est bien ! Mais si je t'ai appelé, c'est pour un motif bien précis. Puisqu'on te soigne dans ma demeure, je voudrais que tu travailles pour moi. Accepterais-tu ?

Mushimaro resta silencieux, les yeux baissés. Naka no Ôe pouvait sentir combien il souffrait, au point d'en avoir mal lui-même. C'était certainement une décision terriblement humiliante que de devoir accepter les ordres d'un ennemi implacable. Et c'était justement pour cette raison qu'il voulait le faire travailler... Quand Mushimaro aurait surmonté cette douleur, il deviendrait un serviteur vraiment fidèle.

— J'aimerais que tu surveilles discrètement les mouvements du Ministre du Dedans, Nakatomi no Kamatari. Il a par moments un comportement qui me semble suspect. Quand il remplit les devoirs de sa charge, j'imagine qu'il est soit à la cour soit chez lui, mais je suis sûr qu'en dehors de ces obligations, il quitte sa demeure et se rend quelque part. Je voudrais que tu le suives et que tu me dises quand il est sorti et où il est allé. Cela te conviendrait-il ?

Mushimaro ne disait toujours rien.

— Que se passe-t-il ? Tu ne peux pas obéir à mes ordres ?

— Je n'arrive pas à comprendre le but de votre démarche, Monseigneur.

— Mon but ? Pourquoi devrais-je te le dire ?

— Je ne peux pas obéir à un ordre dont je ne comprends pas la raison.

— Qu'est-ce que tu racontes, tu n'es qu'un domestique ! Si tu veux vivre ici, tu n'as d'autre choix que de m'obéir. Et si tu es venu me voir, c'est que tu étais prêt à le faire... Cette discussion est inutile. Puisque tes blessures sont guéries, tu surveilleras les mouvements de Kamatari dès demain. As-tu compris ? demanda-t-il sans attendre la réponse comme s'il n'admettait pas de refus.

Les épaules de Mushimaro tremblèrent imperceptiblement.

5

Le lendemain, devait se dérouler dans la Salle du Conseil la réunion à propos du transfert de la Capitale. Les ministres, les Princes et tous ceux qui avaient été mis au courant de la proposition de Naka no Ôe étaient plongés dans la perplexité. Ils essayaient de deviner le fond de sa pensée, réfléchissant au moyen de le faire renoncer à son projet. La nouvelle s'était répandue très vite parmi la population et on entendait dire çà et là que le Prince Naka no Ôe s'était réveillé, qu'il serait bientôt le Souverain et qu'il retournerait sûrement à Asuka accompagné des Cent fonctionnaires.

A l'heure du Mouton [1], tous se rassemblèrent dans la Salle du Conseil : Naka no Ôe, Kamatari, Ôama, les Princes Ôtomo et Arima en tête, suivis des autres Princes, des Ministres de Gauche et de Droite, des hauts dignitaires, des gouverneurs de province, des ministres importants et des chefs de clans.

Une fois qu'ils furent installés dans une attitude respectueuse, l'Empereur Kôtoku apparut, accompagné de sa sœur et de la Grande Epouse Hashihito. Il prit place sur le trône incrusté d'or, d'argent et de nacre, et les deux femmes s'assirent de part et d'autre.

L'atmosphère était très tendue. Quand Naka no Ôe s'avança comme s'il avait attendu le moment propice, sa mère le fixa dans les yeux sans cacher son hostilité et Hashihito sembla lui adresser un regard plein de reproches. Cela tenait-il à son nouveau statut de Grande Epouse ? Toujours est-il que la terreur qu'elle avait montrée au moment du Grand Changement avait disparu. A présent, elle semblait dédaigner ses sujets qu'elle considérait de haut d'un air arrogant.

Naka no Ôe constata avec calme son changement de comportement. Finalement, ce n'était qu'une jeune femme stupide pourvue du même caractère que sa mère. Sa fragilité délicate n'était que superficielle. Au fond d'elle-même, elle devait bouillir d'orgueil. En la découvrant sous ce jour nouveau, son amour pour elle s'estompa.

Le Souverain prit la parole.

— Nous sommes donc tous réunis en ce lieu, Prince. Veuillez à présent répéter à ces Messieurs votre idée de transfert de la Capitale dont vous m'avez fait part l'autre jour, afin qu'ils comprennent bien, déclara-t-il avec suffisance.

1. De treize à quinze heures.

— Je vous suis reconnaissant de l'intérêt que vous portez à ma proposition, Votre Majesté. Vous me faites un grand honneur. Je souhaiterais maintenant exprimer mon idée et la soumettre au jugement de tous.

Naka no Ôe jeta un coup d'œil furtif vers Kamatari. Lorsque son regard croisa le sien, il le vit faire un signe de tête comme s'il l'encourageait. Il commença à parler.

— Le sujet dont j'ai entretenu Sa Majesté est celui du transfert de la Capitale à Asuka. Certains trouveront sans doute curieux une telle précipitation, alors que la Capitale de Naniwa n'est pas encore terminée. Mais il existe une raison précise qui nous oblige à retourner là-bas.

Tous l'écoutaient en retenant leur respiration.

— Sa Majesté était sans doute très occupée par la nouvelle politique gouvernementale, c'est pourquoi elle ne doit pas être au courant de ce qui se passe à Asuka. J'ai entendu dire que des mouvements inquiétants se remarquaient ces temps-ci parmi les grandes familles à cause de notre absence. Si nous les laissons faire, elles risquent de se soulever et de devenir une force menaçante pour Sa Majesté. Si l'ancienne Capitale connaît une telle situation, c'est tout simplement parce que Sa Majesté a abandonné la terre sacrée de la Maison impériale. J'ai appris qu'un navire parti pour la Chine avec une ambassade avait fait naufrage. C'était sans doute une manifestation de la colère des dieux. Et quand on sait que le gouvernement s'est divisé après cet accident, je dois en conclure que la punition des dieux s'est abattue sur nous. J'ose m'adresser à toute cette assemblée : Asuka est notre patrie. On ne peut pas fonder une nation en l'abandonnant. Si le transfert de la Capitale à Naniwa a des conséquences néfastes, nous devons immédiatement retourner à Asuka. Je suis sûr que Votre Majesté, Messieurs les Princes et les ministres comprendront ce raisonnement.

Il avait parlé d'une traite. Sur le moment, tout le monde resta silencieux, comme impressionné.

Ce fut la Sœur du Souverain qui rompit le silence et amorça la discussion.

— Vous avez beau dire, c'est impossible ! objecta-t-elle.

— Et pourquoi donc ?

— Pourquoi serions-nous venus dans cette Capitale à peine terminée, si c'est pour nous installer de nouveau à Asuka ? Cela n'aurait aucun sens.

— Mais maintenant que nous avons pris conscience que c'était une erreur, la voie à suivre serait de repartir.

— Comment ça, une erreur ? fit-elle en élevant la voix. Nous vous avons trop laissé parler ! Peut-être que les nobles d'Asuka vont se révolter comme vous le dites. Dans ce cas, il nous suffira d'envoyer des soldats pour étouffer la rébellion. Avec l'armée impériale dont nous disposons, pourquoi craindrions-nous les dernières forces restantes d'Asuka ?

— C'est tout à fait vrai, renchérit le Souverain. Il y a eu aussi des naufrages pendant le règne de l'Empereur Jomei. Quelle bassesse de mettre cela sur le compte de la colère des dieux ! Finalement, nous pensons que vous utilisez un argument fallacieux pour gêner la bonne marche de notre politique : nous sommes nous-même d'essence divine et dans le Palais du Promontoire Magnifique où nous résidons, aucun malheur ne peut arriver. Messieurs les ministres, ne vous laissez pas troubler par ces balivernes.

— Je vois moi aussi les choses de cette façon, dit le Ministre de Droite Ôtomo no Nagatoko en sortant du rang. Ce serait pure folie de déplacer une Capitale aussi splendide. D'ailleurs, la population qui a dû fournir un travail pénible pour sa construction ne l'accepterait pas. Elle ne tarderait pas à exprimer ses critiques et sa colère. On peut être assuré que cela finirait dans une confusion incontrôlable. Il y a en effet quelques troubles, comme le dit le Prince Naka no Ôe, mais ils doivent être réglés à

Naniwa. Je ne vois aucune raison valable de nous déplacer à Asuka.

Le Souverain et sa sœur regardèrent d'un air satisfait Naka no Ôe. Mais celui-ci fit front sans baisser les yeux.

— Vous me semblez bien trop confiants. Si les nobles vous montrent obéissance, c'est qu'ils craignent la puissance du Souverain. Nombreux sont ceux qui doivent être secrètement mécontents du déménagement qui leur a été imposé. S'ils s'allient avec les dernières forces d'Asuka, que se passera-t-il ? La Maison impériale risque de devenir elle-même aussi fragile qu'un château de sable.

— Arrêtez ces sottises ! s'écria alors le Souverain. Nous vous le demandons : qui donc prépare une rébellion ? Qui serait mécontent ? Donnez-nous leurs noms. Nous ferons une enquête plus poussée, et si ce que vous dites est vrai, nous y penserons. Alors, de qui s'agit-il ?

Naka no Ôe resta silencieux. Il était certain que régnait une certaine agitation à Asuka, mais il ne savait pas encore qui avait l'intention de se révolter.

— Alors, dites-nous clairement de qui il s'agit !

— Je ne peux pas le dire maintenant, répondit-il, mal à l'aise.

Le Souverain et sa sœur échangèrent un sourire entendu. La Grande Epouse regarda froidement Naka no Ôe.

Les hauts dignitaires trouvèrent alors le courage de prendre la parole.

— Je pense moi aussi qu'il est difficile de retourner à Asuka après l'importance des dépenses et des efforts consentis.

— Les ambassades de Silla qui viennent de temps à autre disent que la situation est inquiétante en Corée. L'essentiel, à l'heure actuelle, est de construire une Capitale stable et solide…

— Plus j'y réfléchis, plus je trouve en effet que le transfert de la Capitale à Asuka est une mesure insensée. C'est évident.

Naka no Ôe ne savait plus que répondre. Il regarda Kamatari pour lui demander ses instructions, mais l'autre sortit de la salle comme s'il le fuyait.

La voix chargée de colère du Souverain tonna dans la salle.

— Naka no Ôe ! Vous avez beau nous lancer vos beaux arguments, nous devinons facilement vos arrière-pensées. Le Palais de Naniwa est notre Capitale. Si vous faites tant d'efforts pour la déplacer à Asuka, c'est que vous voulez nous dominer et devenir le maître. Si vous attachez autant d'importance à Asuka, c'est que vous voulez exhiber votre force en rassemblant les nobles qui vous sont proches. C'est cela, n'est-ce pas ?

Sa sœur poursuivit :

— J'ai moi aussi deviné vos arrière-pensées depuis cette tragédie du Grand Changement. Vous nous avez fait croire que l'extermination du clan des Soga était une mesure nécessaire pour protéger la Maison impériale, mais en réalité c'était pour mieux montrer votre puissance. Je la vois, votre véritable nature, c'est celle d'un homme mauvais et corrompu ! Il est hors de question que quelqu'un comme vous exerce de nouveau son autorité. Je ne permettrai jamais ce transfert à Asuka.

Naka no Ôe tremblait. Ces critiques acerbes lui rappelaient les paroles de Kamatari lui annonçant qu'elle n'était pas sa véritable mère. Il sentit qu'il avait dit vrai. En voulant le chasser à coups d'insultes, sa mère cherchait à cacher son point faible, celui de ne pas avoir donné naissance à un Prince impérial. Un esprit aussi retors le mettait en rage ; il serra les poings pour ne pas éclater de colère.

Ôama et Ôtomo les observaient, l'air mal à l'aise. Naka no Ôe se tourna vers le Souverain, le visage dur.

— Je m'adresse à vous, Votre Majesté. Pour aujourd'hui, nous en resterons là. Mais sachez que j'effectuerai à coup sûr le transfert de la Capitale à Asuka. Et à ce moment-là, à l'exception de Votre Majesté et de ma mère, tous les hauts dignitaires et ministres ici présents m'obéiront sans un mot. Rappelez-vous au moins cela ! dit-il avec colère.

Et il sortit.

La salle bruissa longtemps des murmures de l'assemblée.

6

Le soir de cette fameuse réunion, Naka no Ôe s'enferma chez lui et réfléchit durant des heures dans sa demeure silencieuse. Son projet avait été rejeté, mais de toute façon il n'avait jamais cru à une réponse positive. En revanche, il en avait retiré de substantiels bénéfices...

Kamatari lui avait affirmé qu'en suggérant un retour à Asuka, son véritable ennemi se découvrirait. D'après les paroles prononcées ce jour-là au cours de la réunion, c'était manifestement sa mère qui avait communiqué en secret à Iruka les informations concernant le complot. Elle devait en effet avoir des relations sexuelles avec lui. Et la cruauté qu'elle montrait à l'égard de son fils n'était-elle pas la preuve qu'il n'y avait pas de liens de sang entre eux ? Sa mère avait dû extorquer le secret à l'un de ses proches avant de le confier à Iruka, avec l'idée que si Naka no Ôe et ce dernier s'affrontaient, ils tomberaient tous les deux. Et, malgré leur liaison, elle avait décidé de laisser mourir son amant dans cette bataille... Sans doute redoutait-elle que les Soga ne deviennent beaucoup trop puissants.

Si ses déductions se révélaient exactes, ce qu'il devait faire était clair : il devait par tous les moyens dépouiller sa mère et l'Empereur Kôtoku de leur puissance. La meilleure stratégie était donc de déplacer la Capitale à Asuka, comme le préconisait Kamatari. Mais dans les circonstances actuelles, cela paraissait difficile. Il fallait d'abord manœuvrer pour que les membres du gouvernement et la population en acceptent l'idée.

Ce n'était pas tout. Il lui restait une autre problème important à élucider : quelles étaient les véritables intentions de Kamatari ? Pourquoi était-il sorti, comme s'il prenait la fuite, d'une réunion aussi essentielle que celle d'aujourd'hui ? Il était passé chez lui dans l'après-midi pour l'interroger à ce sujet, mais il avait déjà disparu. Que manigançait-il en secret ? Kamatari lui avait demandé de lui faire confiance... Mais il y avait beaucoup trop de points obscurs. Dans ces conditions, même s'il s'était opposé avec succès à sa mère et à l'Empereur, il ne se sentait pas tranquille.

Naka no Ôe décida d'attendre Mushimaro, en espérant qu'il avait glané des renseignements intéressants.

La nuit était déjà avancée. Un léger brouillard flottait entre les arbres, et dans le calme de la montagne profonde d'où tout bruit semblait banni, de temps à autre le cri strident d'un animal retentissait.

Soudain se fit entendre au loin dans l'obscurité un bruit de sabots qui se rapprochait. Le brouillard blanc se déchira lentement et un cavalier apparut, la tête couverte d'un capuchon et vêtu d'un sobre manteau. C'était Mushimaro.

Il avait suivi Kamatari quand celui-ci s'était éclipsé de la Salle du Conseil. C'était sur l'ordre de Naka no Ôe. Mais il avait connu un terrible conflit intérieur et souffert le martyre avant d'accepter l'idée qu'il n'avait pas d'autre solution pour sa survie que de se résigner à servir le meurtrier de son ancien maître.

Après avoir quitté la Capitale, Kamatari s'était mis à galoper dans les collines de Kawachi, au sud-est de Naniwa, avant de pénétrer dans la montagne de Katsuragi.

Visiblement le chemin lui était familier, car il s'était enfoncé dans la forêt épaisse sans hésiter. Mushimaro l'avait suivi à grande distance afin de ne pas se faire remarquer, mais il avait fini par le perdre de vue.

Le sentier de montagne portait des traces de sabots toutes fraîches. Mushimaro décida de les suivre en dirigeant son cheval avec prudence. Mais plus il avançait, plus le chemin devenait difficile et étroit. Il se retrouva bientôt pris entre deux hautes parois abruptes comme dans une gorge humide, où macérait l'odeur des fougères et des mousses.

Un peu plus loin, le sentier descendait vers un ruisseau, et là il aperçut un cheval attaché à un arbre. Mais Kamatari était invisible. Sans doute avait-il continué à pied le long du cours d'eau. Mushimaro regarda autour de lui puis leva les yeux. A travers le feuillage dense des arbres, il vit la masse noire de la montagne qui se dressait en amont ; à mi-pente, une lumière jaune brillait. Quelqu'un faisait certainement un feu, car on distinguait vaguement le contour des arbres.

Mushimaro descendit de cheval et remonta à pied le cours d'eau pour vérifier s'il s'agissait de Kamatari. Il semblait loin de tout, dans cet étroit ravin au fond duquel le ruisseau serpentait entre les rochers. Pourtant il découvrit de profondes empreintes de pieds, preuve que l'endroit était fréquenté. Un arbre avait été mis en travers du cours d'eau en guise de pont, et sur l'autre rive une échelle était posée contre un gros rocher qui obstruait le chemin. Il y avait sûrement quelque chose là-haut.

Mushimaro décida de grimper, et il se mit à avancer en rampant sur les rochers. Mais après une longue et difficile progression d'une dizaine de *chô* [1], il fut soudain stoppé par une grande chute d'eau d'au moins vingt *jô* [2]

1. Un peu plus d'un kilomètre.
2. Environ soixante mètres.

de hauteur. Des eaux boueuses tombaient en cascade des falaises surplombantes qui semblaient toucher le ciel.

Mushimaro parcourut lentement l'endroit des yeux. Dans la pénombre, il ne vit aucune voie qui menait au sommet. Cependant, si un feu était allumé plus loin, c'est qu'il existait sûrement un passage permettant de monter là-haut. Mais maintenant que la nuit était tombée, il n'avait pas envie de s'exposer au danger. De toute façon, on pouvait dire qu'il avait obéi aux ordres de Naka no Ôe puisqu'il avait suivi les traces jusqu'ici. Il lui suffirait de reprendre son enquête un autre jour là où il l'avait laissée. Sur cette pensée, il reprit le chemin en sens inverse avec l'intention de rentrer à Naniwa.

Mais quelqu'un guettait les mouvements de Mushimaro, caché derrière les rochers. D'une taille d'au moins six *shaku* [1], il était enveloppé de haillons pareils à de vieilles nattes de paille. Ses cheveux emmêlés lui tombaient aux épaules, son corps dégageait une odeur bizarre ; il respirait bruyamment et ses yeux brillaient dans la nuit comme ceux d'une bête.

Cet *être* suivit à distance Mushimaro qui redescendait le cours d'eau. Mais dès que celui-ci fut remonté à cheval, il disparut comme s'il voulait s'enfuir sous la protection de la forêt épaisse, après avoir vérifié la direction que prenait le cavalier. Naturellement, Mushimaro n'avait pas deviné sa présence.

7

La Salle du Conseil retentissait de sons éclatants et de voix fortes. Ponctuant la musique qui accompagnait les danses traditionnelles importées de l'Empire chinois des Tang, de l'Inde, de Mandchourie ou encore de Corée, on

1. Un mètre quatre-vingts.

entendait des rires qui allaient se fondre dans le silence de la nuit.

Après la réunion, un festin avait été préparé dans le Pavillon Central sous prétexte d'admirer les cerisiers. En réalité, il s'agissait de célébrer le retrait du projet du Prince Naka no Ôe. L'Empereur Kôtoku avait réuni autour de lui les ministres qui lui étaient fidèles ; la salle était éclairée par la flamme des torches et, malgré l'heure tardive, il semblait que la fête ne prendrait jamais fin. Dames de cour et simples servantes entraient et sortaient sans discontinuer.

La Princesse de Nukata, qui se tenait dans une galerie un peu à l'écart, contemplait ce spectacle d'un air indifférent. Son kimono couleur du prunier rouge en fleur et sa veste de teinte vive en soie fine se détachaient dans l'obscurité, et la lueur des lampes éclairait faiblement son visage de profil : elle avait une beauté et une élégance dignes d'une dame de cour.

Bien des années avaient passé depuis qu'elle était descendue de sa montagne. Elle avait vu la tragédie du Grand Changement, vécu le déménagement brutal de la Capitale. Et pendant toutes ces années, elle avait acquis le maintien et le raffinement d'une dame de cour ; grâce à son intelligence et à sa beauté, elle était très bien considérée. Mais cette reconnaissance ne la comblait pas, car depuis l'agitation provoquée par le transfert de la Capitale, les visites d'Ôama s'étaient espacées et les jours se succédaient où elle devait se consoler de ses nuits solitaires. Bien sûr, ministres et Princes étaient pris par leur travail, et cela n'était pas du ressort d'une jeune femme. Mais Nukata n'en souffrait pas moins d'un sentiment de solitude insoutenable.

Il n'y avait pas que cela... Elle ne pouvait se débarrasser de l'angoisse et de l'exaspération qui, comme la lie de vin, s'étaient déposées au fond de son cœur. Car, en dépit de ses efforts quotidiens pour réfléchir à cette série de tragédies, elle n'avait toujours pas découvert la vérité. Il était clair qu'une tierce personne se cachait derrière le Grand Changement.

Qui était-ce ? Comment menait-elle son jeu ? Nukata n'en avait pas la moindre idée. Elle avait pourtant observé discrètement ceux qui étaient les maîtres de la cour, mais ces six derniers mois, aucun d'eux n'avait montré d'activité suspecte ; et Nukata qui jouissait de dons surnaturels n'avait pas perçu d'ondes malfaisantes.

En apparence, la paix régnait sur la Capitale. En cette période où elle était tout le temps sollicitée pour remplir ses fonctions de dame de cour, il y avait des jours où le drame d'Asuka lui semblait très loin...

L'ambiance dans la salle d'où lui parvenait le bruit des voix et des rires s'animait de plus en plus. Les convives devaient être à présent imbibés d'alcool. Pourtant, en mettant tous ses sens en éveil, elle perçut une certaine tension dans l'atmosphère. Elle en eut la chair de poule : c'était la même sensation que le jour du Grand Changement... Mais au souvenir du conflit qui avait opposé Naka no Ôe et le Souverain au cours de la réunion de l'après-midi, elle pensa que vibraient encore en elle des traces de cette tension.

Néanmoins, elle ne parvenait pas à contrôler cette angoisse provoquée par une sensation qu'elle n'avait pas éprouvée depuis longtemps.

— Que faites-vous ici ? questionna une voix derrière elle.

Elle se retourna et vit une dame de cour plus âgée qui la regardait d'un air sévère.

— Vous êtes une dame de cour affectée au service du Prince Arima. Vous avez sûrement des devoirs à remplir.

— Oui, Madame, je vous prie de bien vouloir m'excuser, répondit humblement Nukata en se dirigeant rapidement vers la salle.

On lui avait donné pour rôle de s'occuper du couvert. Elle traversa donc les galeries et pénétra dans l'immense salle à manger. La fête battait son plein, des relents d'alcool et de transpiration la saisirent à la gorge. Des rangées de plats luxueux étaient disposées sur une longue table basse au centre de la pièce. Il y avait là du poisson grillé, de la viande cuite à la vapeur, du lait... Le Souverain, sa sœur, la Grande Epouse, le Ministre de Droite et tous les ministres proches bavardaient gaiement tandis que les musiciens jouaient et les acteurs dansaient. Au milieu de toute cette agitation, les dames de cour et les servantes entraient et sortaient avec des plats.

Nukata ramassa les assiettes vides en observant l'assemblée. Tout le monde semblait ivre, y compris la Grande Epouse qui avait les joues toutes rouges. Mais elle aperçut un Prince qui restait assis dans son coin, l'air mélancolique. C'était le Prince Arima.

Il ne touchait ni à l'alcool ni aux mets de choix, regardant l'assistance en silence. Sa tristesse intrigua Nukata. Elle avait gardé des liens privilégiés avec le Prince Arima, même après le déménagement à Naniwa. Ils parlaient ensemble des classiques chinois et de poésie, bien sûr, mais aussi de l'histoire du Yamato et de politique.

Nukata était la seule personne avec qui Arima pouvait parler sans réserve. Sa compagnie lui était certainement précieuse, à lui qui ne se mêlait pas de politique ni ne se mélangeait aux autres Princes. Chaque fois que l'occasion se présentait, il lui montrait du respect et la traitait avec égards. Nukata comprenait bien ce qu'il ressentait et son amitié pour lui était devenue un sentiment très profond. Mais il n'était pas question d'amour. Arima ne cherchait pas à avoir des relations sexuelles avec elle. Elle-même ne s'en plaignait pas. Elle se sentait plutôt extrêmement fière de son lien spirituel avec le Prince.

Depuis que Naka no Ôe avait proposé ce retour à Asuka, Arima affichait un air mélancolique. Nukata s'en inquiétait. Elle ne lui en avait pas demandé la raison, mais en le voyant ainsi seul dans son coin à ce banquet, elle en conclut qu'il avait des soucis.

Elle s'apprêtait à sortir avec les plats quand elle le vit s'esquiver discrètement hors de la pièce. Elle le suivit et trouva Arima adossé à un pilier qui regardait le jardin couvert de gravillons, l'esprit ailleurs. Il avait un air triste.

— Qu'avez-vous, Prince ? lui demanda-t-elle à voix basse.

Sa voix le fit sursauter mais en découvrant Nukata, il parut soulagé.

— Vous ne vous sentez pas bien ?

— En fait, je ne me sens pas à l'aise là-bas. C'est que je supporte mal l'alcool, lui confia-t-il avec un faible sourire comme pour se justifier.

— Vous paraissez tourmenté.

— Mais comment l'avez-vous deviné ?

— Je peux lire dans vos pensées.

Le Prince Arima eut un sourire.

— Et quel est d'après vous la cause de mon tourment ?

Nukata réfléchit un instant, puis elle dit :

— Cette fête a été organisée pour célébrer l'exclusion du Prince Naka no Ôe. Si vous ne vous y amusez pas, c'est que vous critiquez l'attitude de Sa Majesté.

Le Prince Arima parut surpris.

— Comme vous êtes intelligente…

— Ai-je raison, Prince ?

Il hésita un peu, avant de reconnaître qu'elle avait vu juste.

— C'est vrai, en effet. Si mon père et ma tante s'acharnent ainsi contre le Prince Héritier en cherchant même à l'exclure, c'est parce qu'ils ne veulent pas lui céder leur pouvoir. Ils lui reprochent ses agissements, mais ils en retirent des bénéfices. Comme j'en suis conscient, je ne peux pas me réjouir docilement comme les autres sous le prétexte que son projet a été rejeté.

Nukata comprenait parfaitement ce qu'il ressentait.

— En outre, poursuivit-il, si mon père et ma tante entrent ouvertement en conflit avec le Prince, il risque de se produire quelque chose de néfaste.

— Quelque chose de néfaste…

— Vous devez déjà avoir compris. Cela concerne la question de la succession. Normalement, le Prince Héritier devrait succéder à l'Empereur. Mais la Sœur du Souverain se contentera-t-elle de suivre tout simplement l'usage ? Certainement pas. Elle fera tout pour l'empêcher de monter sur le trône.

Et Nukata imaginait bien dans quelle position se trouvait le Prince Arima. Pour éviter que Naka no Ôe ne lui succède, il suffisait au Souverain d'abdiquer en faveur de son fils.

— Dans ce cas, vous serez en rivalité avec le Prince Héritier pour l'accession au trône.

— Je ne me vois pas projeté en pleine lumière, dit-il d'un ton morne comme s'il n'avait pas une haute idée de ses capacités à une charge aussi importante. C'est sans doute le destin qui m'a été donné, ajouta-t-il en tournant les talons d'un air abattu.

En le regardant repartir seul dans la galerie, Nukata comprit quelles étaient peut-être les *arrière-pensées* du Prince Naka no Ôe. Qui sait si sa proposition n'avait pas pour véritable but d'entraver la montée du Prince Arima sur le trône ? Si le Souverain et sa sœur devenaient forts et puissants à Naniwa, il était évident qu'ils céderaient le trône au Prince Arima sans passer par Naka no Ôe. Celui-ci n'avait pas d'autre solution pour les en empêcher que de déplacer le centre du pouvoir à Asuka.

Naka no Ôe et le Prince Arima… Ces deux Princes étaient en concurrence sur un point qui allait décider de l'avenir de la Maison impériale. L'atmosphère tendue qu'elle avait perçue tout à l'heure venait peut-être de cette rivalité.

Les pensées de Nukata s'attardaient sur Naka no Ôe. Depuis le jour où il l'avait prise brutalement dans le Pavillon des Trésors, il ne lui avait jamais rendu visite, mais son intérêt pour elle n'avait pas disparu. Quand ils se croisaient dans les galeries, il lui était arrivé plusieurs fois de poser sur elle un regard chargé d'intensité. Le feu de la passion enflammait son cœur... S'il devenait hostile au Prince Arima, que se passerait-il ? Cette idée la fit trembler d'effroi.

Elle s'absorbait dans ces pensées quand elle sentit brusquement dans son dos un regard plein d'animosité fixé sur elle. Il était d'une telle force que ses jambes se dérobèrent sous elle. Malgré sa peur, elle osa se retourner pour voir qui était là. Il n'y avait personne. La galerie était plongée dans la pénombre. Intriguée, elle regarda autour d'elle et distingua une silhouette qui quittait le jardin de pierres et de gravillons.

Quelqu'un était caché là il y a un instant.

Elle descendit en hâte dans le jardin. De grandes pierres s'y dressaient, évoquant le paysage d'une gorge étroite et éclairées par des torches qui, placées à des endroits choisis, projetaient d'étranges ombres. Comme elle hésitait à entrer dans l'obscurité, Nukata se plaça près de la flamme d'une torche pour scruter les alentours. Elle ne sentit pas de présence humaine. En revanche il flottait une vague odeur de graisse pourrie.

Une odeur de pourriture ! La même que celle de la grotte de Katsuragi...

Cette puanteur réveilla en elle le souvenir abominable de pratiques magiques. Quelque chose était-il en train de se préparer ? Le cœur de Nukata se mit à battre violemment comme s'il voulait sonner l'alarme.

8

Hashihito se rendait compte qu'elle avait beaucoup changé depuis qu'elle était devenue la Grande Epouse. Auparavant, elle était fragile et timide, toujours cloîtrée dans le Pavillon Central. Maintenant qu'elle occupait un rang si élevé, elle ne craignait plus de se présenter dans les lieux publics. Elle éprouvait même du plaisir à regarder de haut l'assemblée et à se comporter avec une calme arrogance.

Sa transformation résultait du changement d'attitude des ministres à son égard. Auparavant, ils étaient pleins de commisération pour la timide Princesse Hashihito, mais dès qu'elle avait accédé au statut de Grande Epouse, ils l'avaient traitée avec un infini respect. Elle avait réellement l'impression que ses paroles et ses ordres avaient désormais de l'influence sur les ministres, comme si elle jouissait de l'autorité absolue. Sous l'effet du pouvoir, elle commençait à avoir une confiance excessive en elle et adoptait le même comportement fier et hautain que sa mère, la Sœur du Souverain.

Deux jours après la fameuse réunion, Hashihito se reposait dans ses appartements. Après avoir dîné – de mets raffinés et rares où se mêlaient produits de la montagne et de la mer – et savouré un excellent saké, elle s'était allongée sur sa couche de soie luxueuse. Le contact de la soie et la douce ivresse où elle se laissait glisser lui procuraient un plaisir immense.

Depuis le rejet du projet du Prince Naka no Ôe, la Capitale était en effervescence. Chacun louait l'Empereur et détestait l'abominable Prince qui avait osé faire une telle proposition. Comme le souhaitait secrètement la Famille impériale, Naka no Ôe ne monterait sans doute jamais sur le trône. Le successeur du Souverain actuel serait donc le Prince Arima... ou bien elle-même. Il suffirait qu'un Prince impérial qui viendrait au monde par la suite lui succède. Ainsi, la prospérité de la Capitale de Naniwa serait assurée pour toujours.

Hashihito éprouva une satisfaction profonde. Elle se mit en tenue de nuit et s'étendit dans son lit. La nuit était tombée, tout était calme. Demain, elle allait chasser le faucon avec le Souverain : il lui fallait se coucher tôt. Elle ferma les yeux pour trouver le sommeil.

A ce moment-là, elle sentit un souffle fétide passer sur son visage. Hashihito ouvrit les yeux. La flamme de la lanterne allumée en offrande aux dieux et aux bouddhas tremblotait, l'écran en bambou bougeait légèrement. Ce n'était pas un courant d'air puisque toutes les portes étaient fermées. Elle se redressa, intriguée. Mais les rideaux suspendus à leur cadre en bois qui l'entouraient l'empêchaient de bien voir. L'écran de bambou bougea plus fort. Il devait tout de même y avoir une porte ouverte quelque part...

Comme elle allait se lever, la flamme de la lanterne s'éteignit soudain. Elle se retrouva enveloppée par les ténèbres. Et dans ce noir, elle entendit le plancher craquer. Elle sentit tout près d'elle une présence et une forte odeur de pourriture lui piqua le nez. Saisie de terreur, Hashihito s'agrippa à son lit.

Elle entendit alors le bruit rauque d'une respiration dans l'obscurité. C'était horrible, c'était semblable aux râles d'un animal.

— Qui… qui est là ? articula-t-elle d'une voix tremblante.

Mais seul le bruit inquiétant de la respiration lui répondit. Au comble de la terreur, elle se saisit dans l'obscurité d'une petite table de service et la lança de toutes ses forces. Elle l'entendit rouler dans le noir.

Soudain, le grand rideau suspendu tomba par terre et une faible lueur vint éclairer la pièce. Elle vit une ombre immense se dresser devant elle comme pour cacher cette lueur. Elle avait une forme humaine avec de longs cheveux défaits et emmêlés, des bras gros comme des bûches d'arbre et de vieilles loques pour tout vêtement. Une affreuse odeur se répandait autour d'elle.

Les yeux de Hashihito s'ouvrirent démesurément. Qu'est-ce que c'était ? Sa terreur était telle qu'elle en perdait presque la raison. Et quand l'épaisse silhouette s'approcha lentement d'elle, la Grande Epouse Hashihito poussa un cri de démente.

9

Son cri déchira le silence qui régnait sur le Pavillon Central. Le Souverain et sa sœur se précipitèrent dans la chambre, où ils furent les premiers à arriver. Il découvrirent Hashihito dans un état de nervosité extrême. Elle leur expliqua d'une voix tremblante qu'un monstre se cachait dans sa chambre, qu'il avait voulu l'agresser, que son cri l'avait surpris, qu'il avait pris la fuite. Comme pour corroborer ses dires, il flottait dans la pièce une forte odeur de pourriture.

Le Souverain donna aussitôt l'ordre aux soldats de garde de partir à sa recherche. Les hommes fouillèrent partout à la lumière de leurs torches, en vain. Mais il y avait des empreintes de pieds humides et nauséabondes tout le long des galeries menant à la cour intérieure ; elles disparaissaient au niveau du mur d'enceinte. Visiblement, le monstre avait sauté par-dessus pour s'échapper.

Pourquoi avait-il fait irruption dans la chambre de Hashihito ? Quelle était son intention ? Personne ne le savait. Mais un monstre s'était bel et bien introduit dans le Pavillon Central, et tous les gens au service de la cour tremblaient d'effroi.

Le Souverain donna ordre de renforcer la surveillance. On disposa de solides soldats autour des appartements de la Grande Epouse et, dès la nuit tombée, on installa des torches dans tous les recoins.

La Grande Epouse tomba malade, probablement à cause du choc provoqué par l'effrayante apparition, et dut s'aliter de nouveau, poussant des gémissements terrorisés à longueur de journée.

La créature ne réapparut pas. En revanche, un bruit funeste se mit à courir parmi la population, selon lequel il s'agissait d'un monstre qui vivait dans la montagne de Katsuragi. On disait qu'il y a très longtemps, les aborigènes troglodytes de cette région du Kinai avaient été exterminés par la Famille impériale, que la haine les avait transformés en monstres qui se terraient dans les forêts de Katsuragi, et qu'à présent ils avaient entrepris de se venger.

Cette rumeur se répandait parmi la population, qui la prenait très au sérieux. Elle lui semblait vraisemblable. Mais on disait également que si un monstre était apparu maintenant, c'était parce que l'Empereur n'avait pas les ressources nécessaires pour diriger le pays et le contrôler, ou bien qu'il avait été abusé et n'avait pas réussi à mettre sous sa coupe tous les hauts dignitaires de Naniwa, etc. Des propos inquiets et méfiants à l'égard du gouvernement commençaient à se faire entendre.

Pour balayer ces rumeurs, le Souverain fit allumer un nombre impressionnant de lampes sur le plateau où se trouvait le Palais du Promontoire Magnifique et demanda à plusieurs milliers de moines de réciter des prières. Ce qui eut au contraire pour effet de révéler la nervosité du gouvernement.

Au mois de juin, se produisit un événement qui confirma l'impression que l'Empereur Kôtoku était poursuivi par le malheur.

Plusieurs personnes dirent avoir aperçu un monstre rôder autour de la Capitale. Toutes firent la même description : il était vêtu de loques, avait les cheveux longs et hirsutes et laissait derrière lui des traces de pieds humides à l'odeur nauséabonde.

Au début, le Souverain refusa de les entendre, en prétendant qu'il s'agissait d'une rumeur sans fondement. Mais comme les témoins se faisaient de plus en plus nombreux, il ne pouvait plus rester impassible. Il mobilisa donc plus de mille soldats qu'il disposa autour du Palais, qui se retrouva comme en état de siège.

Le Pavillon Central fut entouré d'une triple rangée de soldats, les galeries restaient illuminées toute la nuit par les flammes des torches. Quant au Souverain, il ne quittait pas le chevet de son épouse par crainte d'un éventuel danger. Les Princes s'installèrent à proximité de ses appartements.

Même une fourmi n'aurait pu se faufiler à travers les mailles du filet de surveillance, mais la tragédie les prit par surprise.

10

Le 6 juin, à l'heure du Rat[1]...

Le Prince Arima était assis devant son écritoire dans le Pavillon Avant du Pavillon Central. Il traçait d'élégants idéogrammes sur le rouleau ouvert devant lui, et avec son petit bonnet sur la tête et sa robe vert pâle à larges manches, il formait un tableau ravissant. La faible lueur de la lanterne mettait en relief son profil régulier de jeune Prince studieux.

Intrigué par les diverses manifestations du monstre, Arima retraçait l'historique de cette affaire. Il avait commencé par décrire la première apparition dans la chambre de la Grande Epouse, puis le renforcement de la garde, les apparitions successives dans la Capitale devant

1. De vingt-trois heures à une heure.

de nombreux témoins, et ainsi de suite… Tout cela écrit en caractères chinois. Il s'attardait sur les détails concernant les événements récents.

Ces derniers jours, le monstre ne s'est pas montré. Sans doute à cause du renforcement de la garde. Le calme règne à la cour, mais l'état de santé de la Grande Epouse Hashihito s'aggrave de jour en jour. Elle s'affaiblit peu à peu, il lui arrive souvent de tomber en léthargie. Et même quand elle reprend conscience, elle jette des regards affolés et prononce des paroles incohérentes. L'Empereur a demandé à un médecin réputé de prescrire des bains chauds à base de plantes. Il a également fait venir des moines de haute vertu, des religieux bouddhistes et des prêtres shintô spécialisés dans les guérisons qui fabriquent charmes et amulettes contre les maladies. Mais leurs prières et leurs remèdes ne semblent avoir aucun effet sur elle. Si bien que tous pensent que même si le monstre ne réapparaît pas, la vie de la Grande Epouse n'est plus qu'une petite flamme à la merci du souffle du vent, et chacun ici se sent nerveux, tourmenté par l'angoisse.

Voici ce qu'il venait d'écrire d'une traite. Mais après avoir relu son texte et vérifié qu'il n'y avait pas de fautes, il ajouta à la fin : *Selon moi, ce monstre n'est pas une créature surnaturelle*. Il en avait la certitude : c'était tout simplement un homme couvert de vieux haillons. Il se demandait si c'était pour humilier la Grande Epouse ou pour dénigrer le rayonnement de la Capitale de Naniwa...

Naka no Ôe était le plus susceptible de se trouver derrière ces intrigues, puisqu'il voulait déménager la Capitale à Asuka. Mais Arima ne le pensait tout de même pas capable d'inventer une mise en scène qui avait rendu quasiment folle la femme dont il semblait amoureux. Quant à Kamatari, qui lui était très proche, cela faisait un mois qu'il restait enfermé dans sa maison de Settsu, sur sa terre natale, à cause d'une maladie. Arima ne voyait pas bien comment cette histoire de monstre pouvait le concerner.

Personne d'autre, hormis ces deux-là, ne lui paraissait suspect.

Le comportement du monstre reste pour moi une énigme absolue, écrivit-il avant de poser son pinceau. La vérité se cachait dans l'obscurité. La seule chose qui lui restait à faire pour le moment était d'observer ce qui se passait. Le Prince Arima rangea donc ses affaires, puis il quitta son écritoire.

La nuit était déjà tombée. Il entendit le vent souffler au-dehors entre les pavillons. La flamme de la lanterne tremblait légèrement : peut-être un courant d'air ? Il s'apprêtait à revêtir sa tenue de nuit, quand il sentit vaguement une mauvaise odeur. Comme une odeur de graisse pourrie. Ce devait être le vent qui l'avait transportée jusqu'à lui.

Une odeur de pourriture !

C'était jusement ce dont parlaient les témoins ! Et s'il y avait un monstre à proximité ?

Le Prince Arima éteignit précipitamment sa lampe. Plongé dans le noir absolu, il tendit l'oreille en retenant son souffle. Mais il ne sentit aucune présence près de lui. Il n'y avait que le bruit du vent.

Il ralluma la flamme. Mais l'odeur de pourriture était toujours là. Il prit alors son épée et, le cœur battant, gagna la galerie.

Au-dehors se dressait la masse noire des pavillons voisins, le Pavillon Long de l'Ouest et le Pavillon Octogonal… Une succession de galeries reliait les bâtiments entre eux et à chaque endroit stratégique brûlait le feu des torches. Ce spectacle lui était familier. Pourtant quelque chose clochait...

C'est alors qu'il remarqua l'absence des soldats de

garde. Normalement, ils auraient dû être là, répartis dans la cour intérieure et les galeries, à guetter l'arrivée du monstre. Ce soir, il n'y en avait aucun.

Que se passait-il ? Arima pressa le pas dans la galerie en serrant la poignée de son épée. Il ne tarda pas à découvrir des ombres noires recroquevillées sur le sol. C'étaient les soldats de garde. Leurs corps jonchaient le plancher.

Arima toucha leurs visages. Ils étaient chauds. Ils respiraient. Ils n'étaient donc pas morts, ils dormaient... Les soldats ne pouvaient s'être endormis tous ensemble de manière naturelle. Quelqu'un leur avait fait boire un somnifère. Qui était-ce ? Et pourquoi ?

Il pensa aussitôt à la Grande Epouse dans le Pavillon Central. Si on s'était débarrassé des soldats de garde, c'était qu'on en voulait à Hashihito. Il ne voyait pas d'autre explication. Cette idée le fit frissonner. Il se passait quelque chose chez la Grande Epouse...

Il était possible de passer par les galeries pour se rendre dans le Pavillon Arrière des Appartements Réservés. Il s'y dirigea au pas de course en essayant de contrôler l'angoisse qui montait en lui. Les soldats de garde postés le long des galeries étaient tous endormis eux aussi. Les flammes des torches vacillaient, sur le point de s'éteindre sous le souffle du vent. Le Prince entra dans le Pavillon en priant les dieux qu'il ne lui arrivât rien.

Un couloir étroit menait jusqu'à la pièce du fond. En pénétrant dans ce long couloir, il fut saisi par une forte odeur de pourriture et vit les soldats qui gisaient çà et là sur le plancher. Il avança dans le noir en retenant son souffle, jusqu'à ce qu'il distingue devant lui les deux grands piliers qui encadraient la porte en bois décorée du chrysanthème, l'emblème de la Famille impériale. Il était arrivé devant la chambre de la Grande Epouse. De chaque côté de la porte étaient disposées des lampes à pied allumées.

La porte était entrouverte. Arima se pencha légèrement et ne vit que les épaisses ténèbres. Son père l'Empereur et la Grande Epouse devaient se trouver à l'intérieur. Mais il n'y avait aucun bruit.

Il posa sur la porte une main hésitante. Après ce qu'il venait de voir, un mauvais pressentiment le glaçait d'effroi. Il réussit pourtant à chasser cette pensée de son esprit et prit la résolution de ne pas se laisser ébranler par ce qu'il allait découvrir. Quoi que ce fût. Il ouvrit la porte. Dans l'obscurité, une odeur infecte de pourriture lui sauta à la gorge.

Il prit une lampe à l'entrée et éclaira l'intérieur de la chambre. Elle était séparée en son milieu par des écrans et des rideaux suspendus. Quand il pénétra dans la partie protégée avec sa lampe, elle éclaira la literie qui avait une belle couleur rouge vif. Sous la lumière de la flamme, elle brillait avec éclat.

Ce n'était pas une couleur habituelle. C'était celle du sang qui avait giclé. La Grande Epouse était étendue sur le dos et le Souverain était allongé sur elle. Mais il était clair qu'ils ne respiraient plus.

A la vue du corps de son père, son cœur se serra. Les larmes lui montèrent aux yeux. Il s'était préparé à tout. Et pourtant, il ne pouvait vraiment pas contrôler son émotion. Il s'approcha en tremblant. Il ressentait du chagrin, mais avant tout, il voulait savoir ce qui s'était passé. Eclairant doucement le visage du Souverain, il n'y vit aucune expression de souffrance. Il était mort sereinement comme s'il était en train de dormir. C'était la même chose pour la Grande Epouse.

Arima posa sa lampe et tourna le corps de son père sur le dos. Il avait la gorge trouée. Et la poitrine de Hashihito portait une déchirure atroce qui découvrait son cœur d'où le sang continuait de couler.

Et si c'était l'œuvre du monstre ? Cette idée lui traversa l'esprit, mais les plaies étaient extrêmement profondes. Ce ne pouvait être que l'œuvre d'un instrument tranchant.

Tous deux avaient un visage paisible, sans doute parce qu'ils avaient été tués en plein sommeil.

De toute évidence, l'assassin avait préparé minutieusement son plan, puisqu'il avait pris la peine d'endormir les gardes avant de perpétrer son crime. S'il voulait faire croire qu'ils avaient été tués par les morsures d'un monstre, c'était pour empêcher que l'on recherche un autre coupable. Les apparitions répétées du monstre depuis quelques jours devaient faire partie de ce plan...

Mais qui avait fait une chose pareille ? Il n'en avait aucune idée pour le moment, et restait là devant le corps de son père, envahi par une tristesse infinie.

Tout à coup, il sentit une présence derrière lui. Il y eut des cris étouffés. En se retournant, il vit des soldats de garde debout à l'entrée, le visage pâle. Ils ne tenaient pas bien sur leurs jambes, sans doute venaient-ils de se réveiller. A la découverte de l'horrible spectacle, ils repartirent, l'air terrorisé. Ils allaient sûrement prévenir la Sœur du Souverain qui ne tarderait pas à arriver, suivie des Princes et des dames de cour.

Arima ne se sentait pas le courage d'assister à la douleur et au désarroi de la Sœur du Souverain. Il regarda une dernière fois le corps de son père en retenant des larmes amères, puis sortit discrètement de la chambre.

11

La plus grande confusion régna ensuite dans le Pavillon Central. Tandis que les femmes pleuraient, les soldats de garde et les Princes restaient figés sur place, frappés de stupeur. Quant à la Sœur du Souverain, atterrée, elle était assise à côté des cadavres, aussi rigide qu'un bloc de glace.

Quand elle prit enfin conscience de la gravité de la

situation, elle fit fermer les appartements et donna l'ordre à tous de garder le silence pour cacher à la population la mort du couple impérial.

Les témoins étaient trop nombreux cependant. La nouvelle de leur assassinat fit très vite le tour de la Capitale. Ce meurtre simultané du couple impérial frappa d'effroi la population. De mauvaises rumeurs commencèrent à courir dans la ville. Une mort aussi atroce ne pouvait être que l'œuvre d'un monstre… les monstres du mont Katsuragi essayaient de s'emparer de cette terre… les esprits vengeurs des Soga exterminés rendaient sang pour sang.

Trois jours plus tard, il fut décidé qu'un édifice mortuaire temporaire serait rapidement construit pour abriter les corps du couple impérial. Ainsi pourrait-on pratiquer les rites destinés à calmer les esprits pour le repos des morts avant de célébrer de véritables funérailles. Mais c'était la saison des pluies et les travaux n'avançaient pas à cause du mauvais temps. Après l'achèvement de la charpente, plusieurs ouvriers perdirent la vie en glissant du faîte du toit.

Pour toutes ces raisons, le bruit se répandit dans la population que Naniwa était une Capitale maudite. Et on commença à le prendre au sérieux. Tous s'accordaient pour dire que c'était la réalité.

Le désarroi de la Sœur du Souverain défunt faisait peine à voir. Non seulement elle avait perdu son frère et sa fille, mais la Capitale de Naniwa elle-même montrait des signes avant-coureurs d'effondrement. Rongée par les soucis et la douleur, elle ne parvenait plus à s'alimenter et son état l'empêchait également de superviser correctement la construction du bâtiment mortuaire.

Mais elle ne resta pas sans rien faire. Pour se débarrasser de ces rumeurs, elle demanda au Ministre de Droite, en qui elle avait confiance, de faire son enquête. Elle se souvenait des soldats de garde endormis cette nuit-là : ce crime horrible n'était sûrement pas l'œuvre d'un monstre, mais de quelqu'un qui nourrissait des rancœurs contre le gouvernement.

Ôtomo no Nagatoko interrogea les soldats et finit par apprendre que le soir de cette tragique affaire, l'un d'eux avait offert du saké à ceux qui gardaient les appartements. On avait dû mélanger le somnifère à cet alcool. C'est tout ce qu'il put savoir. Personne ne fut en mesure de lui dire qui avait servi le saké et qui en avait donné l'ordre.

La Sœur du Souverain défunt sombra dans un profond abattement, sans doute ravagée par le remords. La construction du bâtiment mortuaire était enfin arrivée à son terme, après de nombreuses difficultés. Mais on ne pouvait danser ni chanter, ni même célébrer de cérémonie pour le repos des âmes. Le temps s'écoulait dans un silence de mort, si ce n'était la pluie qui continuait de tomber sans interruption.

Le 10 juillet…

Nukata ne parvenait pas à s'endormir. Elle était allongée dans la pièce qui lui avait été attribuée dans le Pavillon Avant. La nuit était tombée. Mais dans l'obscurité de sa chambre, elle restait éveillée, ne cessant de réfléchir à cette horrible affaire.

Depuis la nuit où elle avait été témoin de cette tragédie, les cris des dames de cour et le visage de la Sœur du Souverain dans la chambre restaient gravés dans son esprit. Et aussi les cadavres atroces qu'elle n'avait fait qu'entrevoir…

Les gens disaient que ce carnage était l'œuvre d'un monstre. Elle n'y croyait pas. Elle était certaine que quelqu'un cherchait à salir l'image de la Capitale de Naniwa en faisant porter la responsabilité sur une créature effrayante. Mais elle n'arrivait pas à découvrir qui était l'instigateur de ce crime. Elle ne voyait pas d'autres suspects que le Prince Naka no Ôe (mais elle ne pouvait imaginer qu'il ait touché à sa sœur dont il paraissait amoureux) et son double, Nakatomi no Kamatari (mais celui-ci restait enfermé dans sa demeure de Settsu à l'est de Naniwa). C'étaient les deux seules personnes à s'être opposées à l'Empereur. Et puisqu'il semblait exclu qu'elles aient trempé dans ce crime, qui donc avait tué le couple impérial ?

L'exaspération de Nukata augmentait. Malgré sa présence quotidienne à la cour, elle n'avait pu empêcher cette série de drames ni découvrir la vérité. Plus elle y réfléchissait, plus elle souffrait de son impuissance. La jeune femme émit un profond soupir. Ses réflexions n'aboutissaient à rien. Faute de mieux, elle décida de se glisser dans son lit et de fermer les yeux. Il n'y avait aucun bruit au-dehors, à l'exception par moments du grésillement d'une torche.

Soudain, un craquement rompit le silence. Quelqu'un marchait dans la galerie. Le bruit était de plus en plus distinct. Qui était-ce à une heure pareille ? Nukata tendit l'oreille. Les pas se faisaient discrets, mais ils se rapprochaient, c'était certain. Elle retint son souffle. Les pas s'arrêtèrent devant sa chambre. On semblait vouloir entrer chez elle. Nukata se raidit, sur la défensive. Mais plus rien ne bougeait. Elle entendait le bruit atténué d'une respiration, et la détermination de celui qui restait immobile de l'autre côté lui était transmise à travers la porte en bois. Nukata eut soudain l'intuition du nom de son visiteur...

La porte s'ouvrit doucement. Un vent glacial pénétra dans la pièce, faisant trembler l'écran en bambou. La silhouette d'un homme de haute taille apparut dans l'entrebâillement. Nukata se leva brusquement. Mais la silhouette sombre restait debout sans bouger.

— C'est bien vous, Prince Naka no Ôe ? Que se passe-t-il ?

Elle n'obtint pas de réponse.

— Je vous en prie, dites quelque chose.

La silhouette sombre se pencha alors vers elle.

— Je te veux, maintenant…

Nukata resta sans voix. L'espace d'un court instant, elle pensa au Prince Ôama, mais elle n'avait plus pour lui cet amour fervent qu'elle lui témoignait autrefois. La jeune femme sentait avec une telle force le profond désir de Naka no Ôe qu'elle ne pouvait se refuser à lui. Il entra dans la pièce et souleva l'écran.

Nukata attendait, immobile.

— Désolé ! dit-il seulement avant de la renverser de tout son poids sur son lit et de s'allonger sur elle en lui maintenant les épaules. D'un geste brusque, il lui arracha sa ceinture.

Elle se laissa faire sans résister. Quand elle avait deviné que c'était lui derrière la porte, elle l'avait attendu. Le Prince n'avait sans doute personne pour le consoler de la perte de sa sœur Hashihito : la compassion qu'il éveillait en elle avait dissipé ses hésitations.

Naka no Ôe ouvrit sa robe de nuit et lui mordit violemment les seins, comme saisi d'une envie furieuse de fuir tout ce qui était le monde extérieur. Le contact de sa peau et l'odeur de sa transpiration firent frissonner la jeune femme. L'idée de se trouver dans les bras d'un homme réchauffa son cœur solitaire. Son corps se détendit, et rapidement il s'embrasa. Il était prêt à accueillir Naka no Ôe sans la moindre réticence.

Mais lui ne bougeait plus. Il garda quelque temps le visage appuyé sur ses seins, puis elle sentit des sanglots secouer son grand corps. Il hoquetait et ses larmes chaudes coulèrent sur sa poitrine.

— Prince, murmura-t-elle, le cœur serré, en posant doucement la main sur son visage.

Il avait les joues trempées de larmes. En même temps que de surprise, elle fut saisie d'une indicible tendresse pour lui. Instinctivement, elle le serra fort dans ses bras.

Elle sentit leurs deux cœurs l'un contre l'autre. Celui de Nukata cicatrisait la blessure de Naka no Ôe désespéré par un affreux sentiment de solitude. Il avait éveillé en elle son instinct maternel ; en songeant qu'elle l'avait tout à elle, Nukata ressentit une sorte de béatitude.

Au bout d'un temps qui lui parut durer des heures, Naka no Ôe s'éloigna d'elle. Il avait à nouveau l'esprit tendu, comme à son habitude. Maintenant qu'il avait évacué son chagrin, il avait retrouvé toutes ses facultés. La plénitude qu'elle avait ressentie en se sentant si proche de lui avait disparu.

— Nukata, dit-il d'une voix claire. Je pars en voyage. Je ne te verrai pas pendant un moment.

— Où allez-vous ? s'écria-t-elle en se levant d'un bond.

— Dans un endroit lointain que tu ne connais pas.

— Mais pourquoi partez-vous aussi loin ?

— Je voudrais parcourir les montagnes et les plaines afin de purifier mon corps souillé dans cette nature inviolée.

— Votre corps souillé !

— Oui. Mon corps est imprégné d'un sang répugnant. Je voudrais le laver, expliqua Naka no Ôe, l'air tourmenté.

— Je ne comprends pas. Pourquoi votre corps serait-il imprégné de sang ?

— Tu dois le savoir. Mon corps est souillé par les nombreuses fautes que j'ai commises.

— Est-ce que ces fautes dont vous parlez incluent aussi la mort de Sa Majesté la Grande Epouse ?

Naka no Ôe ne répondit rien.

— Prince… insista-t-elle.

— J'avais trop confiance en ce Kamatari. J'ai sans doute été puni.

Puni ! Ce mot lui perça le cœur.

— Alors, l'assassin de la Grande Epouse serait Son

Excellence, le Ministre du Dedans ?

— Je ne peux rien te dire. Tout se passe dans un lieu que je ne connais pas. Je ne suis qu'une marionnette que l'on manipule. On se sert de moi jusqu'à ce que mon corps et mon cœur soient noirs de souillures. Et à la fin, on me jettera comme un vieux chiffon.

Nukata l'écoutait, le corps glacé d'effroi. Naka no Ôe venait d'insinuer que l'assassin du couple impérial était Kamatari et que celui-ci se servait de lui pour manœuvrer à sa place. Elle s'en doutait : Iruka décapité de cette horrible manière... le Prince Furuhito no Ôe mort en se tordant de douleur... ce n'étaient que complots préparés par Kamatari. Elle ne savait pas comment il s'y était pris, ni quelles étaient ses intentions, mais elle sentait que Naka no Ôe était terrorisé. N'était-ce pas pour fuir ce Kamatari qu'il partait en voyage ?

— Nukata, souviens-toi de cela. Je te désire. J'ai besoin de la pureté de ton cœur et de ton corps pour me laver de mes souillures. Ne m'oublie pas. Attends-moi et garde ton corps pur. Acceptes-tu ?

— Prince…

Le cœur de Nukata était plein de sentiments pour lui. Mais après entendu cette terrible vérité, elle ne savait que répondre.

— Ne dis rien. Sache seulement que je reviendrai te voir. Attends-moi ! dit Naka no Ôe, avant de sortir calmement sans rien ajouter.

Nukata resta immobile. Sous le poids de la vérité et la découverte de la fragilité du Prince Naka no Ôe, elle se sentait près d'éclater. Elle ne savait qu'en penser, mais il lui avait fait chaud au cœur, ce qui lui était d'un grand réconfort.

12

Quelques jours plus tard, les funérailles du couple impérial se déroulèrent dans le calme. Les Princes, les Cent fonctionnaires et les nobles s'étaient réunis dans le bâtiment mortuaire. Après l'oraison funèbre prononcée par la Sœur du Souverain défunt, les moines de haute vertu se mirent à lire des prières bouddhiques. Les deux cercueils étaient posés sur l'autel et la cérémonie se déroulait avec solennité. Mais comme la rumeur disait qu'ils avaient été tués par un monstre de la montagne de Katsuragi, plutôt que de sombrer dans le chagrin, ils avaient tous le sentiment que quelque chose de funeste était lié à leur mort.

Les funérailles qui avaient débuté à l'heure du Serpent [1] se poursuivirent dans l'après-midi. La pièce remplie de fumée d'encens retentissait des prières des moines. Quand tout le monde eut fini de brûler l'encens, on célébra le rite d'accompagnement des âmes au son de la musique de cour.

A ce moment-là, certains nobles commencèrent à sortir, seuls, ou par groupes de deux. Considérant que ces funérailles avaient un aspect maléfique, ils estimaient être restés assez longtemps. Et même une fois la musique éteinte, ils continuèrent de sortir. A la fin, il ne restait plus que la moitié des membres des grands clans.

Tout au bout de la foule des gens de la cour, on apercevait Nukata parmi les dames de cour et les épouses. Elle observait ce spectacle avec un air de profonde mélancolie. Si les nobles quittaient leur place alors qu'il s'agissait des funérailles du couple impérial, c'est que le pouvoir du gouvernement s'était considérablement affaibli. Et s'ils croyaient à la réalité de cette histoire de monstre qui aurait sauvagement mordu le couple impérial, cela prouvait que

1. De neuf à onze heures.

pour eux, Naniwa était une Capitale néfaste. La Sœur du Souverain défunt allait tout faire désormais pour reconquérir autorité et prestige. Mais il était évident que la Capitale de Naniwa ne pourrait pas tenir longtemps.

Le plan de Kamatari avait admirablement réussi…

L'autre jour, Naka no Ôe avait insinué que c'était lui qui avait combiné l'assassinat du couple impérial. Il avait probablement utilisé un de ses subalternes pour donner un somnifère à boire aux soldats, avant de tuer le couple d'une manière atroce afin que tous croient à la sauvagerie d'un monstre. On pouvait penser qu'il agissait dans l'ombre au nom de Naka no Ôe. Mais le Prince semblait le craindre. Dans ce cas, ce Kamatari devait viser plus loin encore avec ruse et perfidie.

Nukata se mit à faire toutes sortes de suppositions : Kamatari et Naka no Ôe complotaient en cachette depuis la tragédie du Grand Changement… Les morts violentes d'Iruka décapité et du Prince Furuhito no Ôe recrachant d'horribles choses étaient dues à quelque stratagème mis au point par Kamatari… Mais il avait laissé Naka no Ôe penser que c'était l'œuvre de la magie, pour lui faire croire à ses dons surnaturels… Et dès qu'il avait obtenu sa confiance, il s'était mis à combiner des plans inconnus même de Naka no Ôe…

Mais Kamatari, l'homme clé de toute cette affaire, restait enfermé à Settsu sous prétexte de maladie. Il n'était pas venu aux funérailles. Cependant, si le Souverain et la Grande Epouse avaient été assassinés, il devait bien avoir un disciple dissimulé à la cour qui agissait sur ses ordres.

Qui avait reçu des ordres de Kamatari ? L'un des Princes ou des ministres était-il secrètement en contact avec lui ?

Nukata aurait voulu poser des questions au Prince Héritier, mais il avait quitté la Capitale. Sans doute était-il parti en voyage comme il le lui avait annoncé. Elle avait naturellement songé à parler de la situation à Ôama, mais elle n'aurait pas pu entrer dans les détails sans évoquer ses relations avec Naka no Ôe ; c'est pourquoi elle hésitait. Il ne restait plus que le Prince Arima, mais ce dernier avait disparu depuis le matin et n'avait pas non plus assisté à la cérémonie des funérailles.

Où donc étaient-ils ? Kamatari, Naka no Ôe et Arima étaient les seuls des Princes et ministres à ne pas s'être montrés à la cérémonie. Leur absence simultanée était-elle un pur hasard ?

Nukata sentait que cela cachait quelque chose.

13

Le col d'Anamushi était le point stratégique qui reliait Naniwa, située en bord de mer, et Asuka. Du temps de l'ancienne Capitale, l'endroit était très animé en raison du passage incessant des véhicules transportant les marchandises, mais depuis le déplacement de la cour, les herbes folles avaient envahi la route.

Tandis que les funérailles se déroulaient à Naniwa, un homme monté sur un cheval brun empruntait cette route. C'était le Prince impérial Arima. Il se rendait discrètement à Asuka pour surveiller les mouvements du Prince Naka no Ôe.

Celui-ci ne s'était pas montré à la cour depuis quelques jours. Ses gens disaient qu'il était parti en voyage. Mais il était étrange qu'il n'ait pas emmené sa suite et qu'il ait quitté sa résidence sans indiquer de destination.

Le Prince Arima en avait donc déduit qu'il était parti dans la région d'Asuka : il y comptait un grand nombre de nobles puissants qui lui étaient restés fidèles et chez qui il pouvait séjourner. Et s'il s'était éloigné de l'actuelle Capitale, c'était probablement pour pouvoir rencontrer

Kamatari en toute sécurité, car s'il avait des entretiens secrets avec lui à Naniwa, il risquait d'attirer les soupçons. Quant à ce Kamatari soi-disant confiné à Settsu, le Prince Arima avait du mal à y croire. On pouvait penser qu'il avait quitté la région pour se dérober à l'enquête sur le crime.

Parvenu en haut du col, Arima arrêta son cheval pour contempler la grande plaine du Yamato. Au nord, ce n'étaient que terres humides, lacs et marécages. Au sud s'étendait la ville verdoyante d'Asuka. Au pied de la chaîne de montagnes de Takatori, il apercevait le Palais d'Itabuki peint en rouge, et à l'ouest la colline d'Amakashi où se trouvait autrefois le fief d'Iruka. C'était par là qu'il fallait commencer les recherches.

Arima donna un coup d'étrier à son cheval et descendit rapidement le col. Puis il partit au galop en longeant les marécages par le sud jusqu'au pied de la colline d'Amakashi. Là, il attacha son cheval et grimpa à pied jusqu'en haut.

Depuis l'incendie, le palais d'Iruka n'était plus que décombres ; les piliers de la charpente mise à nu, roussis par les flammes, lui donnaient l'air d'une vieille carcasse abandonnée. Le Pavillon des Trésors noirci par la suie était resté debout.

Arima passa le mur d'enceinte et se dirigea vers l'entrée du Pavillon des Trésors. La porte à deux battants était ouverte. On disait que le jour où Naka no Ôe était entré, la tête d'Iruka décapité gisait sur le sol. S'il ne s'agissait pas de magie, c'est que quelqu'un devait guetter sa victime. Mais la pièce était hermétiquement fermée. Comment expliquer ce mystère ?

Quand il entra, une odeur de moisissure et d'humidité lui piqua les narines. Le coffre qui renfermait les Trois Trésors sacrés avait disparu. Il ne restait plus rien. Il se pencha pour examiner minutieusement le plancher : toutes les planches étaient solidement fixées les unes aux autres, il n'y avait aucune trace indiquant qu'on les avait enlevées. De même pour les murs latéraux. Iruka n'avait pu être décapité que par un dispositif installé à l'extérieur. Mais lequel ?

Arima réfléchissait depuis un moment quand il pensa soudain aux caractéristiques des greniers *azekura-zukuri*. Les jours de pluie, le bois des poutres empilées gonflait, de sorte que la structure devenait hermétique et gardait l'intérieur de la pièce à la même température, la protégeant ainsi de l'air chargé d'humidité. Aujourd'hui où le ciel était nuageux, les poutres étaient étroitement soudées les unes aux autres, mais les jours de beau temps, le bois se contractait et laissait passer l'air.

Il eut un déclic ! Le jour du Grand Changement, il pleuvait à verse et les interstices qui laissaient passer l'air par temps sec entre les poutres étaient refermés. Mais on avait pu agir bien plus tôt et trouver le moyen de glisser la lame d'une épée par l'une de ces fentes...

Arima toucha une poutre pour vérifier. Elle était humide et gonflée. Il appuya sur d'autres pour essayer de les faire bouger. L'une des poutres du milieu bougea faiblement. Il ne pouvait pas la retirer, mais elle oscilla très légèrement. Il appuya plus fort. La poutre tourna sur elle-même en révélant une petite fente à chacune de ses extrémités. Il les examina et, comme il s'y attendait, constata des traces de coupe à la verticale. La poutre faisait environ trois *jô* [1] de longueur, mais la partie sectionnée avait été enchâssée plus tard. Elle se trouvait exactement à la hauteur du cou d'un homme.

Arima commençait à entrevoir la vérité. Au moment où Iruka avait pénétré dans la pièce, on avait dû glisser une longue lame par la fente de la poutre pour lui trancher le cou. Les choses devenaient compréhensibles. Mais comment avait-on pénétré dans l'enceinte malgré

1. Neuf mètres environ.

une étroite surveillance ? Qui avait employé ce stratagème, et pour quelle raison ? S'il s'agissait d'assassiner Iruka, il existait beaucoup d'autres moyens bien plus simples. Pourquoi en choisir un aussi compliqué ?

Arima tentait de répondre à toutes ces questions quand il entendit un craquement de branche cassée à l'extérieur. Le bruit avait retenti près du Pavillon. Quelqu'un était-il là tout près ?

Il se précipita d'un bond hors de la pièce. Un oiseau effrayé s'envola à travers le feuillage. Mais il ne vit personne. Il n'y avait que les arbres agités par le vent. Pourtant, il se sentait mal à l'aise : il ne pouvait s'empêcher de croire que quelqu'un était en train de le surveiller, caché à l'abri d'un arbre.

Il resta un moment à épier les alentours, mais sans rien remarquer de particulier. Alors il décida de redescendre de la colline d'Amakashi pour rejoindre le Palais d'Itabuki.

Il remonta à cheval, traversa la rivière Asukagawa, et après avoir dépassé la plaine de Makami, il aperçut le Palais d'Itabuki. Les colonnes peintes en rouge étaient sales et noirâtres. Sur les toits croissaient les mauvaises herbes. Il ne restait plus trace de la prospérité des jours anciens. Le Palais n'était plus qu'une ruine.

Arima longea le mur d'enceinte jusqu'à la Porte Sud. La porte principale gisait à terre, comme si elle avait été défoncée à coups de pied, et le bois était déjà pourri. C'était un spectacle tragique. N'est-ce pas une erreur d'avoir abandonné Asuka ? se demanda le Prince, le cœur serré, en passant l'entrée.

Mais un personnage qu'il ne s'attendait pas à voir là se dressait devant lui. C'était le Ministre du Dedans. Il était juché sur son cheval comme s'il lui barrait la route. Le Prince Arima resta interdit. Que faisait-il à Asuka ?

Kamatari lui jeta un regard sévère comme s'il lui reprochait d'être là.

— Nous sommes dans une Capitale abandonnée où n'habitent plus que les âmes des morts. Que venez-vous faire dans un endroit pareil ? demanda-t-il en s'approchant de lui.

— Rien de particulier. J'étais simplement pris de nostalgie.

— Je vois… Dans ce cas, pourquoi êtes-vous monté sur la colline d'Amakashi, le fief des Soga ?

— Comment le savez-vous ? Vous m'avez suivi ?

— Oui, répondit l'autre tranquillement. Je voulais savoir ce que vous aviez compris, Prince.

Arima frissonna. L'inconnu de tout à l'heure, c'était donc Kamatari. Sans doute le surveillait-il, de peur qu'il ne découvre le secret du Pavillon des Trésors.

— Votre inspection a-t-elle été fructueuse ? J'aimerais connaître vos conclusions, vous qui avez la réputation d'être intelligent.

— Vous vous moquez de moi ?

— Mais pas du tout, Prince. Je voudrais juste savoir quelles sont vos conclusions.

Ses manières trop polies lui étaient désagréables. Arima décida d'afficher une attitude ferme.

— J'ai découvert tous vos stratagèmes ! Vous comprenez certainement ce que je veux dire.

— Non, je ne comprends pas, Prince.

— Vous voulez que je vous le dise ?

— Je vous en prie, dites-moi, répondit Kamatari en gardant un ton posé.

Le Prince Arima approcha son cheval de Kamatari.

— Si la tête d'Iruka a volé dans le Pavillon des Trésors, ce n'était pas à cause d'un mauvais sort jeté contre lui. C'est vous qui avez tout manigancé.

— Ah oui ! Et qu'ai-je donc manigancé ?

— C'est très simple, dit Arima avant d'expliquer que l'on pouvait faire pivoter une poutre et glisser par l'ouverture une longue lame d'épée.

Kamatari rit à gorge déployée.

— Voilà une supposition digne d'un esprit comme le vôtre, Prince ! Il est normal que vous raisonniez ainsi. Mais si une poutre pivote, c'est pour laisser passer l'air et chasser l'humidité. Ce dispositif date de la construction du Pavillon, il n'a pas été installé après coup. D'autre part, une lame glissée par un petit interstice ne peut pas être actionnée avec suffisamment de recul et de force pour faire sauter une tête en l'air. Et pourquoi aurait-on inventé une chose aussi compliquée ? Si c'était pour tuer Iruka, quel besoin avait-on de toute cette mise en scène ?

Arima n'avait pas de réponse. Kamatari avait raison...

— Vous n'y avez pas encore pensé ?

— A quoi donc ?

— A cette légende du Prince des Ténèbres qui se transmet de génération en génération dans la Famille impériale.

Le Prince des Ténèbres ! Il en avait en effet entendu parler dans le passé. Les paroles des conteurs lui revinrent à l'esprit : *Quand un descendant sur terre des divinités connaîtra des difficultés, un être du Pays des Ténèbres viendra sauver le descendant céleste et unir le Pays des Wa grâce à son pouvoir magique. La population le craindra, le respectera et l'appellera le Prince des Ténèbres*... S'y ajoutait une funeste mise en garde : *Mais si son pouvoir devient trop fort, le Prince lui-même risque de se laisser envoûter*...

— Cette légende est devenue réalité, dit Kamatari. Maintenant vous comprenez comment la tête d'Iruka a pu voler à travers la pièce.

— Vous voulez dire que c'est par la magie du Prince des Ténèbres ?

— Tout à fait. Et il est facile de deviner qui est le Prince des Ténèbres...

— On dit que c'est Naka no Ôe qui a tué Iruka et Ishikawamaro. Alors… ce serait lui le Prince des Ténèbres ?

Kamatari esquissa un sourire moqueur.

— Naturellement que c'est lui. Il est train de détruire tous ceux qui l'empêchent de parvenir sur le trône. Les uns après les autres…

— Je ne peux pas croire que les morts de Père et de la Grande Epouse soient l'œuvre de la magie. Quelqu'un s'est sûrement introduit chez eux et les a poignardés.

— Voilà encore une réflexion digne de vous, Prince. Vous avez raison, leur mort n'est pas due à un mauvais sort jeté contre eux. C'est le monstre qui rôdait dans la Capitale qui a commis ce double crime. Ce ne peut pas être autre chose. Mais ce monstre a agi sous l'influence des pratiques magiques. Le Prince des Ténèbres a ramené un cadavre à la vie grâce à ses pouvoirs maléfiques pour le transformer en un monstre puant.

— Il ressuscite les morts…

— Exactement.

Comment était-ce possible ? Mais si Kamatari disait vrai, l'odeur de pourriture, les empreintes humides et nauséabondes devenaient explicables. C'étaient celles d'un cadavre animé qui s'était mis en marche...

— Vous n'arrivez sans doute pas à le croire... Je veux donc vous montrer une chose intéressante.

— Quoi donc ?

— La vraie magie.

— La magie !

— Exactement. Eh bien, Prince, suivez-moi !

Et il tourna les rênes de son cheval pour inciter Arima à le suivre.

14

Après être sorti du Palais d'Itabuki, Kamatari se dirigea vers l'ouest et pénétra dans la forêt épaisse au sud de la colline d'Amakashi. Le Prince le suivit avec méfiance. Il essaya à plusieurs reprises de lui poser des questions, mais Kamatari poursuivait sa route sans répondre. L'endroit semblait fréquenté, on voyait çà et là des sortes de petites pistes.

Au bout d'un certain temps, ils arrivèrent devant l'allée d'un temple shintô bordée d'étranges lanternes en pierre. Plus loin se dressait une espèce de portique. Kamatari descendit de cheval et noua les rênes autour d'un tronc d'arbre.

— Venez par ici, dit-il.

Ils passèrent sous le portique en pierre. Une fois dans l'enceinte, Arima ne vit pas de sanctuaire, mais seulement l'entrée d'une grotte ornée de cordes sacrées.

— Où sommes-nous donc ? demanda-t-il comme son compagnon l'incitait à pénétrer dans la grotte.

— Nous sommes dans un lieu sacré où notre clan des Nakatomi pratique la magie. N'ayez pas peur, n'hésitez pas à entrer.

Kamatari le précéda. Son ombre fut happée par les ténèbres. Arima s'apprêtait à le suivre mais quelque chose le fit hésiter. La magie n'était-elle pas qu'un prétexte ? Kamatari ne cherchait-il pas à se débarrasser de lui maintenant qu'il avait percé le secret du Pavillon des Trésors ?

Mais au souvenir des morts atroces de son père et de l'épouse impériale, sa décision fut prise. Il lui fallait découvrir la vérité sur les pratiques maléfiques de Kamatari. Sinon, il ne pourrait pas venger leur mort.

Rassemblant son courage, il entra à la suite de Kamatari. On n'y voyait pas à un pas. Il sentit un souffle d'air venir du fond ainsi qu'une vague odeur de pourriture.

— Marchez tout droit ! dit la voix de Kamatari au loin.

Arima s'avança avec méfiance. L'atmosphère glaciale lui paralysait l'âme. Mais une lueur jaune brilla soudain qui vint éclairer faiblement l'intérieur de la grotte. Kamatari tenait une torche à la main.

— A présent, Prince, je vais tout vous montrer. Je vais vous dévoiler le secret des pratiques magiques dont nous héritons de génération en génération. Venez par ici !

Sa voix lugubre retentit comme en écho entre les parois rocheuses.

Arima s'exécuta en serrant la main sur son épée. Il se trouvait maintenant dans une salle un peu plus large.

— Regardez, Prince, fit Kamatari en éclairant avec sa flamme.

A la découverte de l'horrible spectacle, Arima eut un véritable choc… Des cadavres de chiens et de chats pendaient du plafond. Mille-pattes, mantes religieuses et larves grouillaient sur le sol et s'activaient à lécher le liquide pâteux qui gouttait sur eux. Ce n'était pas tout. Sur une sorte de dalle en pierre qui ressemblait à un autel, au fond de la salle, il y avait un nouveau-né tout recroquevillé. Il devait être gravement malade car il avait une peau terne couleur de terre et il était tellement faible qu'il respirait avec difficulté. Qu'allait faire Kamatari dans un lieu aussi abominable ?

— Les gens du pays appellent cet endroit le temple des enfants abandonnés. On y abandonne les nouveau-nés atteints de maladie ou de difformité. La plupart des enfants qui sont laissés là sont déjà morts ou bien agonisants, mais nous les ressuscitons grâce à nos pratiques magiques et les élevons pour qu'ils nous servent. Comme ce monstre qui a tué le Souverain et la Grande Epouse.

Comment pouvait-on faire une chose pareille ? Le Prince examinait la pièce avec un air soupçonneux. Kamatari dut le sentir car il dégaina soudain son épée d'un geste empreint d'une violente détermination.

— Regardez, Prince ! Je vous montre la vraie magie. Maintenant !

A peine avait-il prononcé ces paroles qu'il avait déjà tranché la corde retenant le cadavre d'un chat suspendu au plafond. La bête tomba dans un bruit sourd, les os se brisèrent en mille morceaux dans un giclement d'intestins et d'humeurs putrides...

D'étranges formules incantatoires sortaient de la bouche de Kamatari.

— *Abira unkensowaka... onmidare yasowaka...*

En même temps, il allumait avec sa torche les bougies placées autour de l'autel. Les flammes s'élevèrent, éclairant la pièce. Kamatari prit alors dans ses bras le nouveau-né sur l'autel et le plaça à côté du cadavre du chat, au milieu du cercle de flammes.

— *On, kirikuhitsuchirihikiri, tadanouuso, satasoba yasowaka...* récita-t-il d'une voix puissante, en levant son épée dans un large mouvement de bras. Il avait l'air de viser le cou de l'enfant. Une lueur de malaise traversa son regard, mais il se reprit aussitôt et son visage n'exprima plus que la fureur.

— Que faites-vous ?

— Je vais couper cette tête !

— Quoi !

— Regardez, Prince, ne dites rien.

Ces mots étaient à peine sortis de sa bouche que l'épée était déjà retombée, sans laisser à Arima le temps d'intervenir. La lame blanche s'enfonça dans le cou du nouveau-né. Un bruit de chair que l'on fend, un craquement d'os brisé... la tête tranchée roula à terre.

C'était tellement atroce qu'Arima détourna les yeux.

— *Tadanouun, satasovaya, satasoba yasowaka, on, kirikuhikirisowaka...* Tout ne fait que commencer ! annonça Kamatari en ramassant la tête.

Il la posa tranquillement à côté de lui, ouvrit en deux

le ventre du chat, plongea les mains dedans, sortit les entrailles glissantes et mit cette tête dans le ventre évidé.

— C'est le *sortilège du chat-monstre*. L'enfant va renaître dans ce cadavre putréfié de chat. Cela donnera une bête étrange avec la tête d'un enfant et le corps d'un chat.

Kamatari referma le ventre en laissant la tête à l'intérieur. Il le serra dans les bras comme s'il l'aimait tendrement en l'abreuvant de paroles maléfiques.

Un frisson glacial parcourut le corps du Prince Arima. C'était un acte atroce et inhumain que seul un être malfaisant pouvait accomplir. Saisi d'une terreur telle qu'il crut en mourir, il comprit que la magie de Kamatari avait un pouvoir funeste et terrifiant.

Ce qu'affirmait Kamatari était donc vrai... Naka no Ôe était le Prince des Ténèbres et il le manipulait dans l'ombre... Il avait fait sauter la tête d'Iruka en lui lançant un maléfice, tué le Prince Furuhito no Ôe et Ishikawamaro, ordonné à un monstre d'assassiner l'Empereur et son épouse, et à présent, il créait un autre monstre.

— Le chat-monstre sera bientôt ressuscité ! *Et il tuera ceux qui veulent empêcher le Prince Naka no Ôe d'accéder au trône*. C'est pour vous prévenir que je vous ai amené jusqu'ici. Si vous croyez que les sortilèges n'ont aucun effet, libre à vous... Mais songez dès maintenant à préparer votre défense avant que ce monstre ne commence à agir.

Et il éclata d'un rire terrible, comme s'il était lui-même devenu un monstre. Arima sentit son sang refluer : il était le seul susceptible d'empêcher Naka no Ôe d'accéder au trône.

— *Abira unkensowaka... onmidare yasowaka...* récitait Kamatari tout en fixant droit dans les yeux le Prince Arima qui se recroquevilla sous son regard perçant. Les mystérieuses formules incantatoires jetaient le trouble dans son esprit. Il pensa qu'on lui avait jeté un mauvais sort car il ne pouvait plus du tout bouger. Puis il perdit toute sensibilité. Et il se retrouva dans un trou noir.

C'était un noir de jais… Pourtant, au milieu de ces ténèbres, il vit quelque chose d'étrange. Du sang partout… des intestins noirs… le cadavre putréfié d'un animal… le ventre ensanglanté fendu de haut en bas... C'était le cadavre du chat de tout à l'heure…

Comme la vision se précisait, il s'aperçut que le ventre du chat bougeait. La tête de l'enfant enfermée à l'intérieur… elle avait commencé à ramper vers le haut. Le chat-monstre était en train de naître…

Quand la tête de l'enfant arriva au niveau du cou, celle du chat se mit à fondre. Le crâne ramolli devint une masse de chair informe, puis toute la tête *se liquéfia* en un fluide visqueux fait de chair et de sang qui s'écoulait petit à petit. La tête de l'enfant qui semblait n'attendre que ce moment remonta alors lentement. Les premiers cheveux apparurent et peu après tout le visage émergea. Il était plein de sang et de pourriture… Ce n'était pas le visage d'un nouveau-né. C'était un affreux mélange de chat et d'humain. La bouche s'étirait jusqu'aux oreilles, les dents étaient pointues, les yeux fendus à la verticale comme ceux des chats luisaient de haine et de méchanceté.

— Un chat-monstre ! C'est le chat-monstre ! hurla le Prince Arima.

Il n'était plus assez conscient pour comprendre qu'il s'agissait d'une hallucination. Saisi de terreur, il s'enfuit en glapissant des paroles incompréhensibles.

Il sortit de la grotte de Katsuragi, monta à cheval et galopa à travers la forêt. Il ne savait plus par où ils étaient venus, mais il finit tant bien que mal par émerger de la forêt et se mit à galoper ventre à terre sur la route de Naniwa.

Il galopa encore le long des lacs et des étangs, grimpa sans ralentir la route escarpée et arriva juste au crépuscule en haut du col d'Anamushi. Le soleil était déjà couché, mais comme il s'était éloigné de l'horrible grotte, sa frayeur s'était quelque peu apaisée.

Le Prince regarda du haut de son cheval la région d'Asuka enveloppée dans les ténèbres. Elles étaient chargées de mauvaises pensées. A l'idée qu'un monstre effrayant était en train de naître là-bas, il frissonna d'angoisse. Mais il était clair que s'il restait ainsi à attendre les bras croisés, le chat-monstre aurait tôt fait de lui sauter à la gorge. Il devait élaborer sans tarder un plan de défense.

Arima tourna alors les rênes avec résolution et descendit au galop l'autre versant de la montagne.

15

On ne vit pas reparaître le Prince Arima dans sa résidence de Naniwa. Il ne se montra pas non plus dans le Pavillon Central ni aux Conseils des ministres. Son absence inquiétait de plus en plus les gens à son service. Les dames de cour, Nukata en tête, et les gardes du corps le cherchèrent partout, mais en vain. Il n'était nulle part. La nervosité qui régnait dans la Capitale monta encore d'un cran. Et comme cette disparition suivait de près l'assassinat du Souverain et de son épouse impériale, on se mit à murmurer que le Prince Arima avait peut-être été tué lui aussi par le monstre.

Tandis que la Capitale était envahie par la terreur, le Prince Arima était parti se cacher dans une province proche de Naniwa, à Kawachi. Il avait choisi de disparaître sans laisser de traces pour échapper aux maléfices de Kamatari : si celui-ci ignorait sa destination, peut-être ne pourrait-il pas lui jeter de mauvais sort...

Cloîtré dans sa résidence de Kawachi, il ne cessait de méditer sur les mesures à prendre pour riposter. On disait qu'un sortilège finissait toujours par produire son effet malfaisant, quels que soient la distance et les obstacles. Dans ce cas, on le trouverait un jour dans sa cachette. Il fallait à tout prix qu'il élabore une stratégie avant d'être découvert.

Il n'y allait pas seulement de sa vie. Kamatari avait déclaré que Naka no Ôe était le Prince des Ténèbres. Il se souvint de cette phrase de la légende : *Mais si on se soumet au pouvoir du Prince des Ténèbres... cela causera de nouveaux dangers.* Ce qui signifiait en résumé qu'un tyran chassait l'autre. Il ne fallait pas que le Prince des Ténèbres devienne trop puissant. Si on lui laissait les mains libres, la Maison impériale elle-même risquait d'être anéantie.

Arima se demandait ce qu'il devait faire dans ces conditions. Le plus efficace eût été de dénoncer Kamatari, mais il n'avait aucune preuve. S'il lançait une accusation sans fondement, cela risquait de se retourner contre lui. De même qu'il ne pouvait naturellement pas déclarer publiquement que Naka no Ôe était le Prince des Ténèbres. Peu de routes s'offraient à lui... et s'il attendait plus longtemps, le sortilège de Kamatari aurait tôt fait de le tuer...

Arrivé à ce stade de réflexion, le Prince Arima comprit la voie qu'il devait suivre. Puisque l'ennemi cherchait à les renverser, lui et la Famille impériale, il ne lui restait plus qu'une solution : l'abattre le premier.

Une fois sa décision prise, Arima agit très vite. Il eut plusieurs réunions secrètes avec les conseillers Shioya no Konoshiro et Sakaibe no Kusuri et de fidèles gardes du corps. Quand ils furent mis au courant de son projet, ils lui donnèrent immédiatement leur adhésion. Puis on dépêcha un espion pour surveiller les mouvements de Kamatari et de Naka no Ôe.

L'homme revint quatre jours plus tard. Selon ses informations, Kamatari restait enfermé dans la grotte de Katsuragi et Naka no Ôe faisait un séjour aux Eaux de

Ki. La séparation des deux hommes rendait la situation on ne peut plus favorable.

Pour commencer, ils allaient envoyer discrètement des troupes privées à Ki pour attaquer le Prince Naka no Ôe par surprise. Un autre groupe ferait une expédition punitive contre Kamatari et le tuerait. Naka no Ôe était un excellent stratège, mais il ne pourrait pas lutter seul contre une puissante force armée. Arima révélerait par la suite au public les actes tyranniques et cruels des deux hommes. Ainsi ses interventions paraîtraient-elles légitimes aux yeux de la cour. A tous les points de vue, Arima avait l'avantage...

Ensuite, ils étudièrent dans le détail le plan de rébellion. Pour parer à toute éventualité, ils placèrent un bateau militaire à proximité des Eaux de Ki pour couper une fuite possible vers l'île d'Awaji, qui fermait la baie de Naniwa à l'entrée de la mer Intérieure. Ils prirent toutes les mesures nécessaires, comme celle de se concilier la bienveillance des familles puissantes de la province de Kii, afin d'empêcher Naka no Ôe de s'enfuir vers le sud. Ils envoyèrent des unités successives chargées de transporter des munitions à des points stratégiques.

Quand arriva le mois d'octobre, tous les préparatifs étaient terminés. Le plan semblait sans faille.

Le 3 octobre, le Prince Arima quitta discrètement sa résidence de Kawachi avec une dizaine de soldats. Le soulèvement avait commencé.

Kamatari attendait dans l'obscurité. Un souffle d'air froid parvenait jusqu'à lui. Au milieu d'un silence de mort, il tendait l'oreille sans bouger.

Au bout d'un certain temps, il entendit derrière lui comme un bruissement de tissu et un bruit de mains et de pieds frottant à même le rocher. On aurait dit que quelqu'un avançait sur les genoux. Le bruit s'approchait de lui. Il semblait que le *monstre* était arrivé.

Kamatari le guetta dans l'obscurité. Quand il sentit la présence s'arrêter près de lui, il perçut son attitude respectueuse et reconnut le souffle bruyant de sa respiration.

— C'est toi, Zenki ?

— *Oui, maître*, répondit l'autre d'une voix indistincte dans un étrange dialecte ancien.

— Alors, quels sont les résultats ?

— *Ils sont satisfaisants, maître. Le Prince s'est mis à bouger.*

Les yeux de Kamatari étincelèrent.

— *Et maintenant, maître, dois-je faire comme prévu ?*

— Oui. Mets en place un *artifice* pour qu'il ne se rende compte de rien.

— *Bien, maître. Cette fois, ce sera le sortilège du chat-monstre ?*

— Exactement.

— *Ne vous inquiétez pas. Je vais m'arranger pour qu'il le voie apparaître.*

Il sentit le monstre s'éloigner.

— Zenki !

— *Oui !* fit l'autre en s'arrêtant aussitôt.

— Tout sera bientôt terminé. Attends donc encore un peu avant de réaliser le souhait le plus cher de notre famille.

— *Que dites-vous, maître ? L'heure est venue. Nous avons tout supporté jusqu'ici dans ce but. Et nous sommes prêts à tout pour renverser la Maison impériale. Vous n'avez pas de souci à vous faire*, le rassura la voix encore une fois.

Kamatari entendit le monstre s'en aller. Il se retrouva de nouveau dans le silence glacial. Il prit une pierre à feu et alluma une bougie.

Il était dans son refuge en pierre du mont Katsuragi.

Sur l'autel, devant lui, était posé un cadavre de chat éventré dans un état de décomposition avancée. La chair avait fondu, les vers grouillaient. Kamatari ferma les yeux. On disait que le Prince Arima s'était mis à bouger. Dans ce cas, il fallait faire vivre le chat-monstre pour lui tordre le cou…

Des formules incantatoires commencèrent à s'échapper furtivement de sa bouche.

16

Un calme effrayant régnait sur le Palais du Promontoire Magnifique. La nuit était tombée et, à l'exception des soldats de garde, il n'y avait pas âme qui vive. On n'entendait que le grésillement des torches au passage d'un courant d'air froid.

Dans ce silence, une femme se tenait immobile dans une galerie, promenant un regard inquiet autour d'elle. C'était Nukata.

Cela faisait longtemps que le Prince Arima avait disparu de chez lui. Personne à Naniwa ne l'avait aperçu. Plusieurs groupes de soldats avaient été lancés à sa recherche dans la Capitale et les montagnes alentour, mais il n'y avait pas trace de lui nulle part. Les gens tremblaient de terreur en disant qu'il avait été la proie du monstre.

Mais Nukata imaginait tout autre chose. Le Prince Arima paraissait faible et fragile alors qu'en réalité c'était un homme courageux doué de capacités intellectuelles supérieures. Ce Prince-là ne se laisserait pas prendre au piège de Kamatari aussi facilement. Nukata ne pouvait s'empêcher de croire qu'il avait quitté la Capitale après avoir mûrement réfléchi un plan bien précis.

L'idée lui était venue qu'il était peut-être parti à la

recherche du monstre qui avait fait mourir la Grande Epouse. On ne connaissait pas sa véritable nature, mais les gens disaient qu'il habitait le mont Katsuragi. En rôdant dans les épaisses forêts qui couvraient cette montagne, le Prince pouvait bien découvrir la vérité. Mais si cet endroit était un repaire de créatures mystérieuses, de monstres et d'araignées de terre, comme le disait la légende, il mettait aussi sa vie en danger. Qui sait si, déjà…

Nukata repoussa aussitôt cette pensée absurde. Le monstre n'était qu'un faux-semblant. Quelqu'un se dissimulait sûrement sous cette apparence. Le Prince Arima était intelligent et perspicace et ne commettrait jamais une erreur susceptible de lui faire perdre la vie. Où était-il ? Que faisait-il ? se demanda Nukata qui mit ses cinq sens en éveil dans l'obscurité. Mais elle ne parvenait pas à capter sa présence.

Il ne lui restait plus qu'à regagner sa chambre. Mais en passant devant les appartements du Prince Arima, elle vit une lumière jaune filtrer par les treillis en bois. La porte était entrouverte et elle aperçut une ombre noire à l'intérieur. Il y avait quelqu'un. Le Prince était-il de retour ? Intriguée, elle pencha discrètement la tête : un homme lisait à la lueur d'une lampe en papier.

Ce corps robuste, ces bras solides… c'était à l'évidence le Prince Ôama !

Nukata eut un serrement de cœur. Il était rare à présent qu'ils se parlent tous les deux. Depuis sa relation enflammée avec Naka no Ôe, elle avait éloigné inconsciemment Ôama de son esprit. Mais en le voyant seul ainsi dans la nuit, ses sentiments pour lui se ranimèrent. Elle eut l'impression qu'en son cœur montait sa tendresse chaleureuse d'autrefois.

Elle l'appela à voix basse.

— Nukata ! s'exclama-t-il en se retournant.

L'espace d'un instant, elle crut voir une expression

embarrassée sur son visage, mais il lui sourit aussitôt. A la vue de ce sourire, elle se sentit fondre de bonheur.

— Mais que viens-tu faire là ?

Face à son mutisme, il insista :

— As-tu découvert quelque chose au sujet du Prince Arima ?

— Il ne s'agit pas du tout de cela.

— Alors, pourquoi es-tu ici ?

Ôama paraissait préoccupé, mais il se reprit et lui fit signe d'entrer. Il semblait avoir quelque chose d'important à lui dire. Nukata obéit et s'assit près de lui.

— Je m'inquiétais de savoir ce qu'était devenu le Prince Arima, j'essayais donc de trouver la cause de sa disparition. Et regarde là, dit-il en lui montrant le rouleau qu'il lisait à son arrivée.

Elle vit un texte calligraphié en chinois. De sa petite écriture fine et serrée, le Prince Arima semblait avoir noté avec précision tous les mouvements des personnages importants à la cour, en fonction de la date et de l'heure.

— Je faisais ma petite enquête à la cour pour tenter de découvrir qui avait assassiné ma sœur et mon oncle. Mais le Prince Arima m'a apparemment précédé. Regarde ce passage : il est du 15 juillet. Depuis sa dispariton, le Prince est repassé chez lui en cachette...

Elle déchiffra : *les maléfices du Ministre du Dedans Kamatari.* Le passage décrivait comment Kamatari avait pratiqué un sortilège terrifiant en enfermant la tête d'un nouveau-né dans le cadavre d'un chat, sortilège dont le but était de détruire celui qui s'opposerait au Prince Naka no Ôe.

Il y avait ainsi plusieurs phrases du même style :

Ces maléfices ont exterminé le clan des Soga.

La mort de mon père, l'Empereur Kôtoku, et de ma tante, la Grande Epouse Hashihito, sont dues aux maléfices du Ministre du Dedans et du Prince Héritier

Naka no Ôe.

Je suis résolu à organiser un soulèvement pour me venger.

Je vais me rendre avec de fidèles soldats aux Eaux de Ki.

Le passage indiquant qu'il était prêt à organiser un soulèvement sauta aux yeux de Nukata.

— J'imagine que tu as compris : le Prince Arima croit que la mort du couple impérial est due aux maléfices de Kamatari et de mon frère aîné, et il s'apprête à se soulever pour se venger. Voilà pourquoi il se cache depuis tous ces mois...

Un soulèvement ! Mais ne faisait-il pas là une conclusion trop hâtive ? Il était évident que la magie n'avait rien à voir là-dedans. Et elle ne pouvait pas croire que Naka no Ôe avait tué sa sœur... Les larmes qu'il avait versées lors de cette nuit tragique n'étaient pas feintes.

Le paragraphe concernant *les maléfices du Ministre du Dedans* l'intriguait également. Si Kamatari s'était risqué à lui montrer ses pratiques magiques, c'était qu'il avait une idée derrière la tête. N'était-ce pas pour le persuader de leur efficacité, alors que le couple impérial, sans doute possible, avait été poignardé ?

Nukata lisait enfin dans les pensées de Kamatari. Il avait introduit la haine dans le cœur du Prince, l'avait menacé d'un maléfice ; et le Prince, se sentant acculé, avait fini par organiser un soulèvement. Quelle qu'en fût la raison, la rébellion était considérée comme un crime grave. Si ce crime était rendu public, il pourrait être exécuté sans que ses adversaires se salissent les mains. Le séjour de Naka no Ôe aux Eaux de Ki était certainement une mesure stratégique : il voulait inciter le Prince Arima à l'attaquer. Mais celui-ci l'ignorait, il avait pris les paroles de Kamatari au sérieux et commencé les préparatifs pour venger la mort du couple impérial.

Dans quelle folie s'était-il lancé ? Nukata était envahie par l'inquiétude, mais soudain elle releva un visage plein de détermination.

— Pourriez-vous demander un cheval immédiatement, Prince ?

— Et pourquoi donc ?

— Le Prince Arima s'est laissé duper par Kamatari ! Il faut le prévenir et le convaincre de retirer ses soldats.

— Inutile !

— Pour quelle raison ?

— Comment pourrions-nous savoir où le Prince Arima se cache ? De nombreuses équipes l'ont cherché en vain dans tous les coins. Ce n'est pas nous qui pourrons le retrouver ce soir avec notre cheval !

Nukata se mordit les lèvres. Ôama avait raison, lui qui posait la main sur ses épaules comme s'il voulait la consoler.

— C'est trop tard. Espérons que le Prince Arima prendra conscience de son erreur le plus tôt possible. S'il se montre suffisamment perspicace, les ruses de Kamatari manqueront leur but. Sinon, nous ne pourrons rien faire !

— Mais... vous n'essayez pas de sauver le Prince Arima ?

— J'aurais bien aimé, si cela avait été possible. Mais nous ne pouvons plus rien. Si le Prince Arima se laisse prendre facilement au piège que lui a tendu Kamatari, cela signifiera qu'il n'a pas l'étoffe d'un Souverain. Et même s'il sort victorieux de cette épreuve, ce ne sera qu'un répit, un jour ou l'autre Kamatari le renversera, ou sinon, tous ceux qui chercheront à devenir le Souverain à leur tour. C'est sans doute difficile pour toi, mais il faut te résigner en te disant que c'est son destin, dit-il d'une voix chargée d'amertume.

Nukata ne cessait de trembler.

17

Le Prince Arima et sa troupe avaient suivi les routes de montagne. Accompagné d'une cinquantaine de soldats, il avait quitté la région de Naniwa depuis sept jours. Ils avaient déjà traversé la rivière de Ki et étaient arrivés dans les environs de Tanabe. S'ils continuaient à ce rythme, ils parviendraient aux Eaux de Ki le surlendemain au milieu de la nuit. Leur but était d'attaquer Naka no Ôe en plein sommeil. Ainsi, il serait facile de l'écraser.

Ils se trouvaient à présent dans un endroit entouré d'arbres touffus. Un vent fort soufflait en tourbillonnant et faisait voltiger les feuilles. La nuit était tombée. Il se mit à pleuvoir. La fatigue se lisait sur le visage des soldats qui avaient marché toute la journée. En avançant un peu plus loin, ils tombèrent sur un temple délabré.

Arima arrêta sa troupe et fit installer un campement provisoire. Les soldats s'abritèrent sous les arbres tandis que le Prince et ses fidèles conseillers décidaient de passer la nuit dans le sanctuaire.

Les hommes s'endormirent très vite, mais lui ne parvenait pas à fermer l'œil. Le vent soufflait, lugubre. Il était épuisé de fatigue, pourtant il avait les idées claires et son cerveau était plein de pensées. Il pensait notamment à son père, l'Empereur Kôtoku. C'est vrai qu'il n'avait pas l'étoffe d'un Souverain, mais il était doux et délicat, et à lui, son fils unique, il avait donné beaucoup d'amour. Au souvenir de la profonde affection qu'il lui portait, il éprouva tristesse et nostalgie. Ce père si fragile, si démuni devant la méchanceté... c'était justement pour cette raison qu'il l'aimait, dans sa simple humanité. Il éprouvait un chagrin déchirant. Mais il ne voulait pas se laisser aller, et plus il ressentait cruellement sa perte, plus son désir de vengeance s'amplifiait. C'était la seule et unique force qui le soutenait, celle que lui avait donnée son père qui devait maintenant se trouver au Royaume des Morts. Je vais faire en sorte qu'il ne soit pas mort pour rien ! se jura-t-il.

Il devait se faire tard, car il régnait un silence absolu. A côté de lui, les conseillers Shioya no Konoshiro et Sakaibe no Kusuri dormaient à poings fermés. Il n'avait rien d'autre à faire que de se reposer lui aussi afin d'être prêt pour le lendemain. Le Prince Arima ferma les yeux et essaya de s'endormir.

Tout à coup, il entendit une petite voix bizarre et gémissante :

— *Prince... Prince...* disait la voix.

Il avait l'impression qu'on l'appelait. Il ouvrit les yeux. Tout le monde dormait près de lui. Il crut avoir été victime d'une hallucination et referma les yeux.

— *Prince... venez... par là...*

Cette fois-ci, il l'avait entendue distinctement. Ce n'était pas une hallucination, mais la voix de quelqu'un qui s'exprimait dans un dialecte ancien. Arima se leva d'un bond.

Chose étrange, il y avait comme une brume autour de lui, enveloppant le corps des deux hommes endormis à ses côtés. Tout à l'heure, il n'avait pas remarqué cette brume légère. Il lui sembla qu'elle contenait du poison et qu'elle était en train d'ôter la vie à ses conseillers. Cette sensation lui glaça l'âme. Instinctivement, il porta la main à son épée. Il entendit la voix à l'extérieur du sanctuaire.

— *Prince !... Prince...*

Indiscutablement, quelqu'un l'appelait. Il se leva et ouvrit doucement la porte sans faire de bruit. A cet instant-là, un brouillard blanc s'engouffra comme une avalanche dans la pièce. Le nuage dense et glacial remplit immédiatement l'intérieur du sanctuaire et se colla à son corps. Il ne voyait même plus le bout de son nez.

— *Prince...* dit la voix dans le brouillard. *Je vais vous apprendre la vérité... Venez par là...*

— Qui êtes-vous ? Qui est là ?

— *Par ici... Venez par ici. Ainsi... tout sera clair... Allez... venez...*

Arima restait sur la défensive. Alors, le voile épais s'ouvrit peu à peu devant lui et il vit se dessiner une forme sombre. C'était un pilier sali par la suie. Apparemment, il y avait une construction à proximité. Puis le brouillard disparut comme s'il s'était retiré, et il découvrit un grenier construit sur pilotis de type *azekura-zukuri*, noir de suie. C'était sans aucun doute le pavillon où Iruka avait trouvé la mort.

Arima n'en croyait pas ses yeux. Ce n'était pas possible, le Pavillon des Trésors ne pouvait pas se trouver ici. C'est de la magie, j'en suis sûr, j'ai été ensorcelé ! se dit-il. Mais déjà sa volonté n'était plus assez forte pour dissiper l'hallucination. Son corps commença à bouger à son insu comme si on le manipulait.

—*Tout ce que vous vouliez savoir, vous le comprendrez si vous regardez à l'intérieur... Montez les marches et ouvrez la porte...*

Il sentit les battements de son cœur. Il pensa qu'il ne fallait pas y aller, mais son corps avança vers le Pavillon des Trésors, comme doué d'une volonté propre.

— *Allez, vite... vite...*

Son esprit tira violemment la sonnette d'alarme. C'est un piège, cria-t-il, tu ne dois surtout pas y aller ! Mais son corps continua d'avancer pas à pas vers le Pavillon des Trésors sans tenir compte de ce cri. Arima se retrouva peu après au pied de l'escalier.

— *Montez les escaliers... Ouvrez la porte...*

Il monta les escaliers comme on le lui ordonnait, mit la main sur la porte, puis retira la barre de la serrure et ouvrit doucement.

La pièce était plongée dans l'obscurité comme les abîmes de l'enfer. Mais à l'instant où Arima se penchait pour jeter un coup d'œil, surgirent de chaque côté deux rais de lumière qui jetèrent une lueur vive comme un éclair.

Dans les murs latéraux, juste à hauteur du cou, il y avait deux longues fentes qui laissaient passer cette lueur vive.

Arima restait le regard fixe comme s'il était possédé du démon. Que signifiaient ces deux traits lumineux et symétriques qu'il discernait vaguement dans l'obscurité ? L'explication du dispositif ayant fait sauter la tête d'Iruka se trouvait-elle là ? Si tel était le cas, il y avait une poutre pivotante sur les deux murs de côté, et non pas sur un seul. Arima pénétra dans la pièce. Il voulait examiner les fentes lumineuses.

A ce moment-là… Il entendit un nouveau-né pousser des vagissements devant lui. Ou plutôt non, c'étaient des cris désagréables qui évoquaient un vieux chat rusé imitant les pleurs d'un enfant.

Soudain, la scène maléfique avec le chat lui revint brutalement en mémoire, comme s'il recevait une douche froide. La lueur qui filtrait par les minces interstices éclairait vaguement l'intérieur de la pièce. Au fond, il aperçut une chose incroyable.

C'était un chat. Mais ce n'était pas une bête normale. C'était une carcasse de chat d'où pendaient les entrailles, avec une tête de nouveau-né et une bouche fendue jusqu'aux oreilles. Deux yeux pleins d'animosité étincelaient au milieu de cette tête mi-animale-mi-humaine. A peine le *chat* eut-il aperçu le Prince Arima qu'il le menaça du regard en poussant un feulement de carnivore avide de chair fraîche.

Le chat-monstre !

En le voyant paralysé de terreur, le chat-monstre eut un sourire carnassier et s'approcha de lui lentement. En même temps qu'il avançait, depuis le fond de la pièce, les deux rais de lumière rétrécissaient peu à peu. Le Prince Arima resta figé sur place.

Il entendit alors quelque chose fendre l'air. C'était probablement le dispositif ayant fait voler la tête d'Iruka qui s'était mis en marche. Mais avant qu'il ait eu le temps de s'en assurer, le chat-monstre avait déjà bondi sur lui en visant sa gorge. En un éclair, la chose hideuse était sur lui. Ses deux yeux tuméfiés… la bave putride qui s'écoulait de sa bouche… Quand la gueule béante pourvue d'une rangée de canines brillantes atteignit sa gorge, Arima ressentit une douleur intense. Les crocs lui avaient sectionné la gorge, le sang coulait en abondance.

Dans un éclair, le Prince comprit enfin exactement comment Iruka avait eu la tête tranchée. Lui-même était sans doute en train de subir le même sort. Mais il était trop tard. La tête du Prince Arima s'était déjà envolée.

Nukata se redressa d'un bond sur son lit. Un courant glacial traversa son cœur et elle fut prise de violents frissons. Le Prince Arima était mort ! Elle le sentait avec certitude. Ce Prince intelligent et courageux qui lui portait affection et intérêt… Son âme s'était évanouie dans le Pays des Ténèbres en poussant un cri de vengeance amer.

Pourquoi n'avait-elle pas réussi à sauver le Prince Arima ? A quoi bon toutes ses recherches ? Elle n'avait servi à rien. Accablée de chagrin, elle s'effondra sur son lit et se mit à pleurer toutes les larmes de son corps.

18

Trois jours plus tard…

La nouvelle de la mort tragique du Prince Arima parvint au Palais du Promontoire Magnifique, apportée par les deux conseillers qui l'accompagnaient. On raconta sa mort dans les moindres détails sans rien y changer, mais l'affaire du soulèvement fut habilement dissimulée.

Il fut dit que le Prince Arima était perturbé par ces tragédies successives et qu'il se rendait aux Eaux de Ki pour se faire soigner. Lors d'une halte pour la nuit au cours du voyage, il était sorti seul du sanctuaire où il dormait. Un de ses conseillers l'avait suivi, intrigué, mais quand il était arrivé jusqu'à lui, il avait déjà la tête tranchée.

Les circonstances étranges de cette mort trouvaient dans la population une même explication : le Prince Arima avait été attaqué par le monstre qui s'acharnait sur la Capitale. Pour tous, c'était devenu une évidence.

La proposition du Prince Naka no Ôe commençait donc à paraître fondée. C'est alors qu'apparurent des signes de mauvais augure, comme cette bande de rats rôdant sur une grande avenue ou une étoile maléfique qui brilla dans le ciel. L'angoisse de la population s'amplifia. Si on ne déplaçait pas sans tarder la Capitale, il risquait d'y avoir des émeutes.

Aussi, la Sœur du Souverain défunt, pressée par la nécessité, n'eut-elle même pas le temps de sombrer dans le chagrin. Des décisions importantes l'attendaient. Et dès ce moment-là, on la vit comme *enragée*.

Sans tenir compte de l'inquiétude de la population, elle ordonna de faire construire des mausolées et imposa de célébrer les funérailles officielles des trois membres de la Famille impériale, en dépit du mystère qui entourait ces morts horribles et inexpliquées. Elle avait un visage si terrible qu'elle semblait habitée par le démon et s'adressait aux gens à son service sur un ton tellement glacial qu'ils en tremblaient de frayeur.

Quand ce fut la nouvelle année, les cérémonies des funérailles prirent fin, au soulagement de tous. La Sœur du Souverain défunt réunit Princes, ministres et nobles dans la Salle du Principe suprême, pour émettre les édits impériaux désignant le nouvel Empereur et la nouvelle Capitale.

En ce jour du 15 janvier, la réunion commença sous le regard attentif de la population et des Cent fonctionnaires. Tous croyaient que Naka no Ôe serait désigné pour monter sur le trône, mais il en fut tout autrement. La

Sœur du Souverain défunt en personne déclara qu'elle montait pour la seconde fois sur le trône et que le Prince Naka no Ôe restait Prince Héritier. Inutile de préciser la stupéfaction de l'assemblée et la colère du Prince.

Il lançait des regards meurtriers à sa mère qui le dévisageait de haut avec des yeux brillants de fureur et d'hostilité. Ce terrifiant face à face dura assez longtemps, mais quand il comprit finalement que sa détermination était d'une violence peu commune, il lui dit froidement :

— Vous avez pris une excellente décision. Je prendrai plaisir à observer ce que votre méchante personne est capable de faire. Mais je n'ai qu'un conseil à vous donner : il faut déplacer la Capitale à Asuka. Sinon, les calamités vont se succéder et la population ne comprendra pas. Je vous le demande avec fermeté.

La Sœur du Souverain défunt ne répondit rien. Elle regarda fixement le Prince, puis soudain elle lança :

— Faites donc comme vous voulez !

Le projet de Naka no Ôe se concrétisait enfin. Cela ne signifiait nullement qu'elle lui avait cédé. Si elle s'était risquée à accepter, ce n'était pas seulement à cause du souhait de la population : elle voulait avant tout que Naka no Ôe lui soit redevable, pour l'obliger en quelque sorte à la laisser monter sur le trône une deuxième fois.

C'est ainsi que l'antagonisme entre ces deux êtres s'aggrava encore à Asuka.

IV
LA MORT DE L'IMPÉRATRICE SAIMEI

1

Le transfert de la Capitale se fit dans la précipitation. Nobles, fonctionnaires et gens du peuple étaient soulagés de quitter la ville maléfique. A peine avaient-ils rassemblé toutes leurs affaires qu'ils partaient les uns après les autres pour Asuka. Avant même la construction d'un nouveau Palais, la Sœur du Souverain défunt fut intronisée au Palais d'Itabuki pour la seconde fois, sous le nom d'Impératrice Saimei.

Après son intronisation, la Souveraine entreprit l'établissement d'une nouvelle Capitale. L'endroit choisi avec la participation des maîtres du yin et du yang et les oracles des médiums fut Owarida, au pied du mont Kagu. C'est là que se trouvait l'ancien Palais de l'Impératrice Suiko, derrière lequel se dressait la Montagne Sacrée que l'on disait descendue du Ciel. Sa protection divine devait abriter la Capitale du malheur.

La cérémonie d'investiture se déroula dans la Salle du Principe suprême. L'Impératrice lui donna toute la magnificence possible en rassemblant ministres, familles et clans puissants, mais dans ce pavillon laissé à l'abandon depuis tant d'années, il régnait une odeur de moisissure qui paraissait refléter l'avenir du règne et rendait l'endroit sinistre. En outre, pour renforcer le prestige de la Souveraine, on décida de recouvrir la toiture de tuiles à la place des bardeaux de cyprès et du chaume habituellement utilisés. Mais pour en supporter le poids, il était nécessaire d'installer de gros piliers de soutien : c'était un travail pénible pour les ouvriers qui durent partir en grand nombre couper du bois en pleine montagne. Des voix de mécontentement s'élevèrent parmi la population. Par ailleurs, il ne cessait de se produire des incidents inquiétants, comme cet incendie qui ravagea le Palais en cours d'aménagement et dont on ne put déterminer la cause.

Tout n'était pas négatif cependant. Trois mois à peine s'étaient écoulés depuis l'investiture de la Souveraine quand des ambassades des Royaumes de Paekche et de Silla se présentèrent à la cour pour lier amitié avec le Pays de Yamato. Et comme l'une des ambassades de Paekche dépassait la centaine d'envoyés, un nombre qui n'avait jamais été atteint jusque-là, on commença à glorifier le règne de l'Impératrice en disant que son rayonnement était parvenu jusque dans les trois Royaumes coréens.

Cela donna de l'assurance à la Souveraine qui décida, l'année suivante, de reprendre la construction de la Capitale qui avait été interrompue. On abandonna l'ancien site d'Owarida, cause de tant de problèmes, pour celui d'Okamoto. Les travaux se poursuivirent jour et nuit pour réparer les erreurs commises dans le passé, et le Palais achevé fut si grandiose qu'il surpassait tous les autres. On l'appela le Second Palais Okamoto d'Asuka.

De son côté, Naka no Ôe entreprit des travaux publics de grande envergure. Il barra l'accès au sommet du mont Tamu, à l'est d'Asuka, en le clôturant de remparts et y installa une tour de garde. Il fit creuser une grande tranchée qui partait du versant ouest du mont Kagu jusqu'au mont Isonokami et organisa le transport par bateau de pierres extraites de cette montagne, dans l'intention de construire une immense muraille autour de la Capitale.

Il s'agissait de travaux considérables comme il n'en

avait jamais existé. Des milliers d'ouvriers et de porteurs furent recrutés dans les provinces du Kinai aux alentours d'Asuka et même plus loin, et ils furent soumis à un travail pénible. La population surnomma cette tranchée « le Fossé de la folie », en critiquant le gigantisme des travaux engagés que l'on jugeait hors de proportion avec la puissance nationale.

Mais Naka no Ôe ne prêtait pas l'oreille à ces rumeurs de mécontentement. Il expliquait qu'il voulait protéger le Pays de Yamato des barbares du Nord et leur imposer le respect et l'admiration. En tout cas, il poursuivait l'œuvre en cours comme un forcené. Au bout d'un mois, l'immense tranchée commença à prendre forme, comme si on avait creusé jusque dans les entrailles du sol d'Asuka.

Pendant que le Prince Naka no Ôe s'appliquait à suivre la progression de ces travaux gigantesques, Nukata travaillait à son service dans sa demeure, sur ordre du Prince Ôama. Celui-ci était convaincu que la mort terrible du Prince Arima était une machination de Kamatari qui cherchait à placer Naka no Ôe sur le trône. Ôama voulait donc avoir un espion auprès du Prince Héritier, pour surveiller l'activité de Kamatari et mettre au jour ses atrocités.

Nukata n'était pas à l'aise. Elle ignorait jusqu'à quel point Naka no Ôe était impliqué dans le complot de Kamatari. Mais, au souvenir de la mort tragique du Prince Arima, elle ne pouvait s'empêcher d'éprouver de la méfiance à son égard. Et sans doute avait-il deviné ses pensées, car il la traitait avec distance et ne venait pas lui rendre visite dans sa chambre.

Deux mois s'écoulèrent ainsi. Depuis le transfert de la Capitale, Naka no Ôe se consacrait exclusivement aux travaux publics sans montrer d'activité suspecte. Quant à Kamatari, il restait confiné dans sa résidence de Settsu sous prétexte de maladie. La paix semblait régner sur la

Capitale après cette série de tragédies qui peu à peu retournaient au passé.

C'est pendant cette période d'accalmie que Nukata commença à ressentir l'envie de revoir la maison de son enfance perdue dans la montagne de Takatori. Cela faisait si longtemps qu'elle était descendue à Asuka, passant outre les réticences de son père et de sa sœur... Durant toutes ces années, elle ne leur avait donné aucun signe de vie, de même qu'elle ne savait pas si sa sœur allait bien, si son père était toujours en vie. Plus le temps passait, plus le besoin de les voir se faisait impérieux. Les jours de beau temps en particulier, elle regardait dans la direction de Takatori et tremblait d'impatience.

Au mois d'octobre, les travaux furent ralentis par la saison des pluies. Naka no Ôe rentra chez lui, passant le plus clair de son temps à languir d'ennui dans l'attente de jours meilleurs. Nukata profita de cette occasion pour lui demander l'autorisation de retourner chez elle. Et, contrairement à ses prévisions, il lui donna facilement son accord. De toute façon, il se montrait toujours aussi indifférent à elle. La seule chose qui l'intéressait était de construire une Capitale aussi solide qu'une forteresse et d'y régner en tant que Souverain. A cette idée, Nukata ressentait une tristesse qui la surprenait elle-même.

Quelques jours plus tard, Nukata se prépara à partir pour Takatori en compagnie de Fumi no Nemaro. Depuis que celui-ci s'était précipité dans la demeure en flammes d'Ishikawamaro, ils étaient devenus amis. Lorsqu'elle lui avait fait part de son intention d'aller voir sa famille, il avait accepté volontiers de l'accompagner.

A l'heure du Cheval [1], Nukata monta sur le cheval de Fumi no Nemaro et ils sortirent de la Capitale. Par ce temps pluvieux, le ciel était couvert de nuages noirs et il

1. De onze à treize heures.

soufflait un vent froid. Très vite, ils arrivèrent devant une tranchée d'au moins vingt *ken*[1] de long où s'affairaient un nombre considérable d'ouvriers couverts de boue. Ils n'avaient pas cessé le travail et creusaient ou transportaient des matériaux, des pierres et du bois…

Nukata fronça les sourcils. Si la Famille impériale imposait des travaux aussi pénibles à la population, elle allait se faire haïr... Et même s'il s'agissait de travaux entrepris pour la défense du pays, c'était un projet complètement insensé. Au milieu des ouvriers, elle aperçut soudain le Prince Ôtomo, vêtu d'une veste simple sans manches, qui donnait des ordres aux ouvriers.

Tout le monde connaissait la fidélité aveugle du Prince envers son père. Il lui apportait sa collaboration sans poser aucune question, sans même voir combien les gens du peuple souffraient. Son aveuglement lui attirait l'hostilité, mais il était d'une telle inconscience que Nukata éprouvait de la pitié pour lui.

Elle s'aperçut alors qu'un ouvrier les regardait. Il portait un capuchon de moine. Sans doute avait-il reconnu Nukata et Fumi no Nemaro, car il courut vers le Prince Ôtomo. Elle sut tout de suite, en même temps que son compagnon, qui était cet homme affublé d'un capuchon. C'était un ancien garde du corps au service d'Ishikawamaro qui s'appelait Mushimaro. Le visage défiguré par ses brûlures, il avait toujours la tête couverte.

Le Prince Ôtomo les regardait avec suspicion. Fumi no Nemaro, qui travaillait sous les ordres d'Ôama, était à ses yeux quelqu'un dont il fallait se méfier.

— Visiblement, nous dérangeons ! dit Fumi no Nemaro en faisant repartir son cheval, l'air fâché.

Grâce aux travaux publics entrepris par le Prince

1. Quatre cents mètres environ.

Naka no Ôe, la route qui conduisait à Takatori était bien entretenue. Le cheval de Fumi no Nemaro avançait rapidement. Ils passèrent la colline de Kaminari, traversèrent la rivière Asukagawa. Il n'était pas encore l'heure du Mouton[1] quand ils aperçurent le mont Takatori.

Au souvenir des heures qu'elle avait passées, perdue dans la forêt, des années auparavant, Nukata n'arrivait pas à croire qu'ils avaient fait si vite. Les couleurs d'automne qui avaient envahi la montagne paraissaient particulièrement vives. Elle ressentit soudain une vraie nostalgie pour la maison de son enfance.

Ils se dirigèrent vers le versant ouest de Takatori et pénétrèrent dans la forêt profonde. Les arbres étaient tout rouges, la végétation luxuriante et, par endroits, les feuilles étaient déjà tombées. Un peu plus loin, leur chemin rejoignit un sentier de montagne où se dressait un petit sanctuaire shintô en bois. Nukata reconnut le sentier qu'elle avait descendu autrefois.

A sa demande, Fumi no Nemaro stoppa son cheval et, après avoir mis pied à terre, Nukata pénétra sur ce sentier comme si elle était attirée. Mais le lierre et les buissons qui avaient poussé depuis toutes ces années semblaient vouloir lui barrer le passage. Il y avait partout des toiles d'araignée, les feuilles mortes jonchaient le sol. Personne n'était passé par là depuis longtemps.

— Je me demande si c'est vraiment la bonne direction, dit Fumi no Nemaro derrière elle.

— Si, si, je suis sûre que c'est le bon chemin.

Son père était trop faible pour marcher, mais sa sœur devait bien descendre de temps en temps au village au pied de la montagne. Pourquoi n'y avait-il aucune trace de passage ?

— On va voir de toute façon.

1. De treize à quinzes heures.

Fumi no Nemaro prit la tête. Il marchait devant le cheval en repoussant les branches et les toiles d'araignée qui obstruaient le chemin. Au bout de deux *chô*, ils virent apparaître le ciel au-dessus d'eux et la forêt s'éclaircit. Un peu plus haut, il y avait un terrain plat. Nukata reconnut cet endroit et accéléra l'allure, le cœur battant. La pente se fit plus douce, les arbustes disparurent et elle s'arrêta. Devant elle se trouvait sa maison.

Mais ce n'était pas celle de ses souvenirs. Le toit s'effondrait, les pierres des murs étaient descellées. Ce n'était plus qu'une maison délabrée dans un état lamentable. Que s'était-il passé ? Elle semblait inhabitée depuis plusieurs années... Son père et sa sœur l'avaient-ils abandonnée après son départ vers la ville ?

— Apparemment, nous nous sommes trompés.

— Si, si, je vous assure que c'est ma maison, répondit-elle avec fermeté.

— Mais il n'y a aucune trace de vie.

Nukata ouvrit la porte avec angoisse. La poussière se souleva, une odeur de moisi lui irrita les narines. La pièce était plongée dans la pénombre. Elle distinguait vaguement l'intérieur grâce aux rayons de lumière qui passaient par les fissures des murs. Au fond, sur le sol recouvert d'un plancher, elle vit la literie, un coffre, des pots, disparaissant sous une épaisse couche de poussière. Mais la disposition était restée la même qu'avant son départ.

Elle entra alors dans la pièce. Une multitude de toiles d'araignée pendaient du plafond, des geckos couraient le long des piliers. Quand elle vit que le coffre était ouvert, elle regarda à l'intérieur. Les vêtements de son père et de sa sœur avaient disparu. Ils étaient donc partis…

Soudain, Fumi no Nemaro s'exclama :

— Qu'est-ce que c'est ?

Il tenait dans la main un vieux *gohei* d'au moins trois

shaku [1] de long. Il était tout décoloré et quand Fumi no Nemaro le secoua, il partit en lambeaux.

— On dirait un de ceux que nous avons vus dans la grotte de Katsuragi.

— Où l'avez-vous trouvé ?

— Au pied de la porte d'entrée. Mais personne ne se livrait ici à la magie, n'est-ce pas ?

— Bien sûr que non.

— C'est étrange, vous ne trouvez pas ?

Une sueur d'effroi couvrit le corps de Nukata. Si un *gohei* traînait par ici, c'était qu'il y avait eu de la visite... Ils en avaient trouvé de semblables dans la salle rocheuse de Katsuragi que fréquentaient, semblait-il, Naka no Ôe et Kamatari. Cela signifiait-il que l'un d'eux était venu ici ? Et ce n'était sûrement pas pour une simple visite, mais pour quelque chose qui avait un rapport avec la magie.

« Si tu vas à Asuka, tu seras prise dans le tourbillon des luttes politiques... » Les paroles de sa sœur venaient de lui revenir en mémoire. Elle les avait peut-être prononcées en connaissance de cause. Si Naka no Ôe et Kamatari étaient venus ici, il était probable qu'ils connaissaient son père et sa sœur depuis longtemps. Et si par hasard elle-même avait aussi des liens avec le Prince Naka no Ôe ?

— Si vous m'expliquiez ce qui vous tourmente... Je pourrais peut-être vous aider, lui dit Fumi no Nemaro qui la regardait d'un air inquiet.

Elle appréciait sa gentillesse et lui était reconnaissante de l'avoir conduite jusqu'ici, mais elle hésitait à se confier à lui. Car elle avait l'impression que les questions qu'elles se posaient devaient avoir des conséquences graves.

— Excusez-moi. Mais je ne peux rien dire pour le

---

1. Près d'un mètre.

moment…

Fumi no Nemaro n'insista pas.

2

La nouvelle année apporta une information inattendue. Un envoyé du nom de Tasson et le moine Kakujû débarquèrent de Paekche en disant que leur Royaume était sur le point d'être anéanti par les armées alliées des Tang et de Silla, et qu'ils souhaitaient l'envoi de renforts. On savait que Silla se rapprochait de l'Empire des Tang, mais une coalition aussi rapide était imprévisible.

Selon le moine Kakujû, la situation était la suivante :

Le Royaume de Silla attendait depuis longtemps l'occasion de se rallier aux Tang. Car le but qu'il poursuivait secrètement était d'envahir Paekche et Kôkuryô, grâce à l'aide de la puissance des Tang, afin de contrôler la péninsule coréenne. Ces deux Royaumes avaient deviné à temps ce projet et avaient aussitôt attaqué Silla. L'armée de Paekche avait pris plus de vingt châteaux. Furieux, le Roi Buretsu de Silla avait demandé leur soutien aux Tang, qui avaient fourni cent trente mille soldats sur mer et sur terre. Avec l'appui de ces renforts, Silla s'était livré à une violente contre-attaque. Voilà pourquoi Paekche avait presque été anéanti. Seuls étaient restés en vie quelques ministres fameux pour leur courage tels que Kishitsufukushin, qui avaient édifié une forteresse dans la montagne et résistaient tant bien que mal.

Nombreux furent ceux qui commencèrent par douter de la véracité de ces informations. Mais, le mois suivant, Kishitsufukushin en personne traversa la mer en amenant avec lui plus de cent prisonniers de guerre des Tang. La gravité de la situation devint évidente aux yeux de tous, ce qui suscita de sérieux remous au sein du gouvernement.

Car le fait d'aider Paekche ne signifiait pas seulement

se battre contre Silla, mais affronter le puissant Empire des Tang. Cependant, s'ils laissaient disparaître Paekche sans réagir, ils perdraient leur point d'appui dans la péninsule coréenne et après l'anéantissement de ce Royaume, les Tang risquaient d'envahir le Yamato. La question était de savoir s'il fallait ou non envoyer des renforts. C'était un choix crucial où il y allait de la vie de la dynastie.

Le 15 janvier, l'Impératrice Saimei rassembla les ministres et les Princes dans la Salle du Conseil. Elle les pria d'exprimer franchement leur opinion et tous recommandèrent aussitôt la prudence : la puissance nationale n'était pas encore suffisamment établie… s'ils envoyaient des soldats, la population serait la première à en souffrir… le système des impôts payables en nature venait d'être décidé et il était impossible de demander davantage pour le financement des bateaux de guerre et des armes… et surtout, la guerre allait épuiser le pays, la mise en place des mesures prises par la Souveraine pour établir le nouveau régime risquait même d'être perturbée, etc.

Personne ne parla de la situation dans laquelle se trouvait le Royaume de Paekche. Ce fut Naka no Ôe qui aborda le sujet. Après les avoir tous entendus multiplier les appels à la prudence, il s'avança comme s'il attendait le moment propice.

— Je suis d'un autre avis que Messieurs les hauts dignitaires. Il se peut que nous rencontrions de nombreux obstacles mais, à mon avis, nous ne devons pas abandonner ceux qui se trouvent en difficulté. On met en avant la fatigue de la population, mais envisageons un instant que les Tang nous envahissent. Nous n'aurions pas d'autre choix que de demander son soutien à Paekche. Dans ces conditions, le plus sage serait d'aller les aider.

L'assemblée l'écoutait avec nervosité.

Naka no Ôe poursuivit :

— Je me permets de m'adresser à Sa Majesté. Les gens de Paekche sont venus de très loin vous demander de l'aide ; ils ont traversé la mer, la tête appuyée sur leur lance de combat, endurant leurs souffrances avec courage comme s'ils devaient lécher des entrailles de singes. Comment pourrions-nous les renvoyer ? Si notre Dame Souveraine commandait elle-même les troupes, elle serait accompagnée par la protection divine, c'est certain. La voie que le Pays de Yamato devrait prendre serait d'émettre immédiatement un édit ordonnant la construction de bateaux et de partir au secours de Paekche, déclara-t-il avec une grande politesse.

Inutile de dire que sa déclaration plongea tout le monde dans la stupéfaction. Il ne venait pas seulement de plaider en faveur de la guerre, il réclamait la présence de l'Impératrice en personne sur le champ de bataille. Mais il avait beau faire de belles promesses, ce n'était que pure folie.

La Souveraine le transperça du regard sans cacher son hostilité et lui demanda :

— Etes-vous vraiment sincère ?

— Mais certainement, Votre Majesté.

Les ministres et les Princes se parlaient dans le creux de l'oreille avec un air dubitatif.

Le Ministre de Droite Ôtomo no Nagatoko sortit du rang.

— Sa Majesté est âgée de plus de soixante ans. Il est impossible de lui demander de traverser une mer agitée et de prendre le commandement des troupes sur une terre ennemie.

— Mais non, c'est l'occasion ou jamais de montrer au monde que la Souveraine est de nature divine. Si Sa Majesté descend des dieux, elle ne peut perdre la guerre. C'est bien ce que nous croyons, n'est-ce pas ?

— C'est vrai, intervint Ioi no Kujira, mais... il faut

envisager le pire. Si quelque chose arrivait à Sa Majesté, ce serait dramatique. Et loin d'aider le Royaume de Paekche, c'est l'existence même du Pays de Yamato qui serait en danger.

Naka no Ôe rejeta ses réticences :

— Voudriez-vous insinuer que l'armée de Sa Majesté qui est un dieu vivant risquerait de perdre ?

— Non, ce n'est pas cela, mais je crains des incidents imprévus…

— Cela pourrait se produire en effet.

— Dans ce cas, il serait plus sage de les éviter.

— Non, car si Sa Majesté partait en campagne au péril de sa vie, tous reconnaîtraient la force de sa personnalité et son énergie. Quelle que soit l'issue de la guerre... Il est évident que cela relèverait le moral des troupes au combat, mais ce serait également très bénéfique pour le contrôle du Pays de Yamato dans l'avenir. Il serait fâcheux de laisser passer une telle occasion.

— Qu'osez-vous dire ! articula l'Impératrice d'une voix tremblante. Cela vous serait donc égal que nous venions à mourir.

— Pas du tout. Je pars du principe que Sa Majesté est une divinité, et qu'elle ne peut mourir.

— Quelle insolence ! lança-t-elle en le foudroyant d'un regard assassin.

Naka no Ôe lui répondit comme s'il la défiait :

— Je comprends votre colère. Mais si Sa Majesté souhaite obtenir la confiance de la population, elle ne peut rester tranquillement sur cette terre, tout en imposant de pénibles et dures épreuves, et nous demander à nous et aux soldats de traverser la mer et d'aller faire la guerre. Elle devrait plutôt prendre la tête des forces armées et aller au-devant des difficultés ; ainsi les soldats se battraient-ils avec ardeur et courage. Si cette guerre est un grand risque pour le Pays de Yamato, comme le disent Messieurs les ministres, le soutien de Sa Majesté n'est-il pas nécessaire plus que tout ?

L'Impératrice gardait un silence haineux. Elle enrageait de ne pouvoir le contredire.

Quelle décision allait-elle prendre ? Tous la regardaient en retenant leur souffle. L'Impératrice réfléchit un certain temps, puis elle finit par déclarer, comme crachant ses mots :

— Très bien. Nous décidons de commander les forces armées et de partir pour Paekche.

Naka no Ôe se prosterna très respectueusement avec un sourire satisfait.

— Veuillez accepter ma profonde reconnaissance, Votre Majesté.

La salle bruissait des chuchotements étonnés de l'assistance.Personne n'arrivait à saisir les véritables intentions de Naka no Ôe, ni celles de la Souveraine qui avait accepté une proposition aussi insensée.

Mais l'Impératrice restait calme.

— Autant dire que le sort du Pays de Yamato en est jeté. Mais ce n'est pas nous qui avons pris cette décision, nous n'avons fait que suivre votre idée. Aussi est-ce vous qui devez émettre l'édit de la campagne du Paekche à notre place. Cela ne vous dérange pas, n'est-ce pas ?

— Pas du tout, Votre Majesté, répondit-il en se prosternant à nouveau.

L'Impératrice esquissa un sourire. Naka no Ôe allait promulguer l'édit de la campagne… Son intention devenait évidente aux yeux de tous. Cet édit allait plonger la population dans la colère. En lui en confiant la responsabilité, elle voulait rejeter sur lui les critiques.

— Ainsi prend fin le Conseil, annonça l'Impératrice. Messieurs les hauts dignitaires, gouverneurs, Princes et ministres, veuillez lever immédiatement une force armée capable de partir en guerre. Rassemblez des soldats vaillants et courageux dignes d'être sous notre commandement…

Après avoir lâché ces mots avec colère, la Souveraine sortit, suivie des dames de la cour.

Trois jours plus tard, l'édit annonçant l'envoi de soldats dans la péninsule coréenne fut prononcé par le Prince Naka no Ôe. Parmi la population, la confusion était à son comble. Après les terribles efforts fournis pour les chantiers de travaux publics, ils devaient maintenant traverser la mer et se battre en péninsule coréenne.

Le ressentiment contre le Prince Naka no Ôe s'amplifia comme jamais. Mais puisque l'édit avait été prononcé, on ne pouvait plus s'y opposer. D'une part on se mit à recruter de jeunes soldats, d'autre part on commença à construire des bateaux militaires dans la baie de Naniwa. Du petit peuple jusqu'aux familles puissantes, tout le monde se tuait au travail pour les préparatifs de la guerre.

Après un mois de cette activité, les provisions pour l'armée – le riz en ballots de paille, le *miso*, les produits séchés – s'entassèrent dans le port de Naniwa. Les artisans fabriquaient jour et nuit les armures et les armes. Et le port devenait de plus en plus bruyant avec l'arrivée en masse des soldats. Mais tout le monde savait que cette animation n'allait pas durer. Il faudrait bientôt traverser la mer pour se rendre sur une terre ennemie, et les gens se demandaient avec angoisse quelle serait l'issue de ce voyage.

A ce moment-là, la population reçut un nouveau choc qui augmenta d'autant plus son angoisse. D'innombrables feux diaboliques furent allumés au sommet du mont Katsuragi. Les flammes s'étendirent sur la ligne de crête, qui se mit à ressembler à un grand chapelet bouddhique rouge, et ne cessèrent de se développer.

La ville d'Asuka fut prise de panique et des rumeurs folles se répandirent comme une traînée de poudre parmi les habitants. Les uns disaient que les monstres de la montagne de Katsuragi allaient descendre en foule dans Asuka, d'autres que Sa Majesté serait tuée comme l'Empereur Kôtoku…

Pour lutter contre ces rumeurs, la Souveraine disposa un grand nombre de soldats autour de la Capitale et demanda à des moines de haute vertu de lire des prières à haute voix pour qu'elles soient entendues par le Ciel. Elle fit partout allumer des torches qui éclairaient la ville comme en plein jour. Est-ce pour cela que les feux diaboliques ne se développèrent plus ? Toujours est-il qu'ils finirent par disparaître comme s'ils s'étaient consumés d'eux-mêmes.

Les feux sur la crête ne réapparurent pas, mais cet incident jeta une ombre sur le destin du règne de l'Impératrice Saimei. Nombreux étaient ceux qui voyaient se colorer de couleurs sombres l'avenir des soldats prêts à partir pour la péninsule coréenne. Le bruit courait que non seulement ils allaient perdre la guerre, mais que la Souveraine même risquait d'y perdre la vie. Ce n'étaient que des suppositions, mais quelqu'un en tout cas était convaincu que ces craintes n'avaient rien d'injustifié. C'était la Princesse de Nukata.

Depuis son retour à Asuka, elle n'avait cessé de réfléchir aux notes du Prince Arima. Elle connaissait une part de la vérité sur la série d'événements tragiques et avait également deviné les terribles calculs que faisaient secrètement le Prince Naka no Ôe et l'Impératrice Saimei, chacun de leur côté.

Si Naka no Ôe voulait que l'Impératrice vieillissante parte avec lui à la guerre, son but était clair : il espérait qu'au cours de cette campagne difficile elle mourrait d'épuisement ou serait tuée sur le champ de bataille. Ainsi pourrait-il devenir le Souverain sans plus craindre personne. Et si l'Impératrice Saimei avait accepté, c'est qu'elle avait parfaitement deviné son arrière-pensée, mais cherchait de son côté à l'anéantir. Elle le croyait certainement responsable de la mort de l'Empereur Kôtoku et du Prince Arima et comptait trouver l'occasion de se venger dans la confusion de la guerre de Paekche.

La mère et le fils fomentaient des complots pour se débarrasser l'un de l'autre. Des monstres, c'étaient de véritables monstres, qui n'avaient rien à voir avec ceux de la montagne de Katsuragi, mais qui allumaient leurs propres brasiers dans la Capitale. Nukata en frémissait de terreur.

3

Quand arriva l'été, la construction de la flotte était achevée. Une armée de dix mille soldats au total était constituée et l'on commençait à embarquer armes et marchandises. Il y avait un peu plus d'une centaine d'embarcations, et cinq cents dames de cour et servantes devaient s'occuper du service. Il s'agissait vraiment d'une énorme organisation à l'échelle nationale.

Le 2 septembre, les forces principales, commandées par l'Impératrice Saimei, sortirent du port sous les regards d'une immense foule qui s'était rassemblée sur les quais pour leur départ.

Il était prévu que l'armée se rendrait à Tsukushi, au nord de Kyûshû, en passant par le détroit de la mer Intérieure et qu'y serait construit là-bas un Palais provisoire en attendant des conditions climatiques favorables pour traverser la mer. Tous les membres importants du gouvernement faisaient partie de l'expédition. Seul restait dans la Capitale le Prince Ôama chargé de s'occuper des affaires politiques avec quelques hauts dignitaires.

La flotte qui avait quitté Naniwa fit une escale dans le lointain port de Nikita. A cette occasion, Nukata composa un poème, qui serait reproduit des années plus tard dans le *Manyôshû* [1].

Au havre de Nikita
embarqués pour lever l'ancre
attendons la lune
or voici la pleine mer
çà la rame partons

Deux semaines plus tard, ils parvenaient dans la baie de Na[2] où ils élevèrent le Palais provisoire d'Asakura.

De là, ils avaient prévu d'envoyer des missions de reconnaissance pour observer la situation sur la péninsule coréenne. Mais dès leur arrivée, la mer commença à s'agiter et les bateaux durent rester à quai. Une pluie glacée tombait du matin au soir ; la mer couleur de plomb ondulait par grandes vagues dans un bouillonnement d'écume sous le souffle du vent violent.

Au mois d'octobre, le temps ne semblait pas vouloir s'arranger. Les soldats tombaient malades les uns après les autres, et l'appréhension de la guerre se propagea parmi les hommes.

Nukata, qui faisait partie de la suite, sentait quelque chose d'inhabituel. Elle était assaillie par des pressentiments qu'elle n'avait pas eus depuis longtemps et frissonnait sans cesse. C'est pourquoi elle surveillait continuellement Naka no Ôe et l'Impératrice Saimei, les soupçonnant d'être prêts à commettre l'irréparable. Pendant la journée, elle restait auprès du Prince Héritier, et la nuit, dans son lit, elle guettait ce qui se passait autour d'elle.

Pendant quelque temps, tout deux ne montrèrent pas d'activités suspectes. Mais ce qu'ignorait Nukata, c'était que de ténébreuses machinations se tramaient dans l'ombre. Elles allaient bientôt déboucher sur un nouveau désastre.

---

1. Traduction de René Sieffert, POF-Unesco.

2. Actuelle Hakata, au nord de l'île de Kyûshû, face à la ville de Fukuoka.

Au mois de novembre, en effet, de nombreux témoins prétendirent avoir vu un monstre dans le voisinage du Palais d'Asakura. Il n'avait pas laissé d'empreintes fétides, mais il portait une natte de paille, avait les cheveux en désordre et rôdait autour du Palais. Il ressemblait fort à celui qui avait tué la Grande Epouse Hashihito.

L'Impératrice Saimei tremblait de peur. Elle mobilisa immédiatement tous les soldats pour instaurer un système de surveillance rigoureuse. Les torches restaient allumées toute la nuit ; la fébrilité régnait dans le Palais comme si la guerre avait commencé.

La construction était rudimentaire, puisqu'il s'agissait d'un édifice provisoire. L'intérieur était seulement cloisonné par de minces portes en bois et il était facile de s'introduire dans les pièces. La Souveraine disposa de solides soldats autour de ses appartements et plaça une épée à son chevet. Elle restait cloîtrée chez elle. Mais le moindre bruit de pas d'une dame de cour la terrorisait ; elle sursautait même au bruissement du feuillage.

Dix jours s'écoulèrent… Comme la garde avait été renforcée, le monstre ne se montrait plus. Mais la Souveraine, qui vivait dans une alarme continuelle, s'affaiblissait et gardait souvent le lit. Elle n'arrivait plus à s'alimenter, maigrissait à vue d'œil et ses yeux brillaient d'angoisse et de méfiance sans jamais trouver le repos.

Dans la nuit du 16 novembre, un vent violent souleva la mer déchaînée ; les lames déferlaient sur le port dans un bruit fracassant qui retentissait dans tout le Palais.

Il n'était pas encore l'heure du Dragon[1] quand Naka no Ôe rendit visite à l'Impératrice dans sa chambre. Il déclara qu'il apportait de la poudre de cornes de cerf écrasées qui, disait-on, était un stimulant et qu'il voulait l'offrir à la Souveraine affaiblie. L'Impératrice fut aussitôt sur ses gardes, bien évidemment : il semblait impen-

1. Sept heures du matin.

sable que Naka no Ôe vînt lui apporter un remède. C'était peut-être du poison...

Néanmoins, elle décida de le laisser entrer. Si Naka no Ôe était en train de préparer un mauvais coup, elle ferait en sorte de le confondre, ici et maintenant. Les dames de cour essayèrent de la dissuader de le recevoir, mais elle ne tint pas compte de leurs objections et le fit entrer après avoir pris soin de cacher l'épée sous son lit.

— Comment vous sentez-vous, Mère, ce matin ? demanda-t-il sur le pas de la porte en lui jetant discrètement un regard méfiant. Il constata qu'elle n'avait pas d'épée et qu'elle affichait un visage paisible.

— Nous imaginons que l'histoire du remède est un prétexte. Que venez-vous faire à une heure pareille ? dit-elle en haussant le ton.

Mais Naka no Ôe répondit avec un sourire :

— Vous êtes toujours la même, Mère. Je voulais juste parler un peu avec vous, ce qui ne nous était pas arrivé depuis longtemps.

— Qu'est-ce que cette plaisanterie ?

— Ce n'en est pas une, Mère, je suis sérieux. Il fallait absolument que je vous voie, pour une raison bien précise.

— Et de quoi s'agit-il ?

— Tout le monde sait que nous nous querellons comme chien et singe. Mais aujourd'hui que notre pays se prépare à la guerre, nous devons encourager les soldats à ne faire qu'un bloc uni. S'ils se divisent en factions, ceux qui me suivent et ceux qui restent avec vous, ils seront détournés de leur volonté de combattre et notre force militaire risque de s'en trouver affaiblie.

— Ce qui signifie... ?

— Que pour passer à l'exécution de votre projet mûri de longue date, il serait plus sage de ne plus tergiverser.

— Qu'osez-vous insinuer... ? Que nous aurions

ourdi un complot ?

Naka no Ôe ricana :

— Exactement, Mère, j'ai deviné depuis longtemps vos pensées. Si vous vous êtes engagée dans cette guerre, qui est visiblement une entreprise insensée, c'est pour m'entraîner sur le champ de bataille. Vous cherchez ainsi à exclure de ce monde le Prince des Ténèbres, en profitant de la confusion de la guerre.

L'Impératrice écarquilla des yeux étonnés, mais Naka no Ôe continua sans y prêter attention.

— Je ne suis pas votre fils, mais le Prince des Ténèbres, à qui on a attribué un pouvoir surnaturel afin de sauver la Maison impériale des malheurs. Je le sais.

Devant son mutisme, il poursuivit :

— Puisque vous gardez le silence, j'ai bien l'impression que mon histoire est vraie. Mais il n'y a pas que cela. La clarté s'est faite sur tout ce que vous avez comploté jusqu'à maintenant.

— Et qu'aurions-nous comploté, selon vous ?

— Vous avez renseigné en cachette Soga no Iruka, dans le but de vous débarrasser de moi. Si quelqu'un l'a prévenu, en effet, ce ne peut être que vous. Vous avez intrigué pour que nous mourions, Iruka et moi, en nous battant l'un contre l'autre. Je ne me trompe pas, n'est-ce pas ?

L'Impératrice détourna instinctivement les yeux.

— J'ai découvert toute l'affaire en détail. A l'époque où les Soga commençaient à usurper le pouvoir de la Famille impériale, vous avez pris la résolution de le renverser, tout en vous livrant au plaisir de la chair avec lui. Vos larmes n'étaient qu'une feinte en réalité, vous n'avez eu aucun scrupule à le faire disparaître. Vous avez alors demandé à Kamatari d'intervenir, lui qui était issu de la famille Nakatomi versée dans les sciences occultes au service de la Maison impériale. Et il a décidé de se servir de moi qui avais été élevé comme le Prince des Ténèbres.

— Qui vous a dit cela ?

— Peu importe comment je l'ai appris. Et ce n'est pas tout, bien sûr. J'ai aussi entendu parler de l'affaire secrète de la naissance du Prince...

Comment Naka no Ôe savait-il cela ? C'était un secret qui ne devait jamais être révélé, quoi qu'il arrive. S'il était au courant, c'est qu'il y avait des liens étroits entre Kamatari et lui. La Souveraine comprit qu'elle avait été mise à l'écart, à son insu.

L'affaire secrète de la naissance du Prince... A cette époque-là, celle qui s'appelait encore la Grande Epouse Kôgyoku avait mis au monde un fils. Mais c'était justement la période où Soga no Emishi exerçait un pouvoir tyrannique. Le bruit courait qu'il essayait de jeter un mauvais sort au fils impérial, le seul à ce moment-là à être de sang impérial pur. Il y avait bien le Prince Karu (plus tard connu sous le nom d'Empereur Kôtoku), mais par son père, il descendait d'un noble de province et ne convenait donc pas pour devenir le Prince Héritier. C'est pourquoi la Grande Epouse avait consulté Kamatari, craignant pour la vie de son unique fils et aussi la disparition de la lignée impériale.

Kamatari avait proposé une solution surprenante. Il préconisait de faire croire au monde qu'elle avait donné naissance à un autre Prince impérial, afin de maintenir la puissance de la famille régnante tout en se servant de cet enfant comme d'un bouclier. On décida donc d'offrir comme frère aîné au Prince Ôama un enfant qui avait été déposé à sa naissance dans le temple des enfants abandonnés, au pied du mont Katsuragi – un enfant dont on ne connaissait même pas l'origine...

A cette occasion, on prit quelques mesures destinées à faire face aux problèmes qui surgiraient par la suite. Car l'Impératrice ne pourrait pas prodiguer à Naka no Ôe son amour de mère, puisqu'il n'était pas son vrai fils. Il risquait un jour de se poser des questions et de commencer à enquêter sur ses origines. C'est pourquoi on prépara une autre version des faits :

Comme la Grande Epouse Kôgyoku n'arrivait pas à avoir de fils, l'Empereur Jomei avait eu un Prince impérial né de sa liaison avec une femme du clan des Katsuragi. Ainsi ferait-on croire à Naka no Ôe que, sans être le fils de Kôgyoku, il avait des origines impériales. Et pour qu'il n'accède pas au trône, on inventa de toutes pièces une légende diffusée partout à la cour et dans la population : c'était celle du Prince des Ténèbres.

Il était possible qu'un Prince maléfique naisse au sein de la Famille impériale et provoque des désastres inattendus s'il devenait trop puissant... Voilà ce qu'on avait raconté afin que tous se méfient du Prince Naka no Ôe et de son ambition.

Lors du Grand Changement, elle s'était servie de lui comme d'Iruka dans le but de se débarrasser des deux hommes en même temps. Sa ruse habile s'était conclue par une demi-réussite puisque seule la branche centrale des Soga avait été exterminée. Naka no Ôe ayant survécu, elle l'avait utilisé pour éliminer Ishikawamaro et les derniers indésirables du clan des Soga. Son plan s'était cette fois-ci déroulé à merveille. On avait commencé à murmurer que le Prince Naka no Ôe était le Prince des Ténèbres...

C'était là la version que connaissait l'Impératrice. Elle avait manipulé le Prince avec la complicité de Kamatari. Alors, pourquoi ce Kamatari était-il maintenant de connivence avec lui ?

— Vous n'avez pas encore compris que Kamatari vous a trahie il y a bien longtemps. S'il était toujours votre allié, l'Empereur et votre propre fille ne seraient pas morts, et le Prince Arima n'aurait pas connu cette mort atroce.

La Souveraine ouvrit de grands yeux.

— Après tout ce que je vous ai dit, vous devriez l'avoir percé à jour. Vous n'avez rien remarqué, vous avez continué à lui faire confiance ! Décidément, Mère, vous perdez la tête, dit Naka no Ôe en la regardant d'un air railleur.

— Vous mentez ! Pourquoi... pourquoi Kamatari aurait-il fait une chose pareille ?

— Tous ces disparus manquaient d'étoffe pour gouverner. Le but de Kamatari est de placer lui-même un Souverain sur le trône et d'exercer le pouvoir dans l'ombre. Au début, il s'est arrangé pour renverser les Soga avec votre complicité, dans l'intention de me supprimer, moi qui étais le principal obstacle. Mais il a été déçu par la personnalité de mon oncle et du Prince Arima, et il a pris la décision de me mettre sur le trône après votre mort. Car en définitive Kamatari n'attache aucune importance à la question de la lignée. Il préfère soutenir quelqu'un qui a les capacités de gouverner le Pays de Yamato.

Ses paroles bouleversaient la Souveraine, qui sentit jaillir de ses entrailles l'humiliation d'avoir été trahie en même temps qu'une terrible colère. Elle trembla de tout son corps.

— Vous avez compris à présent, Mère. Il y a très peu de personnes qui savent la vérité. Je suis un Prince de la Maison impériale qui s'enorgueillit de descendre d'illustres ancêtres, et non pas le Prince des Ténèbres. Par conséquent, même si vous me renversez, cela ne servira nullement la Maison impériale. Je vous demande de ne pas l'oublier ! C'est tout ce que j'avais à vous dire. Croyez bien que je suis confus de vous avoir dérangée alors que vous êtes malade, dit-il en se levant, prêt à partir.

— Attendez ! ne put-elle s'empêcher de crier avec une soudaine énergie que lui rendait l'émotion.

Elle arrangea sa tenue puis le regarda avec dignité avant de poursuivre :

— Nous avons parfaitement compris ce que vous

avez dit, ainsi que la véritable intention de Kamatari. Mais nous tenons à vous prévenir : nous ne vous permettrons pas de souiller le trône avec ce sang maléfique qui coule en vous. Quoi qu'il arrive, nous ne vous céderons jamais le trône.

Mais Naka no Ôe fit front.

— Je vois que vous êtes très déterminée. Dans ce cas, que comptez-vous faire ? Me trancher la tête avec l'épée que vous dissimulez sous votre lit, ou bien faire éclater la vérité au grand jour ? Mais qui vous croira si vous dites que je suis le Prince des Ténèbres ? Si vous me tuez de votre main, les hauts dignitaires ne resteront pas silencieux. Vous garderez éternellement la réputation d'une Impératrice folle qui a tué son propre fils. Cela ne vous dérangerait pas ? dit-il avec un sourire ironique empreint de commisération.

La Souveraine bouillait de colère. Il n'était pas normal de lui montrer autant de mépris. Le Prince des Ténèbres… Il ne pouvait être que ce Prince maléfique. Il fallait l'anéantir à tout prix.

— Que nous importe une mauvaise réputation ! Quoi qu'il advienne, nous ne vous céderons pas le trône ! lança-t-elle en se redressant soudain après avoir saisi son épée.

Naka no Ôe resta tranquillement assis sans même essayer de s'enfuir. L'espace d'un instant, elle trouva son attitude étrange, mais elle n'était plus capable de réfléchir calmement aux raisons de sa passivité, et elle l'attaqua avec son épée en poussant un cri douloureux car l'arme était si lourde qu'elle avait peine à la manier. Naka no Ôe se contenta de faire un léger saut de côté et la lame s'enfonça dans le plancher. Il s'apprêta à sortir de la pièce avec un sourire cynique.

— Attends ! cria l'Impératrice qui dégagea l'épée et l'attaqua de nouveau. Une fois, deux fois... Mais il parait les coups avec agilité et la lame ne faisait que fendre l'air. La colère de la Souveraine s'embrasa et une folle envie de tuer s'empara d'elle.

— Votre Majesté !

— Arrêtez ! s'écrièrent les dames de cour qui étaient arrivées en courant et s'agrippaient à son bras pour la retenir.

Leur affolement lui fit rapidement reprendre ses esprits. Elle relâcha son étreinte sur la poignée de l'épée, qui tomba à terre, et respira profondément pour retrouver son calme. Cinq dames de cour, dont Nukata, l'encerclaient. L'Impératrice se rendait compte qu'elle avait commis une erreur. Ces femmes avaient vu sa conduite honteuse : elle aurait beau se justifier, son geste était irréparable.

Naka no Ôe la regardait d'un air triomphant. Comme elle pouvait s'en douter, il avait agi par calcul. Elle avait dirigé son épée contre lui parce qu'il l'avait provoquée. Il aurait pu la tuer en prétextant la légitime défense...

Quel moyen retors ! L'Impératrice fut de nouveau saisie de l'envie de le tuer, mais elle devait absolument se contrôler. Elle s'assit donc posément et demanda au petit groupe de sortir. Avant tout, il lui fallait réfléchir calmement à ce qu'il convenait de faire.

A ce moment-là, elle eut l'impression que son ventre prenait feu. Cette sensation se transforma aussitôt en une douleur vive. Ses bras et ses jambes se mirent à trembler, elle fut prise de violents frissons, de vomissements, et se mit à transpirer à grosses gouttes.

Que se passait-il ? Elle était parcourue de tremblements comme sous une attaque de choléra. L'Impératrice s'effondra en poussant les gémissements d'un condamné sous la torture. Le Prince des Ténèbres ! Tout en se tordant de douleur, elle tourna son regard vers lui.

Mais lui la regardait d'un air interloqué.

Quelles singeries ! se dit-elle, convaincue que c'étaient ses pensées malfaisantes qui lui faisaient subir d'atroces tortures. Elle avait fait une erreur. Elle aurait dû s'en débarrasser… plus tôt… bien plus tôt.

Elle regardait Naka no Ôe, prise d'un violent regret. Mais sa vue se brouilla. La douleur arrivait à son point culminant, elle n'entendait plus rien, ne pouvait plus parler, comme paralysée. Puis, après un soubresaut, son corps se relâcha et toutes ses pensées disparurent dans les ténèbres.

L'Impératrice Saimei rendit l'âme.

Elle s'affaissa sur le plancher, les yeux grands ouverts. Naka no Ôe et les dames de cour restaient figés autour d'elle.

Le Palais d'Asakura sombra dans le chaos. Mais c'est qu'il s'était produit un phénomène contraire à l'ordre des choses : la Souveraine, supposée se trouver sous la protection divine, venait de mourir d'une mort violente et mystérieuse. Les soldats, pris de panique, se mirent à fuir le Palais. Et ils ne revinrent pas. Dans ces conditions, l'armée impériale ne risquait pas de partir à la guerre, mais plutôt de disparaître... Personne cependant ne pouvait retenir les hommes terrorisés.

La mort de l'Impératrice avait été tellement soudaine qu'on ne manquait pas de se poser des questions. Quand on apprit qu'elle venait de recevoir de la poudre de cornes de cerf, on commença à murmurer que Naka no Ôe l'avait empoisonnée. Mais le doute fut tout de suite dissipé. Il était en effet impensable que la Souveraine, qui prenait tant de précautions, ait accepté sans se méfier ce que lui offrait le Prince. Finalement, l'origine du décès resta inconnue ; et les rumeurs habituelles d'une cause funeste circulèrent parmi les soldats, selon lesquelles la Maison impériale était maudite ou l'esprit d'Iruka s'était vengé.

Deux jours plus tard, Naka no Ôe fit célébrer les funérailles de l'Impératrice dans le Palais d'Asakura. A cette occasion, il déclara que c'était lui désormais qui assumait l'autorité politique en lieu et place de la défunte. Il prit la décision d'annuler l'expédition vers le Royaume de Paekche, décision motivée par la disparition de la Souveraine. Il jugeait en effet que partir dans de telles conditions, avec des hommes plongés dans l'angoisse et la confusion, ne mènerait à rien, si ce n'est à perdre inutilement des soldats.

Ainsi la dépouille de la Souveraine fut-elle embarquée sur un bateau de guerre, et l'armée expéditionnaire s'en retourna vers la baie de Nikita dans un état d'abattement extrême.

V
LE PAYS DES TÉNÈBRES

1

Le dernier jour du mois de novembre, alors que soufflait un vent glacial, Asuka apprit la mort de la Souveraine avec le retour du corps expéditionnaire. Cette nouvelle répandit la terreur dans le Pays de Yamato. Si la Fille Céleste qui bénéficiait de la protection divine était morte, le pays lui-même risquait de disparaître. Les prédictions les plus folles se propagèrent rapidement : les troupes des Tang allaient les envahir et exterminer l'armée impériale, les femmes et les enfants seraient les premières victimes…

Pour enrayer l'affolement de la population, Naka no Ôe prononça aussitôt un édit au Second Palais Okamoto, ordonnant de déployer des troupes dans la province de Nagato, dont les côtes donnaient sur la mer du Japon et la mer Intérieure, et dans celle de Tsukushi au sud de l'Archipel, pour empêcher que les Tang n'envahissent les provinces du Kinai autour d'Asuka.

En réalité, il ne craignait pas leur invasion. Les Tang devaient plutôt s'intéresser au puissant Royaume de Kôkuryô sur la péninsule coréenne. Le Pays de Yamato n'était pas une puissance militaire suffisamment importante pour les inquiéter, et en outre il était beaucoup moins riche en ressources naturelles. Aussi Naka no Ôe estimait-il que les Tang ne prendraient pas le risque de s'exposer au danger des naufrages pour envahir un pays aussi dépourvu d'intérêt.

S'il avait tant insisté sur la menace que représentaient les Tang pour leur pays, c'était tout simplement par feinte, pour influencer l'Impératrice Saimei. Mais à présent qu'elle avait disparu, il était inutile d'entretenir dans la population une angoisse dénuée de fondement. Il suffirait donc de laisser en place les troupes un certain temps, puis de faire savoir aux habitants que l'invasion n'aurait pas lieu. Ainsi retrouveraient-ils leur calme.

Naka no Ôe prit alors conscience que le moment était venu pour lui de prendre les affaires en main. A une époque où les gens étaient rongés par l'anxiété, ils avaient besoin de se retrouver sous l'autorité d'un chef solide. Il fit donc célébrer les funérailles de la Souveraine en grande pompe et décida de travailler à la stabilité du pays.

Il s'efforça avant tout de se concilier la bienveillance des puissantes familles de province. Avec la participation qui leur avait été imposée pour les travaux publics et l'enrôlement dans l'armée expéditionnaire, on leur avait demandé l'impossible... pour en arriver au pire des résultats puisque la Souveraine avait perdu la vie. Leur ressentiment ne remontait pas à la surface, mais il avait entendu dire qu'il n'avait jamais atteint une telle ampleur.

C'est pourquoi il mit en place plusieurs nouvelles réformes. Ainsi il garantit leurs privilèges aux nobles ayant réussi avec efficacité dans le gouvernement, en leur attribuant des titres héréditaires. Il rétablit également le système des grandes familles aboli avec les réformes du Grand Changement, qui accordait aux nobles de province le droit de posséder une population privée. Grâce à toutes ces mesures prises en urgence, les mécontents semblaient s'être calmés. Personne ne critiquait Naka no Ôe ouvertement, ni n'essayait de se rebeller.

Leur comportement le laissait néanmoins perplexe. Les nobles de province, bien sûr, mais aussi les ministres et les hauts dignitaires l'évitaient comme la peste. Il était lié de trop près à cette succession d'atrocités. On ne pouvait pas prétendre qu'il y avait prêté la main directement, mais comme elles l'avaient finalement conduit vers le trône, tout le monde le craignait, certain qu'il manœuvrait dans l'ombre.

Le comportement des ministres et des hauts dignitaires était on ne peut plus explicite. Ils ne lui adressaient la parole qu'aux Conseils et le reste du temps, ils l'évitaient. Personne ne lui rendait visite dans sa résidence et on ne cessait de refuser sous divers prétextes ses invitations à des banquets ou à des dîners. Contrairement à ce qu'il pouvait attendre des résultats de sa nouvelle politique, Naka no Ôe sombra dans une solitude glaciale.

Le seul moyen pour monter sur le trône était d'être craint et respecté par ses sujets. Malgré cette conviction, que pouvait-il faire sans soutien et dans la solitude ? Ni l'alcool ni les divertissements ne parvenaient à le distraire et il cherchait l'apaisement dans la tiédeur de l'amour féminin. Il avait repris ses relations avec la Princesse de Nukata. Il n'attendait pas seulement le plaisir charnel avec elle : sa pureté et sa sincérité lui apportaient un doux réconfort.

Il va sans dire que Nukata était mal à l'aise puisqu'elle le soupçonnait d'avoir poussé vers la mort le Prince Arima. Elle ne pouvait se débarrasser d'un sentiment de haine profondément incrusté dans son cœur. Ses actes barbares lui répugnaient. Mais tandis que ses rencontres avec lui se multipliaient, l'attitude du Prince parvint à fondre sa dureté. Il semblait tellement seul qu'il lui inspirait pitié, et son cœur était pur et doux comme celui d'un enfant… Il se pouvait qu'il fût le Prince des Ténèbres et l'auteur d'actes barbares... mais il n'en restait pas moins vrai qu'il avait ses faiblesses comme tout être humain. Elle finit par se livrer sans retenue à leurs relations charnelles, prise de l'envie d'atténuer la tristesse de Naka no Ôe en le consolant avec son corps.

On arriva à la mi-décembre…

Un mois s'était écoulé depuis la mort de l'Impératrice Saimei. Et, conformément aux prévisions de Naka no Ôe, il ne semblait pas que les Tang aient l'intention de les envahir. Comme l'angoisse de la population commençait à se dissiper, Naka no Ôe décida de réduire les forces de défense. Des dix mille soldats postés à Tsukushi et à Nagato, il voulait n'en garder que cinq mille. Mais le choix des hommes risquait de créer des complications. La plupart des soldats avaient été envoyés sur les lignes de défense à peine revenus de l'expédition prévue pour la Corée, et tous souhaitaient rentrer chez eux le plus tôt possible. Celui qui prendrait le commandement devait avoir des qualités et être aimé des soldats.

Naka no Ôe confia ce rôle à son fils, le Prince Ôtomo, qui n'était jamais passé pour médiocre à ses yeux. Il s'était distingué par son travail remarquable sous ses directives pendant toutes ces années. Non seulement il avait fait preuve d'intelligence et de courage, mais il avait aussi acquis l'autorité nécessaire pour devenir le Souverain et n'avait rien à envier aux autres Princes. C'était l'occasion ou jamais de faire connaître ses talents à tous.

Ôtomo, comprenant les intentions de son père, ne put cacher sa joie. Il accepta volontiers de remplir la mission qui lui était demandée et entreprit de préparer son départ pour Tsukushi.

2

A cette époque, le Prince Ôama avait confié à Naka no Ôe la marche des affaires politiques. Il s'absorbait dans la compilation d'un livre historique, classant les nombreuses histoires familiales transmises dans la Famille impériale et chez les nobles de province afin de les réunir dans un recueil qui raconterait l'Histoire du Pays de Yamato.

Si Ôama se consacrait à ce travail obscur, c'était en grande partie sur le conseil du Prince Naka no Ôe, qui se méfiait de son influence et essayait de le déposséder de ses pouvoirs en l'éloignant des activités centrales. En résumé, il voulait écarter le dernier obstacle sur le chemin du trône. Mais Ôama jugeait de son côté qu'il valait mieux observer calmement l'évolution politique ; il s'attachait donc à son travail sans nourrir de mécontentement.

C'est alors qu'on lui apporta une nouvelle inattendue.

L'année allait s'achever quand un homme se présenta chez lui. Il s'agissait d'un pêcheur qui habitait dans la baie de Naniwa. Il fut reçu par Fumi no Nemaro, à qui il expliqua qu'il souhaitait offrir au Seigneur des *ayu* frais, ces petits salmonidés considérés comme de bon augure et pêchés à la lueur des torches, la nuit, en utilisant des cormorans dressés. L'homme, qui avait tout à fait l'allure d'un pêcheur, était âgé d'une quarantaine d'années et tenait dans la main un filet rempli de poissons. Comme son attitude n'avait rien de suspect, Fumi no Nemaro mit les poissons sur un petit plateau et les porta à son maître.

Ôama était dans sa chambre à lire des histoires familiales de nobles de province. Il était si concentré qu'il ne remarqua pas sa présence.

— Monseigneur, voilà un accompagnement qui conviendrait parfaitement à une coupe de saké. Vous devriez prendre un peu de repos.

Ôama leva le visage en se frottant les yeux.

— Vous semblez fatigué, Monseigneur, vous travaillez beaucoup trop.

— Que dis-tu ! Ce livre historique est un témoignage précieux pour l'avenir du pays ; grâce à lui, la population vénérera toujours la Famille impériale… A propos, qu'est-ce qui conviendrait si bien ?

— Regardez ! dit Fumi no Nemaro en s'approchant pour lui montrer les poissons.

— Oh, des *ayu* !

— Ils sont beaux, n'est-ce pas ?

Fumi no Nemaro lui raconta comment ils étaient arrivés jusqu'à eux et posa le plateau sur l'écritoire. D'un air impressionné, Ôama regardait les rangées de poissons frais et luisants, quand soudain il en prit un dans la main.

— Mais qu'est-ce qu'il a ? fit-il intrigué. Regarde donc !

Ôama désignait le ventre du poisson. A première vue, il n'y avait rien d'anormal, mais si on regardait mieux, on s'apercevait que le ventre était fendu à la verticale. Visiblement il avait été ouvert avec une lame fine pour que la fente reste invisible. Ôama introduit un doigt dans le ventre et en retira un papier roulé.

— Ça alors !

— On dirait un message secret. Quelqu'un a dû envoyer le pêcheur que tu as vu comme messager.

Il déplia le bout de papier et découvrit des caractères chinois. Après l'avoir lu, son visage s'assombrit. Il le passa à Fumi no Nemaro qui déchiffra : *Moi, Takamuku no Kunioshi, j'ai des objections à faire sur le couronnement du Prince Naka no Ôe et je souhaiterais m'entretenir avec le frère cadet, le Prince Ôama.* L'auteur de ce message était issu d'une puissante famille de Settsu, et s'il prenait la peine de lui envoyer une lettre secrète, c'est qu'il s'agissait d'une affaire importante.

— C'est ennuyeux, ce mouvement qui semble se mettre en branle à Naniwa.

— Ennuyeux ?

— En effet, il est d'usage dans la Maison impériale que le frère aîné monte sur le trône. Il n'est pas fréquent que les nobles se mêlent de la succession.

— Voulez-vous dire qu'il laisse entendre son intention de se rebeller ?

— Pour le moment, je n'en sais rien.

Il réfléchit un instant, puis ordonna :

— Fumi no Nemaro, prépare-moi un cheval !

— Vous voulez partir pour Naniwa ?

— Il faut absolument que je me rende compte de la situation. Je veux vérifier par moi-même si ce message ne concerne que Takamuku no Kunioshi ou s'il y a d'autres nobles derrière.

— Vous pensez que les nobles se sont regroupés ?

— C'est possible. Si c'est le cas, cela risque de décider du sort de la Maison impériale. De toute façon, il faut enquêter sur le sujet.

— Si les nobles manifestaient l'intention de se rebeller, que feriez-vous ?

Ôama regarda Fumi no Nemaro avec sévérité avant de déclarer sur le ton de la colère :

— Je les ferais changer d'avis.

Le lendemain, Ôama se déguisa en simple voyageur et prit la direction de Naniwa. Il s'était contenté de dire à Naka no Ôe qu'il partait chasser le faucon accompagné de Fumi no Nemaro, Murakuni et quelques gardes du corps.

La route qui menait à Mukô no Ura jusqu'au manoir de Takamuku no Kunioshi, situé sur la côte, passait par le Palais du Promontoire Magnifique. Mais comme le Prince Ôtomo séjournait là, il fut contraint de faire un grand détour par le nord afin de ne pas se faire repérer. Après avoir traversé de nombreux villages, il longea enfin la mer où il aperçut des groupes de cabanes et des pêcheurs qui tiraient leurs filets sur la plage. L'endroit semblait paisible. Cependant, il resta prudemment à couvert des pins qui poussaient tout autour.

Le riche manoir de Takamuku no Kunioshi était construit dans une pinède. Entouré de douves, c'était un ensemble de bâtiments aux toits couverts de tuiles. A son arrivée, il fut reçu par le maître de maison en personne. C'était un homme robuste aux traits grossiers qui portait une barbe, mais ses yeux perçants brillaient d'intelligence.

Le maître des lieux le conduisit dans une grande salle parquetée, tout en faisant assaut de courtoisie pour s'excuser de l'avoir fait venir. En entrant dans la vaste salle, Ôama vit sur des tapis en roseau tressé tout un alignement de mets luxueux, tels que des abalones, dont poètes ou poétesses comparaient l'unique coquille aux tons irisés à un amour sans retour, du poulpe, des osmondes... Tout autour étaient installés les notables de la région : Ôkida no Esaka, Ô no Homura, Inukami no Mitasuki, Ei no Omikimi, qui semblaient le dévisager. Malgré le respect qu'ils lui témoignaient, ils affichaient un air sévère. Ôama se raidit. C'était bien ce qu'il avait prévu.

Une fois qu'il fut installé à sa place, Takamuku no Kunioshi prit la parole :

— Croyez bien que je suis confus d'avoir demandé au frère cadet du Prince Héritier de venir dans ma modeste demeure. Mais nous n'avions pas d'autre solution pour nous entretenir avec vous, et nous vous prions de nous en excuser. Si j'ose m'exprimer en ces termes, nous souhaiterions nous faire pardonner en vous offrant les produits savoureux de la mer et de la montagne. Nous vous serions reconnaissants de nous faire l'honneur d'y goûter, dit-il en se prosternant respectueusement en même temps que les autres nobles.

— Cela peut attendre. Puisque j'ai pris la peine de venir, veuillez me parler dès maintenant de votre affaire.

— Je suis vraiment désolé, Prince, dit le maître de maison, j'espère que vous ne m'en voudrez pas de mon impertinence.

— Mais non, naturellement.

— Alors, je vous prie de m'excuser, dit Takamuku qui s'assit en croisant les jambes. Si je vous ai fait venir, c'est pour une seule et unique raison. Vous devez l'avoir compris à la lecture de mon message, mais nous voudrions que vous incitiez votre frère aîné à renoncer au trône, déclara-t-il en le regardant avec insistance.

— Pourquoi dites-vous cela ?

— Je pense que vous en connaissez déjà la raison. Des tragédies ne cessent de se succéder autour du Prince Héritier depuis le Grand Changement. Le Prince Arima, l'Empereur Kôtoku… le pire a été atteint avec la mort de l'Impératrice Saimei lors de l'expédition de Paekche. Si le Prince Héritier monte sur le trône, il risque de se produire des événements plus abominables encore.

Ôama comprenait bien leur crainte, mais il répliqua :

— Mon frère aîné aspire par-dessus tout à devenir Empereur. Il est impossible de passer outre.

— L'essentiel n'est pas le plaisir et l'intérêt personnel du Prince Héritier. Ce que nous voulons, c'est que le pays vive en paix.

— Mais vous faites erreur. Si mon frère ne montait pas sur le trône, le Pays de Yamato se retrouverait sans Souverain, et ce serait un obstacle majeur à la bonne marche des affaires gouvernementales. Nous ne serions pas les seuls à en souffrir, cette situation rejaillirait sur vous également.

— Mais non, il existe un bon moyen pour que le Prince Héritier n'ait pas à monter sur le trône.

— Que voulez-vous dire ? demanda Ôama.

Takamuku no Kunioshi prit son courage à deux mains, puis il lança :

— Il suffirait que vous deveniez vous-même le Souverain, Prince !

— Quoi ? Vous plaisantez !

— Je suis très sérieux. Vos qualités humaines sont connues de tous. Si vous étiez couronné Empereur, tous vous suivraient avec joie et la paix reviendrait sur le Pays de Yamato comme jamais auparavant.

Ôama ne trouvait pas de mots pour lui répondre. Il savait que les nobles craignaient son frère, mais il ne pouvait l'écarter. C'était contraire à l'usage de la Maison impériale. De toute façon, Naka no Ôe n'accepterait jamais de lui céder la place.

En le voyant aussi perplexe, Ô no Homura prit la parole :

— Nous comprenons naturellement vos hésitations, Prince. Mais nous ne pouvons plus obéir au Prince Héritier. Les travaux imposés, l'enrôlement de soldats au mépris des souffrances de la population, les tragédies successives… Nous en avons assez !

Ôama ne dit rien.

— J'ose prendre la liberté de m'adresser à vous, Prince. Sachez que si le Prince Héritier montait sur le trône, nous ne resterions pas indifférents. Un Souverain a besoin du soutien des puissantes familles de province pour avoir le contrôle sur la population. Si les choses continuent ainsi, nous risquons de nous organiser pour agir. Ne voulez-vous pas éviter cela ? demanda Ô no Homura, l'air déterminé.

Les autres membres de l'assemblée le regardaient dans une attitude respectueuse, mais on sentait aussi chez eux une forte résolution.

Ôama fut saisi d'inquiétude. Les paroles qu'il venait d'entendre ressemblaient fort à une menace qui portait atteinte à la majesté du Souverain, mais il n'avait pas l'intention d'en faire reproche à Ô no Homura. Il comprenait trop bien la lassitude des nobles. Néanmoins, il ne pouvait accéder à leur demande, car il n'avait pas de raison de prendre la place du Prince Héritier. Quant à essayer de persuader son frère de renoncer momentanément au trône... il ne se laisserait jamais convaincre. Ôama comprit qu'ils se trouvaient dans une impasse.

— Je comprends bien ce que vous ressentez. Mais cette affaire concerne l'avenir du Pays de Yamato et je ne peux pas répondre immédiatement. Je dois y réfléchir pendant quelque temps. Pour aujourd'hui, nous en resterons là, parvint-il à leur dire.

— Très bien. Mais quand vous serez de retour à Asuka, n'oubliez surtout pas que nous sommes déterminés, insista une dernière fois Takamuku no Kunioshi.

3

Le Palais du Promontoire Magnifique était comme abandonné depuis le transfert de la Capitale à Asuka. Il ressemblait à un grand bâtiment en ruine. Mais au centre de la Salle du Principe suprême grise de poussière, se trouvait le piédestal impérial où était assis le Prince Ôtomo.

Depuis qu'il était arrivé à Naniwa, il avait eu vent d'une rumeur surprenante. On disait que le Prince Ôama était parti secrètement rencontrer les nobles de Naniwa. Il était habillé d'une tenue de voyage discrète et accompagné d'une suite restreinte. Trouvant ce comportement suspect, Ôtomo avait envoyé un garde du corps sur ses traces pour mener une enquête.

Des bruits de pas se firent entendre dans la galerie, mêlés au bruit du vent. Ce devait être le garde du corps qui revenait de sa mission. La porte en bois s'ouvrit doucement et un homme encapuchonné apparut sur le seuil. Ce Mushimaro était au service de son père, mais comme il excellait dans les activités d'espionnage, Ôtomo en avait fait son bras droit et il obéissait à ses moindres volontés.

Mushimaro s'approcha et se prosterna cérémonieusement devant lui.

— Je te remercie de revenir aussi vite. Alors, qu'as-tu appris ?

— L'homme en tenue de voyage était sans doute possible le Prince Ôama. Il est arrivé à Naniwa avec une petite escorte et il semble qu'il séjourne à Mukô no Ura.

— Chez qui est-il donc ?

Mushimaro resta silencieux.

— Qu'est-ce qu'il t'arrive ? Pourquoi ne réponds-tu pas ?

— J'aurais une chose à vous demander avant de vous le dire.

— Eh bien, dis-la !

— J'espère que c'est ma dernière mission et que je pourrai ensuite mettre un terme à cette activité d'espionnage.

— Bien sûr. C'est ce que je t'avais promis.

— C'est vraiment la dernière fois ?

— Quelle insistance ! Tu ne me fais donc pas confiance ?

— Si, si, mais je vous ai toujours dit que j'aimerais faire le travail d'un honnête garde du corps.

Ôtomo eut un geste d'agacement. Il ne comprenait pas pourquoi son père se montrait bienveillant avec ce garde du corps en le prenant sous sa protection, alors qu'il lui était certainement hostile depuis la mort de son maître Ishikawamaro. Mais pour obtenir de l'homme qu'il lui livre des informations, il n'avait pas d'autre solution que de lui promettre ce qu'il voulait.

— Je te comprends parfaitement. J'en parlerai à Père.

— Je m'en remets à vous, Monseigneur.

— Et maintenant, où séjourne Ôama ?

Mushimaro releva la tête :

— Comme le craignait Monseigneur, il séjourne dans le manoir de Takamuku no Kunioshi. S'il n'a pas dit au Prince Héritier ni à ses conseillers de confiance qu'il se rendait à Naniwa, c'est parce qu'il s'agit d'une rencontre secrète. En outre, les pêcheurs des environs m'ont appris que les nobles de la région s'étaient réunis chez Takamuku.

— De quels nobles parles-tu ?

— Il s'agit probablement de Messeigneurs Ôkida no Esaka, Ô no Homura et Inukami no Mitasuki, car ils sont absents de chez eux, je l'ai vérifié. Mais il y en a d'autres certainement.

Ces trois personnages étaient de puissants notables de Naniwa. De quoi pouvaient-ils bien parler avec Ôama ?

Mushimaro poursuivit :

— Tous ceux qui sont réunis à Mukô no Ura étaient opposés à l'expédition de Paekche et ont coopéré de mauvaise grâce à la construction de Naniwa. Je ne vois qu'une seule raison qui les ait poussés à faire venir le frère du Prince Héritier : ils projettent de le soutenir.

— Tu es sûr de ce que tu avances ?

— Tout à fait. Les voix ne se font pas entendre, mais le mécontentement couve contre le Prince Héritier. Takamuku no Kunioshi et les autres nobles doivent souhaiter qu'Ôama monte sur le trône.

C'était vraiment difficile à admettre, mais Mushimaro se montrait persuasif. Ou plutôt non, c'étaient ses craintes qui se concrétisaient. Il s'était souvent demandé avec anxiété si les intrigues de son père ne provoqueraient pas un jour ce genre de réaction. Ces nobles de province possédaient quelque dix mille soldats privés et s'ils s'unissaient pour soutenir Ôama, même son père aurait du mal à résister.

Il fallait faire quelque chose avant qu'Ôama et les autres ne se mettent en mouvement. Il n'avait plus le temps de se rendre à Tsukushi. Le Prince Ôtomo pria alors Mushimaro de se retirer, puis il fit venir ses conseillers de confiance, comme Ioi no Kujira, afin de prendre rapidement les mesures qui s'imposaient.

4

Une femme avançait dans la galerie en portant un bol dans les mains. Ses pas faisaient grincer le plancher dans la pénombre. Elle s'arrêta devant une porte en bois et s'assit sur les genoux dans une attitude respectueuse.

— Je vous apporte votre remède.

Pour toute réponse, elle n'obtint qu'un faible murmure. Elle ouvrit doucement la porte qui donnait sur une chambre et vit le vieil homme allongé sur sa couche à même le parquet. Ces yeux étirés, l'arête du nez qui évoquait le faucon... C'était Kamatari. Mais il semblait atteint d'une grave maladie, car il avait les joues creuses, les yeux enfoncés.

La femme s'assit, l'air inquiet.

— Comment vous sentez-vous ?

— Il faut que ça aille ! Je ne peux pas mourir avant d'avoir rempli ma dernière mission, c'est l'ultime étape, dit-il en essayant de se redresser.

Elle voulut l'aider, mais il repoussa sa main d'un geste nerveux.

— Que se passe-t-il à Asuka ? Naka no Ôe commence-t-il à bouger ?

— Pas encore. C'est plutôt Ôama qui m'inquiète.

— Que se passe-t-il avec Ôama ?

— D'après les informations que nous a fournies notre espion, les nobles de Naniwa sont en train de se regrouper sous les ordres du Prince Ôama.

— Je vois... fit-il sans paraître autrement surpris, avant de boire d'un trait le contenu du bol qu'elle lui tendait.

— Les choses semblent aller au-delà de nos espérances. Dans ce cas, je dois dire au *monstre* d'attendre encore un peu. J'ai bien l'impression que nous pourrons peut-être nous débarrasser de Naka no Ôe sans nous salir les mains, dit-il avec un sourire.

Le visage de la femme s'assombrit.

— Vous voulez à tout prix… le Prince Héritier…

— Evidemment, n'est-ce pas pour ça que nous avons fourni autant d'efforts ?

— Mais… si quelque chose arrivait à la femme...

— La femme ?

— Ma *sœur*.

Kamatari resta un instant silencieux.

— On n'y peut rien. Dis-toi que c'est son destin.

La femme essuya discrètement une larme.

— Nous ne pouvons plus reculer maintenant. Pour réaliser notre vœu le plus cher, nous sommes bien obligés de nous montrer cruels. Et si j'ai pu survivre sans me transformer en monstre ou en araignée de terre, bien que je sois atteint d'une maladie incurable, c'est uniquement grâce à la protection des dieux locaux. Pour les remercier, notre clan doit se faire l'intermédiaire entre les dieux et les hommes… Chère Princesse de Kagami, oubliez donc cette femme, oubliez la Princesse de Nukata ! s'exclama Kamatari en fixant avec sévérité son *épouse*.

5

Trois jours après son départ discret d'Asuka, Ôama était de retour chez lui. On n'avait pas découvert son voyage, personne ne se doutait qu'il avait quitté la Capitale pour se rendre à Naniwa. Naka no Ôe devait être occupé par les affaires politiques, car il ne prêtait pas attention à lui. Il se remit donc à son travail de compilation, tout en réfléchissant au moyen de faire face aux revendications des nobles de province, mais il ne trouvait aucune solution susceptible de satisfaire à la fois ces notables et son frère.

Puis une nouvelle année commença. Des petits flocons se mirent à tomber et le Palais Okamoto se recouvrit d'une légère couche de neige.

C'est à ce moment-là qu'ils virent arriver des envoyés des Tang. L'ambiance était tendue à la cour, mais quand on apprit que les puissants Tang voulaient entretenir des relations amicales avec le Pays de Yamato, il devint clair qu'il n'y aurait pas d'invasion. Le soulagement fut d'autant plus vif que l'angoisse avait été forte, et lorsque les soldats postés à Tsukushi et Nagato furent rapatriés à Asuka, leur retour mit la ville en effervescence.

Malgré cette allégresse, l'inquiétude d'Ôama ne faisait que croître. Naka no Ôe n'allait certainement pas laisser échapper ce moment propice pour monter sur le trône. Les nobles de Naniwa avaient les mêmes craintes que lui, apparemment : des messages secrets ne cessaient de lui parvenir, lui demandant de freiner tout projet du Prince. Des notables influents du Kinai, tels le vice-gouverneur du domaine de Takechi ou Izumi no Miyuki, de la puissante famille de guerriers Ôtomo, s'étaient ralliés à ceux de Naniwa ; réunie, leur puissance militaire dépassait les dix mille soldats. Il avait l'impression que l'existence même du gouvernement était en danger.

On en était arrivé à un point où Ôama devait absolument trouver une *stratégie*. Celle qu'il choisit de suivre, il la prit en désespoir de cause, mais son projet permettrait de retarder le couronnement de Naka no Ôe et de calmer les aristocrates mécontents. Il opta donc pour cette ultime solution, avec la volonté de protéger la Maison impériale.

Dix jours plus tard, Naka no Ôe le pria d'assister à un Conseil des ministres qui se déroulait le surlendemain. Une affaire de première importance qui touchait à la politique de l'Etat allait s'y décider, et sa participation était indispensable. Ôama était certain qu'il s'agissait du couronnement de son frère aîné.

Le moment était venu de l'affronter ; Ôama attendit le jour du Conseil dans une grande agitation.

Le jour dit, une neige fine s'était mise à tomber dès

le matin. Il soufflait un vent glacial.

Ôama pénétra dans la salle à l'heure du Dragon [1], heure que son frère lui avait donnée comme le début du Conseil. Mais toute l'assemblée était déjà installée. Naka no Ôe était assis sur le trône, avec à ses côtés le Prince Ôtomo, les Ministres de Gauche et de Droite, et derrière eux les dames de cour et les épouses, ainsi que les Princes Otsu, Takaichi, les hauts dignitaires comme Ôtomo no Umakai et Abe no Kurahashimaro. Ôama était le seul à être en retard.

— Ôama ! Que vous est-il arrivé ? Nous ne pouvions commencer le Conseil en votre absence. Allez, asseyez-vous vite, dit Naka no Ôe d'un ton indulgent.

Il ne restait pas de place libre pour Ôama. Il aurait dû s'asseoir à côté du trône, mais les places étaient déjà prises. Tandis qu'il restait là sans savoir que faire, le Prince Ôtomo s'avança et posa un coussin rond devant le trône. Ce qui signifiait qu'il devait s'installer là.

Toute l'assemblée le regardait en retenant son souffle. Ôama devina les arrière-pensées de Naka no Ôe en lui communiquant cette heure tardive. Il s'était arrangé pour que son frère cadet soit contraint de s'asseoir devant lui, de sorte qu'il semblait se soumettre. Une allégeance qui donnait une touche de légitimité à l'intronisation qu'il voulait par-dessus tout.

Il avait eu recours à un moyen de fortune et le fait qu'il ait senti la nécessité de l'utiliser était déjà un signe de faiblesse. Connaissant son impopularité, Naka no Ôe ne pouvait donc affirmer son autorité qu'en recourant à ce genre de stratagème... L'effet escompté se retourna contre lui : Ôama prit conscience de sa supériorité, et il s'installa sans hésitation.

— Bien, le Conseil des ministres peut commencer,

1. De sept à neuf heures.

dit Naka no Ôe posément.

Mais il se reprit, tout en affichant la même ostensible sérénité.

— Oh ! le terme de Conseil des ministres est un peu exagéré, car il ne s'agit pas de grand-chose en réalité. Je voulais simplement parler avec vous, Prince Ôama.

— C'est bien pour cette raison que j'ai pris place ici, répliqua Ôama. De quoi s'agit-il ?

— Je tenais tout d'abord à vous remercier. Ainsi que vous le savez, il ne semble pas que les puissants Tang aient l'intention de nous envahir et le Pays de Yamato peut prospérer en paix. C'est en partie grâce à votre coopération, puisque vous avez protégé autrefois le Palais Okamoto pendant notre absence et vous êtes efforcé de calmer les esprits. Je n'avais pas eu l'occasion de vous en remercier, c'est pourquoi je le fais maintenant.

— Vous êtes vraiment trop aimable de me témoigner tant d'attentions, j'en suis confus. Cependant, je suppose que vous n'aviez pas que cela à me dire.

— Vous avez raison, répondit Naka no Ôe avec un sourire au coin des lèvres. Vous devez déjà l'avoir compris. La paix est revenue dans le Pays de Yamato, mais nous n'avons pas encore décidé d'une chose essentielle pour bénéficier de la protection des dieux. Tant que nous resterons dans cette situation, la population ne pourra pas vivre sereinement et le régime politique, qui est en train de devenir stable, sera menacé de fragilité. Nous devons faire quelque chose.

— En bref, c'est au sujet du nouveau Souverain ?

— En un mot, oui, en effet. Il n'y a que vous et moi qui puissions hériter du trône resté vacant après les morts malheureuses de la Grande Epouse Hashihito et du Prince Arima. Ce sera l'un de nous deux ; cela ne fait pas beaucoup de différence, mais il faut que nous nous mettions d'accord.

— Vous avez sans doute raison. Dans ce cas, qu'en

pensez-vous, Frère ?

— Non, dites-moi plutôt quelle est votre idée. Je tiens à la respecter.

C'était clair, il voulait que l'initiative revienne à Ôama, pour donner l'impression qu'il se pliait à la volonté de son frère.

Quelle ruse facile ! Ôama en ressentait presque de la colère, mais il n'en laissa rien paraître et essaya de mettre en application la stratégie à laquelle il avait pensé.

— Puisque vous êtes le Prince Héritier, il est normal que vous succédiez à Mère. Je n'ai aucune objection à votre couronnement.

A cette nouvelle, le visage de Naka no Ôe s'épanouit.

— Dans ce cas, vous pouvez en prendre l'engagement devant Messieurs les Ministres de Droite et de Gauche et les hauts dignitaires ici présents ?

— Mais naturellement, acquiesça Ôama. (L'essentiel allait venir...) Seulement, il y a une condition.

— Une condition ?

— En effet ! Je suis tout à fait d'accord pour que vous deveniez le nouveau Souverain... Mais pas immédiatement. Je voudrais qu'avant cela, vous exerciez pendant un certain temps la fonction de Régent.

Ce qui signifiait qu'il s'occuperait des affaires politiques en gardant son statut actuel de Prince impérial. En somme, Ôama s'opposait discrètement à son couronnement. Naka no Ôe changea brusquement de couleur.

— Pourquoi mettez-vous cette condition ?

— Parce que je souhaiterais que vous rétablissiez votre réputation avant de devenir le Souverain.

— Vous voulez dire que j'ai une mauvaise réputation ? fit Naka no Ôe comme s'il était surpris.

— Exactement. Vous ne pouvez ignorer les bruits qui courent à votre sujet. On dit que vous êtes un Prince cruel et barbare, capable de tout pour servir ses ambitions personnelles. Monter sur le trône trop précipitamment serait leur donner raison. N'est-ce pas le moment de consacrer vos efforts à rétablir votre réputation afin de devenir digne du trône ?

Naka no Ôe fronça les sourcils.

— C'est vraiment ce que vous pensez ? Ou cachez-vous une arrière-pensée malveillante ?

— Je vous assure que non.

Naka no Ôe lui lança un regard perçant. Ôama était tendu. Comment allait-il contre-attaquer ? Mais son frère sembla choisir la résignation :

— Bon, j'ai très bien compris. Cela ne sert à rien de jouer avec les mots. Notre conversation s'achève là, dit-il comme s'il abandonnait brutalement.

— Alors, vous…

— Je renonce au trône, en effet. Je n'ai pas d'autre solution.

C'était tellement imprévu qu'Ôama eut l'impression que le sol se dérobait sous lui.

— Est-ce là la vérité, Frère Aîné ?

— Bien sûr. Je n'ai qu'une parole. Ou bien voudriez-vous que je retire ce que je viens de dire ?

Ôama éberlué vit Naka no Ôe se lever.

— Vous êtes toujours le même, Petit Frère. Décidément, vous avez l'air aussi naïf que dans votre enfance. C'est parce que vous avez grandi sous ma protection. Votre stupidité finira un jour ou l'autre par vous attirer des malheurs imprévus. Vous ne devez pas l'oublier, dit-il sur un ton apparemment moqueur, avant de sortir de la Salle du Principe suprême.

Ôama le regarda partir avec l'idée qu'il aurait bien besoin d'une explication.

6

La nouvelle de la décision de Naka no Ôe se répandit en un clin d'œil dans la Capitale. Certains critiquaient son choix, d'autres l'approuvaient. En revanche, beaucoup étaient surpris par le comportement inattendu d'Ôama. Lui qui était toujours resté dans l'ombre de son frère aîné était apparu sur la scène comme un personnage capable d'ébranler la situation politique. Ceux qui étaient dévoués à Ôama et lui obéissaient respectueusement se réjouissaient, mais la plupart avaient un mauvais pressentiment... Maintenant que la puissance des deux frères était à égalité, on pouvait craindre de nouvelles tragédies autour du couronnement de Naka no Ôe.

Le lendemain de la réunion, Ôama convoqua dans ses appartements les gardes du corps qui lui étaient fidèles. Il voulait réfléchir avec eux aux véritables intentions de Naka no Ôe et aux moyens d'y faire face. Shinko, Fumi no Nemaro, Murakuni no Oyori et d'autres prirent place devant Ôama qui, après leur avoir offert à boire et à manger, amorça la discussion avec prudence.

— Si je vous ai appelés, c'est pour que vous m'aidiez à découvrir quelles sont les véritables intentions de mon frère. Vous devez savoir dans le détail ce qui s'est passé au cours du Conseil. Or, je connais mon frère, monter sur le trône est ce qu'il souhaite le plus au monde. Pourtant il n'a pas montré la moindre hésitation pour accepter le principe de la Régence. Je ne comprends pas pourquoi. Je voudrais avoir votre avis à ce sujet.

Les gardes du corps se regardèrent, puis Murakuni no Oyori sortit lentement du rang.

— Je crois que l'explication est simple, en définitive. Le Prince Héritier devait savoir que pour le moment il n'avait pas d'autre solution que d'opter pour la Régence. Mais l'affirmer de son propre chef consistait à admettre ses torts. Alors, il s'est arrangé pour que ce soit vous,

Monseigneur, qui le proposiez afin d'attirer la compassion de la population. De cette façon, les critiques dont il est l'objet s'apaiseront et la voie lui sera ouverte.

Ôama acquiesça d'un signe de tête.

— Dans ce cas, il devait savoir à l'avance que j'allais lui conseiller d'être Régent. Est-ce une supposition absurde ? Qu'en pensez-vous, Murakuni… ?

Ce dernier resta silencieux. Il reconnaissait sans doute le bien-fondé de son opinion.

— Vous n'avez rien d'autre à dire ? demanda Ôama.

— Eh bien, dit Fumi no Nemaro en sortant du rang à son tour, selon moi, le Prince Héritier veut attirer le blâme sur Monseigneur. Ceux qui doivent se réjouir de la Régence, ce sont les nobles qui nourrissent des griefs contre le Prince Héritier, mais leur nombre reste indéfini. Par contre, ceux qui bénéficient de ses faveurs dans le Kinai sont nombreux, et pour eux l'adoption du principe de la Régence équivaut à ébranler les fondements de leur pouvoir. Cela ne manquera pas de vous attirer leur mécontentement, Monseigneur, et paradoxalement tout le monde soutiendra le Prince Héritier. Finalement, le Prince Héritier a accepté provisoirement d'être Régent pour que Monseigneur soit l'objet de critiques et que cette situation lui serve à préparer un terrain solide pour devenir le Souverain.

Ses arguments étaient plutôt convaincants. Fumi no Nemaro poursuivit :

— Mais ce n'est pas tout. En vous opposant au couronnement immédiat du Prince Héritier, vous vous exposez au soupçon de nourrir des ambitions personnelles. Le Prince va sûrement utiliser cette vague de soupçons. Que diriez-vous si je vous prédisais qu'il va encourager la rumeur selon laquelle vous visez le trône ? La confiance dont vous profitez s'effondrera. On pourra dire que vous n'êtes qu'un lâche qui veut le dépouiller du trône. Il n'y aurait rien d'étrange à supposer que c'est le but du Prince Héritier.

Ôama acquiesça d'un profond signe de tête. Naka no Ôe lui semblait tout à fait capable de ce genre de calcul.

— Les idées de Fumi no Nemaro sont cohérentes. Néanmoins, j'ai l'impression que mon frère poursuit un but qui va bien au-delà.

Devant la mine interloquée de ses gardes du corps, il leur expliqua en choisissant bien ses mots :

— Si je vous ai convoqués ce soir, c'est pour que vous connaissiez les intentions de mon frère. Commencez par regarder ceci, dit-il en sortant un rouleau de sa large manche.

— Qu'est-ce que c'est ?

— C'est le journal du Prince Arima qu'il a rédigé sur les événements avant de mourir.

La feuille était couverte de caractères chinois tracés d'une petite écriture fine.

— Lisez ce passage, leur demanda Ôama en le désignant du doigt.

Tous fixèrent leurs regards sur le texte. Il était écrit : *un garde du corps du Prince s'est rendu discrètement au mont Katsuragi.* Le passage ajoutait que c'était sans doute Mushimaro qui avait suivi Kamatari après le Conseil. Plus loin, ils lirent : *le Prince Héritier s'est rendu discrètement au mont Katsuragi.* Ainsi, le Prince Naka no Ôe était allé là-bas à la suite du rapport que lui avait fait Mushimaro. Cela s'était passé le 4 mai de l'an 3 de l'ère Hakuhô, dite du Faisan Blanc, après l'étrange affaire qui était arrivée à Ishikawamaro.

— Vous comprenez ce que cela signifie ? Après que mon frère est allé à Katsuragi, les étranges événements qui se sont produits dans la Capitale ont changé de nature. Les morts de Soga no Iruka, du Prince Furuhito no Ôe et de Soga no Ishikawamaro n'ont rien à voir avec celles de l'Empereur Kôtoku, de la Grande Epouse Hashihito, du Prince Arima et de l'Impératrice Saimei. Nous voulions bien purger le pays des Soga, mais nous

nous dirigeons maintenant vers l'anéantissement de la Maison impériale…

Les gardes du corps l'écoutaient sans rien dire.

— Réfléchissez-bien. Après ce que je viens de vous dire, on peut supposer que dans cette montagne de Katsuragi, il y a quelque chose qui a poussé mon frère à changer d'idée. Il semble qu'à l'occasion de cette visite, il ait commencé à se rebeller contre la Maison impériale.

— Vous croyez vraiment, Monseigneur, que le Prince Héritier est responsable de la mort de la Grande Epouse ?

Ils le regardaient avec un air dubitatif. Mais Ôama resta impassible.

— Malheureusement, je ne peux pas penser autrement… Je ne vous en avais pas parlé, mais finalement je dois vous raconter la vérité. Celle de l'affreuse légende que l'on se transmet dans la Famille impériale.

Et le Prince Ôama leur parla du Prince des Ténèbres. Sa voix était empreinte de solennité. *Quand un descendant sur terre des divinités connaîtra des difficultés,* récita-t-il, *un être du Pays des Ténèbres, qui ne sera pas un humain, viendra sauver le descendant céleste et unir le Pays des Wa grâce à son pouvoir magique…*

Il raconta cette histoire en détail, expliquant que Naka no Ôe devait être le Prince des Ténèbres et qu'il travaillait à renverser la Maison impériale.

Dans son enfance, Naka no Ôe était surnommé le Prince de Katsuragi, selon l'usage voulant que les jeunes Princes impériaux portent souvent le nom de l'endroit où ils avaient grandi. Il ne faisait donc aucun doute qu'il y avait passé ses premières années. Quand il y était allé ce jour-là, n'avait-il pas appris la vérité sur sa naissance et commencé à éprouver de l'hostilité contre la Maison impériale ?

Les gardes du corps ne pouvaient cacher leur surprise. Mais la gravité du ton d'Ôama les poussait à croire cette histoire dont ils entendaient parler pour la première fois.

— C'est étrange, intervint Fumi no Nemaro, je veux bien croire que le Prince Héritier est le Prince des Ténèbres, mais il n'en reste pas moins un membre de la Maison impériale. Pourquoi voudrait-il l'anéantir ?

— Tout est là en effet, acquiesça Ôama. N'importe qui se poserait la question, mais si on envisage les choses différemment, on peut éclaircir ce mystère. Car le Prince des Ténèbres n'est peut-être pas de sang impérial.

— Quoi ! s'exclama Fumi no Nemaro. Mais alors qui est-il ?

— Je l'ignore encore. Vous comprenez maintenant pourquoi mon frère a accepté la Régence. Comme vous l'avez dit, il cherche à salir ma réputation et à me faire passer pour un lâche, pour m'empêcher ainsi de monter un jour sur le trône. Je pense que le but qu'il poursuit en secret est de faire d'Ôtomo le prochain Souverain et d'expulser la Famille impériale du Pays de Yamato.

Les gardes du corps restaient sans voix. Si ses suppositions s'avéraient exactes, le Prince des Ténèbres était en train d'usurper le pouvoir suprême. La Maison impériale allait se trouver confrontée à une crise comme elle n'en avait jamais connu...

— Ne vous inquiétez pas. Il y a un moyen de résister à mon frère.

Ils attendirent, suspendus à ses lèvres. Ôama leur expliqua :

— L'essentiel est de trouver la preuve que mon frère n'est pas un Prince impérial. Si on la révèle au public, personne ne lui obéira plus.

— Mais est-ce possible ? demanda Fumi no Nemaro.

— Oui.

— Et comment donc ?

— Il suffit de se rendre au mont Katsuragi.

— A Katsuragi !

— Oui, puisque c'est là que mon frère a pris conscience qu'il était chargé d'une mission. Il doit y avoir là-bas quelque chose qui fait allusion à son secret. Si on le trouve, on découvrira la vérité sur mon frère aîné… ou plutôt non, sur le Prince des Ténèbres.

— Mais, intervint Murakuni, le mont Katsuragi est la porte qui ouvre sur le Pays des Ténèbres. Et c'est un monde mystérieux hanté par les araignées de terre et les monstres... Si nous y allons, nous n'en sortirons pas vivants !

— Non, n'ayez pas peur, c'est une légende qu'on a répandue pour éviter que les gens du pays ne s'en approchent. Vous l'avez vu, mon frère y est allé et il ne lui est rien arrivé. Il n'y a ni monstres ni araignées de terre.

— Mais on dit que c'est un monstre qui a tué la Grande Epouse Hashihito !

— Non, c'était certainement quelqu'un qui en avait pris l'apparence pour dissimuler son identité. De toute façon, si vous allez dans cette montagne, tout deviendra clair.

— Alors, nous… ? demanda Oyori sans terminer sa phrase.

— Oui, répondit Ôama, nous devons nous rendre immédiatement là-bas et découvrir le secret de mon frère. C'est le seul moyen qui nous reste pour protéger la Famille impériale.

Sa voix était ferme et la tension se lisait sur les visages. A ce moment-là, ils entendirent le plancher grincer de l'autre côté de la porte. Les gardes du corps se mirent sur la défensive. Il y avait quelqu'un à l'extérieur ! Ôama sortit son épée du fourreau et s'approcha en silence. Il posa la main sur la porte, puis ouvrit brusquement.

— Nukata ! s'exclama-t-il à la vue de la dame de cour.

Nukata resta figée, comme terrorisée.

— Que fais-tu ici ?

— Je passais par là quand j'ai entendu du bruit, répondit-elle d'une voix tremblante.

— Et c'est pour ça que tu écoutais derrière la porte ?

— Je n'écoutais pas. Je venais d'arriver.

Ôama la regardait avec méfiance. Une femme ne se promenait jamais seule aussi tard. Elle était sûrement en train de les épier... Le bruit qui courait sur Naka no Ôe lui vint soudain à l'esprit. On disait qu'il se livrait au plaisir de la chair avec les dames de cour pour se consoler de sa solitude. On soulignait même sa préférence marquée pour Nukata. S'ils entretenaient une relation suivie, comme le disait la rumeur, on pouvait imaginer qu'il l'avait chargée de le surveiller et d'écouter aux portes. Ôama regarda avec un air de reproche Nukata qui détourna les yeux. Il avait vu juste.

Depuis le transfert de la Capitale à Asuka, il ne lui avait pas parlé. En fait, depuis qu'on la disait liée à Naka no Ôe... Il ne lui adressait plus la parole et de son côté Nukata semblait l'éviter. Autrefois, il lui avait témoigné de la tendresse parce qu'il voulait essayer de réparer la faute d'avoir souillé son corps de prêtresse. Mais puisqu'elle avait changé de comportement, ce n'était plus la peine de se préoccuper d'elle. Nukata n'était plus pour Ôama qu'une femme parmi tant d'autres.

Il la considéra froidement. Il y avait du mépris dans son regard. Nukata dut le sentir car elle recula, le visage contracté. C'est en la regardant qu'il eut soudain une idée. Pourquoi ne se servirait-il pas d'elle ? Si Naka no Ôe découvrait son départ pour Katsuragi, il risquait d'envoyer ses gens à sa poursuite pour le tuer, mais que se passerait-il s'il emmenait Nukata ? Peut-être que grâce à elle il serait en sécurité... Naka no Ôe ne la laisserait pas mourir...

— Nukata, lui dit-il doucement, je compte aller à Katsuragi dans quelques jours. Je voudrais que tu viennes avec moi.

— A Katsuragi ?

— Oui. Mais il ne faut en parler à personne. Compris ? demanda-t-il sans lui laisser le temps de répondre.

Nukata lui lança un regard perplexe.

7

Une forme noire bougeait dans l'obscurité. Un homme couvert d'une natte de paille rampait sur la surface dure des rochers en respirant bruyamment. Une lueur jaune filtrait plus loin par un petit interstice, provenant sans doute d'un tison ou d'une lampe en papier. La forme s'en approcha et perçut une voix lugubre qui l'appelait.

— Zenki !

La forme s'arrêta. Elle répondit d'une voix basse qui semblait venir des ténèbres :

— *C'est bien moi, maître.*

— Nous y sommes, le dernier moment est enfin arrivé.

— *Alors, Ôama va venir dans la montagne de Katsuragi comme prévu ?*

— Oui. Et en même temps, Naka no Ôe va bouger. Soyez prêts à agir.

— *Ne vous inquiétez pas. Nous avons tout préparé parfaitement afin d'accomplir votre vœu le plus cher. Maître, n'oubliez pas la dernière phase.*

— Il est inutile de me le dire...

Zenki rit tout bas.

— Qu'est-ce qui t'amuse ?

— *Maître, vous êtes finalement devenu un monstre comme nous. Je vous en félicite cordialement. Maintenant, vous allez voir que je serai un parfait bâton de commandement dans la grande bataille qui va sûrement se dérouler dans le Kinai.*

— Puis-je compter sur toi ?

— Ne vous inquiétez pas. Je suivrai vos ordres jusqu'à ce que tout soit terminé. Je ne me montrerai pas sans raison.

Kamatari resta silencieux, et la lumière dans la grotte s'éteignit.

Quelques jours plus tard, Ôama achevait ses préparatifs de départ. Le voyage avait été pensé dans ses moindres détails avec l'aide de ses gardes du corps qu'il avait réunis en secret à plusieurs reprises. Par crainte d'être découvert, il avait décidé d'emmener uniquement Fumi no Nemaro et Nukata. Ils sortiraient tard dans la nuit, au clair de lune, et rejoindraient la colline d'Amakashi pour entrer dans la forêt de Katsuragi en se dirigeant vers l'est. Ils emporteraient chacun un carquois rempli de flèches et une épée, ainsi que des aliments séchés et du riz pour deux jours. Les provisions étaient déjà rangées dans des sacs, car ils voulaient être prêts à partir dès que le temps se découvrirait.

Mais les nuages sombres restaient suspendus au-dessus du mont Katsuragi, visible au loin depuis la Capitale. Il avait vraiment l'apparence d'un repaire de monstres et d'araignées de terre, mais Ôama savait bien que c'était une histoire inventée de toutes pièces pour éloigner les gens du pays. Dans cette montagne pourtant, devait se cacher un groupe d'hommes qui vivaient là coupés du reste du monde. Il était temps d'éclaircir cette énigme pour empêcher le Prince des Ténèbres d'usurper le pouvoir impérial.

Tel un soldat sur le pied de guerre, Ôama piaffait d'impatience en attendant le jour du départ.

Deux silhouettes se détachaient dans la pièce faiblement éclairée par une lampe à pied. L'une était celle d'un homme grand et robuste, l'autre était plus petite. La seconde parlait à voix basse.

— J'ai parcouru les régions de Naniwa, Kawachi et Izumi, et j'ai pu rassembler dix mille soldats environ. Les chevaux, le matériel de guerre, tout est prêt, vous n'avez plus qu'à donner le départ, Père.

— Vous avez fait attention à ce que rien ne soit oublié ?

— Naturellement, Père. Dès que vous en donnerez l'ordre, les troupes prendront le chemin de la Capitale.

— Je vous remercie pour tout ce travail.

— Ce n'était pas si difficile, Père. Je me suis rendu compte qu'il y avait encore beaucoup de monde qui vous respectait dans le Kinai. Le Prince Ôama a beau être le frère cadet, peu de personnes semblent prêtes à le suivre.

Naka no Ôe lui adressa un regard confiant. L'habileté dont faisait preuve son fils était un comportement digne d'un Prince impérial. Il n'avait plus d'inquiétude à son sujet, et même, il fondait sur lui tous ses espoirs... Il lui avait révélé qu'il était le Prince des Ténèbres de la légende. Ce qui signifiait que dans les veines du Prince Ôtomo ne coulait pas de sang impérial. Mais cette révélation ne l'avait pas perturbé, bien au contraire... Il lui montrait toujours le même respect et la même obéissance.

L'impression pénible que laissait à ces deux hommes l'idée d'être inférieurs aux autres membres de la Maison impériale… Voilà ce qui renforçait leurs liens.

Naka no Ôe avait décidé de lever une armée pour attaquer Ôama par surprise. En proposant la Régence, celui-ci avait découvert ses visées ambitieuses. Son allusion au mécontentement des nobles n'était qu'un prétexte. Il voulait sans doute gagner du temps, pour préparer un mouvement de rébellion avec les nobles de Naniwa et monter ensuite lui-même sur le trône. Dans ce cas, il fallait le devancer...

Naka no Ôe avait hésité avant de se décider à attaquer Ôama. Ils avaient vécu en frères de longues années ensemble, depuis l'âge de raison. Ils avaient joué et étudié ensemble, et cette époque de leur jeunesse restait un précieux souvenir gravé dans son cœur. Plus tard, Ôama s'était montré très critique à son égard, mais lui-même n'avait jamais éprouvé de haine envers lui. Il lui était même reconnaissant de l'avoir parfois poussé à modérer son comportement. Ôama était un frère irremplaçable, et quand il avait appris qu'ils n'avaient pas de liens de sang, son sentiment pour lui n'avait pas changé, malgré tout.

Mais maintenant qu'il avait deviné les intentions d'Ôama, toute hésitation le concernant avait disparu. Son frère cadet essayait de l'abattre parce qu'il connaissait ses origines. A présent que les puissants Soga avaient disparu, il devait penser qu'il n'avait plus besoin de lui. Face à des sentiments aussi violents que l'humiliation et la rancœur, l'amour entre frères ne pesait pas lourd et Naka no Ôe avait pris rapidement sa décision.

Il était facile de se débarrasser d'Ôama : il suffisait de dévoiler au public ses rencontres secrètes avec les nobles et de l'accuser de crime de rébellion. Le coup que lui porterait Naka no Ôe paraîtrait ainsi légitime. Et même si les notables de Naniwa se soulevaient, Naka no Ôe n'avait rien à craindre puisqu'il était assuré d'avoir derrière lui la plupart des forces du Kinai. Avant même une confrontation armée, le rôle du vainqueur et du vaincu était déjà décidé.

— Père, que dois-je faire à présent ? demanda le Prince Ôtomo.

— Attendez un peu. Le Prince Ôama va bientôt bouger. Nous profiterons de ce moment pour lui envoyer par surprise une armée chargée de le punir.

— Ce qui signifie…

— Qu'il suffit de demander à notre espion de surveiller les mouvements d'Ôama. Le moment ne va pas tarder à arriver. Le tout est de choisir le *bon* moment.

Soudain ils entendirent quelqu'un appeler à l'extérieur.

— Qui est là ?

— Mushimaro, Monseigneur.

Mushimaro était chargé de surveiller Ôama. S'il était de retour, c'est qu'Ôama s'était mis en branle.

— Entre !

La porte en bois s'ouvrit et le garde du corps apparut. Sous son capuchon, seuls ses yeux étaient visibles. Il vint se prosterner lentement devant Naka no Ôe.

— Dis-moi, Mushimaro, Ôama s'est-il mis à bouger ?

— Ces derniers jours, il a eu plusieurs réunions avec ses hommes comme pour préparer un complot. Et les chevaux ont été ferrés dans l'écurie. Il semble que votre frère s'apprête à partir en voyage.

Quelle était sa destination ? Naniwa, ou bien ailleurs ? Mais ce n'était pas là l'essentiel. Si Ôama quittait la Capitale, c'était l'occasion ou jamais. Il suffisait de lui envoyer les soldats pour s'en débarrasser une fois pour toutes.

Naka no Ôe tourna un regard résolu vers son fils.

— Mon fils, le moment est enfin venu pour vous de prendre le commandement.

Le visage du Prince Ôtomo s'épanouit de joie.

— Je vous promets de mettre tout en œuvre pour que nous puissions régner sur le Pays de Yamato.

Naka no Ôe lui répondit par un signe de tête énergique. Puis ils étudièrent les mesures à prendre : le nombre de soldats, l'ordre de bataille, le choix des chefs… Sur toutes ces questions, Ôtomo faisait des propositions sensées qui tombaient juste et Naka no Ôe acquiesçait à chaque fois.

Un peu à l'écart, Mushimaro les regardait froidement.

8

Nukata n'avait jamais connu une telle angoisse. Elle avait le pressentiment qu'un terrible événement se préparait. Plus terrible encore que lors du Grand Changement ou de l'affaire Ishikawamaro. Son esprit multipliait les signaux d'alarme, son corps frissonnait de sueurs froides. Cela venait naturellement de l'antagonisme des deux frères, Ôama et Naka no Ôe. Le premier avait conseillé la Régence, le second l'avait acceptée. Elle ne connaissait pas leurs desseins cachés, mais leur opposition risquait de déboucher sur de grands troubles politiques qui partageraient la cour en deux.

Nukata avait été la concubine des deux Princes. Naka no Ôe lui avait demandé de surveiller les mouvements d'Ôama, sans doute parce qu'il était en train d'élaborer un plan pour le perdre. C'était apparemment le signe que son ardeur pour elle s'était éteinte et qu'il était de nouveau pris par la passion du pouvoir. Il était clair qu'il nourrissait de l'animosité contre Ôama qui lui avait conseillé la Régence.

Par ailleurs, Ôama s'apprêtait à se rendre à Katsuragi avec elle. Il ne lui avait pas communiqué ses intentions, mais elle les avait devinées. Si Naka no Ôe venait du Pays des Ténèbres dans la montagne de Katsuragi, comme le disait la légende, il y avait sûrement là-bas quelque chose qui prouvait son origine. Ôama voulait le trouver pour lui barrer l'accès au trône.

Ôama approchait du fond de l'affaire. En l'accompagnant à Katsuragi, elle espérait découvrir elle aussi le secret du Prince Naka no Ôe. Mais elle s'inquiétait encore plus de la réaction de ce dernier. Si Ôama s'apprêtait à dévoiler ses origines, il essaierait sûrement de l'en empêcher. Elle n'avait pas mis Naka no Ôe au courant de son voyage à Katsuragi, mais il finirait bien par s'en apercevoir. Quelle serait alors sa réaction ? Allait-il mobiliser une armée, manœuvrer dans l'ombre ? Dans tous les cas, le conflit avec Ôama semblait inévitable.

A ce stade de sa réflexion, Nukata comprit qu'elle se trouvait en mauvaise posture. Elle était la seule à la cour à entretenir des relations secrètes avec les deux hommes ; à part elle, personne ne pressentait à quel point des troubles graves allaient la diviser en deux. Nukata était descendue vers la Capitale pour éviter qu'Asuka ne devienne une mer de sang. C'était à elle maintenant d'accomplir sa mission.

Mais elle ne trouvait aucun moyen d'éviter l'affrontement entre les deux rivaux. Ôama entreprenait ce voyage vers Katsuragi pour défendre une grande cause, celle de protéger la Maison impériale contre la prise de pouvoir du Prince des Ténèbres ; de son côté, il était naturel que le Prince Naka no Ôe essaie de cacher son secret. Nukata voyait qu'on se dirigeait tout droit vers un conflit. Tout en se reprochant avec angoisse son impuissance face à la grande bataille qui s'annonçait, elle attendait le jour de son départ pour Katsuragi.

Les jours s'écoulaient, si lentement. Ôama et Naka no Ôe se préparaient à agir, chacun de leur côté.

Chaque jour, Ôama sortait dans la galerie pour scruter le ciel. Il n'était pas tombé de neige depuis quelque temps, mais le ciel lugubre était couvert de nuages sombres et la nuit était d'un noir d'encre. Il lui fallait absolument le clair de lune pour se rendre dans la montagne profonde. Prenant son mal en patience, il attendait que le temps s'améliore.

Naka no Ôe connaissait tous les mouvements d'Ôama grâce à son espion. Selon celui-ci, Ôama restait enfermé dans sa demeure dès que sa présence au gouvernement n'était pas nécessaire. Cela ne ressemblait vraiment pas à ce Prince, qui aimait les plaisirs de la vie, de ne pas sortir chasser le faucon ni organiser de banquets. Comme l'avait dit Mushimaro, il s'apprêtait sans doute à agir dans les prochains jours. Naka no Ôe demanda à ses alliés Tajima no Osumi, Sakaibe no Kusuri et Yamabe no Irafu de tenir prêts leurs soldats en armes. De toute évidence, Ôama ne se se doutait de rien...

Le 16 janvier, à l'heure du Rat[1], les derniers nuages étaient partis et la lune du seizième jour brillait de tous ses feux. Le temps était froid mais clair, découpant les reliefs.

Debout dans la galerie, Ôama regardait le ciel.

— C'est le bon moment, dit Fumi no Nemaro qui se tenait derrière lui.

— Il ne faut pas commettre d'erreur, dit Ôama, nous nous apprêtons à mener une bataille décisive.

— Ne vous inquiétez pas. Il ne s'agit que d'aller sur le mont Katsuragi et de dévoiler la véritable identité du Prince.

Le visage d'Ôama s'assombrit.

— C'est terrible pour mon frère, mais nous n'avons pas le choix… Allons, prépare-moi un cheval !

— Tout de suite, Monseigneur ! répondit Fumi no Nemaro en se précipitant vers l'écurie.

Après l'avoir regardé partir, Ôama tourna les talons d'un pas décidé. L'offensive qui allait diviser la cour en deux était déclenchée.

9

La demeure d'Ôama se dressait toute noire dans la nuit silencieuse. Il n'y avait ni bruit ni signe de vie, à l'exception des soldats de garde et du grésillement des flambeaux. Soudain, retentit le bruit d'une barre de serrure que l'on enlève, et la porte s'ouvrit sur deux chevaux. Le

1. De vingt-trois heures à une heure.

garde se prosterna profondément sur le passage d'Ôama escorté de Nukata et de Fumi no Nemaro. Ils avancèrent d'abord lentement entre les édifices, puis, quand ils se trouvèrent à distance raisonnable du Palais Okamoto, ils lancèrent leur monture au galop.

L'instant d'après, un cavalier sortit de l'ombre. C'était le Prince Ôtomo monté sur un cheval blanc. Après avoir constaté qu'Ôama partait vers l'ouest, il tourna les rênes et se dirigea vers le Pavillon Central. Il fallait préparer l'attaque contre Ôama.

La pénombre régnait dans la Salle du Conseil. Le plancher de la galerie grinça, la porte en bois s'ouvrit et Naka no Ôe apparut, une lampe en papier à la main. La lueur jaune éclaira faiblement l'intérieur. Dans cette vaste salle plongée dans le silence, il n'y avait personne. Naka no Ôe alluma la flamme de la lampe à pied et s'approcha du piédestal au centre. Derrière les écrans se dressait le trône incrusté d'or, d'argent et de nacre. Devant une telle magnificence, jaillit en lui une envie irrésistible de s'asseoir sur le trône.

C'était lui qui devait prendre cette place. Si le Prince Ôama la convoitait, mieux valait trancher au plus vite un conflit de toute façon inévitable.

On venait de l'informer qu'Ôama se dirigeait vers le mont Katsuragi avec une escorte réduite. Son intention était claire : il voulait dévoiler son origine pour l'empêcher de monter sur le trône. Ôama semblait croire qu'il avait beaucoup réfléchi à la question, mais il était inutile de le craindre. S'il s'approchait du *secret du mont Katsuragi*, il suffisait de les détruire, lui et le secret, en même temps. Le Prince Ôtomo était en train de mettre en place le plan qu'il avait élaboré. Parviendrait-il à l'accomplir sans commettre d'erreur ? Naka no Ôe n'avait pas d'autre solution que d'attendre la suite des événements.

Tard dans la nuit, des forces armées se réunirent à la

Porte Nord de la Capitale. Il devait y avoir au moins deux cents soldats, car une épaisse fumée s'élevait des torches qu'ils tenaient à la main. Au moment où le commandant de la troupe terminait l'appel, la porte s'ouvrit et le Prince Ôtomo apparut sur un cheval blanc. Il avait le visage protégé par un casque, le buste ceint d'un corselet en fer et portait des protections aux jambes et aux bras. Il s'avança devant la troupe et dit d'une voix forte :

— Ecoutez-moi bien... On a déjà dû vous informer que le Prince Ôama se dirigeait vers l'ouest avec une escorte restreinte. Il est devenu évident qu'il prépare une rébellion avec les nobles de Naniwa. Afin de maintenir la paix dans le Kinai, nous devons le prendre en chasse et l'empêcher de réaliser ce lâche projet. Il est inutile d'avoir des scrupules sous prétexte qu'il est le frère cadet du Prince Héritier. Ce n'est qu'un intrigant qui cherche à renverser le gouvernement. Si vous le voyez, n'hésitez pas à le capturer. Est-ce bien clair ?

Les soldats ne réagissaient pas. Peut-être étaient-ils troublés par la soudaineté de cette manœuvre en pleine nuit, mais il n'avait plus le temps de se préoccuper de leurs états d'âme. Il devait maintenant emmener cette armée à la poursuite d'Ôama.

Ôtomo leur donna l'ordre du départ d'une voix puissante, comme s'il voulait les encourager au combat.

10

Nukata galopait vers Katsuragi. La route qui y conduisait avait été remise en état lors de la construction de la Capitale de Naniwa. Le cheval d'Ôama qui l'avait prise en croupe filait ventre à terre et le vent était tellement violent qu'elle craignait de tomber. Agrippée au dos du cavalier, elle n'avait pas ouvert les yeux ni prononcé un mot depuis leur départ de la Capitale une heure auparavant.

Elle était certaine que Naka no Ôe était informé de leur départ. Et s'il savait quelle direction ils avaient prise, alors il avait sûrement deviné le dessein d'Ôama. Nukata se disait avec angoisse que le moment de l'affrontement était imminent. Naka no Ôe essayerait par tous les moyens d'empêcher Ôama de parvenir à Katsuragi. Et elle avait si peur d'approcher de ce repaire de monstres et d'araignées de terre... Si c'était là que Naka no Ôe avait appris son origine, c'est qu'elle lui avait été révélée par ceux qui y habitaient. Des êtres surnaturels ou de simples humains, cela, elle n'en savait rien, toujours est-il qu'ils vivaient cachés dans cette montagne. Et il n'était pas possible qu'ils accueillent leur petit groupe avec bienveillance. Des ennemis mystérieux les attendaient... Et même Ôama, avec toute son audace, ne pourrait les affronter accompagné du seul Fumi no Nemaro.

Cependant, malgré son appréhension, elle tenait absolument à connaître la vérité sur Naka no Ôe et espérait élucider le mystère de toute cette série de tragédies auxquelles elle n'avait cessé de réfléchir, sans parvenir à aucun résultat. Elle craignait pour sa vie, mais elle voulait essayer de comprendre pourquoi son destin semblait se jouer d'elle et la tourmentait.

Le cheval continuait de filer dans le vent glacial. Au moment où elle commençait à ne plus sentir son corps engourdi, il ralentit soudain et quand elle leva la tête, elle vit devant elle une grande masse noire. Ils étaient arrivés au pied de cette montagne effrayante.

Le vent violent et froid qui venait du mont Katsuragi secouait les arbres et l'endroit était funèbre comme si le clair de lune ne pouvait y pénétrer. Son aspect était tellement imposant qu'il semblait interdire aux gens de l'approcher.

Ôama arrêta son cheval et Fumi no Nemaro vint se

placer à sa hauteur.

— Monseigneur, regardez ! s'exclama-t-il d'une voix effrayée.

On apercevait une vague lumière jaune à mi-pente ; la silhouette des arbres se détachait tout autour dans le noir.

— Ne t'inquiète pas. Cela n'a rien de surnaturel, c'est simplement quelqu'un qui fait du feu.

— Mais alors, c'est…

— Oui, c'est sûrement le refuge des gens qui, paraît-il, habitent cette montagne, dit Ôama en éperonnant son cheval.

Pendant ce temps, une forme humaine courait à perdre haleine dans la forêt profonde. Elle avançait vers l'ouest, puis encore vers l'ouest, tout en poussant des sortes de petits cris plaintifs. Elle passait par-dessus les troncs d'arbre, repoussait les plantes grimpantes, et courait, courait sans s'arrêter. Comme elle était sur le point de s'effondrer de fatigue, elle sortit enfin de la forêt. Une masse noire se dressait devant elle. C'était le mont Katsuragi. Elle eut une profonde inspiration et reprit sa course.

11

L'armée d'Ôtomo dépassa la colline d'Amakashi et le mont Unebi où était inhumé le Premier Souverain du Yamato. Ils avaient déjà parcouru une lieue depuis la Capitale, la moitié de la distance qui les séparait du mont Katsuragi. Les hommes avaient recouvré leur énergie et ne montraient pas le moindre signe de fatigue. A cette allure-là, ils seraient arrivés dans une heure.

Le Prince Ôtomo observa la montagne de loin, dressé sur son cheval. A mi-pente, il aperçut un petit feu mystérieux. Comme prévu, les *êtres qui habitaient Katsuragi* étaient en train d'attirer le Prince Ôama. Ce dernier devait pénétrer en ce moment dans la montagne, se guidant sur le feu sans se douter de rien. Ce serait bientôt la fin du frère cadet. A l'idée de sa victoire proche, Ôtomo en trembla de joie.

Au même moment, Ôama et ses compagnons, qui avaient mis pied à terre, se dirigeaient vers la lumière qui brillait à mi-pente. Fumi no Nemaro avançait en tête, suivi d'Ôama qui tenait Nukata par la main. Non seulement la forêt était dense, mais il n'y avait ni sentier ni aucune trace de passage. Ils essayaient de grimper en se retenant aux branches, mais ils ne faisaient qu'épuiser leurs forces sans progresser vraiment. C'était une marche pénible, surtout pour la femme essoufflée, dont le pied glissa soudain sur le terrain humide et qui s'arrêta, incapable de continuer. Elle était à bout de forces, son cœur battait à tout rompre, ses jambes ne répondaient plus. Ôama voulut l'aider à se relever, mais son corps refusait de bouger. Nukata sentit qu'elle allait perdre conscience, elle restait prostrée, la respiration haletante, incapable de prononcer un mot pour s'excuser auprès de ses compagnons.

Elle les vit qui discutaient entre eux, sans doute pour décider ce qu'ils devaient faire d'elle. Les larmes lui vinrent aux yeux tant elle se trouvait lamentable. Mais elle n'eut pas le temps de s'apitoyer sur son sort et se retrouva dans un monde flottant, les oreilles bourdonnantes, comme si elle plongeait lentement dans un sommeil paisible.

A ce moment-là, lui parvinrent des sons étranges. Elle entendait un martèlement de chaussures et une sorte de cliquetis métallique qui montaient du pied de la montagne. Une armée… elle sentait la présence d'une armée. Etait-elle en train de rêver ? Mais non, le bruit se faisait plus fort. Ce n'était pas un rêve, une armée s'approchait, c'était certain.

Nukata reprit soudain conscience. Elle avait maintenant l'esprit clair et elle sentait toujours nettement la présence d'une armée. Elle était sûre que des soldats étaient rassemblés au pied du mont Katsuragi. Probablement était-ce Naka no Ôe qui les avait envoyés pour empêcher Ôama d'agir. Elle se redressa pour essayer de regarder en bas, mais dans cette pénombre, elle ne pouvait rien voir.

— Vous vous sentez mieux ? demanda Fumi no Nemaro.

Mais Nukata, dont l'anxiété augmentait de plus en plus, se contenta de lui répondre :

— Où est le Prince Ôama ?

— Il a continué seul.

Nukata s'en voulait terriblement. En ce moment crucial, elle ne pouvait le prévenir du danger imminent…

Soudain, elle entendit un bruit plus bas, un bruit de branches que l'on repousse, quelque chose qui marchait sur les feuilles mortes. Le souffle d'une respiration haletante et gémissante qui se rapprochait. Quelqu'un se dirigeait vers eux.

— Fumi no Nemaro ! chuchota-t-elle en frissonnant.

— Je n'ai pas l'impression que ce soit Monseigneur, répondit-il sur le qui-vive.

Il saisit le bras de Nukata, se cacha avec elle derrière un grand arbre ; puis il prit son épée et se mit sur la défensive. Le bruit se rapprochait. Ils voyaient trembler les feuilles des arbres. Qui donc pouvait venir par ici ? Etait-ce un homme de Naka no Ôe, ou l'un de ces êtres que l'on disait vivre dans la montagne de Katsuragi…

Nukata retenait sa respiration. Il y eut un craquement, tout près, et ils virent apparaître un homme. Ils ne distinguaient pas bien ses vêtements, mais il portait un capuchon sur la tête. L'homme arriva à l'endroit où se tenait Nukata un instant plus tôt et s'arrêta, le souffle court.

— Je crois que c'est quelqu'un que nous connaissons, chuchota Fumi no Nemaro en remettant son épée au fourreau, avant de sortir de sa cachette et de surprendre l'homme au capuchon qui eut un mouvement de recul.

— Tu es bien le garde du corps Mushimaro qui travaille au service du Prince Naka no Ôe ? Que viens-tu faire ici ?

— Et toi, tu es Fumi no Nemaro…

Mushimaro avait repris son souffle et il s'approcha de Fumi no Nemaro.

— Si vous craignez pour votre vie, lui dit-il, quittez immédiatement cette montagne. Voilà ce que je suis venu te dire.

— Mais pourquoi ?

— Ça, je ne peux pas te le dire. Mais tant que vous resterez là, votre vie sera en danger.

— Tu fais bien des mystères... Quel danger nous menace donc ?

Mushimaro répondit avec véhémence :

— Peu importe. En tout cas, partez immédiatement !

— Pourquoi viens-tu nous prévenir ? lui demanda Fumi no Nemaro d'un air méfiant.

— Je te dois la vie, car tu m'as sauvé une fois. Je te suis donc redevable.

Le jour où la demeure d'Ishikawamaro avait brûlé, il avait en effet sauvé Mushimaro des flammes. C'était de cela qu'il parlait, et Fumi no Nemaro comprit que le garde du corps était sincère.

— Tu es… commença-t-il, sans pouvoir continuer.

Mushimaro le regardait d'un air furieux.

— Nous n'avons pas le temps de discuter. Je vous en conjure, redescendez tout de suite !

Fumi no Nemaro détourna les yeux pour regarder plus haut d'un air embarrassé, préoccupé sans doute par le sort de son maître. Mushimaro s'adressa à lui avec colère.

— Pauvres niais ! Vous êtes tombés dans le piège du Prince Héritier. Si vous ne l'avez pas encore compris, eh bien, allez-y, rejoignez donc le Pays des Ténèbres !

Sur ces mots, il tourna les talons et redescendit avec agilité. Ils entendirent pendant quelque temps un bruit de branches cassées, de plus en plus faible. Puis une bourrasque qui vint secouer la cime des arbres les fit sursauter.

Nukata devinait le sens des paroles de Mushimaro : il faisait allusion aux soldats rassemblés au pied de la montagne. Elle voulait en parler à son compagnon quand ils aperçurent plus bas deux, trois points lumineux dont le nombre augmentait rapidement.

— Qu'est-ce que c'est ? demanda Fumi no Nemaro d'une voix tremblante.

— Ce sont les forces armées que Naka no Ôe a envoyées à Katsuragi.

— Comment le savez-vous ?

Nukata lui expliqua qu'elle sentait leur présence depuis tout à l'heure. Et comme Fumi no Nemaro connaissait les dons surnaturels de Nukata, il se laissa facilement convaincre par ses paroles.

Ces petites lueurs se rattachaient progressivement l'une à l'autre en devenant une ligne lumineuse de plus en plus haute. Les soldats avaient mis le feu... On voulait détruire Ôama par le feu en même temps que la montagne de Katsuragi. Car Naka no Ôe voulait tuer tous ceux qui connaissaient la vérité sur ses origines. Nukata était pétrifiée par la peur.

— Le Prince des Ténèbres… gémit Fumi no Nemaro.

Nukata comprenait son angoisse. Le cœur de Naka no Ôe devait être hanté par le mal, sinon, comment aurait-il pu commettre une atrocité pareille ?

Le passage de l'affreuse légende lui traversa l'esprit : *Mais si on se soumet au pouvoir du Prince des Ténèbres, on peut se laisser ensorceler par ses pratiques, et cela causera de nouveaux dangers*... Naka no Ôe avait fini par utiliser sa force maléfique. Son terrible sentiment de solitude, les mouvements de tendresse qu'il avait pour Nukata s'étaient envolés, désormais il était possédé par un appétit de pouvoir aveugle. Elle ne ressentait plus de peur, mais plutôt de la pitié pour le Prince Naka no Ôe qui avait perdu son cœur d'être humain.

A ce moment-là, le feu redoubla de puissance. Les arbres craquaient et flambaient comme des torches, des flammèches avides vinrent lécher la robe de Nukata.

— Par ici ! leur cria une voix au-dessus d'eux.

C'était le Prince Ôama qui dévalait la pente.

— Monseigneur, ce feu, c'est...

— Je sais. Sa méchanceté lui fait perdre la raison. Il n'y a rien à faire.

— Mais...

— Suivez-moi au lieu de parler ! s'écria-t-il en tirant Nukata par le bras.

Mais celle-ci glissa par terre sans pouvoir se relever. Ôama ne prit pas le temps de réfléchir et la prit sur son dos avant de continuer à grimper.

Les flammes embrasaient tout sur leur passage, éclairant le ciel de lueurs rouges. Le feu crépitait rageusement en produisant une épaisse fumée. Nukata avait les yeux qui piquaient, elle étouffait, mais elle s'accrochait à Ôama qui grimpait désespérément, le souffle coupé. Son dos robuste, l'odeur de la sueur... Son contact raviva le sentiment qu'elle éprouvait pour lui autrefois, et dans ce monde à l'horizon bouché, elle fut envahie d'une douce sensation de bien-être. Malgré sa peur de mourir, elle se sentait en quelque sorte rassurée.

Mais son soulagement fut de courte durée. L'incendie progressait beaucoup plus vite qu'Ôama. Elle entendit le ronflement des flammes tout près d'eux en même temps que l'enveloppait une fumée âcre. Instinctivement, elle s'arrêta de respirer. Elle sentit le dos d'Ôama pris de petites secousses, mais quand elle réalisa qu'il toussait, il était déjà trop tard, elle était tombée à terre. Le choc fut tellement rude qu'elle eut l'impression d'avoir été violemment jetée à terre. Le bruit du feu s'amplifiait, la chaleur devenait insoutenable. Au moment où elle pensa qu'elle allait périr dans les flammes, elle perdit conscience...

Le mont Katsuragi était en feu. Les flammes progressaient à une allure folle : on aurait dit un dragon rouge qui détruisait tout sur son passage en crachant une fumée noire. Le brasier ne semblait vouloir jamais faiblir, mais le ciel rouge devint rapidement noir de fumée et se couvrit bientôt de nuages annonçant la pluie. Peu après, en effet, elle tombait sur la montagne. Malgré sa violence, le feu ne résista pas à la pluie qui s'abattait sur lui et à l'aube il était éteint. Il ne restait plus que des arbres calcinés.

Le Prince Ôtomo envoya ses soldats à la recherche des corps d'Ôama et de Nukata. Ils ne les trouvèrent pas dans les débris couverts de cendre chaude, mais il était impossible qu'ils aient survécu à un feu de cette étendue. Ôama avait péri, et l'incendie devait avoir porté un coup fatal aux êtres qui habitaient le mont Katsuragi. Satisfait de sa réussite, Ôtomo repartit vers la Capitale pour prévenir son père du succès de sa mission.

12

Dans les ténèbres, elle suffoquait. Elle ne voyait rien, n'entendait rien. Elle se sentait mal. Elle souffrait. Son corps engourdi ne lui obéissait plus, ses mains et ses pieds étaient insensibles. Etait-elle au Pays des Ténèbres ? Non, sa souffrance lui semblait réelle. C'est parce qu'elle était en vie qu'elle avait mal. Elle essaya désespérément d'inspirer. Elle s'y reprit à plusieurs fois, et ce qui semblait bloquer sa respiration se libéra enfin. De l'air frais pénétra dans son corps. Sa douleur s'adoucit, sa sensibilité revint peu à peu. Elle perçut un souffle froid sur sa peau et dans son dos la surface dure de la pierre. Elle était vivante. Mais où était-elle ? Elle tendit légèrement les doigts et réussit à les faire bouger un peu. La pierre était humide. Apparemment, elle était étendue sur un sol rocailleux.

Nukata ouvrit discrètement les yeux. Une lumière diffuse filtra à travers ses pupilles qui étaient comme couvertes d'une sorte de buée, et à travers ce voile de brume, elle distingua des rochers. Elle était entourée d'un invraisemblable empilement de grandes pierres ajustées de manière régulière et qui montaient haut jusqu'au plafond lui-même en pierre. La structure de l'ensemble ressemblait à l'intérieur d'un bol renversé. Elle aperçut des trous noirs dans le plafond et plusieurs lampes disposées devant les murs. Elle se trouvait dans une sorte de grand temple édifié dans la roche qu'elle n'avait jamais vu et dont elle n'avait jamais entendu parler. Nukata comprit qu'elle s'était égarée dans un monde étrange et inconnu.

Soudain, elle entendit une voix.

— Vous voilà enfin revenue à vous !

Elle tourna la tête dans la direction de la voix et vit un homme qui la dévisageait : ses traits aigus et son nez recourbé évoquaient le faucon. Il portait une veste noire aux épaules larges, sans manches, et la considérait d'un air dur. Elle le reconnut : c'était Kamatari, le Ministre du Dedans. Mais que faisait-il dans un endroit pareil ? Etait-ce lui qui l'avait sauvée ? C'était une apparition si inattendue que ses idées s'embrouillaient.

— Nous sommes… parvint-elle seulement à articuler.

— Dans le Pays des Ténèbres qui sommeille dans les entrailles du mont Katsuragi.

— Le Pays des Ténèbres !

— Oui. Celui dont les gens ont si peur à cause des monstres et des araignées de terre, fit Kamatari en grimaçant un sourire.

Monstres… araignées de terre… Nukata se redressa d'un bond. Elle se trouvait dans leur repaire ? Comment était-ce possible… ?

A cet instant, elle ressentit un choc violent.

Elle voyait des monstres... une foule de monstres ! Dans cette grotte qui ressemblait à l'intérieur d'un bol renversé, tout près de l'endroit où elle était étendue, il y avait un espace entouré par une rigole d'eau fangeuse au bord de laquelle se tenaient une multitude d'étranges êtres vêtus de loques. Ils avaient les cheveux longs et sales, d'horribles boursouflures sur les mains et les pieds semblables à des furoncles. Etaient-ils tellement fatigués qu'ils n'avaient pas la force de bouger ? Car ils restaient recroquevillés dans un état de prostration ou bien gémissaient allongés sur le dos... Certains rampaient comme des araignées, d'autres avaient d'étranges difformités physiques. Elle était bien dans un repaire de monstres, comme l'avait dit Kamatari...

Nukata tremblait de tout son corps et de toute son âme, sans pouvoir parler ni faire le moindre mouvement.

Mais ces êtres monstrueux ne venaient pas l'attaquer. Ils ne lui prêtaient même aucune attention et ne faisaient que gémir sur le sol. Elle n'avait pas l'impression qu'ils lui étaient hostiles... Oui, il était inutile de les craindre. Nukata retrouva son calme et les observa discrètement.

Elle distinguait vaguement leurs traits derrière leurs mèches de cheveux pendants. Ils avaient la peau boursouflée mais n'avaient ni cornes ni longues canines. Ils n'avaient pas l'air d'être des monstres ou des araignées de terre... Mais de leurs corps suintaient la tristesse, la douleur, la souffrance, le désespoir.

Nukata comprit soudain. Ces êtres devaient être atteints d'une maladie incurable. Et comme ils ne pouvaient pas vivre mêlés aux autres, ils s'étaient regroupés ici et s'entraidaient pour survivre.

En parcourant des yeux l'intérieur de la grotte, elle vit que cet espace était conçu pour être habité. Au centre se dressait une grande pierre d'où jaillissait de l'eau comme d'une source. L'eau s'accumulait dans un petit bassin, puis s'écoulait par la rigole avant de disparaître dans un trou creusé dans un coin. Il semblait que cette installation leur servait à se procurer de l'eau, mais aussi à emporter leurs excréments. Elle vit aussi plusieurs dalles plates faisant office de tables : des assiettes y étaient disposées, contenant des fruits et des morceaux de viande. Les murs étaient percés d'ouvertures permettant le passage d'une personne, par lesquelles de l'air frais pénétrait. L'air vicié devait sortir par le trou dans le plafond.

Qui donc avait construit cette grande grotte ? Et qui s'occupait d'eux ?

Nukata en était à se poser toutes ces questions quand Kamatari se leva.

— Vous n'avez pas fini d'être étonnée. Venez vite, suivez-moi, dit-il.

Il se mit à marcher, traînant la jambe droite.

— Où allez-vous ? demanda Nukata.

— Voir le frère du Prince Héritier.

— Le Prince Ôama est vivant !

— Naturellement. Je vais tout vous révéler.

Nukata se leva d'un bond pour le suivre. Tandis qu'ils avançaient dans un couloir creusé dans la roche, ils tombèrent sur un étroit passage à un embranchement. Kamatari se glissa à l'intérieur, suivi de Nukata. Le plafond était si bas qu'ils marchaient courbés en deux, mais ils ne tardèrent pas à déboucher sur une grande salle. Une lampe posée dans un coin en éclairait vaguement l'intérieur. Sur une grande natte étalée au centre, évoquant la place réservée au Souverain, étaient alignées des poteries non vernissées très anciennes, remplies de millet et de marrons d'Inde. Ôama était assis sur un coussin rond, une coupe de saké à la main.

— Prince ! s'écria Nukata malgré elle, tant elle était soulagée de le savoir en vie.

Ôama lui jeta un coup d'œil avant de déclarer :

— Il semble bien que nous ayons été sauvés par l'ennemi. Et même par Son Excellence le Ministre du Dedans, dit-il en vidant d'un trait sa coupe de saké.

— On dirait que cela ne vous plaît pas d'avoir été sauvé par moi. Peut-être auriez-vous préféré périr dans les flammes...

— Arrêtez vos sottises. Si vous nous avez sauvés, c'est que vous aviez une idée derrière la tête. Allons, dites-moi de quoi il s'agit.

— C'est justement ce que je voulais faire.

Kamatari s'assit. Sa jambe droite semblait le faire souffrir car il la bougeait avec précaution. Nukata prit place également, et tous trois se retrouvèrent face à face.

— Je tiens d'abord à vous dire une chose : mon but est de vous protéger, Prince Ôama. C'est la pure vérité.

— Ne nous bercez pas de fables !

— Je ne mens pas. Si j'ai pu vous sauver, c'est que je me tenais prêt à le faire. J'avais compris que le Prince Naka no Ôe tenterait de vous supprimer pour s'ouvrir la voie au trône. C'est pourquoi j'ai pris la précaution de surveiller tous vos faits et gestes, afin de pouvoir vous porter secours quoi qu'il vous arrive.

— Vous saviez que je me rendais au mont Katsuragi ?

— Tout à fait.

— Mais vous restiez cloîtré à Settsu sous prétexte de maladie. Comment avez-vous pu surveiller tous mes faits et gestes ?

— C'est simple. Il me suffisait d'en charger un homme de confiance. Ainsi tout ce que vous faisiez m'était rapporté.

— Vous voulez dire que vous avez placé un espion près de moi ?

— Oui. Vous ne l'aviez pas encore compris ? répliqua Kamatari qui semblait lui reprocher son ignorance.

Ôama réfléchit un peu, puis il dit :

— Ce ne serait pas Fumi no Nemaro ?

— C'est exact, vous avez deviné juste.

A ce moment-là, une silhouette noire sortit de l'étroit passage derrière Kamatari. Fumi no Nemaro se tenait devant eux. S'il faisait son apparition en réponse aux paroles de Kamatari, c'est qu'il attendait depuis tout à l'heure dans l'ombre. C'était bien la preuve qu'un lien étroit les unissait.

— Je suis sincèrement désolé, Monseigneur, d'avoir été à votre service sans vous révéler ma véritable identité. Je ne trouverai jamais les mots pour me faire pardonner, mais veuillez accepter mes excuses que je vous présente à genoux, dit-il avec l'accent de la sincérité.

Ôama ravala son indignation et répondit :

— Bah ! inutile de t'excuser. Avoir réussi à me tromper aussi parfaitement, c'est admirable. Je te félicite pour tes talents... Tu sais te montrer très rusé.

— Vous êtes trop aimable, Monseigneur, je suis confus. Mais c'était parce que j'étais inquiet pour votre sécurité... J'étais conscient, bien sûr, que ce n'était pas correct. Je vous demande de comprendre au moins cela.

— Que me racontes-tu là ?

— Mais je suis sérieux, Monseigneur, je vous prie de bien vouloir écouter le Ministre du Dedans. C'est le seul moyen de vous protéger, ou plutôt, de protéger toute la Maison impériale.

— Ce sont des mensonges !

— Prince, intervint Kamatari, cet homme ne ment pas. C'est pour vous que nous avons élaboré tous ces complots. Nous vous avons sauvé des flammes de ce terrible incendie, nous essayons de vous dire la vérité. Pourquoi ne voulez-vous rien entendre ?

Ôama ne savait plus où il en était. Nukata non plus d'ailleurs.

— Kamatari, qui êtes-vous donc ? gémit le Prince.

— Enfin, vous me posez la bonne question… Maintenant, je vais pouvoir vous dire la vérité.

Et Kamatari se mit à raconter.

13

— Je commencerai par vous révéler ma véritable identité. Derrière le nom de Nakatomi no Kamatari et ma fonction de Chef des Affaires rituelles qui fait de moi l'intermédiaire entre les dieux et les hommes, se cache une histoire très ancienne qui plonge ses racines dans un lointain passé. Mon véritable nom est Ônamuchi no Wakehiko. Je fais partie du peuple du Pays des Ténèbres et je suis né dans cette montagne de Katsuragi.

— Ônamuchi no Wakehiko... répéta lentement Ôama.

— Parfaitement. Je suis un descendant direct d'Ônamuchi, le dieu fondateur du Pays des Ténèbres. Selon l'histoire qui nous a été transmise voilà trois mille ans, Ônamuchi, le descendant d'Amaterasu, la Grande Divinité qui luit au Ciel connue sous le nom de déesse du Soleil, est descendu des hautes plaines du Ciel pour gouverner le monde des humains, le fertile Pays Central des Roseaux [1], et il y a créé son propre monde : c'est le Pays des Ténèbres… le Royaume des Morts… le Pays de la Nuit.

1. Ancien nom du Japon dans la mythologie.

— Ne racontez pas de mensonges ! Selon les conteurs de la cour, c'est le Prince de Ninigi, le petit-fils de la Grande Divinité qui luit au Ciel, qui a été envoyé sur terre pour régner sur les trois îles de l'Archipel, et non pas Ônamuchi. Celui-ci n'est que le fils de Susanoo, le dieu Impétueux qui fut chassé des hautes plaines du Ciel après avoir provoqué la colère de sa sœur Amaterasu. Elle se réfugia dans une caverne, plongeant ainsi le monde dans l'obscurité. Et lui devint un simple dieu local, envoyé dans la lointaine province d'Izumo qui donne sur la mer.

Kamatari répondit froidement :

— Les histoires que colportent les conteurs sont déformées pour arranger certains. Comment expliquez-vous l'existence de ce palais souterrain ? Si l'histoire que je vous raconte ne pouvait pas donner d'explication à ce palais qui existe réellement, cela signifierait qu'elle se trompe.

Ôama ne trouva rien à répondre.

— Mais comme ce n'est pas le cas, cela veut dire qu'elle transmet la vérité.

Et Kamatari poursuivit son récit.

— Dans un passé très ancien, sur une terre lointaine située plus à l'ouest encore que la Chine, au-delà d'un désert de sable et de roches, il existait une civilisation très avancée. Ce peuple avait développé la technique de la construction en pierres assemblées et jointes, l'astrologie et l'étude des herbes médicinales. Il vivait dans des maisons en pierre et menait une vie facile. Mais la population finit par devenir trop importante. Quand ils commencèrent à connaître les privations parce qu'ils n'avaient pas assez pour se nourrir tous, un certain nombre d'entre eux quittèrent le pays à la recherche de nouvelles terres. L'un d'eux était Ônamuchi. Il prit la direction du groupe, traversa le continent en se dirigeant vers l'orient, dépassa la Chine, la Corée, et arriva dans le Pays des Wa, le Pays de Yamato.

« Ce pays était vierge d'habitants, le climat y était tempéré et le sol très riche. Mais il avait un point faible. Les terres humides, les lacs et les étangs étaient si nombreux qu'on ne pouvait y bâtir à l'air libre. C'est pourquoi le clan d'Ônamuchi édifia un palais en pierre en creusant une grotte dans la montagne, exploitant sa technique de la construction avec des pierres assemblées. C'est celui où vous êtes en ce moment. Des grottes semblables furent creusées en grand nombre dans les montagnes qui entourent Asuka et le clan d'Ônamuchi, qui comptait plusieurs milliers de personnes, devint très prospère.

« Les siècles passèrent. L'eau qui recouvrait les terres du Kinai avait commencé à baisser et des gens qui avaient traversé la mer en arrivant par le sud se mirent à habiter les terres plates. Pendant la période Jômon [1], ils bâtirent des cabanes semi-enterrées, carrées ou rectangulaires, avec un toit à double pente descendant jusqu'au sol et des ouvertures triangulaires pour laisser passer la fumée. Mais comme cette population était de loin très inférieure au clan des Ônamuchi dans les domaines de la connaissance et de la technique, ceux-ci décidèrent de la soumettre grâce à la *magie*.

A ce mot, des souvenirs abominables traversèrent l'esprit de Nukata.

— Et quelle était cette magie ? demanda Ôama.

— Vous devriez l'avoir compris, Prince. Notre pouvoir magique ne consiste pas à jeter des maléfices, mais à troubler l'autre grâce à notre intelligence.

— Expliquez-vous.

— C'est simple. Mais je vais plutôt vous faire une démonstration ici-même.

Kamatari se leva brusquement. Il prit son bâton de moine et renversa la lampe. L'huile noire se répandit par

1. Période préhistorique.

terre et prit feu instantanément. Nukata et Ôama reculèrent avec stupéfaction. Ce n'était pas de l'huile de poisson, puisqu'elle s'était enflammée... Elle s'était consumée tout de suite. Nukata se recroquevilla sur elle-même sans pouvoir y croire.

— Le liquide qui était dans le récipient de la lampe est ce qu'on appelle de *l'eau qui brûle*. On peut la faire jaillir quand on creuse profondément la terre. Mais ceux qui ne le savent pas sont persuadés que ce n'est rien d'autre qu'une chose surnaturelle. Voilà la vérité sur la *magie* dont nous autres, le clan des Ônamuchi, avons hérité de nos ancêtres. Naturellement, il n'y a pas que *l'eau qui brûle*. C'est en tirant parti de notre connaissance approfondie de l'univers, notre perspicacité, notre savoir sur les plantes médicinales et vénéneuses que nous avons réussi à inspirer de la crainte au Peuple des Terres Plates.

En résumé, leurs pratiques magiques n'étaient que des *illusions* fondées sur des phénomènes naturels ou des artifices trompeurs. Les morts d'Iruka et d'Arima, comme toutes les autres, étaient le produit de ces artifices.

— Ceux qui ont accepté de nous aider sont les êtres que vous avez vus tout à l'heure. Certains ont été rejetés par les habitants de la ville à cause de leur maladie incurable, d'autres ont été abandonnés parce qu'ils étaient atteints de difformités physiques. Nous, nous les avons protégés en les accueillant chaleureusement et nous leur avons fait jurer fidélité. Il se trouve que ces gens, précisément à cause de leur infirmité, ont développé des dons surnaturels qui ne sont pas à la portée du commun des mortels. Ils peuvent prévoir les changements du ciel ou de la terre grâce au contact de la pierre et à leur perception de l'atmosphère. Nous avons utilisé leurs dons pour pratiquer toutes sortes d'actes magiques. Ainsi, nous, le clan des Ônamuchi, nous n'avons pas employé la force armée comme la Famille impériale. Nous avons protégé les faibles et les persécutés, nous avons gouverné ce pays sans faire couler le sang, en utilisant leurs dons surnaturels. Et puisque nous gouvernons ce pays depuis la nuit des temps, dites-moi, quel en est le véritable maître ? La réponse n'est-elle pas claire ?

L'une des lampes s'éteignit et plongea la pièce dans la pénombre. Les ombres découpaient avec dureté le visage de Kamatari.

— Vous avez raison, gémit Ôama. Quand je vois ce palais creusé dans la pierre, je suis bien obligé d'admettre que vous dites vrai. Mais dans ce cas, pourquoi avez-vous commis ces crimes absurdes ? Si vous vous reconnaissez comme le véritable maître et que vous jouissez de dons surnaturels, vous auriez pu renverser la Maison impériale.

— Impossible.

— Pourquoi donc ?

— Nous avons conclu un pacte avec la Maison impériale.

— Un pacte !

— En effet, un pacte secret a été conclu entre nous, depuis que la Famille impériale règne sur cette terre.

Kamatari continua de raconter.

— Les descendants d'Ônamuchi qui vivaient dans ces grottes exerçaient leur domination sur le Peuple des Terres Plates grâce à leurs pouvoirs magiques et eux-mêmes régnaient en tant que dieux du Pays des Ténèbres. Mais ils n'exploitaient pas ce peuple par la force. En échange de la nourriture qu'ils leur demandaient, ils leur apprirent à prévoir les variations climatiques, leur enseignèrent les méthodes de culture des céréales, les techniques d'irrigation, et au rythme des fêtes annuelles et des cérémonies shintô, ils ont ainsi contribué à l'abondance des récoltes et à un équilibre de vie. En un mot, le peuple du Yamato et le clan des Ônamuchi menaient une coexistence pacifique.

« Mais cette paix a soudain été troublée. L'ancêtre de la Famille impériale, l'arrière-petit-fils d'Amaterasu, le Prince Kamu Yamato Iware Hiko [1] (Empereur Jimmu) vint envahir le Kinai avec une armée, après avoir traversé la mer et longé les côtes guidé par un faucon. Le Peuple des Terres Plates, qui n'avait jamais fait l'expérience de la guerre, ne pouvait opposer la moindre résistance aux soldats qui déferlaient à cheval. Par peur de la force armée, il renonça à sa coexistence pacifique avec le clan des Ônamuchi et jura fidélité à Kamu Yamato. Ainsi, notre autorité basée sur la confiance ne résista-t-elle pas à la force armée.

« Mais Kamu Yamato n'en profita pas pour détruire le clan des Ônamuchi. Il chercha au contraire à utiliser ses connaissances et sa pratique de la magie pour contrôler le Pays de Yamato. Les descendants d'Ônamuchi auraient désormais le privilège de célébrer les cérémonies religieuses. En échange, ils mettraient leur magie au service de la Maison impériale. Voilà quel était notre pacte secret.

« Nous avons mis ce pacte en application sous le règne de l'Empereur Jomei. Soga no Emishi et Iruka avaient acquis une telle puissance qu'ils pouvaient acculer la Famille impériale à abdiquer. Ils complotaient pour usurper son pouvoir. La famille régnante nous a alors demandé de l'aider à renverser les Soga.

Son histoire semblait approcher du point crucial… Nukata retint son souffle.

— A cette époque, votre mère Kôgyoku n'avait eu qu'un fils avec l'Empereur Jomei. C'est pourquoi le Souverain craignait que le Prince Héritier ne soit tué par les Soga.

---

1. 660-585 av. J.-C. Ces dates sont approximatives. Il n'est pas certain qu'il ait réellement existé. Son personnage a probablement été forgé en mélangeant plusieurs autres grands personnages.

— Mais j'ai un frère aîné !

— Non, Prince Ôama, vous devriez comprendre. Naka no Ôe n'est pas un Prince impérial, mais le Prince des Ténèbres que nous avons offert à la Famille impériale en réponse à sa requête.

— Qu'entendez-vous par *offert* ?

— Eh bien, nous avons élevé un petit enfant qui avait été déposé dans le temple des enfants abandonnés afin qu'il devienne le Prince des Ténèbres, et nous l'avons offert à la Famille impériale pour en faire votre frère aîné. Il n'a jamais été qu'un instrument entre nos mains pour exterminer les puissants qui risquaient de s'opposer à votre famille. Et le piège a fonctionné... Naka no Ôe cristallise sur lui la haine et la rancœur des ennemis de la Maison impériale. Et, piégé par mes manières trompeuses, persuadé d'être doué de dons surnaturels, il a semé la destruction autour de lui.

Et Kamatari se mit à expliquer cette série d'assassinats qui avait commencé par Iruka et fini avec le Prince Arima.

Si la tête d'Iruka avait volé en l'air, c'était, bien sûr, grâce à un stratagème. Ce fameux jour du Grand Changement, il était prévisible qu'Iruka, poursuivi par son adversaire, irait récupérer les Trois Trésors dans le Pavillon des Trésors. C'est pourquoi avait été mis en place un système de poutres pivotantes permettant de libérer une mince fente sur les deux murs latéraux dans le sens de la longueur. On y avait glissé une longue lame d'épée qui dépassait la largeur de la pièce, puis on l'avait attachée à des ressorts en acier tendus au maximum… La lame était retenue par une planche tout au fond de la pièce, elle-même raccordée à la porte à double battant par une ficelle. Au moment où la porte s'ouvrait, la planche tombait et la lame glissait à toute allure vers celui qui entrait grâce à l'élasticité des ressorts en acier. Voilà comment Iruka avait été décapité.

Le Pavillon des Trésors était toujours sévèrement gardé, mais de grands arbres touffus poussaient de part et d'autre du mur d'enceinte. En les reliant avec une corde, on pouvait passer sans difficulté par-dessus le mur. Naturellement, c'était le Peuple des Roches du clan des Ônamuchi qui avait préparé ce dispositif.

La mort atroce du Prince Furuhito no Ôe était due au saké empoisonné qu'il avait bu. Un membre du Peuple des Roches, qui s'était mêlé aux soldats dans l'obscurité, avait jeté des larves dans les crachats du Prince pour maquiller ce meurtre en une mort causée par des insectes maléfiques. Kamatari avait auparavant provoqué chez Naka no Ôe une hallucination où il avait cru voir des insectes venimeux à qui il poussait des ailes et qui s'envolaient, prenant ainsi la précaution de le convaincre que cette horrible mort était due à ses propres malédictions.

Si la demeure d'Ishikawamaro avait brûlé, c'est parce qu'on avait fixé une épée sur le toit, la lame pointée vers le ciel pour attirer la foudre, avant de répandre de *l'eau qui brûle* dans les flammes. La venue de l'orage était connue à l'avance grâce aux dons surnaturels du Peuple des Roches.

Enfin, la mort tragique du Prince Arima avait été provoquée par une substance hallucinogène qu'un membre du Peuple des Roches avait mise dans son saké. On lui avait suggéré de sortir du sanctuaire quand tout le monde s'était endormi, et au moment où il s'était retrouvé seul, on l'avait décapité.

Kamatari avait exposé tout cela calmement. Nukata éprouvait de l'admiration plutôt que de la colère. Toute son histoire pouvait en effet expliquer cette série d'événements.

— Il y a quelque chose que je ne comprends pas, dit Ôama. Pourquoi avez-vous tué le Prince Arima ? Iruka et Ishikawamaro étaient certes des ennemis, mais Arima était le fils de l'Empereur Kôtoku et de la Princesse Abe no Otarashi. Il était donc un Prince légitime d'origine impériale.

Le visage de Kamatari s'assombrit.

— Je n'avais pas le choix. Naka no Ôe nourrissait des doutes sur le pouvoir de ses malédictions et il a fini par découvrir cette grotte après m'avoir suivi. Puis, lorsqu'il a appris la vérité par un membre du Peuple des Roches, il a commencé à briguer le trône et m'a menacé d'éliminer ceux qui l'empêcheraient d'y accéder.

— Vous avez fait ce qu'il a dit ?

— Je n'avais pas le choix. Il m'a dit que si je ne lui obéissais pas, il enverrait d'importantes forces armées au Pays des Ténèbres. La plupart des gens qui se trouvent ici sont faibles, nous ne pouvons absolument pas rivaliser avec les soldats de Naka no Ôe. C'est pourquoi j'ai été obligé de me soumettre à sa volonté, répondit Kamatari en soupirant, avant de poursuivre : L'élimination des membres de la Famille impériale s'est faite en grande partie avec l'aide du Peuple des Roches. Le monstre qui est apparu au Palais du Promontoire Magnifique à Naniwa n'était qu'un homme rongé par une maladie incurable. Il s'est déguisé en soldat de garde pour pénétrer dans la chambre du Souverain, qu'il a tué en même temps que la Grande Epouse Hashihito…

« A présent, vous devez comprendre pourquoi je vous raconte la vérité. Comme l'annonçait la légende, le Prince des Ténèbres s'est mis en mouvement pour exterminer la Famille impériale. Sous couvert de travaux publics, il fait déterrer et détruire les grottes souterraines qui se trouvent partout dans Asuka. S'il a mis le feu au mont Katsuragi, c'est non seulement pour vous tuer, mais aussi pour brûler les arbres et dégager l'entrée donnant accès au Pays des Ténèbres. Il veut faciliter sa prochaine attaque. Prince, il faut agir. Pour la Famille impériale et notre clan des Ônamuchi, il faut renverser le Prince des Ténèbres qui est revenu avec toutes ses pensées malfaisantes. C'est la mission qui vous est donnée.

Ôama restait silencieux.

— Si vous ne réagissez pas, la famille régnante qui est d'essence divine disparaîtra. Cela vous est donc égal ?

Mais Ôama ne pouvait cacher son trouble. Il tourna vers Kamatari un regard hésitant avant de demander :

— Kamatari ! Tout ce que vous avez dit est-il vrai ?

— Et qui d'autre aurait construit ces grottes, selon vous ? Et comment expliquez-vous les actes de Naka no Ôe qui a mis le feu à Katsuragi ? Si mes paroles ne vous suffisent pas, demandez donc aux êtres qui sont là. Ainsi, vous saurez tout.

— Vous dites sûrement vrai, en effet. Et c'est justement la raison pour laquelle je n'ai pas besoin de réagir.

— Pourquoi ? demanda Kamatari.

— Vous ne vous êtes pas contenté de tuer Iruka avec vos pratiques magiques, vous avez aussi assassiné le Prince Arima. Puisque vous avez autant de talent, cela devrait vous être facile de renverser mon frère.

— Non ! répondit Kamatari avec fermeté. Notre magie n'est qu'illusion et faux-semblant. Face à Naka no Ôe et à son armée, nos stratagèmes ne sont rien. Pour lutter contre lui, il n'y a que l'emploi de la force. La seule personne qui dispose d'une telle force, c'est vous, Prince.

— Moi ?

— Oui, car vous avez la confiance de la population, ce que Naka no Ôe n'a pas.

— Que voulez-vous dire ?

— Ayez confiance, Prince. Nous avions prévu ce qui allait se passer. C'est pourquoi, à votre insu, nous avons discrètement constitué une armée. Les hommes hostiles à la politique insensée du Prince Naka no Ôe sont très nombreux, plus nombreux encore que les soldats rassemblés ici. Vous n'avez plus qu'à les commander.

— Mais la grande armée qui attend au pied de la montagne n'est-elle pas celle de mon frère ?

— Ne vous inquiétez pas. Actuellement, nous nous montrons dociles afin de tromper le Prince Naka no Ôe. Mais si vous le leur demandez, ces gens seront prêts à se rebeller immédiatement. Ils n'attendent qu'une chose, que vous vous souleviez. Allons, Prince, décidez-vous !

Il le regarda comme s'il sermonnait un enfant.

— Mais… je ne peux pas. Je ne peux pas tuer mon frère, lança Ôama.

La colère se lut sur le visage de Kamatari.

— Vous n'avez pas encore compris. Cet homme n'est pas votre frère. C'est un horrible Prince des Ténèbres dont on ignore l'origine. Cela ne vous dérange pas qu'un être pareil usurpe le pouvoir de la Famille impériale…

Kamatari se leva.

— Venez ! Maintenant, je vais vous montrer la véritable personnalité de Naka no Ôe.

Kamatari prit la torche et pénétra dans un étroit passage qui se trouvait derrière lui. Après un mouvement d'hésitation, Ôama le suivit. Nukata fit de même. L'intérieur était envahi par les toiles d'araignée. Une odeur de mousse humide leur piqua le nez. Quelques pas plus loin, ils parvinrent dans une petite salle. C'était un cul-de-sac. La paroi rocheuse portait des dessins d'ornements magiques en forme de croc qu'utilisaient les chamans pour passer dans les régions célestes au cours de leurs voyages. En fait, ils ressemblaient plutôt à des dessins de fœtus entremêlés. Kamatari poussa une pierre qui se détacha et tomba de l'autre côté, dégageant une ouverture. Elle donnait sur une grotte toute noire.

— Allez, venez.

Kamatari courba le dos et pénétra à l'intérieur, suivi d'Ôama et de Nukata. L'odeur de pourriture les prit à la gorge. Ils avançaient en se bouchant le nez et en évitant de respirer. Peu après, ils entendirent une sorte de frémissement sous leurs pieds. Ils marchaient sur quelque chose... En regardant à terre, ils découvrirent des insectes desséchés et des squelettes épars, de chiens et de chats apparemment. Ils ignoraient la raison de leur présence ici, mais ils furent parcourus d'un frisson glacial. Un peu plus loin, ils tombèrent à nouveau sur un cul-de-sac. L'une des pierres face à eux était enlevée, libérant une ouverture noire. Kamatari s'arrêta.

— Le Prince des Ténèbres est né ici. Regardez à l'intérieur, dit-il en éclairant avec sa torche.

Ôama et Nukata firent ce qu'il leur demandait.

Nukata percevait d'étranges vibrations ; une grimace déforma son visage.

C'était une salle exiguë. Du plafond bas pendaient des os qui avaient la forme de crânes de chiens. Le sol, creusé de trous de la taille d'un poing, était jonché de cadavres de lézards, de crapauds et de mille-pattes.

Que faisait-on ici ? A cet instant, Nukata entendit résonner dans sa tête des vagissements de nouveau-nés. Ou plutôt non, on aurait dit des cris d'agonie... Elle en entendit plusieurs. Ils étaient si terribles qu'ils faisaient trembler son âme. Et il lui sembla pressentir la vérité. Des nouveau-nés, en grand nombre, étaient morts dans cette pièce. Et en mourant, ils répandaient leur haine et leur agressivité contre ceux qui leur faisaient connaître une fin aussi atroce. L'endroit était imprégné de leurs mauvaises pensées.

— Qu'est-ce que…

Ôama ne trouvait plus ses mots.

— C'est une pièce réservée à nos pratiques magiques. On place des nouveau-nés dans ces trous, on les imprègne des pensées maléfiques d'insectes et d'animaux. Comme on ne leur donne ni eau ni lait, la plupart meurent, mais l'un d'eux parvient parfois à survivre en se nourrissant de la graisse des têtes de chiens décomposées. Ce nouveau-né est le Prince des Ténèbres.

— Vous voulez dire que mon frère vient de l'un de ces trous ?

— Oui. C'est moi qui l'ai pris et offert à la Maison impériale… Vous comprenez à présent. Naka no Ôe est un Prince des Ténèbres maléfique qui a été imprégné des pensées malfaisantes des animaux. Pour protéger la Famille impériale de cette calamité et pour préserver la paix dans le Pays de Yamato, il faut à tout prix renverser Naka no Ôe. Vous êtes le seul à pouvoir le faire. Prince, soulevez-vous ! Soulevez l'armée pour renverser le Prince Naka no Ôe ! ordonna Kamatari avec force.

VI
LES ÉMEUTES DE L'ANNÉE DU SINGE

1

La rumeur d'un mouvement de rébellion mené par le Prince Ôama éclata dans la ville d'Asuka. On disait que la montagne de Katsuragi avait entièrement brûlé et le spectacle des forces armées rassemblées autour du Palais Okamoto était impressionnant. Selon la déclaration des membres du gouvernement, les soldats avaient forcé le Prince Ôama, qui projetait de se rebeller avec les nobles de la région de Naniwa, dans sa retraite du mont Katsuragi et il avait péri dans les flammes de l'incendie qui avait ravagé l'endroit. Comme pour confirmer leurs dires, une armée de plusieurs milliers d'hommes était partie pour Naniwa. La population ne cachait pas son angoisse et sa peur devant ce déploiement militaire, qui laissait facilement imaginer que le conflit allait dégénérer en une guerre sanglante.

L'inquiétude était grande aussi dans le Pavillon Central. Afin de calmer les esprits, Naka no Ôe avait réuni les ministres et les nobles dans la Salle du Principe suprême et il étudiait avec eux l'évolution de la situation. Maintenant qu'il s'était débarrassé d'Ôama, il ne lui restait plus qu'à contrôler les nobles de Naniwa pour éliminer les derniers obstacles sur sa route. Dès que l'armée lancée en représailles serait de retour, sous prétexte d'éviter les désordres d'une vacance du pouvoir, il promulguerait un édit qui le désignait comme le nouveau Souverain.

Mais l'heure du Dragon[1] était passée quand ils virent arriver un coursier porteur d'un message envoyé par les soldats postés en surveillance au pied de la montagne calcinée. L'homme leur dit qu'Ôama était en train de fuir avec quelques personnes vers le sud, en amont de la rivière Katsuragi.

L'étonnement du gouvernement fut à son comble. Le Prince Ôtomo fit répéter le message comme s'il ne pouvait pas y croire, mais l'homme confirma que plusieurs soldats avaient bien vu Ôama et son escorte. Ôtomo en grinça des dents de dépit. Ils avaient dû échapper au feu en se réfugiant dans une cavité rocheuse. Les flammes du brasier n'avaient pas pénétré la terre.

— Ne vous inquiétez pas, mon fils, c'est l'occasion ou jamais de montrer votre force. Ne la laissez pas échapper.

Le Prince comprit les intentions de son père. Ôama était peut-être en fuite, mais il était seul contre une puissante armée. Il suffisait d'envoyer à sa poursuite une troupe de cavaliers. Ils en viendraient facilement à bout... Et comme les arbres de la montagne avaient tous brûlé, l'entrée de la grotte était maintenant dégagée. S'il y faisait pénétrer d'importantes forces armées, le Pays des Ténèbres ne tiendrait pas un instant.

— Père, vous allez voir de quoi je suis capable. Je vais mener les troupes vers la victoire, déclara solennellement le Prince Ôtomo qui se dressa bien droit en brandissant haut son épée.

A l'heure du Serpent[2], une armée de plus de deux mille hommes se regroupa à la Porte Sud, dirigée par les généraux Etchi no Hada no Kutsu, Ioi no Kujira et Hata no Yakuni. Les unités attendirent en rangs impeccables

1. De sept à neuf heures.
2. De neuf à onze heures.

derrière leur général respectif et l'on procéda à l'appel des soldats.

A ce moment-là, le Prince Ôtomo apparut sur un cheval blanc. Les chefs militaires retournèrent aussitôt à leur place et les hommes se mirent au garde-à-vous. On entendit le bruit du frottement des armures, puis ce fut le silence absolu. Le Prince avança devant la grande armée et après avoir regardé d'un air majestueux, du haut de sa monture, les hommes rassemblés sous son commandement, il donna l'ordre d'abattre le Prince Ôama d'une voix impérieuse.

Le gong retentit et les soldats poussèrent des cris guerriers. Le Prince Ôtomo parcourut l'assemblée d'un regard satisfait. Puis il réunit les généraux pour leur indiquer le mouvement de chaque unité.

L'armée de mille et quelques hommes dirigée par Etchi no Hada no Kutsu se dirigerait vers l'ouest en direction du mont Kagu. Celle de Hata no Yakuni, composée de huit cents hommes, se posterait autour du Palais Okamoto en prévision d'une possible attaque. Le reste de l'armée fut divisé en trois groupes : deux cents cavaliers et sept cents valets d'armes se lanceraient à la poursuite d'Ôama le long de la rivière Katsuragi ; les autres partiraient à l'assaut du Pays des Ténèbres. Quant à Ioi no Kujira, il irait avec une centaine d'hommes inspecter la forêt au pied du mont Katsuragi pour voir si Ôama pouvait se cacher là.

Une fois ses ordres distribués, le Prince Ôtomo donna le signal du départ et la grande armée s'ébranla dans un grondement sourd. Devant un tel déploiement de forces, Ôtomo se sentait sûr de la victoire. Pour sa part, il quitta le Palais à la tête de cinquante cavaliers. Et se dirigea droit sur la rivière Katsuragi où devait se trouver Ôama.

2

Pendant ce temps-là, deux chevaux galopaient le long de la rivière en direction du sud. Les bêtes filaient à la vitesse du vent en projetant des gerbes d'eau. Fumi no Nemaro chevauchait en tête, suivi d'Ôama qui portait Nukata en croupe.

Kamatari avait prêté son cheval à Ôama. Il leur avait parlé de gens du Peuple des Roches que l'on appelait les Kuzu[1]. C'étaient des fidèles des divinités shintô des montagnes qui descendaient dans les champs au moment des semailles de printemps. Ils habitaient dans le Yoshino, un ensemble de collines au sud d'Asuka, et pourraient leur donner asile. Ôama avait décidé de se soulever contre son frère. Mais dans l'immédiat, cerné par les troupes ennemies, il devait se réfugier dans un endroit sûr.

Les chevaux avançaient dans le vent glacial. Mais plus ils remontaient la rivière, plus celle-ci allait en se rétrécissant. Des arbres et des rochers obstruaient le passage et rendaient leur progression difficile.

— N'y a-t-il donc pas d'autre chemin ? demanda Ôama avec irritation.

— Malheureusement non, Monseigneur, à part le lit de ce cours d'eau, il n'y a qu'une forêt impénétrable.

— Tu en es sûr ?

— Oui, Monseigneur.

— Vraiment ! Mais je ne peux plus croire ce que tu dis.

Un peu plus loin, sur leur droite, ils aperçurent une petite colline arrondie couverte d'arbres. Ôama s'écarta de sa route pour y monter.

— Monseigneur ! dit Fumi no Nemaro derrière lui.

Du sommet, on pouvait voir Asuka au nord. Et par-delà les arbres se dressaient la colline d'Amakashi et les trois monts de la plaine du Yamato.

---

1. Titre d'une pièce de théâtre de nô.

Soudain, leur regard fut attiré par d'étranges points qui bougeaient en bas. On aurait dit une armée de fourmis. Mais c'était une véritable armée... Elle avançait vers eux.

— Qu'est-ce que c'est ? demanda Nukata d'une voix blanche.

— Ce sont sans doute les hommes que mon frère a lancés à notre poursuite, répondit Ôama. Visiblement, ils nous ont repérés.

— Que va-t-il se passer ? gémit la jeune femme.

— Ils nous auront bientôt rattrapés. J'imagine qu'ils ont la ferme intention de nous tuer.

Nukata cacha son visage derrière le dos d'Ôama. « J'ai peur… » murmura-t-elle.

A ce moment-là, Fumi no Nemaro arriva vers eux.

— Monseigneur, dépêchez-vous, nous n'avons pas de temps à perdre.

— Merci de me le rappeler ! répondit Ôama avec humeur tout en redescendant au galop.

Quittant l'ombre des arbres, ils retournèrent dans le lit du cours d'eau. Un simple coup d'œil leur permit de constater que le passage en amont était barré par des arbres tombés en travers et que, de part et d'autre de la rivière, une épaisse forêt les encerclait. Ôama hésita un peu, puis il décida de couper à travers la forêt.

— Mais on ne voit aucun chemin là-dedans, fit Nukata d'un air étonné.

— Qu'importe. Si nous avançons vers le sud, nous finirons par arriver à Yoshino.

Fumi no Nemaro vint se placer devant lui et dit :

— La Princesse de Nukata a raison. On ne pourra pas se diriger dans cette épaisse forêt, et si on se perd, on ne pourra même pas en ressortir.

— As-tu une autre solution pour fuir cette armée ?

Fumi no Nemaro resta silencieux.

— De toute façon, ton avis m'importe peu. Si tu ne veux pas venir, eh bien, disparais de ma vue immédiatement, lança Ôama sans attendre sa réponse.

Fumi no Nemaro n'avait pas d'autre choix que de le suivre.

Ôama se frayait avec précaution un chemin entre d'immenses vieux arbres couverts de mousse. Du lierre et des lianes pendaient des branches. Le feuillage était si dense que la lumière du soleil ne pénétrait pas. Il faisait sombre comme au crépuscule. Plus haut, les arbres étaient agités par le vent qui descendait de la montagne.

Nukata regardait autour d'elle en se faisant toute petite. Depuis qu'elle avait quitté sa pauvre maison de Takatori pour descendre à Asuka, elle n'était plus jamais entrée dans un endroit aussi sombre et aussi touffu. Et bien qu'elle connût désormais la véritable nature des monstres et des araignées de terre, elle ne pouvait s'empêcher de trembler de peur.

Au bout d'un certain temps, les arbres s'espacèrent enfin devant eux. Ils entendirent le bruit de l'eau qui coule. Un affluent de la rivière Katsuragi devait passer par là. Et en effet, lorsqu'ils se rapprochèrent, ils virent un ruisseau qui semblait couper la forêt. Un bout de ciel nuageux apparut au-dessus d'eux et ils furent surpris par le souffle du vent chargé de neige.

Nukata frissonna soudain. Il y avait une étrange atmosphère. Que se passait-il ? Mettant tous ses sens en éveil, elle perçut de l'animosité autour d'eux. Des pensées meurtrières, non pas une ou deux mais un grand nombre, convergeaient sur eux.

— Faites vite demi-tour ! cria Nukata malgré elle.

— Et pourquoi donc ?

— Je sens la présence d'ennemis autour de nous.

Ôama n'eut pas le temps de répliquer car ils furent assaillis par des cris de guerre stridents. Bondissant de leur cachette à l'abri des arbres, des soldats se ruaient sur eux en brandissant leur épée. Ils étaient quelques dizaines et tous avaient un air farouche et déterminé. Le cheval terrorisé lança une ruade, manquant de faire tomber Nukata qui s'agrippa à Ôama.

— Monseigneur, il faut reculer ! hurla Fumi no Nemaro.

— Inutile ! répondit le Prince en ajustant les rênes pour calmer la bête. Puis il sauta à terre tout en lançant : Je te confie Nukata !

— Qu'allez-vous faire ?

— Vous verrez bien !

A peine avait-il prononcé ces mots qu'il donnait un coup sur la croupe du cheval pour le faire partir à vive allure. Le cheval traversa le cours d'eau en emportant Nukata, mais Fumi no Nemaro le rattrapa en saisissant les rênes. Ils virent Ôama dégainer son épée, prêt à faire face à l'ennemi, seul contre tous.

— Prince ! s'écria Nukata, le regard implorant.

Les soldats ennemis se précipitaient sur Ôama en faisant scintiller les lames de leurs épées. Nukata ne put s'empêcher de fermer les yeux de terreur, mais il était inutile de s'inquiéter. Déjà le Prince avait paré avec habileté les coups d'épée qui s'abattaient en même temps sur lui. Il s'était déplacé si agilement que les soldats ennemis restèrent un instant hébétés. Il en profita pour en tuer quelques-uns, qui tombèrent à terre en poussant des cris affreux.

Nukata assista alors à un spectacle incroyable. Ôama se livrait devant eux à un horrible massacre. Il coupait les bras, fendait les armures, charcutait et éventrait. Il frappait dans le dos les fuyards, assenait des coups impitoyables à ceux qui voulaient résister. Il était aussi déchaîné qu'une bête sauvage aux abois et d'une agilité hors du commun. Les ennemis tombaient les uns après les autres dans une mare de sang, sans avoir eu le temps de se défendre. Nukata était frappée de stupeur devant la dextérité avec laquelle il maniait son arme.

Ôama se tenait debout au milieu de ce carnage, le corps ensanglanté. Il ne restait que deux soldats ennemis. Mais lorsqu'ils virent le Prince lever son épée, ils s'enfuirent à toutes jambes en poussant des glapissements affolés.

L'endroit n'était plus qu'une boucherie sanglante de corps mutilés.

Ôama regarda Fumi no Nemaro, les yeux remplis de fureur.

— Fumi no Nemaro !

— Monseigneur !

— Moi, Prince Ôama, je vais à présent diriger mon arme contre mon frère. Va l'annoncer aux nobles de province et fais-leur savoir que ceux qui veulent me suivre se rassemblent à Yoshino.

— Monseigneur ! s'exclama Fumi no Nemaro en lui jetant un regard bouleversé.

— Il n'y a pas un instant à perdre. Pars immédiatement !

— Oui, Monseigneur ! dit Fumi no Nemaro qui avait déjà traversé la rivière et lança aussitôt son cheval au galop.

Ôama rejoignit Nukata sur l'autre rive.

— Toi, tu viens avec moi ! dit-il sur un ton péremptoire.

Elle resta figée et sans voix. Ôama monta sur le cheval et repartit en direction de la forêt.

Le cœur de Nukata était devenu aussi dur que la pierre. La vue de ce corps couvert de sang coagulé la dégoûtait. Celui qui chevauchait devant elle n'était pas le Prince Ôama chaleureux et sincère qu'elle avait connu. Il était pareil à une bête féroce assoiffée de sang et de chair fraîche. S'était-elle trompée à son sujet ? Etait-ce finalement sa vraie nature ?

A cet instant, Nukata eut un haut-le-cœur. Elle était prise de nausées soudaines et, instinctivement, elle mit sa main sur sa bouche. Que lui arrivait-il ? Etait-ce le spectacle atroce de tout à l'heure ? Mais non, c'était différent. Elle n'aurait pas mis si longtemps à réagir...

Tout à coup, elle eut un pressentiment. Et si elle était enceinte ? Enceinte de Naka no Ôe, et non pas d'Ôama…

Cette pensée la fit frissonner de la tête aux pieds. Ses relations avec Naka no Ôe laisseraient une trace indélébile qui ne disparaîtrait jamais de toute sa vie. Le Prince Naka no Ôe… ce Prince solitaire qui dissimulait une tristesse inexprimable… ce Prince qui la désirait tellement… l'enfant de ce Prince vivait en elle.

Nukata était hébétée de stupeur. Mais peu à peu, elle se sentit devenir mystérieusement sereine, et son cœur se radoucit. Elle allait devenir mère… la mère de l'enfant du Prince Naka no Ôe.

A y bien réfléchir, s'il s'était lancé dans une entreprise aussi terrible que celle de mettre le feu au mont Katsuragi, ce n'était pas parce qu'il était mauvais de nature, mais parce qu'il tenait tant à cacher ses origines. Et si elle avait vu juste, c'était lui le plus faible, celui qu'il fallait consoler.

Il n'y avait plus de peur en elle. Elle ressentait plutôt une joie profonde qui emplissait son cœur. L'enfant de Naka no Ôe respirait dans son corps. Elle l'avait compris à l'instant même où elle doutait d'Ôama. Ce n'était pas une coïncidence. Si elle était enceinte de Naka no Ôe, c'est que son état lui indiquait la voie qu'il fallait prendre.

Nukata comprit sa mission comme si le Ciel lui montrait le chemin : elle devait suivre non pas Ôama, mais Naka no Ôe.

Au même moment, la troupe dirigée par Ioi no Kujira avançait dans la forêt au pied du mont Katsuragi.

Ils suivirent un petit sentier qui s'enfonçait plus loin et arrivèrent au bout d'une rangée d'étranges lanternes en pierre. Ils étaient devant les ruines d'un temple où se dressait un portique fait de pierres empilées. Ils s'approchèrent, mais ne virent pas de sanctuaire. Tout juste y avait-il une grotte creusée dans la falaise face à eux. Il s'agissait peut-être de l'entrée du Pays des Ténèbres qui, disait-on, se trouvait dans cette montagne... Ioi no Kujira ordonna à des soldats de pénétrer à l'intérieur pour inspecter les lieux.

3

Ôama se dirigeait vers le sud aussi rapidement que possible, Nukata en croupe. Il était gêné dans sa progression par les troncs d'arbre moussus et les lianes suspendues aux branches. A la nuit tombée, ils sortirent de l'épaisse forêt et se retrouvèrent au pied de la chaîne de montagnes de Takatori entre Asuka et Yoshino. Ils empruntèrent un sentier portant de nombreuses traces de passage et parvinrent au sommet du mont Imo[1] qui donnait sur les collines de Yoshino.

En haut du col, les deux cavaliers mirent pied à terre. Ôama contemplait la lointaine Asuka. Balayés par un vent glacial, les arbres ondulaient devant lui. D'un peu plus loin, Nukata regardait la tenue de chasse du Prince maculée de sang noir qui lui rappelait le massacre de tout à l'heure. Son corps se recroquevilla de peur et de doute.

Ôama dut sentir son regard car il se retourna.

— De quoi as-tu peur ? demanda-t-il comme s'il lisait dans ses pensées. Ses yeux brillaient d'un éclat vif.

— Je n'ai pas peur.

---

1. La pièce *Education féminine sur les monts Imo et Se* fut adaptée pour le kabuki.

— Ne mens pas ! Je vois clairement dans ton cœur. C'est de moi que tu as peur.

Nukata eut un mouvement de recul. Ce n'était pas le Prince chaleureux qu'elle avait connu, il fallait s'en méfier.

— Que crains-tu ? Nous nous connaissons suffisamment pour que tu puisses te confier à moi.

Elle resta silencieuse.

— Que se passe-t-il ? Pourquoi as-tu peur de moi ?

Ôama se rapprocha. Le vent violent soulevait ses longs cheveux et sa robe de chasse. Il avait tout l'air d'un démon en colère. Nukata entendit résonner la sonnette d'alarme dans sa tête.

— J'ai peur de vous, Prince, qui êtes capable de tuer d'une manière si atroce… Le Prince Naka no Ôe a tué beaucoup de personnes, mais au fond de lui, il souffrait. Vous, vous êtes différent. On dirait que cela vous amuse de tuer ! s'écria-t-elle avec force.

— Je vois… dit Ôama paisiblement avant de poursuivre : Si toi qui es douée de dons surnaturels, tu le dis, c'est que ce doit être vrai. Mais je ne suis sûrement pas le seul à nourrir le mal en moi.

Il regardait Nukata d'un air froid.

— Que voulez-vous dire ?

— Tu ne comprends donc pas ?

— Non.

— Tu sembles bien connaître mon frère... Comment peux-tu deviner à ce point ce qu'il ressent ? Je sais que tu as des dons surnaturels, mais c'est étrange tout de même, non ?

Elle en eut le souffle coupé : Ôama parlait de sa liaison avec Naka no Ôe.

— Réponds donc à ma question. Si tu peux y répondre, je n'ai rien à ajouter. Dans le cas contraire, c'est que toi non plus tu n'es pas innocente.

Ôama lui reprochait sa relation avec Naka no Ôe en disait que c'était « quelque chose de mal ». Sans doute savait-il depuis longtemps et avait-il gardé ce secret pour en faire bon usage au moment propice... La preuve en était qu'il ne paraissait éprouver ni mécontement ni colère... En la voyant si troublée, il eut un sourire cruel.

Elle en était sûre maintenant. Le cœur d'Ôama était habité par le mal. Et l'apparence amicale qu'il se donnait était un masque pour mieux la tromper...

Nukata comprit sa terrible méprise. Les massacres perpétrés par le Prince Naka no Ôe avaient une cause honorable, celle de protéger la Famille impériale. De plus, après avoir commis ses crimes, il était assailli de remords et bouleversé. Tandis qu'Ôama, prompt à critiquer les actes de son frère, tirait largement parti de leurs conséquences. Cela ne signifiait-il pas qu'il profitait de Naka no Ôe ? Si c'était le cas, le frère cadet était beaucoup plus cruel et rusé que son frère aîné.

Mais Naka no Ôe était un Prince des Ténèbres et Ôama un Prince légitime de la Maison impériale. Et on disait que Naka no Ôe était maintenant décidé à exterminer toute la Famille impériale. N'y avait-il pas là une contradiction ?

Nukata réfléchit rapidement à tout ce qui s'était passé jusqu'ici. Soudain, elle s'aperçut que c'était Ôama qui avait déclaré que Naka no Ôe était le Prince des Ténèbres.

Et s'il avait menti ?

C'est alors qu'elle découvrit la vérité avec stupéfaction : Naka no Ôe n'était pas le Prince des Ténèbres. C'était le contraire. Le véritable Prince était… !

Le choc de cette découverte la fit trembler. Furieuse, elle se reprocha sa naïveté et eut de l'aversion pour le perfide Ôama… Mais elle comprit l'importance de la mission qui lui était confiée.

Nukata recula encore. Ôama remarqua aussitôt son changement d'attitude.

— Que se passe-t-il ? A quoi penses-tu ?

— Je n'ai rien à vous dire, Prince.

— Eh bien, reste muette si tu veux. Mais puisque tu es venue jusqu'ici, je ne te laisserai pas te conduire comme une écervelée. Tu vas me suivre.

— Non, dit-elle fermement.

— Ah oui, et pourquoi ?

— Je dois aller quelque part.

Le regard d'Ôama se durcit.

— A Asuka ?

— Je ne peux rien dire.

— Tu veux voir mon frère au Palais Okamoto ?

— Je vous laisse deviner.

— Tu m'abandonnes, et pour suivre un maudit Prince des Ténèbres ?

— Je ne sais pas. Je n'en sais rien.

— Le Prince des Ténèbres sera bientôt anéanti, et toi aussi tu vas mourir.

— Cela m'est égal, lui lança-t-elle en regrettant aussitôt ses paroles.

Ôama esquissa un sourire ironique.

— Une femme intéressante… dit-il en ricanant.

Nukata en eut la chair de poule.

« Une femme intéressante… » C'étaient les premiers mots qu'il avait prononcés quand il l'avait rencontrée. Elle avait cru que c'était à cause de son allure de garçon, mais ce n'était pas cela. Il n'avait pas manifesté de l'intérêt pour elle, mais plutôt un mépris à peine voilé.

Nukata se sentit tomber dans un abîme de désespoir. Ôama ne l'avait jamais aimée. Elle avait pris pour de l'affection un simple attirance charnelle. Et elle était descendue à Asuka pour essayer de le protéger grâce à ses dons surnaturels... Elle s'était donné tant de mal pour rien...

Quelle naïveté… Nukata crut que son corps et son âme allaient disparaître sous le poids de la tristesse et de la souffrance.

Soudain, elle pensa à Naka no Ôe. Lui la désirait du fond du cœur… Il était sincère. Comment ne l'avait-elle pas remarqué jusqu'ici ? Elle se sentit pleine de regrets. Mais en évoquant le Prince aîné, ce fut comme une lueur qui s'allumait au fond d'elle-même. Sa décision était prise.

Nukata regarda Ôama avec un air de défi, sûre d'elle. « Une femme intéressante… » Ces paroles marquaient le début de sa relation avec Ôama, mais aussi la fin.

— Je pars voir le Prince Naka no Ôe, lui annonça-t-elle avec détermination.

Ôama ne dit rien. Nukata s'apprêtait à partir en courant, emportée par ses sentiments passionnés, quand il la rappela d'une voix forte.

— Attends !

Elle tressaillit.

— Tes jambes ne te porteront jamais jusqu'à Asuka. Prends donc ce cheval ! C'est un animal qui a été bien dressé, tu pourras facilement le monter, lui dit-il en détachant les rênes pour l'amener vers elle.

Nukata ne comprenait pas la raison de son geste bienveillant, mais quelle importance ? Puisqu'elle voulait être le plus tôt possible auprès de Naka no Ôe... Elle monta donc sur le cheval, non sans éprouver une certaine appréhension.

— Va dire la vérité à mon frère. Mais je ne peux pas t'assurer qu'il ne t'arrivera rien sur la route avant Asuka.

Ôama eut un petit rire cynique qui lui donna froid dans le dos.

— Allez, en avant ! cria-t-il en tapant sur la croupe du cheval qui commença à descendre le col avec Nukata sur le dos.

Quand le bruit des sabots s'éloigna, une voix retentit derrière Ôama.

— Quelle belle comédie ! Félicitations. Tout est fin prêt à présent.

Ôama se retourna et vit apparaître une multitude de formes humaines qui sortaient de leurs cachettes. A leurs longs cheveux défaits et à leurs loques, il reconnut le Peuple des Roches. Beaucoup n'avaient pas de bras, ou une seule jambe, et leur corps était difforme. Parmi eux se trouvait Kamatari.

Cette « belle comédie » était celle qu'ils avaient jouée dans la grotte à Nukata, pour qu'elle transmette à Naka no Ôe une version déformée de la vérité. Mais à présent elle avait deviné ce qu'elle ne devait pas apprendre...

Kamatari s'approcha en traînant la jambe. Ôama avait le regard perdu au loin.

— Que se passe-t-il ? Ne me dites pas que vous êtes attiré par cette femme !

— C'est ridicule ! Bien sûr que non.

— Vous me rassurez. Nous laisser aller à une stupide sentimentalité, ce serait notre perte.

— Ce n'est ni l'heure, ni le moment de me donner des conseils inutiles. Dites-moi plutôt si vous avez suivi notre conversation de tout à l'heure.

Kamatari répondit évasivement.

— Nukata sait maintenant la vérité. N'est-il pas dangereux de la laisser partir vers Naka no Ôe ?

— Il y a un risque en effet. Mais c'est pour vous l'occasion de donner libre cours à vos talents... *Non pas ceux du Prince Ôama, mais ceux du Prince des Ténèbres*.

Le Prince des Ténèbres… Ces syllabes lugubres lui rappelaient ses origines… Dans l'épaisseur des ténèbres d'une grotte retirée, il y avait une salle obscure où régnaient une odeur de pourriture et des vibrations malfaisantes. Là, vivait un nouveau-né imprégné de pensées maléfiques et nourri de la graisse de cadavres putréfiés utilisés pour la pratique magique des bêtes vénéneuses. Il était faible, mais ses yeux rouges brillaient de haine.

C'était vrai… Le véritable Prince des Ténèbres,

c'était lui… Naka no Ôe était le Prince légitime qui portait le sang de la Famille impériale.

Ôama avait baigné dans un monde qui l'avait pourvu d'une nature malfaisante. Mais il n'en éprouvait pas de répugnance. Il aurait dû mourir dans le temple des enfants abandonnés. Or, il avait été sauvé par Kamatari et s'apprêtait à devenir le Souverain. A la pensée de son destin, il se sentait fier d'être le Prince des Ténèbres.

Kamatari poursuivait un but secret : récupérer la souveraineté du Pays de Yamato qui lui avait été arrachée par la Famille impériale. C'était lui qui avait propagé cette légende d'un terrible Prince et l'avait ensuite diffusée discrètement au sein de la Famille impériale. Il avait fait croire à Naka no Ôe qu'il était le Prince des Ténèbres, l'avait poussé à se débarrasser du clan des Soga, du Prince Arima, de l'Empereur Kôtoku, en un mot de tous ses ennemis, et lui avait donné le pouvoir. Maintenant, il voulait renverser Naka no Ôe pour tenir enfin ce pouvoir entre ses mains. Et puisque chacun croyait que celui-ci était le Prince des Ténèbres, personne ne lui reprocherait de l'abattre. C'était pour cela qu'il avait créé cette légende, pour manipuler Naka no Ôe et aussi le détruire.

La haine du clan des Ônamuchi pour la Famille impériale venait des atrocités qu'elle avait commises autrefois en envahissant et en pillant sans merci le Pays de Yamato. Ce qu'il avait raconté à Nukata tout à l'heure n'était pas la vérité. C'était une version arrangée destinée à tromper le Prince Naka no Ôe.

Comme il l'avait dit, il était exact que le clan des Ônamuchi avait soumis le Peuple des Terres Plates grâce à la magie et qu'il avait ainsi prospéré. Mais l'ancêtre de la Famille impériale, Kamu Yamato Iware Hiko, avait soudain surgi à la tête d'une armée. Montés sur des chevaux et brandissant leurs lances, les soldats avaient pénétré à l'intérieur des grottes et massacré les habitants sans défense. Ils n'avaient pas laissé un seul des autels en pierre construits au pied des montagnes qui encerclaient Asuka.

Depuis son enfance, Ôama avait entendu Kamatari raconter l'extermination du clan des Ônamuchi. Les cris du Peuple des Roches qui tombaient dans les pires des enfers en se faisant massacrer étaient gravés dans son esprit, comme s'ils les avait réellement entendus. Ils éveillaient en lui les mauvaises tendances du Prince des Ténèbres profondément enfouies au fond de son cœur et donnaient naissance à un ressentiment terrible contre la Famille impériale. Renverser la Famille impériale... Même si le moyen se révélait barbare, il ne ressentait plus aucune hésitation.

Kamatari regardait Ôama avec des yeux perçants.

— Prince Ôama.. ou plutôt non, Prince des Ténèbres… A présent, montrez à tous votre force, vous qui avez survécu aux larves venimeuses et avez été imprégné des mauvaises pensées de ces terribles bestioles. Ainsi, vous pourrez réveiller les êtres qui dorment dans la terre et vous débarrasser de ceux qui la contrôlent.

Kamatari avait raison. L'armée de Naka no Ôe approchait. Et Nukata, qui avait deviné la vérité, était en route pour le retrouver. S'il ne déployait pas sa force de Prince des Ténèbres, il ne pourrait pas venger ceux qui avaient été massacrés.

Ôama fit comprendre qu'il donnait son accord en avançant lentement. Sous ses yeux s'étalait le sol noir d'Asuka. Le son des formules magiques emportées par le vent devrait atteindre les êtres qui habitaient sous terre. Il joignit les deux mains et se concentra de toutes ses forces.

— *Abira unkensowaka, onmidare yasowaka… habitants du Pays des Ténèbres, pays de mes ancêtres, Pays des Roches dures, sortez des entrailles de la terre, venez me chercher, sakaseyasobaka…*

Sa bouche déversait un flot ininterrompu de syllabes maléfiques.

— *Sanzara, marabera, mijin, suizon, abira unkenso-waka…*

Dans une grotte creusée profondément dans la terre, résonnèrent des formules magiques venant d'on ne sait où. Comme en réponse à cette voix, les ténèbres se mirent à bouger. Il y eut des gémissements, des frottements sur la pierre. Des boules de chair noire se répandirent dans toutes les directions comme si elles déployaient leurs tentacules. Des habitants du Pays des Roches dures, avec hésitation, commencèrent à se déplacer lentement. Malgré leurs difformités physiques, ils avaient chacun un rôle important à remplir. Certains rampant, d'autres trébuchant, ils se mirent en marche pour effectuer le dernier acte « magique ».

A ce moment-là, des mouvements discrets se remarquaient près du temple de Katsuragi. Aux alentours de l'enceinte, quelques formes noires sortirent de la forêt en rampant. Les ombres enroulèrent autour du portique des liens rudimentaires, installèrent un certain dispositif sur les lanternes en pierre puis disparurent dans la forêt.

Ioi no Kujira ne pouvait pas savoir ce qui se tramait dans son dos tandis qu'il s'épuisait à exhorter de la voix les soldats occupés à desceller des pierres dans la grotte.

Tout à l'heure, il avait fait pénétrer des éclaireurs qui étaient tombés sur un cul-de-sac. Mais entre les fentes des pierres ajustées qui obstruaient le passage, ils avaient senti un léger souffle d'air. Preuve que la grotte devait continuer plus loin. Peut-être jusqu'au Pays des Ténèbres que l'on disait se trouver dans cette montagne de Katsuragi. C'est pourquoi Ioi no Kujira avait donné l'ordre de se servir d'un tronc d'arbre comme bélier pour casser ce mur.

Après plusieurs coups portés contre le mur de pierres, l'une d'elles au milieu commença peu à peu à bouger.

— Tapez plus fort, ordonna Ioi no Kujira, une pierre a bougé !

Les soldats reculaient pour prendre de l'élan quand une chose étrange se produisit : de l'eau noire se mit à suinter goutte à goutte d'entre les pierres au-dessus d'eux, avant de se déverser rapidement de toutes parts en cascade.

— Qu'est-ce que c'est ? s'écrièrent avec inquiétude les soldats, trempés par l'eau ruisselante qui formait des flaques sur le sol.

Personne ne comprenait ce qui se passait, et tous regardaient, hébétés, l'eau déferler.

Mais leur immobilité fut de courte durée... Brusquement, l'eau noire s'enflamma. C'était la flamme d'une torche qui avait mis le feu. Le feu s'étendit à une vitesse fulgurante du sol au plafond et enveloppa les soldats instantanément. Les flammes se propagèrent avec violence dans la grotte, balayant tout sur leur passage au milieu de cris déchirants.

Pris de panique, les soldats jetèrent le tronc d'arbre en s'enfuyant à toutes jambes, mais le feu les avait déjà rattrapés. Il rampait sur le sol comme un être maléfique et happait les soldats en fuite. La grotte, qui s'était transformée en une fournaise digne des enfers, retentissait des hurlements des victimes.

Ceux qui avaient réussi à échapper aux flammes se précipitèrent vers la sortie. Ioi no Kujira faisait partie des rescapés. Derrière eux, l'étroit passage cracha soudain une fumée noire comme après le souffle d'une explosion. Plusieurs soldats furent enveloppés par cette épaisse fumée qui les fit tomber, mais leurs compagnons ne pouvaient s'attarder. Ils couraient, couraient en piétinant les corps tombés à terre. A travers ce voile épais à l'odeur âcre, Ioi no Kujira aperçut la sortie et réussit tant bien que mal à s'échapper de la grotte.

Il n'était pas pour autant hors de danger. Face à lui, le portique en pierre se mit à trembler avec un crissement inquiétant. La grande dalle plate qui le surmontait était sur le point de tomber. Un pilier oscilla soudain et la lourde pierre glissa dans un nuage de poussière. Ioi no Kujira eut à peine le temps de faire un saut de côté que la masse rocheuse s'abattait devant l'entrée de la grotte dans un terrible fracas. La terre gronda et l'entrée, consolidée par un empilement de pierres ajustées, s'effondra en privant les soldats restés dans la galerie de toute possibilité de sortie. Les hommes furent tués sur le coup par l'éboulement ou bien périrent asphyxiés par les émanations de la fumée noire.

Ioi no Kujira constata qu'une corde était attachée au pilier. Quelqu'un avait dû la tendre d'une manière ou d'une autre pour le faire tomber. Un système ingénieux, visiblement conçu pour boucher l'entrée de la grotte au moment voulu. L'eau qui brûle, le piège du portique : c'était à n'en pas douter l'œuvre d'esprits particulièrement rusés. Il ignorait qui était l'ennemi, mais il était sûr d'une chose : il fallait déguerpir en vitesse. En jetant un regard circulaire, il découvrit que cinq soldats étaient également sortis de la grotte. Ils venaient d'avoir la même pensée que lui et prirent leurs jambes à leur cou pour s'enfuir de ce lieu maudit.

Ils traversèrent à toute allure l'enceinte du temple… quand une douleur vive sous la plante des pieds les fit tomber de tout leur poids avec des hurlements. Et lorsque leurs mains s'aplatirent sur le sol, elles furent transpercées par des clous. Des cris de souffrance s'élevèrent dans la nuit.

Des planches cloutées avaient été posées à même la terre. Les hommes voulurent se relever, mais ils furent assaillis par une pluie de flèches. Les gémissements de torture de ces soldats qui ne pouvaient échapper aux pointes en fer, leurs pieds transpercés par les terribles clous… L'ennemi n'était pas visible. Il devait se trouver à l'abri dans la forêt. Ioi no Kujira arracha ses pieds et ses mains des planches cloutées, malgré la douleur atroce, et sortit de l'enceinte en souffrant le martyre. Il descendit l'escalier et se mit à avancer aussi vite que possible entre les deux rangées de lanternes. Devant lui s'étendait la forêt noire où il pourrait se cacher à l'ombre des arbres. Il ne lui restait plus que quelques pas à faire…

Soudain, il reçut un coup à la gorge qui l'arrêta net et le fit tomber à la renverse. Du sang chaud gicla de la blessure. Il voulut crier, mais le souffle de sa voix s'échappa par la plaie béante. Quelque chose lui avait coupé la gorge. Il sentit qu'il perdait conscience, sa vue se brouillait, mais il eut le temps d'apercevoir une longue épée attachée entre deux lanternes sur pied qui lui barrait la route. Il avait heurté la lame et s'était tranché la gorge. Quel moyen perfide ! Cette pensée éveilla en lui la colère, mais il ne pouvait déjà plus bouger. Après un, puis deux spasmes épouvantables, Ioi no Kujira rendit son dernier soupir.

Accrochée à la crinière de son cheval, Nukata longeait la rivière Asukagawa en direction du Palais Okamoto. Elle entendait monter le murmure de formules magiques provenant d'un endroit inconnu. C'était comme si des sentiments violents de colère, de haine, de rancœur se propageaient dans le ciel, pareils aux inquiétants nuages noirs au-dessus d'elle, et filaient à la vitesse du vent vers la région d'Asuka.

Ôama avait fini par montrer sa véritable nature de Prince des Ténèbres. Il devait inciter les hommes à se soulever en récitant ses incantations. Et ensuite, avec l'aide d'importantes forces armées, il abattrait le Prince Naka no Ôe.

Mais Naka no Ôe n'était plus seulement l'homme qu'elle aimait. C'était le père de l'enfant qu'elle portait en son sein. Sa raison de vivre. Il fallait absolument le sauver.

Nukata lança son cheval au galop, brûlant d'une impatience fébrile.

4

— *Ideya, makaeya, sakaseyasobaka, sanzara, marabeya, mijin, suijin...*

Le murmure d'une voix récitant des formules magiques enveloppait le Palais Okamoto. Personne ne savait d'où elle provenait ni de qui il s'agissait. Les soldats de garde regardaient aux alentours avec angoisse.

L'heure du Rat était dépassée quand un messager arriva en pleine nuit, envoyé par Etchi no Hada no Kutsu qui commandait l'armée de représailles. Il disait que les généraux Miwa no Takechimaro, Kamo no Emishi, Okisome no Usagi et d'autres encore avaient changé de camp et se dirigeaient avec leurs troupes vers Yoshino pour se ranger aux côtés d'Ôama. Les deux premiers étaient à la tête de cinq mille hommes. Si cette armée prenait le parti d'Ôama, on pouvait dire que la situation s'était retournée en sa faveur.

A l'annonce de cette nouvelle qui semblait tomber du ciel, un vent de panique souffla sur le Palais Okamoto. Les soldats de la garde perdirent instantanément toute envie de se battre et ils furent nombreux à rejoindre les forces rebelles. De même pour les généraux. Hata no Yakuni, qui était chargé de la défense du Palais, et Tajima no Osumi quittèrent la ville à la tête de leurs troupes. Les hauts dignitaires Ôtomo no Umakai, Kose no Tokoda et le chef d'une puissante famille, Sakaibe no Kusuri, disparurent dans la confusion pour une destination inconnue.

Le Palais Okamoto fut déserté en un rien de temps. Il ne restait plus que deux mille soldats pour le défendre. Ôama avait à sa disposition plus de dix mille hommes armés. Les dames de cour et les épouses tremblaient de peur, le Pavillon Central était dans un chaos indescriptible.

Naka no Ôe observait la situation avec rage. Si les nobles avaient trahi, c'était à cause des manœuvres d'Ôama. Sous son masque d'homme placide et bien élevé, il avait rejeté la responsabilité de toutes les fautes sur son frère aîné et s'était arrangé pour que les nobles se rebellent.

Je ne te laisserai pas faire ! se jura Naka no Ôe en serrant les poings jusqu'au sang.

Un groupe de cavaliers avançait dans l'obscurité à la lumière des torches. C'étaient les soldats lancés à la poursuite d'Ôama que menait le Prince Ôtomo. Partis depuis des heures de la Capitale, ils avaient déjà dépassé le temple de Kawara à proximité de la rivière Asukagawa et approchaient maintenant de la montagne de Takatori. Le chemin était facile mais ils ne distinguaient pas bien le relief. Et il y avait ces habitants de Yoshino, les Kuzu, qui risquaient de les attaquer par surprise. Les cavaliers qui entouraient le Prince Ôtomo scrutaient attentivement les environs.

L'homme de tête s'arrêta soudain alors qu'il dépassait la forêt de Kashiwa.

— Que se passe-t-il ?

— Il y a un bruit de sabots qui vient vers nous.

— Comment !

Ôtomo se mit sur le qui-vive. Il s'agissait peut-être d'Ôama et de son groupe.

— Eteignez vos torches ! Cachez-vous et dégainez votre épée !

Les soldats se dispersèrent en éteignant leurs torches. Dans le noir absolu, on entendit un bruit d'épées que l'on sort du fourreau. Puis ce fut le silence. Un silence de mort.

Ôtomo s'était mis à l'abri derrière un rocher et il essayait de deviner ce qui se passait.

Le bruit de sabots se rapprochait d'eux. C'était le Prince Ôama, ou bien… Mais le bruit n'était pas régulier. Celui qui chevauchait n'était pas un cavalier expérimenté. Soudain, un cheval apparut devant eux. Il arrivait au pas.

Ôtomo écarquilla les yeux. C'était une femme. Il la connaissait… C'était la Princesse de Nukata !

Ôama se tenait immobile sur le col du mont Imo, les yeux fixés sur la vallée. Les dizaines de points lumineux qui se dirigeaient vers lui s'étaient éteints, puis deux s'étaient rallumés avant de repartir en sens inverse. Des feux de torches... Une troupe lancée à ses trousses avait dû rencontrer Nukata et envoyer un coursier rapide à Asuka pour communiquer la vérité qu'elle leur avait racontée. Quand Naka no Ôe serait mis au courant, la situation risquait de se compliquer. S'il déclarait publiquement qu'Ôama était le Prince des Ténèbres, les nobles pouvaient se rallier de nouveau à lui. Ôama devenait de plus en plus nerveux.

— Ne craignez rien, Prince, entendit-il prononcer dans son dos. C'était Kamatari. Grâce à vos formules magiques, les êtres qui dorment sous terre ont commencé à bouger. Le Prince Ôtomo et cette femme partiront bientôt pour le Pays des Ténèbres. C'est le destin des descendants de Kamu Yamato Iware Hiko, « Celui qui casse les rochers ».

Ôama ne répondit rien. Peu après, la neige se mit à tomber à gros flocons sur le col.

5

Le Prince Ôtomo avançait dans la tempête de neige à la tête de son groupe de cavaliers. Il faisait un froid glacial, mais il ne sentait rien. Il avait plutôt envie de pousser des cris de joie.

Nukata avait dit que le véritable Prince des Ténèbres était Ôama. Ce qui signifiait que dans les veines de son père, mais aussi dans les siennes coulait le sang de la Famille souveraine. La fierté qu'il avait ressentie en apprenant qu'il était un Prince impérial légitime avait redoublé son désir de combattre. Et après avoir donné l'ordre de conduire Nukata au Palais Okamoto, il avait lancé son cheval au galop à la poursuite d'Ôama.

Au bout d'une demi-heure, la forêt laissa place à une vaste étendue sans arbres. Une bourrasque de neige les accueillit. La visibilité était mauvaise, mais ils devaient se trouver au pied de la chaîne de montagnes de Takatori. Un chemin montait vers le col du mont Imo.

On disait qu'Ôama et Kamatari se trouvaient là-haut. Si ses ennemis tant haïs étaient ensemble, la situation se montrait on ne peut plus favorable. Il lui suffisait d'envoyer un groupe de cavaliers pour les attaquer par surprise.

Soudain, il entendit un cri.

— Monseigneur, regardez !

Un soldat dressé sur son cheval pointait le doigt devant lui. A dix *ken*[1] de là, Ôama aperçut des lumières vacillantes et des hommes qui avaient l'allure de véritables sauvages avec leurs longs cheveux sales et leurs vieilles loques. Ils étaient une dizaine et ne portaient pas d'armes, mais ils les regardaient avec hostilité.

Les voilà enfin ! se dit Ôtomo en dégainant son épée.

— Ecoutez-moi bien ! commanda-t-il d'une voix impérieuse. Ces gens doivent faire partie du peuple des

1. Un peu plus de cent cinquante mètres.

rebelles enracinés dans leur terre de Yoshino qu'on appelle les Kuzu. Ils ne se montrent jamais. S'ils sont sortis de leurs cavernes, c'est sans doute pour protéger Ôama. Quelles que soient leurs raisons, je ne peux pas les laisser soutenir le Prince sans réagir. Tuez-les tous sur-le-champ, n'en laissez aucun vivant !

En réponse à ses ordres, les soldats sortirent d'un même geste leur épée. Les Kuzu se mirent à fuir à la débandade.

— Suivez-les, vite ! ordonna Ôtomo.

Les cavaliers chargèrent dans un roulement de sabots. Les Kuzu s'enfuyaient en poussant des cris incompréhensibles. Les soldats essayaient de les attaquer en visant chacun une cible. Mais comme ces êtres étranges se dérobaient habilement qui sur la droite, qui sur la gauche, ils n'arrivaient pas à les rattraper. Ils s'égaillaient dans tous les sens, mais c'était une feinte. En réalité, ils conservaient tous la même direction comme s'ils s'étaient mis d'accord. Et ils signalaient l'endroit où ils se trouvaient en brandissant haut leur torche.

C'est un piège ! comprit soudain Ôtomo. Ils orientaient sa troupe dans une direction bien précise.

— Ne les suivez pas ! Arrêtez vos chevaux !

Mais les soldats étaient déjà un peu plus loin devant lui. A ce moment-là…

Le bruit d'une explosion lui déchira les tympans et des flammes jaillirent de terre. Des pierres furent projetées en l'air. Les chevaux hennirent de terreur et le Prince Ôtomo fut jeté au sol.

Ce phénomène avait été aussi soudain que violent ; en un instant tout redevint calme. Le Prince leva la tête. L'unité de cavalerie avait disparu. Devant lui s'était creusé un trou de trois *ken* de large d'où s'élevait de la fumée.

Que s'était-il passé ? Il se leva pour regarder dans le trou. Des flammes en éclairaient l'intérieur, révélant un horrible spectacle. Les cavaliers gisaient au fond. Ce n'étaient que lambeaux épars de chair sanguinolente : les hommes et les chevaux avaient été déchiquetés. Le fond était pavé de pierres carrées et, de part et d'autre du trou, il aperçut plusieurs ouvertures noires donnant sur des galeries. Les Kuzu avaient fait s'effondrer le plafond de la grotte souterraine qui se trouvait juste au-dessous d'eux. Ces êtres étaient terrifiants.

Son enthousiasme de tout à l'heure avait laissé place à une terreur affreuse. Au moment où il voulait se relever, on lui saisit la cheville droite. Il perdit l'équilibre. Un bras qui sortait d'un buisson lui tenait la jambe. Les Kuzu qu'ils avaient pris en chasse s'étaient cachés dans les buissons. Il essaya de se débattre, mais la main ne le lâchait pas. D'autres apparurent qui lui saisirent les bras et les jambes. Il sentait sur lui le souffle d'haleines fétides.

Le Prince Ôtomo se retrouva immobilisé sur le dos.

— Laissez-moi ! cria-t-il en s'efforçant de se dégager, mais brusquement quelqu'un lui tordit le bras. Il entendit le craquement sinistre de l'articulation. C'était sûrement une menace pour lui intimer l'ordre de ne pas bouger. Ôtomo poussa un cri de douleur sans essayer de résister davantage.

Un feu de torche surgit devant lui. Un homme s'approchait en traînant la jambe. Il marchait, le dos voûté, en s'aidant d'une canne et son regard perçant évoquait celui d'un oiseau de proie. L'homme approcha la flamme de son visage et à la vue d'Ôtomo, il eut un sourire de satisfaction.

— Apparemment, nous avons capturé un gibier de choix, dit-il d'une voix inquiétante.

— Kamatari… gémit le Prince.

L'homme se pencha vers lui.

— La Princesse de Nukata vous a appris la vérité, n'est-ce pas ? Vous savez maintenant que vous et votre père êtes de sang impérial. C'est pourquoi vous devez mourir… pour réparer les crimes perpétrés contre notre peuple.

— Les crimes… ?

— Exactement. Il faut réparer les actes atroces que la Famille impériale a commis contre nous.

— Que racontez-vous ? C'est vous qui avez lâchement comploté pour nous voler le trône.

— Oh, je vois que mon gentil Prince ne sait rien. Mais peut-être êtes-vous plus heureux ainsi. Ce serait sans doute mieux que vous partiez au Pays des Ténèbres sans rien savoir.

Kamatari esquissa un sourire cruel et posa les mains sur la gorge d'Ôtomo. Le Prince essaya de se dégager, mais que pouvait-il faire, solidement maintenu au sol ? L'autre lui tordit le bras droit et, d'un coup sec, lui brisa l'épaule. La douleur fulgurante lui arracha un hurlement.

— Ne craignez rien. Vous n'allez pas souffrir longtemps, dit Katamari qui lui tordit le cou sans un instant d'hésitation.

Il avait la gorge écrasée, il suffoquait. Kamatari avait l'air d'un démon possédé par la rage de tuer. La douleur se répandit dans tout son corps, sa conscience s'obscurcit. Il n'avait plus la volonté de résister.

Père… je regrette, parvint-il à prononcer en luimême.

Ce fut tout. Les os du cou se brisèrent et le Prince Ôtomo ne bougea plus.

La flamme de la lampe en papier s'éteignit soudain. La pièce du Palais Okamoto se retrouva plongée dans des ténèbres glaciales où régnait un silence désolé. Naka no Ôe fut agité de frissons.

Mon fils est mort, se dit-il, le cœur déchiré. Il se sentit glisser dans un trou noir. Du fond de cet abîme, des sanglots jaillirent comme si plus rien ne les retenait. Mon fils… tu étais mon seul soutien. Malgré mes nombreux actes barbares, tu étais le seul à me faire confiance et à me suivre… Tu étais ma raison de vivre… mon fils…

Naka no Ôe s'effondra sur le plancher. Son corps tremblait, il claquait des dents. De grosses larmes tombaient sur le sol. Il sanglotait malgré lui.

Dans un sursaut de lucidité, il songea que ce n'était pas un comportement digne d'un Souverain. Il voulut se contrôler, mais ses larmes n'en continuèrent pas moins de couler. Ses pleurs retentissaient dans le silence de la nuit.

— Monseigneur…

Naka no Ôe se redressa d'un bond au son de la voix derrière la porte.

— Monseigneur !

C'était Mushimaro qui insistait...

— Que se passe-t-il ? demanda Naka no Ôe.

— Un message vient de nous parvenir à l'instant. Mushimaro eut un instant d'hésitation, puis il annonça : Yamabe no Irafu a quitté sa position, il a rejoint l'armée de Miwa no Takechimaro à Kashihara.

Son fils était mort dans la bataille, ses hommes le trahissaient les uns après les autres. Naka no Ôe ne ressentait plus rien, même pas de la tristesse.

— Ne t'en fais pas. Ce n'est qu'une armée de lâches, cela m'est égal.

— Mais…

— N'en dis pas plus. La volonté des dieux est avec moi. Il n'y a aucune raison de s'inquiéter.

Mushimaro restait muet.

— Allez, va ! Et donne l'ordre aux soldats encore en place de se défendre.

— Bien, Monseigneur… lui répondit une voix marquée par l'anxiété de l'autre côté de la porte.

Mushimaro s'éloigna et ce fut de nouveau le silence. Naka no Ôe se mit à réfléchir. Si Yamabe no Irafu se rebellait, il ne lui restait plus qu'un millier de soldats, qui d'ailleurs ne cessaient de déserter pour rejoindre le camp adverse. Si les nobles de Yoshino se rangeaient eux aussi du côté d'Ôama, leurs forces armées dépasseraient les dix mille hommes. Il aurait beau faire, le sort était contre lui...

Ôama, viens donc si tu en as envie. Ce sera notre dernier combat ! cria en son for intérieur Naka no Ôe à l'ennemi qu'il ne voyait pas.

Mushimaro fit semblant de partir, mais il se cacha dans un coin pour observer le Prince. Il était assis dans l'obscurité. Personne ne s'occupait de lui, il restait seul face à la tristesse et à la souffrance. Sa solitude lui faisait pitié. Cependant, ce retournement de situation ne lui semblait pas naturel. On n'abandonnait pas aussi facilement un Prince Héritier, même si on ne lui faisait plus confiance. Les hommes avaient changé de camp bien trop vite. Comme si cela était convenu d'avance...

Quelqu'un manœuvrait sûrement dans l'ombre, et Naka no Ôe était un jouet entre ses mains. Et s'il n'était pas le Prince inhumain que l'on disait être... Troublé, Mushimaro commençait à se poser beaucoup de questions.

6

Nukata chevauchait vers Asuka, assise en croupe derrière le garde du Prince Ôtomo, Haji no Iwatoko. A la lumière de leur torche, ils remontaient la rivière Asukagawa en direction du nord. A côté d'eux, galopait le frère de son cavalier, Haji no Umate. Ôama allait sans doute lancer l'attaque au lever du jour. Il fallait à tout prix que Naka no Ôe sache la vérité avant... Les deux chevaux filaient sous la neige qui n'arrêtait pas de tomber, dans les bourrasques et le froid glacial.

A l'aube, ils distinguèrent la colline d'Amakashi un

peu plus loin. Ils ne se trouvaient plus qu'à un *ri* [1] du Palais Okamoto. Nukata demanda à son cavalier d'accélérer l'allure.

Le lit de la rivière s'élargissait, les arbres qui fermaient l'horizon disparurent. Soudain, ils découvrirent devant eux la masse sombre d'une importante armée. Elle dépassait largement le millier d'hommes. Des cavaliers entouraient les valets d'armes et les houspillaient à grand renfort d'insultes et de cris de colère en leur reprochant leur lenteur.

Iwatoko s'arrêta.

— Ce doit être l'armée du Prince Héritier.

— Mais pourquoi serait-elle ici ?

— Je n'en sais rien. Il se passe sûrement quelque chose.

En regardant mieux, ils aperçurent sur un cheval un imposant personnage, un général visiblement, qui commandait aux hommes de se mettre en ordre de bataille. Apparemment, plusieurs corps d'armée étaient regroupés car ils distinguaient des armes et des armures différentes.

— Regardez la disposition des troupes.

Ils observèrent la grande armée qui était en train de se former : tous les soldats étaient tournés vers Asuka !

— Ce sont des traîtres. Je ne sais pas pourquoi, mais en tout cas ils se sont ralliés à l'armée d'Ôama.

— Misère ! Je n'aurais jamais cru ça possible, s'exclama Umate avec colère.

Nukata trembla. Si autant de forces militaires avaient changé de camp, les chances étaient contre Naka no Ôe. Il n'y avait plus qu'une solution. Il fallait révéler au public que c'était Ôama le vrai Prince des Ténèbres, et anéantir son armée.

— Amenez-moi vite au Palais Okamoto. C'est le seul moyen de sauver le Prince Naka no Ôe.

1. Environ six cent cinquante mètres.

— Je le sais parfaitement. Mais comment sortir d'ici ?

Iwatoko regardait autour de lui. Des deux côtés de la rivière, il ne voyait qu'une forêt dense, et devant eux, les ennemis étaient rassemblés.

— Je me souviens que dans la forêt, il y a un chemin qui mène vers Amakashi.

Nukata lui apprit qu'elle s'était rendue un jour dans un temple étrange avec Ôama.

— Allons-y, nous n'avons pas le choix, dit Iwatoko en pénétrant rapidement dans la forêt.

Les deux chevaux avançaient difficilement dans la neige, gênés par l'épais brouillard gris et par les arbres tout blancs tombés par endroits. Soudain, des incantations résonnèrent à leurs oreilles.

— *Ideya, makaeya, sakazeyasobaka, mijin, suizon, abira unkensowaka…*

Nukata se raidit et regarda autour d'elle, mais elle ne vit nulle part de présence suspecte.

Un *chô* plus loin, ils tombèrent en effet sur un chemin qui partait en direction du nord vers la colline d'Amakashi. Les cavaliers lancèrent leur cheval au galop. Tout à coup, l'homme de tête poussa un gémissement et tomba à terre. Il ne bougeait plus.

— Umate ! cria Iwatoko en se précipitant vers lui.

Ils restèrent pétrifiés. La nuque d'Umate était transpercée par une flèche et du sang frais coulait de sa plaie. L'ennemi était tapi dans les parages...

Mais Iwatoko n'avait pas le temps de s'apitoyer sur son frère. Plusieurs flèches arrivaient sur eux. L'une d'elles frôla l'oreille de Nukata et vint se planter dans le dos d'Iwatoko. Une autre se ficha dans le flanc du cheval. L'animal affolé hennit et s'enfuit à vive allure en désarçonnant ses cavaliers.

Nukata tomba à terre aux côtés d'Iwatoko qui gémissait de douleur, la flèche plantée dans le dos. A ce moment-là, le feuillage s'agita derrière elle. L'ennemi se cachait là ! Nukata eut un mouvement de recul. La neige qui pesait sur les branches tomba brusquement et elle vit apparaître entre les arbres une forme étrange.

C'était un de ces monstres que l'on appelait « araignées de terre ». Elle crut qu'il avait plusieurs jambes, alors qu'en réalité il avançait en rampant.

Nukata poussa un cri d'effroi qui déchira le silence. Iwatoko aperçut l'horrible créature, mais il ne pouvait pas bouger à cause de sa blessure et il fit signe à Nukata de s'enfuir.

L'araignée de terre s'approchait d'Iwatoko. Mais ce n'était pas un monstre. C'était un être humain, tout simplement, vêtu de haillons. Comme il ne pouvait pas utiliser ses jambes, il rampait sur ses mains, ce qui lui donnait l'air d'une araignée. Un misérable membre du Peuple des Roches atteint d'une maladie incurable...

Il se jeta sur Iwatoko et sortit de son vêtement une petite épée pour le tuer. Iwatoko, immobilisé, était bien incapable de résister. L'autre lui trancha la gorge et le pauvre garde mourut sur-le-champ.

Nukata poussa un cri… Au son de sa voix, l'inconnu leva les yeux vers elle. C'était un vieillard ; ses cheveux épars dissimulaient en partie son visage parcheminé.

Il s'approcha d'elle en rampant. Saisie d'horreur, elle voulait fuir, mais ses jambes restaient clouées au sol.

— A l'aide, à l'aide ! parvint-elle à articuler.

Il était évident que son appel au secours n'aurait aucun effet sur l'homme. Il lui saisit le pied et se pencha sur elle, puis il appuya une main sur son cou et de l'autre souleva son épée pleine de sang. Il allait la tuer ! Nukata se recroquevilla. Sa dernière heure était arrivée.

A ce moment-là, une chose étrange se produisit. L'homme arrêta son geste. Il la regardait intensément. Il baissa son épée et retira sa main qui lui immobilisait le cou.

Nukata ne comprenait pas ce qui se passait... Elle le vit s'éloigner et disparaître dans les buissons. Et ce fut de nouveau le silence. Au bout d'un moment, elle retrouva son calme, son corps se détendit. C'est alors qu'elle entendit comme une plainte.

— Nukata...

Elle était certaine d'avoir entendu prononcer son nom. L'homme la connaissait et l'appelait.

Elle se releva, stupéfaite.

— Sauve-toi vite d'ici ! Naka no Ôe va bientôt être tué. Ne t'approche surtout pas du Palais Okamoto.

Elle avait entendu, distinctement. Et cette voix... elle lui était familière…

Son père ! C'était la voix de son père ! Elle ne l'avait pas revu depuis son départ de leur humble maison dans la montagne de Katsuragi. Au comble de l'émotion, elle faillit fondre en larmes.

Ainsi son père faisait partie du Peuple des Roches... Maintenant elle comprenait pourquoi il n'avait pas dirigé son arme contre elle. Il l'avait reconnue et s'était éloigné. Mais que faisait-il ici ? Et pourquoi avait-il ce visage tout flétri ?

Nukata l'appela désespérément. Elle n'obtint pas de réponse. Elle le chercha dans les buissons, mais il avait disparu.

Si son père faisait partie du Peuple des Roches, alors elle aussi avait dans ses veines du sang du clan des Ônamuchi. Mais que se passait-il, que lui arrivait-il ? Elle était complètement perdue.

Les paroles de son père lui revinrent à l'esprit. Il lui avait demandé de ne pas aller au Palais Okamoto parce qu'il craignait pour sa vie. Mais elle devait aller là-bas pour sauver le Prince Naka no Ôe, quel que fût le danger.

— Père… commença Nukata avec détermination. Elle avait l'impression qu'il la guettait dans l'ombre. Il faut que je me rende auprès du Prince Naka no Ôe. Je dois absolument y aller, au risque de perdre la vie, sinon ma vie n'aurait plus aucun sens de toute façon. Je vous suis redevable de m'avoir élevée, je suis désolée de ne pas remplir mon devoir de fille. Mais il faut que j'y aille. Je vous en prie… veuillez me pardonner de ne pas vous écouter.

Les larmes lui étaient montées aux yeux tandis qu'elle parlait. Elle n'obtint pas de réponse, mais elle était certaine que son père l'avait entendue.

Nukata se redressa et monta sur le cheval d'Iwatoko. Un buisson trembla.

7

Ôama se tenait sur le col du mont Imo. Il ne portait pas les mêmes vêtements qu'au moment de sa fuite. Il avait endossé une armure en fer, montait un cheval bai et regardait la plaine toute blanche d'Asuka. Derrière lui attendaient plusieurs rangées de cavaliers, menés par les nobles de Yoshino. Des gens du Peuple des Roches les entouraient. Après avoir appris qu'Ôama partait en guerre, ils étaient sortis de leurs grottes pour admirer son allure majestueuse.

Le jour allait se lever. Ce serait bientôt le moment de l'attaque générale.

Ôama fut pris d'une intense émotion. Toutes les intrigues menées jusqu'à ce jour n'avaient qu'un but : arriver à ce moment décisif, celui de l'extermination de la Famille impériale. Ses plans avaient réussi, les uns après les autres. Ne restait plus que la dernière phase.

La nouvelle de la mort du Prince Ôtomo lui était déjà parvenue. Quant à l'armée de Naka no Ôe, elle fondait à vue d'œil : les soldats ne cessaient de déserter. Grâce aux manœuvres de Kamatari, des troupes de renfort arrivaient en grand nombre des lointaines provinces de l'est et convergeaient sur Asuka. La victoire était à portée de main.

Une farouche envie de combattre saisit Ôama. La neige qui tombait depuis des heures s'arrêta soudain, comme si elle saluait sa puissance. Le rideau de nuages se déchira à l'est et le soleil de l'aube darda ses rayons lumineux sur leur groupe, enveloppant Ôama d'un nimbe doré.

A la vue de leur chef rayonnant de lumière, tous les hommes rassemblés sur le mont Imo crurent voir apparaître une divinité.

Il ne s'agissait pas de laisser échapper une telle occasion. Ôama prit son épée et la brandit haut dans le ciel. Dans la lumière dorée, l'épée brillait comme l'astre solaire.

— Regardez tous ! C'est moi, le descendant des dieux, qui dois gouverner ce pays. Je suis sous la protection divine. A cette heure, j'envoie une armée de cent mille hommes à Asuka pour renverser cette Famille impériale honnie !

— En avant !

Les cris des guerriers avaient éclaté comme le tonnerre.

Ôama rangea son épée d'un air satisfait.

— En avant, tous !

Après avoir donné le signal du départ d'une voix qui avait dû atteindre le Ciel, il descendit du col en entraînant les cavaliers après lui. La terre tremblait sous le poids des sabots.

8

La cavalerie commandée par Ôama sortit de la forêt de Kashiwa et déboucha sur la rivière Asukagawa. Les chevaux continuèrent à galoper sur la rive gelée en faisant jaillir la neige. Le bruit de leurs sabots retentissait dans le silence du petit jour, comme si la terre grondait. Mais au moment où ils dépassaient le temple de Kawara, ils virent apparaître sur leur gauche plusieurs dizaines de cavaliers.

— Monseigneur ! cria Fumi no Nemaro en se jetant quasiment sur lui. Ce sont les soldats d'Arata no Akamaro de la province de Kawachi, près de Naniwa, ils sont une cinquantaine. Quand ils ont appris votre situation, ils sont partis à bride abattue pour vous rejoindre. Et six cents valets d'armes devraient arriver derrière. Maintenant, ces deux provinces sont sous notre contrôle. Personne n'ira se ranger du côté du Prince Héritier, annonça-t-il en hurlant presque.

— Je te suis reconnaissant d'avoir tellement travaillé sans prendre le temps de dormir cette nuit. Je te remercie du fond du cœur pour ta fidélité.

Le visage de Fumi no Nemaro s'épanouit en un large sourire et il suivit Ôama en menant son groupe de cavaliers. D'autres troupes armées ne cessaient de les rejoindre.

Ils dépassaient la colline d'Amakashi quand Murakuni no Oyori les rattrapa avec une centaine de cavaliers envoyés par Tanaka no Ashimaro de Mishima. Puis un noble d'Izumi, Sami no Sukunamaro, et d'autres de la même région arrivèrent à la tête d'une centaine de cavaliers chacun. A elle seule, la cavalerie grossit de cinq cents hommes. Leur nombre décupla l'envie de combattre des soldats. Et Ôama sentait monter en lui une ardeur guerrière qui le poussa à se diriger au plus vite vers Asuka.

Le ciel était nuageux. De temps à autre, une éclaircie se formait et les premiers rayons de soleil parvenaient jusqu'à eux. L'armée d'Ôama galopait à la vitesse du vent en faisant gicler la neige qui brillait dans la lumière matinale.

Après avoir quitté la rivière Asuka et passé l'extrémité sud d'Ikazuchi, surnommée la colline du Tonnerre, ils arrivèrent à Makami, la Plaine des Dieux, au sud du mont Kagu. Ils n'étaient plus qu'à un demi-*ri*[1] du Palais Okamoto. La grande étendue couverte de neige s'étalait devant eux. C'est alors qu'Ôama découvrit un spectacle incroyable. D'importantes forces armées hérissées de bannières rouges avaient envahi la plaine. Leur nombre semblait dépasser les dix mille hommes. Les longues lances se dressaient comme des épis de riz et les rangées d'armures sombres s'étendaient à l'infini. On avait l'impression qu'une immense armée occupait le ciel et la terre.

A la vue d'Ôama, les soldats poussèrent un hurlement de joie qui fit trembler l'univers. Takamukai no Kunioshi de Naniwa, Ôtomo no Miyuki, Hata no Yakuni, Sakaibe no Kusuri, tous tournaient vers lui des regards fervents.

Il en trembla presque d'émotion. En même temps, il sentit avec intensité la mission dont il devait s'acquitter. Tous ces hommes désiraient ardemment le voir monter sur le trône. Ils avaient eu le courage de participer à cette insurrection. C'était pour eux, avant tout, qu'il lui fallait donc renverser Naka no Ôe.

Cette foule immense le regardait en retenant son souffle. Ôama pénétra au milieu d'eux et tandis qu'il avançait, les rangées de soldats munis de lances et d'épées s'écartaient pour lui ouvrir le passage.

L'un d'eux ne put empêcher son cheval de piaffer

1. Trois cents mètres.

d'excitation. Ce bruit se propagea en un clin d'œil. Tous les chevaux se mirent à frapper la terre de leurs sabots et les lances heurtèrent bruyamment sur le sol pour accueillir Ôama.

Le Prince alla se placer devant les troupes, leva bien haut son épée. Des cris guerriers s'élevèrent à nouveau et le roulement des gongs monta jusqu'au ciel.

Cette clameur parvint au Palais Okamoto. Dans la plaine de Makami, on pouvait voir la grande armée se déployer, les bannières rouges oscillaient comme agitées par une tempête. Devant cette force écrasante, les gens de la cour étaient gagnés par la panique. Face à l'armée d'Ôama forte de plus de dix mille hommes, il n'y en avait pas cinq cents pour défendre le Palais. Autant dire que le nom du vainqueur était connu avant même le début de la bataille. Les dames de cour et les servantes s'enfuyaient en pleurant et en criant. Les gardes du corps et les fonctionnaires encore en poste désertaient dès qu'ils en trouvaient l'occasion. Ôtomo no Nagatoko et Abe no Kurahashimaro avaient beau essayer de les convaincre qu'ils bénéficiaient de l'aide divine, leurs paroles restaient sans effet sur l'affolement général.

La Capitale était au bord de l'anéantissement. Naka no Ôe dit aux Princes, aux hauts dignitaires et aux ministres de fuir la Capitale. Lui-même revêtit son armure et s'installa sur le trône dans la Salle du Principe suprême.

Il ne voulait pas s'enfuir, bien au contraire, car il était certain de gagner. S'il ne pouvait gagner grâce à la puissance militaire, il pouvait en revanche proposer à Ôama qu'ils s'affrontent en combat singulier. Et celui-ci serait bien obligé d'accepter, sous peine de s'exposer à la honte d'une dérobade.

Il ne pensait pas qu'Ôama était habile à l'épée. Il avait été élevé douillettement, dans l'ombre de son frère aîné, et son esprit combatif devait être inférieur au sien. Il serait facile d'abattre cet Ôama. Tout en gardant son calme, Naka no Ôe attisait sa haine ardente contre lui.

Mushimaro arriva alors en courant.

— L'armée du Prince Ôama s'est mise en marche, annonça-t-il hors d'haleine.

Naka no Ôe resta impassible, mais il était sur le point d'exploser à cause d'une trop grande tension. La plaine de Makami était proche. L'ennemi n'allait pas tarder à arriver.

Le moment de combattre arrivait enfin… Naka no Ôe se leva du trône.

— Attendez, Monseigneur ! cria Mushimaro en s'avançant vers lui comme pour lui barrer la route. Les chances sont contre vous dans cette bataille. Il faut fuir au plus vite.

— C'est ridicule ! Je ne veux ni m'enfuir ni me cacher. Je veux me battre pour la justice avec ce lâche d'Ôama.

— Vous devriez réfléchir avant de vous lancer dans ce combat.

— Ce n'est pas le moment de se perdre en vaines paroles.

— Ce ne sont pas de vaines paroles, Monseigneur, je voulais vous prévenir que le Prince Ôama vous a sûrement trompé.

— Que veux-tu dire ?

Mushimaro lui adressa un regard pénétrant.

— Ce qui se passe me laisse mal à l'aise, Monseigneur. Quand je pense aux événements qui se sont succédés depuis le Grand Changement, j'ai bien l'impression que le Prince Ôama et Kamatari tiraient les ficelles dans l'ombre. Ils ont rejeté sur vous la responsabilité de ces actes inhumains, en s'arrangeant pour que la population se rebelle contre vous. Mais si le Prince Ôama s'est donné autant de mal pour parvenir au trône, c'est qu'il a une faiblesse quelque part. Il serait donc plus sage de battre en retraite pour l'instant et de découvrir son point faible.

Mais non, c'est moi qui ai un point faible ! s'écria intérieurement Naka no Ôe. Bien sûr que l'on s'est servi de moi qui suis le Prince des Ténèbres, et maintenant que mon rôle est terminé, je ne suis plus qu'un obstacle dont on cherche à se débarrasser. Il avait beau tourner et retourner le problème dans sa tête, il n'y avait aucune autre explication.

— Tu me débites des balivernes pour me pousser à fuir. Je te remercie de t'inquiéter pour moi, mais j'ai toutes les chances de gagner. Il n'y a rien à craindre.

— Mais…

— Ne dis rien. Si tu veux te sauver, pars vite. Il ne faut pas risquer ta vie.

— Que dites-vous ? Moi qui expose ma laideur au regard des autres, je n'ai aucune raison d'être attaché à la vie. Je soupçonne vraiment le Prince Ôama de vous avoir trompé. Je vous prie de bien y réfléchir.

Mushimaro s'inclina si profondément que son front frôla le plancher. Mais ses remontrances n'avaient fait qu'exacerber la haine de Naka no Ôe.

— Recule ! cria-t-il avec emportement, et il sortit de la Salle du Principe suprême.

Un cheval se dirigeait vers le Palais Okamoto. Il contourna par l'est la colline d'Amakashi, Nukata agrippée à sa crinière.

Elle dépassa le temple d'Asuka puis la colline Ikazuchi, et commença à distinguer la façade nord du Palais. Des soldats gardaient le mur d'enceinte. On n'entendait pas de cris de guerre ni le fracas des armes. La bataille n'avait pas encore commencé. Nukata ressentit un profond soulagement. Avec les dernières forces qui lui restaient, elle lança son cheval au galop.

9

L'imposante armée dirigée par Ôama approchait de la Capitale, bannières au vent. Les unités de cavaliers venaient en tête, suivies des valets d'armes à pied armés de lances et d'épées. Devant eux se dressait le Palais Okamoto. Ils aperçurent les troupes de défense devant la Porte Sud, mais leur nombre ne dépassait pas les cinq cents hommes. Il serait facile de les écraser.

Ôama arrêta son armée à deux *chô* de là. Il comprit que l'appréhension troublait la combativité des soldats ennemis en entendant celui qui devait être leur général les exhorter d'une voix forte.

La pensée de son frère le fit soudain hésiter. Sans doute éprouvait-il de la compassion pour Naka no Ôe... Il trouvait étrange que lui, le Prince des Ténèbres, éprouvât des sentiments humains, mais il les chassa aussitôt. C'était la Famille impériale, ce clan de barbares, qui avait massacré ses ancêtres et leur avait volé la suprématie sur Asuka. A présent, l'heure était venue d'assouvir la vengeance des siens comme ils l'attendaient depuis tant d'années.

Ôama respira profondément. Après s'être imprégné d'agressivité, il brandit son épée haut dans le ciel.

— Ecoutez-moi bien… La force de ma volonté a ébranlé le Ciel et m'a accordé des milliers et des milliers de soldats. N'est-ce pas le signe évident que les dieux célestes et locaux me protègent ? Les dieux et les âmes des ancêtres sont avec moi. C'est le moment de montrer notre puissance.

Un immense cri de guerre s'éleva dans les airs, les gongs retentirent, les bannières ondulèrent comme les vagues d'une mer agitée.

— Regardez ! Cette Capitale est un repaire de bêtes malfaisantes. Unissons nos forces pour renverser le

Prince des Ténèbres.

Ôama fit un grand mouvement de bras. L'attaque générale se déclencha.

Une centaine de cavaliers menaient la charge. Takamukai no Kunioshi, Inukami no Mitasuki, Hata no Yakuni galopaient en tête. La terre recouverte de neige fut labourée. La boue gicla. Le bruit des sabots fit trembler le sol. Derrière eux, suivaient des milliers de fantassins munis de lances qui poussèrent des cris de guerre en réponse aux cavaliers. L'attaque se déploya en vagues successives et furieuses.

Avec l'impétuosité de torrents de boue, les troupes d'Ôama déferlèrent sur le Palais Okamoto, semant la panique parmi les soldats qui défendaient la Porte Sud. La plupart lâchèrent leurs armes et s'enfuirent, terrorisés. Mais Ôtomo no Nagatoko et Abe no Kurahashimaro firent face avec courage. Dressés sur leurs chevaux, ils brandirent leurs lances en hurlant des cris d'encouragement.

Quelques-uns de leurs hommes pénétrèrent dans les flots déchaînés, pareils à des fourmis perdus dans cette immensité. Les lames scintillèrent, on entendit le choc des armes. Mais ce n'était qu'un combat d'insectes contre des bêtes terrifiantes. Leurs armures se brisèrent aussitôt et ils tombèrent de cheval dans un giclement de sang.

A la vue du sang, la frénésie guerrière d'Ôama et de ses compagnons atteignit son paroxysme. Leurs chevaux piétinaient les cadavres qui gisaient à terre comme de vieux chiffons. Se regroupant, ils s'élancèrent en une puissante charge à l'assaut de la Porte Sud.

En face d'eux, l'ennemi était si peu nombreux qu'ils étaient sûrs de l'anéantir facilement. Mais les hommes encore en poste s'avancèrent vers eux pour mener leur dernier combat. La centaine de soldats fit front avec héroïsme et lança une pluie de flèches qui disparut dans les flots de boue. Quelques flèches vinrent toucher leur but, des cavaliers s'écroulèrent. Mais face à une armée aussi imposante, leurs efforts étaient vains : la vague de cavaliers continuait d'avancer impitoyablement, les obligeant à reculer.

Cependant, leur résistance héroïque ne s'arrêta pas là. Une ligne enflammée courut devant les troupes d'Ôama et se transforma aussitôt en un rideau de feu qui leur barrait la route. C'était de la paille imprégnée d'huile à laquelle les soldats avaient mis le feu.

Pris dans leur élan, une vingtaine de cavaliers à l'avant-garde se jetèrent dans les flammes. Transformés en torches vivantes, les hommes tombaient de leur monture en poussant des hurlements. Ce dispositif imprévu stoppa net la progression de l'armée d'Ôama. Des cris de colère et des insultes fusèrent ; la confusion régnait dans les groupes de tête, mais le feu fut de courte durée. Les flammes faiblirent rapidement et l'armée repartit à l'assaut avec une fureur décuplée.

Les soldats de garde cédèrent à la panique. Ils n'avaient plus aucun moyen de résister. Ils s'enfuirent dans une confusion de cris et d'armes jetées à terre. Les cavaliers se lancèrent à leur poursuite. Les épées brillaient, les cris d'agonie montaient de toutes parts. Les soldats mouraient les uns après les autres. Les alentours de la Porte Sud se transformèrent en un instant en une véritable mer de sang.

Une fois les soldats de la garde balayés par la cavalerie, les valets d'armes s'attaquèrent à la Porte Sud avec un bélier. Un coup, deux coups. La serrure se brisa, la porte était ouverte. La masse armée s'engouffra comme une avalanche. Il restait tout juste une cinquantaine de soldats à l'intérieur. Ils se défendirent avec acharnement, mais comment auraient-ils pu contenir le flot humain qui les submergeait ? Ôama commettait toutes sortes d'atrocités, il cherchait toujours de nouvelles victimes, et l'endroit se transforma rapidement en un enfer où giclaient le sang et les lambeaux de chair.

Tandis que la cavalerie traquait les derniers îlots de résistance, les valets d'armes lancèrent des flèches enflammées qui s'abattirent comme des grêlons sur les bâtiments. La Salle du Principe suprême, la Salle du Conseil, le Pavillon de Repos prirent l'aspect de montagnes hérissées de flèches. Le feu commença à se propager. Les gardes du corps et les fonctionnaires affolés sortirent en implorant la clémence, mais ils furent tous massacrés sans rémission.

L'assaut avait été donné il y avait une heure à peine. Les cadavres jonchaient maintenant la cour intérieure et le Palais Okamoto serait bientôt la proie des flammes.

Ôama observait attentivement le champ de bataille. Le Prince Naka no Ôe ne se trouvait pas parmi les soldats en fuite. On ne l'avait pas vu non plus sortir par une porte de derrière laissée ouverte. Il ne s'abaisserait pas devant le plus fort, c'était un comportement indigne de son rang. Le Prince Héritier devait rester seul dans la Salle du Principe suprême.

Ôama mesura l'attitude déterminée et fière, presque tragique, de Naka no Ôe. S'il faisait pénétrer ses troupes dans le Pavillon, il lui serait facile de le décapiter, mais il hésitait. A présent que le vainqueur était désigné, Ôama ne voulait pas commettre un geste lâche.

Les flammes léchaient le toit de la Salle du Principe suprême. Mais personne ne sortait du Palais menacé par un feu impitoyable.

Ôama eut une intuition soudaine : Naka no Ôe l'attendait sûrement dans la Salle du Principe suprême... Son pressentiment ne répondait à aucune logique. Mais pendant de longues années, ils avaient grandi ensemble comme deux frères, et sa connaissance de son frère aîné semblait lui permettre de pénétrer ses pensées.

Ôama descendit de cheval, son épée à la main. Ses fidèles gardes du corps, Fumi no Nemaro et Murakuni no Oyori, firent un rempart de leur corps pour le protéger. Ils s'approchèrent de la Salle du Principe suprême en enjambant les cadavres atrocement mutilés.

Au moment où ils allaient monter les marches, un homme au visage dissimulé par un capuchon apparut dans la galerie en haut de l'escalier. Il se dressa devant eux en serrant son épée, manifestant la volonté farouche de ne laisser passer personne.

Fumi no Nemaro écarquilla les yeux. Mushimaro ! Le premier mouvement de surprise passée, cette découverte le rendit perplexe. Il comprenait que Mushimaro, resté fidèle à son maître, veuille le protéger, mais s'il s'obstinait à leur barrer le passage, ils seraient obligés de le tuer...

Mushimaro descendit les marches. Son attitude était hostile. Les gardes du corps avancèrent lentement en tenant leur arme.

Que dois-je faire ? se demandait Fumi no Nemaro. Mais tandis qu'il hésitait, Mushimaro s'arrêta. Il le regardait d'un air étonné. Il l'avait reconnu.

La veille, l'homme au capuchon avait essayé de le sauver. Il ne voudrait jamais se battre contre lui. Il fallait profiter de cette occasion.

— Laissez-moi m'en occuper… dit Fumi no Nemaro en montant vers lui avec l'espoir qu'il arriverait à le raisonner.

Il baissa sa garde en signe d'apaisement et s'approcha. Mushimaro continuait de descendre l'escalier en brandissant son épée. Comme il avait le visage dissimulé, on ne pouvait lire ses pensées.

Fumi no Nemaro voulut lui parler, mais l'autre l'attaqua brusquement. La lame déchira l'air et lui frôla l'oreille. Il s'était apparemment montré trop confiant... Il se mit en garde en se déplaçant légèrement sur le côté. Mais un deuxième coup, porté avec violence, le força à répondre. Tout en croisant le fer, les deux hommes échangeaient des regards hostiles.

— Pourquoi t'obstines-tu à te battre ? Tes efforts ne serviront à rien, tu ne pourras pas protéger le Prince Naka no Ôe à toi tout seul.

Mushimaro répliqua furieusement :

— Laissez-moi tous ! Je ne peux pas vous pardonner d'avoir tramé cette lâche machination.

— Une machination !

— Oui, vous l'avez fait tomber dans un piège. Si les ministres et les nobles se sont rebellés, c'est sur vos ordres, qui pourrait en douter ?

— Ce n'est pas vrai, répondit Fumi no Nemaro. C'est la personnalité de Monseigneur qui les a attirés dans son camp.

— Assez de boniments ! Qui a profité de ces crimes en en rejetant la faute sur le Prince Naka no Ôe ? C'est le Prince Ôama. Son devoir était de lui jurer fidélité, et voilà qu'il a mobilisé toute une armée pour le renverser. Qu'est-ce que ça veut dire ? Qui sont les barbares, sinon vous qui essayez d'usurper la suprématie de la Famille impériale !

— Le Prince Ôama est le frère cadet du Prince Héritier. Pourquoi chercherait-il à anéantir une famille dont il fait partie ?

— Il n'y a pas de question plus ridicule ! S'ils étaient frères, ils ne seraient pas engagés dans une lutte aussi atroce. Le sang de la Famille impériale ne peut pas couler dans les veines du Prince Ôama. C'est pour cette raison qu'il a fomenté toutes ces intrigues et trompé le Prince Naka no Ôe.

Fumi no Nemaro se dit qu'il fallait tuer Mushimaro. Même si cet homme avait essayé de le sauver, il ne pouvait pas le laisser en vie, maintenant qu'il connaissait la vérité.

Il prit son élan et l'attaqua de toutes ses forces. Il s'était jeté sur lui comme s'il voulait briser son arme. Mushimaro riposta avec énergie, mais son capuchon l'empêchait de voir correctement. Il ne pouvait que se défendre. Pour échapper à l'épée de son adversaire, il reculait de plus en plus, jusqu'à se trouver acculé dans un coin. Naka no Ôe en profita pour lui porter un coup violent. Le choc des épées... Les étincelles jaillirent, et Mushimaro trébucha en arrière.

C'était le moment ! Fumi no Nemaro s'apprêtait à lui donner le coup de grâce quand Mushimaro baissa soudain les bras. Il ne se défendait plus. Ce geste inattendu arrêta l'élan de Fumi no Nemaro. L'épée à la main, il attendait de voir ce qu'allait faire son adversaire.

Mushimaro parut réfléchir à quelque chose, puis il mit la main sur son capuchon et l'arracha, exposant aux regards son visage de cire. Il n'avait plus de cheveux, plus de lèvres ni de nez. Ses gencives et ses narines étaient à nu. C'était une vision si affreuse que Fumi no Nemaro détourna les yeux.

A cet instant, il y eut un bruit de lame fendant l'air. Il eut tout juste le temps de faire un saut de côté, mais sentit une vive douleur mordre son bras droit. Mushimaro avait profité de son moment d'inattention. Un coup d'épée, un deuxième, et encore un autre, il ne cessait de le harceler. Fumi no Nemaro se défendait de son mieux, mais face à ce visage atroce, il avait perdu l'envie de se battre. Il réussit néanmoins à repousser l'épée de son adversaire et recula d'un bond.

— Arrête ! s'exclama-t-il, je ne peux pas te tuer.

— C'est mon visage qui te fait peur, espèce de lâche !

Mushimaro souleva très haut son épée en poussant un cri puissant. Ce cri était plein d'une furieuse détermination... mais ses deux bras tendus découvraient son ventre, soudain sans défense. Instinctivement, Fumi no

Nemaro pointa son arme sur lui. Il n'était pas mû par l'envie de tuer. Son bras avait bougé indépendamment de sa volonté. Cependant, Mushimaro restait immobile, sans essayer de lui échapper. Fumi no Nemaro regrettait déjà son geste, mais il était trop tard... L'épée avait transpercé le ventre de Mushimaro d'un coup brutal. Quand il retira son arme précipitamment, les intestins, pareils aux tentacules visqueux d'un poulpe, sortirent en même temps que la lame et Mushimaro s'effondra.

Fumi no Nemaro resta pétrifié. Mushimaro avait lui-même choisi de mourir.

Il jeta son épée à terre et le serra dans ses bras.

— Pourquoi as-tu fait une chose pareille ? s'écria-t-il. Je n'avais pas l'intention de te tuer.

Au milieu de ses horribles souffrances, Mushimaro esquissa un sourire de triomphe.

— Dès le début, je savais que je ne pourrais pas gagner seul contre vous tous… Mais je ne voulais pas mourir sans combattre. Je voulais que tu souffres toute ta vie, pour te punir d'avoir participé à de lâches complots, torturé par le remords de m'avoir tué. J'ai réussi, je n'ai plus aucun regret… murmura-t-il dans un souffle.

Le sang se mit à couler abondamment de sa bouche. Il avait le visage déformé par la douleur. Et même s'il n'avait parlé que pour assouvir son désir de vengeance, son aspect monstrueux n'éveillait chez Fumi no Nemaro que compassion et regret. Mushimaro dut le sentir car, tandis qu'il était en train d'agoniser, il regarda son adversaire avec des larmes dans les yeux. Toute hostilité avait disparu de son regard.

— C'est fini, dit-il. Tout est fini… Je ne veux pas continuer de vivre avec ce visage. C'est fini… chuchota-t-il en serrant le bras de Fumi no Nemaro. Je te remercie de tout mon cœur de m'avoir sauvé la vie autrefois… Je délirais… oublie ce que j'ai dit.

— Mushimaro ! cria Fumi no Nemaro en lui serrant

le bras pour lui répondre.

Mushimaro esquissa un faible sourire empreint de douceur.

— J'aurais voulu devenir ton ami… C'est tout ce que… tout ce que je regrette, dit-il avant de s'affaisser, privé de vie.

Etait-ce parce qu'il venait de confier ses sentiments ? Son visage à présent respirait la sérénité.

Fumi no Nemaro resta figé sur place, le corps inerte dans ses bras.

Ôama contemplait la scène d'un air impassible. Mais il sentait monter en lui une colère inexprimable. Il fallait en finir avec cette bataille et toutes ces tragédies. Il donna l'ordre aux gardes du corps de continuer vers la Salle du Principe suprême où devait l'attendre Naka no Ôe.

Les flammes couraient sur le toit du Pavillon ; bientôt elles l'enserreraient dans un étau de feu. Mais son frère l'attendait sûrement là... Et s'il voulait se battre dans un dernier combat loyal avec lui, il ne pouvait pas refuser.

Ôama monta les marches et entra dans la salle, déjà envahie par la fumée. Mais elle ne l'arrêta pas et peu à peu, à travers ce brouillard, il aperçut le trône. On distinguait une forme noire derrière les écrans. Comme il l'avait prévu, son frère l'attendait. Ôama fit quelques pas en avant.

— Vous en avez mis du temps ! dit alors une voix forte.

L'écran en bambou s'ouvrit brutalement. Sur le siège impérial se tenait Naka no Ôe. Revêtu d'une somptueuse armure, il fixait Ôama d'un regard étincelant. Mais il n'était pas le seul à se trouver là. A côté de lui, il y avait une femme. Une femme qu'Ôama connaissait bien. C'était la Princesse de Nukata.

Après avoir attaché l'écran par des liens pour le

maintenir ouvert, elle s'assit auprès de Naka no Ôe. Elle ne semblait pas avoir peur et bouillait plutôt d'une violente colère, en le regardant droit dans les yeux sans ciller.

Ôama fut troublé. Si Nukata était là, c'est que Naka no Ôe savait la vérité. Il se sentit coupable soudain de l'avoir trompé et éprouva l'impression pénible de lui être inférieur en tant que Prince des Ténèbres.

Naka no Ôe se leva lentement.

— Nukata m'a tout raconté. Tous les actes barbares commis par votre clan. Au lieu de vous en vouloir, j'ai été impressionné. Mais si on révélait ces secrets au public, il ne resterait pas sans réaction. Ceux qui sont actuellement avec vous parce qu'ils ont cru à vos mensonges ne mettraient pas longtemps avant de me suivre et ils iraient exterminer le soi-disant clan des Ônamuchi à la vitesse d'une lame de fond. Votre destin s'arrête là. C'est la fin de votre clan.

Naka no Ôe quitta sa place et s'approcha de lui.

— Vous le croyez vraiment ? riposta Ôama avec un air de défi. Vous n'êtes que deux à connaître la vérité : vous et cette femme. Si vous ne sortez pas d'ici, vous ne pourrez rien faire.

Il dégaina lentement son épée.

— Vous menacez de vous débarrasser de nous deux ?

— Oui.

— C'est absurde ! Comment en seriez-vous capable ? Vous levez une immense armée et au lieu d'en profiter pour vous débarrasser de moi, vous perdez la face en prenant la peine de venir me chercher jusqu'ici. Avec une telle faiblesse de caractère, vous ne pourrez jamais me tuer !

Et il dégaina lui aussi son épée. Mais Ôama ne se départit pas de son sang-froid.

— Je n'en suis pas si sûr, répliqua-t-il. J'ai étudié pendant toutes ces années votre maniement de l'épée. Vos habitudes, votre vitesse, je connais tout. Prenez garde !

— Vous plaisantez.

— Absolument pas. Mon frère ne sait rien sur moi.

Naka no Ôe eut un geste d'agacement.

— Dans ce cas, montrez-moi donc !

— J'en ai justement l'intention.

Ôama se mit en position de combat. Il dirigea la pointe de sa lame au niveau des yeux de Naka no Ôe.

Naka no Ôe ricana, puis il gronda :

— Ce n'est pas ainsi que vous gagnerez contre moi.

Et il se rua vers lui, prêt à le tuer. Ôama para le coup habilement. Des étincelles jaillirent, la lutte s'engagea avec acharnement.

— Réfléchissez bien, frère aîné… La Capitale est encerclée par plus de dix mille hommes en armes. Ce n'est pas la peine d'essayer de résister, vous ne gagnerez jamais. Si vous me jurez de ne pas révéler la vérité, je vous laisserai la vie sauve.

— Quoi ! La colère envahit le visage de Naka no Ôe. Vous voulez encore user d'un stratagème, dans un moment pareil ! Quelle lâcheté ! hurla-t-il presque, en lui portant une attaque violente.

Un coup, deux coups. Ôama parait à chaque fois. Naka no Ôe mit plus de vigueur encore dans ses attaques. Les forces étaient égales. Les lames s'entrechoquaient et jetaient des étincelles, mais le combat ne trouvait pas d'issue.

— Vous m'aviez même caché vos talents à l'épée, s'écria Naka no Ôe irrité de ne pouvoir venir à bout d'Ôama.

— Je n'avais pas le choix, puisque c'était pour réaliser mon souhait le plus cher. C'est vous, mon frère, qui êtes stupide de ne pas l'avoir remarqué.

— Comment osez-vous !

Dans un cri, Naka no Ôe lui assena un coup puissant. Ôama le repoussa de toutes ses forces.

Alors… dans le choc de l'acier contre l'acier, une lame voltigea en l'air, avant de retomber brutalement sur le sol. L'épée de Naka no Ôe s'était cassée en son milieu.

Il resta stupéfait, les bras ballants. Ôama fit une pause. La victoire était décidée maintenant.

Il observa son adversaire. Au moindre signe de résistance, il avait l'intention de l'abattre impitoyablement.

— Frère, comment allez-vous faire à présent ?

Naka no Ôe le regarda sans cacher son tourment, mais peut-être s'était-il résigné à son sort, car il jeta au loin son épée brisée et resta debout à attendre tranquillement, dans une attitude lui signifiant de l'achever. Un bref instant, Ôama hésita. Mais il devait accomplir le souhait de son clan et pour cela il devait le tuer. Il souleva son épée en retenant son souffle.

— Arrêtez !

Le cri strident de Nukata arrêta Ôama dans son mouvement. La femme s'agrippa à Naka no Ôe, le faisant presque tomber, et lui adressa un regard implorant mêlé de reproche. Ôama se raidit.

En le voyant indécis, Naka no Ôe eut un petit sourire.

— Que se passe-t-il ? Pourquoi ne me tuez-vous pas ?

Comme il n'obtenait pas de réponse, il continua :

— Il vous suffit d'abaisser votre arme sur nous pour accomplir votre souhait. Allez, transpercez-nous donc avec votre épée, cette femme et moi-même.

Ôama restait immobile. Puis, il relâcha peu à peu sa garde et jeta son épée à terre. L'arme vint rouler aux pieds de Naka no Ôe.

— Je ne peux pas vous tuer…

— Voilà qui est admirable, mais que feriez-vous si je ramassais votre épée ?

— Peu importe.

— Pour ma part, je n'aurais aucun scrupule à vous tuer.

— Cela m'est tout à fait égal.

— Ah oui, et pourquoi ?

Ôama dit avec calme :

— Parce que vous vous êtes déjà détruit par vous-même. Même si je ne vous ai pas tué, vous n'êtes qu'un mort en sursis.

— C'est absurde !

— Non, c'est vrai, répondit Ôama en faisant une grimace, conscient qu'il y avait de la compassion dans l'expression de son visage.

Naka no Ôe s'en aperçut et prit un air grave.

— Qu'est-ce que cela veut dire ?

Ôama resta silencieux.

— Parlez donc !

Après un instant d'hésitation, Ôama demanda :

— D'après vous, qui est la femme qui se tient derrière vous ?

— La Princesse de Nukata !

— Cette femme n'est pas une simple dame de cour. C'est la fille de l'Impératrice Saimei, dont le nom de naissance était Takatori... En un mot, c'est votre *vraie sœur*.

Les yeux de Naka no Ôe s'écarquillèrent d'incrédulité. Nukata n'était pas moins stupéfaite. Elle blêmissait à vue d'œil.

— Donnez-moi des détails.

— C'est ce que j'avais l'intention de faire.

Ôama était sûr de sa victoire. Les origines de Nukata... tel était le dernier secret qu'il avait gardé jusqu'à ce jour. C'était le piège décisif destiné à conduire Naka no Ôe vers sa destruction.

Ôama raconta :

— A cette époque-là, les Soga, après avoir exterminé les nobles de Mononobe, fortement opposés à l'introduction du bouddhisme et par conséquent leurs ennemis, devenaient de véritables tyrans. La fille de Soga no Umako, la Princesse Hote, avait donné naissance au Prince Furuhito no Ôe, fruit de son union avec feu l'Empereur Jomei. Mais la Grande Epouse Kôgyoku n'avait alors que des filles. Une Princesse ne pouvait pas passer avant le Prince Furuhito no Ôe dans l'ordre de succession au trône. Cependant, dans sa crainte de la puissance des Soga, la Grande Epouse confia sa fille aînée au conseiller de Kagami qui habitait dans la montagne de Takatori, et décida d'attendre le moment opportun. C'était la Princesse de Nukata.

Nukata était sur le point de perdre connaissance. Elle ne pouvait y croire. Tout était si soudain... Mais si c'était la vérité... alors elle comprenait tout ce qui s'était passé jusqu'à maintenant.

On disait que son « père » était originaire du clan des Ônamuchi. Dans ce cas, sa « sœur » devait l'être aussi. Si la pauvre maison où elle avait passé son enfance avait été abandonnée après son départ, c'est sans doute qu'ils étaient repartis dans la grotte de Katsuragi après avoir terminé leur mission.

Les relations sexuelles qu'elle avait eues avec Ôama dans la Plaine Sacrée faisaient probablement partie d'un plan conçu à l'avance. Il l'avait possédée, avait éveillé en elle des sentiments amoureux afin de l'attirer à la cour grâce à cette ruse. Qui sait si le but poursuivi n'était pas de la mettre dans les bras de Naka no Ôe pour qu'ils se livrent à un acte répréhensible entre tous, celui de l'inceste...

Nukata tomba à genoux. Ce qu'elle croyait être de l'amour n'était que de l'affection comme en éprouve une sœur pour son frère

Et il y avait plus grave encore… elle se retrouvait enceinte de son frère.

Elle qui croyait que cet enfant était porteur d'un amour qui allait la lier à jamais à Naka no Ôe, elle s'était horriblement trompée… C'était un enfant incestueux. Un enfant maudit. Un être monstrueux, hideux dont elle devait se débarrasser immédiatement.

Nukata savait ce qui se passait dans pareille situation. Jadis, le fils héritier de l'Empereur Ingyô[1] avait eu une liaison secrète avec sa sœur, la Princesse de Karu, et on les avait envoyés très loin en exil. Dans la Famille impériale, on avait de l'aversion pour l'inceste, considéré comme un comportement animal, et ceux qui violaient ce tabou étaient persécutés pendant des générations. Et l'on réprimait de même les rapports incestueux parmi la population, sous le prétexte qu'ils donnaient naissance à des enfants difformes. Puisque Naka no Ôe avait transgressé cet interdit, il ne pouvait plus devenir le Souverain.

Nukata était déchirée par le remords. Tout était de sa faute, elle s'était montrée stupide.

Mais il n'y avait pas que cela. Elle voyait clairement une autre effroyable vérité : non seulement elle portait un enfant incestueux, mais *elle, Nukata, avait commis un acte atroce que même les démons ne pouvaient accomplir.*

Elle se rappela le destin cruel de la déesse Izanami, la sœur-épouse d'Izanagi parti à sa recherche dans le Royaume des Ténèbres... Le choc fut tel qu'elle crut en perdre la raison. Le remords, la tristesse, le désespoir tourbillonnaient dans son esprit troublé. Devant ses yeux, s'élevèrent les hautes flammes de l'enfer, elle eut l'impression que son corps et son cœur étaient happés par ce feu ardent au milieu des cris de torture.

Soudain, quelque chose de violent remonta du fond de son cœur. Je n'irai pas en enfer toute seule ! se dit-elle. Il n'y a qu'une issue à mon tourment. Et c'est ce que je dois accomplir maintenant…

Nukata leva la tête. A travers la fumée blanche, elle aperçut Ôama qui la regardait avec pitié. A ses pieds, traî-

1. 374-453.

nait l'épée qu'il avait abandonnée. Sa décision fut prise.

Ôama ne s'en tirerait pas comme ça. Elle ne le laisserait pas faire ! Alors, elle ramassa l'épée et se précipita vers lui. Elle vit son visage se rapprocher brusquement et elle ressentit un choc dans sa main qui tenait l'épée. Quelque chose de chaud se mit à couler. La lame avait percé le ventre d'Ôama.

Mais au lieu de chercher à s'enfuir, celui-ci serrait l'épée avec sa main droite. Le sang coulait, pourtant il n'avait pas l'air de souffrir.

— C'est normal que tu veuilles me tuer. Mais tu n'y arriveras pas, tu n'as pas assez de force.

Nukata se sentait devenir folle. Elle était tourmentée par ses sentiments pour Ôama, sa trahison atroce, ses proches fautes… Pour faire disparaître tout cela, il fallait le tuer.

Elle appuyait de toutes ses forces sur l'épée, mais Ôama la tenait fermement et l'arme ne bougeait pas. Les larmes se mirent à couler sur ses joues.

— Nukata, dit Ôama en la dévisageant froidement. Je devine très bien tout ce que tu ressens. Si tu as voulu me tuer avec cette arme, ce n'est pas seulement parce que tu me détestes. C'est pour me réduire au silence afin que je ne révèle pas une faute irréparable que tu as commise.

Le visage de Nukata exprimait une tristesse infinie. Naka no Ôe fixa ses regards sur elle.

Ôama poursuivit :

— A présent, je vais vous apprendre la terrible vérité. Vos liens de sang ont eu une conséquence imprévue… Tu es tombée amoureuse de mon frère aîné et tu as fini par manœuvrer pour le faire monter sur le trône. Ce qui a provoqué le drame de Tsukushi. Je ne peux pas me tromper.

Nukata l'écoutait, terrorisée. Une expression de doute se lut sur le visage de Naka no Ôe.

Ôama continua :

— A la mort de l'Impératrice Saimei, tout le monde

pensait à la cour qu'elle avait été empoisonnée. Mais par qui ? Puisqu'il ne s'agit pas de l'un de nous deux, il ne reste qu'une possibilité. La seule personne qui a pu l'empoisonner parmi toutes celles qui étaient là, c'est la Princesse de Nukata. Il n'y a qu'elle !

— Arrêtez ! cria Nukata, qui s'effondra. Ce souvenir la rendait folle.

— Elle a utilisé l'arsenic que le Prince Arima avait cueilli pour l'Impératrice Hashihito. Si on fait bouillir cette herbe médicinale, elle devient un poison violent. Nukata en avait gardé en cachette. Quand les dames de cour se sont précipitées pour maîtriser et apaiser l'Impératrice Saimei, elle a glissé du poisson dans sa bouche à la faveur de la confusion...

Naka no Ôe regardait Nukata effaré.

— Tu as cru que Naka no Ôe en voulait à la vie de l'Impératrice, reprit Ôama en s'adressant directement à elle, et tu as voulu t'en charger à sa place. Toi qui étais amoureuse de mon frère aîné qui allait devenir le Souverain, tu n'avais sans doute pas envie qu'il se salisse les mains. Mais tu as fait une terrible méprise : *tu as tué ta propre mère*.

Nukata se mit à trembler en poussant un cri déchirant. Des sanglots s'échappèrent de sa bouche. Elle paraissait si tragique et pitoyable qu'Ôama fut saisi d'amertume. Elle resta ainsi à sangloter pendant un long moment devant les deux Princes pétrifiés, le corps de glace.

La fumée emplissait l'espace, les flammes pénétraient dans le Pavillon.

Au bout d'un certain temps, Nukata cessa enfin de pleurer et releva calmement la tête. Il n'y avait plus de tristesse dans son regard. Il ne restait plus rien qu'un vide limpide, une pureté qui transcendait tous les sentiments. Elle ne dit pas un mot, lança seulement un regard de reproche à Ôama et se planta l'épée dans la gorge.

Nukata ! Ôama ferma les yeux et détourna la tête. Elle rendit un faible soupir et s'affaissa mollement sur le sol, laissant tomber à terre l'épée qui fit un bruit sinistre.

— Nukata ! cria Naka no Ôe en se précipitant sur elle.

Elle était déjà morte et avait le visage aussi inexpressif qu'une poupée en bois. Il serra le corps inerte contre lui, enfouissant la tête dans les vêtements comme s'il voulait fuir la réalité, les épaules secouées par les sanglots.

C'était la première fois qu'Ôama voyait Naka no Ôe pleurer. Lui-même fut saisi d'une tristesse poignante et commença à reculer.

L'incendie gagnait l'intérieur du Pavillon. Des flammèches se détachèrent des poutres du plafond qui brûlait. L'écran en bambou prit feu, et le trône fut instantanément enveloppé par les flammes. Bientôt le luxueux symbole impérial ne serait plus qu'un amas de cendres.

Soudain, Naka no Ôe leva la tête. Il se redressa, Nukata toujours dans les bras, et regarda froidement Ôama. Il n'y avait ni colère ni haine dans ses yeux, mais plutôt un violent mépris pour son frère cadet.

Son regard transperça le cœur d'Ôama.

Ce fut le seul sentiment qu'exprima Naka no Ôe. Il détourna ensuite les yeux d'un air indifférent et lui tourna le dos. Ôama voulut lui dire un mot, mais il le sentit comme refermé sur un mur de silence et, figé sur place, il le regarda disparaître lentement dans la fumée avec Nukata.

Ôama avait l'impression de se réveiller d'un long sommeil, ou d'un cauchemar. A ce moment-là, il comprit… qu'il n'était qu'un être superficiel et faible, qu'il avait finalement perdu contre Naka no Ôe… Ebranlé par cette découverte, il sortit d'une démarche vacillante à l'extérieur.

Dans la cour intérieure, de longues flammèches s'envolaient au loin. Les toits s'embrasaient, la Salle du Principe suprême rougie par le feu allait s'effondrer. La

Capitale était au bord de l'anéantissement.

Mais Ôama ne criait pas victoire. Au contraire, ce spectacle de la destruction lui semblait plutôt refléter son propre intérieur…

A la nuit tombée, des feux « démoniaques » s'allumèrent tout à coup sur la crête du mont Katsuragi. Ils surgirent, les uns après les autres, couvrant la montagne de points brillants. Le Peuple des Roches s'était rassemblé autour d'Asuka en tenant des torches à la main comme s'il encerclait la Capitale.

Il y avait Kamatari. Il y avait Fumi no Nemaro. Et puis Kagami no Ou, le conseiller, et sa fille, la Princesse de Kagami. Et encore Murakuni no Oyori ainsi que tous les autres qui avaient mené ce combat avec succès. Et aussi les malades et les infirmes exclus du monde d'en bas.

Au loin, le Palais en feu se découpait nettement sur le fond noir du ciel. La violence des flammes indiquait que le souhait du clan avait été réalisé. La Famille impériale était anéantie, le clan des Ônamuchi retrouvait la suprématie sur le Pays de Yamato et le droit d'exercer son autorité souveraine.

Les membres du clan regardaient attentivement le Palais Okamoto s'effondrer dans les flammes, avec l'envie de hurler de joie.

10

Dans la pénombre où régnait un silence absolu, se profilaient vaguement les ombres de pierres couvertes de mousse. Etait-ce un courant d'air qui faisait trembler la flamme de la lampe à huile ? Près d'elle, se tenait Kamatari, assis sur une dalle rocheuse surélevée ; il était vêtu d'une robe gris foncé, un capuchon noyait ses traits dans l'ombre. Devant lui se détachait la silhouette d'Ôama. Il venait sans doute d'arriver en courant du Palais Okamoto, car il avait le souffle court et son armure était souillée.

Kamatari dit tout bas :

— Je vous félicite. J'ai vu le travail que vous avez accompli avec ardeur. Je vous exprime mes remerciements les plus sincères pour avoir rempli avec succès ce rôle si important, au nom de notre ancêtre divin Ônamuchi.

Ôama ne répondit pas. Il regardait Kamatari avec froideur.

— A présent, poursuivit Kamatari, il ne vous reste plus qu'à devenir le Souverain. La voie est libre devant vous. Vous n'avez pas besoin de mon aide ni de venir ici. Partez à Asuka et prononcez l'édit du couronnement au lever du soleil.

Ôama ne bougeait pas.

— Que vous arrive-t-il ?

— J'ai encore une chose à faire.

— Et quoi donc ?

— Un dernier acte à accomplir.

— Un dernier acte ?

— Tout à fait, répliqua Ôama en saisissant son épée qu'il pointa sur Kamatari.

Mais celui-ci garda son calme.

— Vous avez l'intention de me tuer ?

— Oui, sinon, je ne pourrais pas assouvir la vengeance de ceux qui sont partis vers le Pays des Ténèbres, dans le Royaume des Morts.

Kamatari laissa échapper un rire, puis il rit de plus en plus fort.

— Qu'est-ce qui vous fait rire ?

— Vous ne serez pas capable de me tuer, Prince.

— Et pourquoi donc ?

— C'est ridicule d'éprouver le besoin de vous repentir auprès de ceux que vous avez massacrés ! C'est une véritable infirmité. Vous êtes trop faible pour pouvoir vous battre à l'épée contre moi.

— Imbécile ! cria Ôama, soudain familier. Tu m'as élevé comme le Prince des Ténèbres et imprégné de mauvaises pensées. Il n'y a rien de plus facile pour moi que de te tuer.

— A condition que tu sois vraiment le Prince des Ténèbres, répondit l'autre sur le même ton.

Ôama resta interloqué.

— Que voulez-vous dire ?

— Que vous n'êtes pas le Prince des Ténèbres...

Il y eut un silence, puis Kamatari reprit :

— Il est inutile de mentir à présent. Vous n'avez pas grandi au milieu des bêtes venimeuses, vous ne vous êtes pas nourri de la graisse des cadavres putréfiés... Ce n'était qu'une histoire que j'ai inventée.

Ôama éprouva un vertige. Que fallait-il croire, comment débrouiller la vérité du mensonge ?

— Réfléchissez bien. Si vous êtes le Prince des Ténèbres, où est votre pouvoir magique ? Avez-vous opéré des maléfices, des sortilèges malfaisants ? Tout a été l'œuvre du Peuple des Roches. Vous ne méritez pas l'appellation de Prince des Ténèbres.

— Mais n'avez-vous pas dit vous-même que la magie n'était qu'illusion et faux-semblant ?

— Ce n'était encore qu'un moyen de vous tromper. La véritable magie est une force toute-puissante. Elle agit sur les phénomènes, donne la vie et la mort.

— Vous mentez !

— Non. Si vous ne me croyez pas, regardez et vous verrez ce qu'est la véritable magie.

— La véritable magie !

— Oui. *Celle que pratique le Prince des Ténèbres.*

Des incantations s'échappèrent de la bouche de Kamatari. C'étaient des mots étranges inconnus d'Ôama et débités sur un ton funèbre. Le corps de Kamatari se mit à trembler au rythme de la lente récitation. Ôama porta la main à son épée en se mettant instinctivement sur ses gardes, mais l'autre ne fit aucun geste menaçant. Bien au contraire, il pencha son buste en tremblant et tomba en avant comme une poupée de chiffon. Puis il resta dans cette position sans bouger.

Que s'était-il passé ?

Ôama s'approcha pour le regarder de plus près et constata qu'il était mort. Sa mort devait remonter à quelque temps déjà, car il avait une rigidité cadavérique et son corps était tout froid. Mais alors, qui récitait les formules magiques à l'instant ?

Une voix retentit soudain dans la pénombre.

— Vous êtes étonné, n'est-ce pas ? La voilà, la véritable incantation. Seul celui qui possède ce pouvoir peut être le Prince des Ténèbres.

Ôama garda son sang-froid. Vu l'état du cadavre, il était clair que Kamatari était déjà mort à son arrivée. Cela expliquait pourquoi il n'avait fait aucun mouvement depuis tout à l'heure... Et si lui-même l'avait entendu parler, c'était tout simplement parce que quelqu'un imitait sa voix du fond de la grotte. Enfin, si Kamatari était tombé, c'est qu'on l'avait poussé avec un bâton.

— Cela ne sert à rien de vouloir continuer à me tromper ! Toi qui te caches dans cette grotte, sors donc de ta cachette, aie le courage de te montrer devant moi.

Il n'obtint pas de réponse. Au lieu de cela, il sentit un courant d'air venir du fond. La lampe à huile s'éteignit et l'endroit fut plongé dans le noir.

— Prince Ôama…

La voix ressemblait à celle de Kamatari, aux intonations cependant plus cruelles. Il en eut la chair de poule.

— Kamatari a mis fin à ses jours au moment où le Palais Okamoto disparaissait dans les flammes. C'est ridicule, il a été pris lui aussi de remords à l'idée d'avoir provoqué la mort de tant de personnes innocentes. Même l'inflexible Kamatari, l'intermédiaire entre les dieux et les hommes, a fini ainsi. Décidément, l'être humain est faible comme le roseau.

— Mais toi… qui es-tu ?

— Je suis celui qui a grandi dans cette pièce remplie de bêtes vénimeuses et malfaisantes. Le Peuple des Roches dures vient de me réveiller.

Il sentit à nouveau un courant d'air froid et un frisson courut le long de son corps.

— Ainsi tout ce que l'on m'a raconté jusqu'ici…

— Ce n'était naturellement pas la vérité, mais des mensonges pour vous tromper, toi et le Prince Naka no Ôe.

Il flottait une odeur de pourriture du côté d'où venait la voix. Ôama sentit que le Prince des Ténèbres s'approchait. Son corps se recroquevilla sur lui-même, et inconsciemment, il serra son épée dans la main.

— Comme l'a dit Kamatari, tu n'es rien d'autre qu'un enfant abandonné dans le temple réservé, dont on ignore l'origine. Tu as été élevé en dehors de la pièce des bêtes vénimeuses, afin d'éviter que tu ne possèdes par la suite le pouvoir du Prince des Ténèbres. Mais tu as grandi dans la conviction de l'être, que l'on avait gravée dans ton esprit. Tout comme Naka no Ôe, tu as joué un rôle que d'autres avaient décidé pour toi, et à vous deux vous avez exterminé les Soga et la Famille impériale. Le but ultime s'est réalisé : les deux familles ont été anéanties. Tu as les pleins pouvoirs à présent. Mais tes origines sont inconnues. Un être pareil n'a pas le droit de gouverner le Pays de Yamato. Ainsi, ce sera moi qui, dans l'ombre, tiendrai les rênes du pouvoir.

Ôama commençait à distinguer les différentes facettes d'une intrigue très sophistiquée. Face au *Prince des Ténèbres*, lui-même n'était finalement qu'une marionnette...

— Qui es-tu ? répéta-t-il d'une voix troublée.

— Le fils de Kamatari, et aussi le Prince des Ténèbres… Comme je ne suis pas humain, tu m'appelleras Fuhito, l'Inhumain.

— Fuhito l'Inhumain…

— Oui. Notre clan des Ônamuchi m'aura comme chef désormais et nous nous accrocherons à toi comme des parasites. Nous profiterons de toi au maximum. Tu te consacreras à la protection du Pays de Yamato et tu nous protégeras éternellement, pour nous témoigner ta reconnaissance de t'avoir mené aussi haut.

Fuhito l'Inhumain laissa échapper un faible rire. Son rire était si lugubre qu'Ôama fut saisi d'une terreur indescriptible. Il sentit son âme trembler.

A ce moment-là, une ombre noire surgit face à lui. Derrière Fuhito *l'Inhumain* brillait une sourde lumière qui devint de plus en plus vive, laissant apparaître les contours de sa silhouette.

Le Prince des Ténèbres…

Il portait une coiffure de haut rang d'inspiration chinoise, en crins laqués de noirs, et son corps vigoureux se dessinait sous son costume de cérémonie. Il émanait de lui une puissance malfaisance, la haine et la rancœur. On ne pouvait pas distinguer ses traits car il était placé à contre-jour. Seuls brillaient dans la pénombre deux yeux aigus comme ceux d'un faucon. Il semblait capable de soumettre tous les êtres et sa présence écrasante rendait l'atmosphère oppressante.

Ôama tressaillit. Des lampes s'allumaient tout autour de lui, illuminant le vaste temple en pierre semblable à l'intérieur d'un grand bol renversé. Derrière Fuhito grouillaient les gens en guenilles du Peuple des Roches qui le regardaient fixement. Fasciné par leur regard, Ôama ne pouvait même pas bouger.

— Prince Ôama !

La voix de Fuhito l'Inhumain lui perça le cœur comme s'il recevait un coup de poignard.

— C'est moi désormais qui vous commanderai à la place de mon père Kamatari. Descendez immédiatement à Asuka pour prononcer l'édit de votre couronnement. A présent, c'est notre clan des Ônamuchi qui gouverne le Pays de Yamato !

Sa voix était volontaire et dominatrice. A cet instant-là, Ôama comprit que Fuhito envoûtait les hommes grâce à l'empire qu'il exerçait sur eux par la force de sa volonté. C'était en cela que résidait son pouvoir magique. Incapable de lui résister, lui-même ne serait plus qu'un pantin entre les mains de Fuhito l'Inhumain...

En l'an 673, le Prince Ôama fut couronné sous le nom d'Empereur Tenmu [1], au Palais Kiyomihara d'Asuka édifié dans la plaine de Makami. Il remplaça l'appellation de Souverain par celle d'Empereur Céleste, indiquant par là qu'il était un dieu vivant gouvernant le Pays de Yamato.

L'Empereur Tenmu fit rédiger le *Code des lois Kiyomihara* réunies dans un recueil en trente-deux volumes et ordonna la compilation historique du *Nihonshoki* (« Chroniques du Japon ») qui établissait l'ascendance divine de la Famille impériale.

Quant à Fuhito l'Inhumain, il avait pris le nom de Fujiwara. Sous le nom de Fujiwara Fuhito [2], il avait une telle influence qu'il tenait en secret les rênes du gouvernement.

La famille des Fujiwara dirigea ce pays pendant des siècles et au cours de leur règne se développa une culture brillante.

---

1. 622-686.
2. 659-720.

Toutes les mesures politiques étaient prises sous la direction de Fuhito qui exerçait son autorité dans l'ombre. Il prêta également une grande attention à la rédaction du *Nihonshoki* et ordonna d'en réécrire de nombreux passages. Notamment ceux qui touchaient à l'histoire des divinités et à la création du pays, et surtout la partie finale concernant les émeutes de l'année du Singe.

Voici ce que fit écrire Fuhito :

Les Princes Ôama et Naka no Ôe étaient en conflit pour des raisons politiques. Lorsque le frère aîné tomba malade, il proposa à son frère cadet de lui céder le trône, mais en réalité, il avait l'intention de se débarrasser de lui s'il acceptait. Ayant deviné l'arrière-pensée de Naka no Ôe, Ôama repoussa sa proposition et s'enfuit à Yoshino avec quelques fidèles. Bientôt Naka no Ôe succomba à la maladie, et son fils, le Prince Ôtomo, fut couronné peu après. L'heure était venue pour Ôama. Il rassembla les soldats des régions de l'Est et souleva une armée. Les nobles de province, mécontents de la politique dure menée par Naka no Ôe, se rangèrent tous du côté d'Ôama qui écrasa avec une force irrésistible l'armée d'Ôtomo, lequel fut acculé au suicide.

Ainsi la vérité fut-elle complètement dissimulée.

Comme l'avait prévu Fuhito, l'histoire du *Nihonshoki* se répandit dans la population, et la version prévalut selon laquelle l'Empereur était un dieu vivant et les émeutes de l'année du Singe avaient été provoquées par la tyrannie qu'exerçait sur tous le Prince Naka no Ôe.

Une puissante nation soutenue par un Code de lois était en voie de construction. Un extraordinaire rayonnement émanait de l'Empereur Tenmu, que la population se mit à révérer comme une divinité. La Famille impériale jouissait d'un prestige sans pareil dans le Pays de Yamato.

Mais Tenmu était loin d'être serein. Le domaine politique était entièrement contrôlé par Fuhito et lui-même était réduit à un rôle honorifique. Il souffrait de cette humiliation, mais aussi de remords vis-à-vis de ceux qui étaient morts par sa faute. Il était harcelé par le souvenir de Naka no Ôe, de Nukata, de la tragédie qu'il avait vécue... Il lui arrivait même de faire d'horribles cauchemars et de sentir sa raison vaciller.

En l'an 1 de l'ère Akamitori (686), l'Empereur Tenmu quitta ce monde des suites d'une maladie, mais on disait qu'à la fin de sa vie, il était dans un état de prostration extrême, le visage profondément marqué par la souffrance.

Achevé d'imprimer
sur les presses de
l'imprimerie France-Quercy
113, rue André-Breton
46000 Cahors
N° d'impression : R10010

Dépôt légal : janvier 2002